丹曾文化

「人文·智识·进化丛书」

黄怒波 ◎ 主编

旅行文学十讲

张德明 ◎ 著

TEN LECTURES ON
TRAVEL
LITERATURE

北京大学出版社
PEKING UNIVERSITY PRESS

图书在版编目(CIP)数据

旅行文学十讲 / 张德明著；黄怒波主编. —北京：北京大学出版社，2021.7
（人文·智识·进化丛书）
ISBN 978-7-301-32089-1

Ⅰ.①旅… Ⅱ.①张…②黄… Ⅲ.①旅游—文学创作—研究 Ⅳ.①I04

中国版本图书馆CIP数据核字（2021）第055507号

书　　　名	旅行文学十讲 LVXING WENXUE SHI JIANG
著作责任者	张德明 著
责任编辑	张亚如
标准书号	ISBN 978-7-301-32089-1
出版发行	北京大学出版社
地　　　址	北京市海淀区成府路205号　100871
网　　　址	http://www.pup.cn　新浪微博：@北京大学出版社
微信公众号	科学与艺术之声（微信号：sartspku）
电子信箱	zyl@pup.pku.edu.cn
电　　　话	邮购部 010-62752015　发行部 010-62750672 编辑部 010-62753056
印　刷　者	三河市北燕印装有限公司
经　销　者	新华书店
	650毫米×980毫米　16开本　23.75印张　彩插1印张　300千字 2021年7月第1版　2021年7月第1次印刷
定　　　价	79.00元

未经许可，不得以任何方式复制或抄袭本书之部分或全部内容。
版权所有，侵权必究
举报电话：010-62752024　电子信箱：fd@pup.pku.edu.cn
图书如有印装质量问题，请与出版部联系，电话：010-62756370

"人文·智识·进化丛书"
学术委员会

主　席：谢　冕
副主席：柯　杨　杨慧林

"人文·智识·进化丛书"
总　序

在我国国民经济和社会发展"十四五"规划开始的时候，人文学者面临从知识的阐释者向生产者、促进者和管理者转变的机遇。由"丹曾文化"策划的"人文·智识·进化丛书"，就是一次实践行动。这套丛书涵盖了文、史、哲等多个学科领域，由近百位人文学科领域优秀的学者著述。通过学科交叉及知识融合探索人类文明的起源、人类与自然的和谐共生、人类的生命教育和心理机制，让更多受众了解中国传统文化与文学，形成独具中华文明特色的审美品格。

这些学科并没有超越出传统的知识系统，但从撰写的角度来说，已经具有了独特的创新色彩。首先，学者们普遍展现出对人类文明知识底层架构的认识深度和再建构能力，从传统人文知识的阐释者转向了生产者、促进者和管理者。这是一种与读者和大众的和解倾向。因为，信息社会的到来和教育现代化的需求，让学者和大众之间的关系终于有了教学互长的机遇和可能。在这个意义上，我们不能再教"谁是李白"了，而是共同探讨"为什么是李白"。

所以，这套丛书的作者们，从刻板的学术气息中脱颖而出，以流畅而优美的文本风格从各自的角度揭示了新的人文知识层次，展现了新时代人文学者的精神气质。

这套丛书的人文视阈并没有刻意局限，每一位学者都是从自身的学术积淀生发出独特的个性气息。最显著的特点是他们笔下的传统人文世界展现了新的内容和角度，这就能够促成当下的社会和大众以新的眼光来认识和理解我们所处的传统社会。

最重要的是，这套丛书的出版是为了适应互联网社会的到来。它的知识内容将进入数字生产。比如说，我们再遇到李白时，不再简单地通过文字的描写而认识他。我们将会采取还原他所处时代的虚拟场景来体验和认识他的"蜀道"，制造一位"数字孪生"的他来展现他的千古绝唱《蜀道难》的审美绝技。在这个意义上，这套丛书会具有以往人文知识从未有过的生成能力和永生的意境。同时，也因此而具备了混合现实审美的魅力。

当我们开始具备人文知识数字化的意识和能力时，培育和增强社会的数字素养就成了新时代的课题。这套丛书的每一个人文学科，都将因此而具有新的知识生产和内容生发的可能性。更重要的是，在我们的国家消除了绝对贫困之后，我们的社会应当义不容辞地着手解决教育机会的公平问题。因此，这套丛书的数字化，就是对促进教育公平的一个解决方案。

有观点认为，当下推动教育变革的六大技术分别是：移动学习、学习分析、混合现实、人工智能、区块链和虚拟助手（数字孪生）。这些技术的最大意义，应该在于推动在线教育的到来。它将改变我们传统的学习范式，带来新的商业模式，从而引发高等教育的根本性变化。

这套丛书就是因此而生成的。它在当前的人文学科领域具有了崭新的"可识别性"和"可数字性"。下一步，我们将推进这套丛书的数字资产的转变，为新时代的人文素质教育和终身教育的需求提供一种新途径、新范式。而我们的学者，也有获得知识价值的奖励和回报的可能。

感谢所有学者的参与和努力。今后，你们应该作为各自学术领域C2C 平台的建设者、管理者而光芒四射。

"人文·智识·进化丛书"主编

黄怒波

2021 年 3 月

目录

引言 ... 1

上篇 历史与现状

第一讲 古代的旅行文学 ... 2
第一节 从两河流域到尼罗河畔：穿越生死之旅 ... 2
第二节 希伯来：民族流散之旅 ... 9
第三节 古希腊：航海、探险与旅行记 ... 13
第四节 中国：超脱形体的神游 ... 21
第五节 郦道元和谢灵运：水色山光的漫游 ... 27

第二讲 中古旅行文学 ... 32
第一节 唐诗之路上的歌吟 ... 32
第二节 马可·波罗的东方游历 ... 37
第三节 伊本·白图泰的朝觐之旅 ... 43
第四节 曼德维尔爵士的东方朝圣 ... 48
第五节 世俗朝圣中的众生相 ... 53
第六节 徐霞客：独来独往的探险家 ... 57

第三讲　大航海时代的旅行文学 65
　　第一节　朝贡体系下的扬威远航 65
　　第二节　汉字文化圈中的漂海录 70
　　第三节　西班牙与葡萄牙：殖民与征服之旅 76
　　第四节　英国：追寻乌托邦之旅 83
　　第五节　西班牙：流浪汉与游侠骑士 89
　　第六节　《暴风雨》：赋能与重生之旅 95

第四讲　启蒙时代及其后的旅行文学 101
　　第一节　海难余生与自我救赎 102
　　第二节　多重视角下的跨海航行 109
　　第三节　欧陆壮游：礼仪与审美之旅 116
　　第四节　拜伦勋爵：流亡成就的大诗人 121
　　第五节　新大陆的自我觉醒之旅 128

第五讲　大众旅游时代的旅行文学 135
　　第一节　美国大众的观光之旅 137
　　第二节　睁眼看世界的《新大陆游记》 141
　　第三节　寻觅"地之灵"之旅 148
　　第四节　中国屏风上的风景和印象 157
　　第五节　永远在路上的旅行 163
　　第六节　一位人类学家的忧郁之旅 170
　　第七节　穿越南美的老式火车 176
　　第八节　方兴未艾的行走文学 182

下篇　叙事与书写

第六讲　旅行文学的文体和叙事模式 192
- 第一节　航海史诗：神赐灵感的叙说 193
- 第二节　航海日志和移民日记：个人叙事 195
- 第三节　书信和书信体小说：互动叙事 198
- 第四节　自传体旅行小说：虚构的个人叙事 206
- 第五节　朝圣与航海故事：隐身的个人叙事 209

第七讲　旅行文学的时空结构 213
- 第一节　日常与旅行：物理时间与心理时间 213
- 第二节　时空连续体：交通工具与叙事节奏（上）........ 217
- 第三节　时空连续体：交通工具与叙事节奏（下）........ 223
- 第四节　旅行中的"非场所"和阈限空间 226
- 第五节　失落的时空与失落的世界（上）........ 232
- 第六节　失落的时空与失落的世界（下）........ 237

第八讲　旅行文学的风景书写 241
- 第一节　原生态与景观学 241
- 第二节　河流景观：多重隐喻和象征 244
- 第三节　山脉景观：性别化与科学化 252
- 第四节　岛海景观：仙乡追寻与异国情调 259
- 第五节　荒野景观：静修、拓殖与"棕色语法" 267
- 第六节　日常景观：诗意地栖居 274

第九讲　旅行文学的写作策略 279
- 第一节　尊重第一感觉 281

第二节　运用陌生化手法 285
　　第三节　还原现场氛围 291
　　第四节　道德想象：共情能力与代入感 296
　　第五节　空间想象：微缩、放大和聚焦 300
　　第六节　时间想象：前瞻、后顾与折叠 305
　　第七节　修辞与细节的处理 311

▌**第十讲　旅行文学的深度拓展** 318
　　第一节　摄影与写作：互补的可能 318
　　第二节　沉浸式与观光式：心态的调整 324
　　第三节　深描法：眨眼与斗鸡 330
　　第四节　"完全诗化"：在感悟与象征间 336
　　第五节　旅行的"迷思"与反思 346

▌**结语　永远在路上** 355

▌**阅读书目** 359

引 言

一切始于好奇心。自灵长类中的某一支在大约12万年前走出非洲，窥见了世界的广阔后，人类在空间移动和探索的脚步就再也没有停止过。动机千变万化，方式五花八门，交通工具与时俱进。或因惧怕死亡，徒步穿越大地去寻求永生之道；或为摆脱奴役，整个族群走上流散之途；或怀着发财梦想，扬帆出海，去远方异域拓殖移民；或出于宗教虔诚，一步一拜朝圣转山；或为了挑战自我，跋山涉水；或纯粹为了休闲观光，探幽寻胜；要不索性自拟攻略，呼朋唤友，畅游世界。道路不断延伸，地平线不断扩展，直至边陲沙漠、海角天边……

与此同时，与旅行和旅游有关的历史文献和文学文本也慢慢留存、积淀下来，成为人类拥有的丰厚的精神文化财富。不过，它们的体裁、风格和美学品质参差不齐。有些只是随意、散漫的日记，文字质朴，读来真实可信；有些虽已敷衍成篇，但难辨真伪，令考据学家也束手无策；有些出自专业作家之手，观察细致，文笔讲究，可作为独立欣赏的对象；还有一些文本始终游移在实录和虚构之间，成为饶有意味的文学—文化现象。

要在浩如烟海的文本中爬罗剔抉、理出头绪来，简直就是一个不可能完成的任务。但或许，正因为一切皆不可能，一切才皆有可能。在本书中，笔者想做的工作之一就是，邀请读者一起踏上想象的旅途，来完成这场貌似不可能的学术探险。不过，在开始上路之前，罗盘或导航仪还是必需的。让我们先从词源开始，确定大致方向和主要线路。

左图为"中国旅游日"的标识图案,其主体造型的创意源于甲骨文的"旅"字及传统的印鉴艺术。"旅"是个会意字,甲骨文的字形像众人站在旗下。从《说文解字》可知,"旅"是军队的单位,以五百人为一旅。这个词从"军用"转为"民用"之后,泛指在外谋生的人。由"旅"衍生出的词语有旅颜(旅人困顿愁苦的面色)、旅怀(羁旅者的情怀)、旅尘(旅人身上的尘土)、旅愁(羁旅者的愁闷心情)、旅梦(旅人思乡之梦)等。可见,在中国古人心目中,旅行并不是一种享受,而是在履行一项十分艰辛的义务。要不是为生存所迫,谁愿意离乡背井,四处漂泊呢?

现代英语中的 travel(旅行)一词,来自中古英语 travelen,意为辛苦(toil)或作一次辛苦的旅行,而后者又来自中古法语 travaillier,意为劳作,或从事辛苦的体力和脑力活动。同一词根进入现代英语形成的词汇 travail,则是"令人精疲力竭的劳作和不幸"之义。可见,在古代西方人心目中,旅行也不是现代人以为的那样是休闲,而是一种充满逆境的、困难和不安的严肃的活动。总之,旅行是一种劳作。

相比之下,旅游则要轻松、快乐得多。甲骨文的"游"字,从水,字形像一人手持旗帜,尾饰飘扬,活脱脱一个现代导游的缩略图。由"游"字引申出的一连串动词,大多与流动性相关,如游览、游玩、优游、遨游等。庄子的逍遥游、道家的云游、李白的梦游、苏轼的神游等,均从此原义衍生而来,它更多指的是一种心态的闲适和境界的弘阔。据查证,最早将"旅""游"二字连用的记载,出自公元5世纪南朝政治家和诗人沈约写的拟乐府诗《悲哉行》,其中有"旅游媚年春,年春媚游人"一句。这里的"旅游"显然指一种摆脱了生存压力之后,无功利目的的休闲活动,当然,其主体限于当时偏安江南的士族阶层。

现代英语中的 tour(旅游)一词,源于拉丁语的 tornare 和希腊语的 tornos,原义为"围绕一个中心点或轴的运动"。17世纪后被用于英国贵族子弟的游学活动。眼下国内一些名牌大学与海外名校合作,互派学生到对方国家去游学,这种教育模式其实是300多年前英国人发明的,原先只限于贵族阶级。1670年,理查德·拉塞尔斯在其《意大利航行》一书中发明了"大陆旅行"(Grand Tour,亦可译为"壮游")的说法,特指英国贵族阶级中的年轻人在法国和意大利等地的旅行,其目的在于通过"壮游",克服岛民心理,融入欧洲上流社会,吸收古典传统文化的精华,进而确认自己的精英身份。因此,它实际上是一种社会性的成人仪式,为这些年轻人日后担当领导责任而预作准备。18世纪后,随着中产阶级的兴起,贵族阶层中的大陆旅行从上到下逐渐流行开来。1841年,一位名叫托马斯·库克的英国人看准机会,创办了世界上第一个旅行社,此后大众旅游从无到有慢慢发展起来,最终在晚期资本主义文化逻辑的主导下,成为一门庞大的文化产业。

从中、英两种文字的词源及其流变过程来看,旅行和旅游之间既有联系,又有区别,很难给出明确的定义。两者的相似显而易见,出门之前,你都得整理行囊,做好攻略,确保银行卡里有足够的钱。但是两者之间有着一个最根本的区别:旅游一般是绕个圈后返回原地,时间不会太久;而旅行则不一定,也许出门后几年都不回家。旅游,尤其是当下的大众旅游,往往是由别人引导或诱导的。你去的地方不一定是你真正想去的,而是旅游公司认为你应该去的。景点、酒店、导游和交通工具早就如快餐般给你配好打包。旅游公司会用宾至如归式的安排给你安全、舒适的承诺,并保证让你在最佳季节欣赏到最佳景观。导游带你走的往往是惯常路线,让你以惯常的方式去猎获美景,即便是惊奇感也早在预期之中。相比之下，旅行者往往兴之所至，随心所欲，来一场说走就走的旅行。他们可能会在错误的时间来到错误的地点，遇见有意思的人和事，或因迷路而看到了更多的风景。

一个人可以同时既是旅行者又是旅游者，关键是看他以什么方式看待旅行之地，看待自我和世界。林语堂在《生活的艺术》一书的《论游览》一文中，曾对"虚假旅行"和"真实旅行"作过区分。依他之见，凡想通过旅行以求扩展心胸，或找日后谈资，或早早预定旅程者，均为"虚假旅行"。因为这三者功利性太强，心情亦不放松。而真正的旅行则应完全与之相反。"一个真正的旅行家必是一个流浪者，经历着流浪者的快乐、诱惑和探险意念。旅行必须流浪式，否则便不成其为旅行。旅行的要点在于无责任、无定时、无来往信札、无喋喋好问的邻人、无来客和无目的地。一个好的旅行家决不知道他往哪里去，更好的甚至不知道从何处而来。他甚至忘却了自己的姓名。"

如何将自己从旅游者转变为旅行者，让虚假旅行变成真实旅行？除了具备放松的心态、流浪的感觉、别样的目光，最好再练就一手写作的本领。因为唯有写作能够拯救灵魂，让它从安适而麻木的状态中苏醒过来，将足迹转化为文字，将追忆提升为反思，在一笔一画的书写（或一下一下敲打键盘的）过程中，重新认识自我、认识世界，在一个个词语和句子的打磨中，重新发现自己、发现世界。

从旅行进入旅行写作，我们会发现，两者之间的关系似乎纠缠不清。一方面，我们可以说，没有前者就没有后者，所有的旅行文学都是旅行的产物，但另一方面，没有旅行文学，一个伟大的旅行者，一次穿越时空的壮游，又有谁知晓？足迹会被风雨抹去，传说和故事会在口耳相传中变形，唯有写下的文字长存于世，为人诵读并铭记。徐霞客和马可·波罗因旅行而扩展了对世界的认知，更因其写下的游记而名闻天下。拜伦和凯鲁亚克一直在路上，不断扩展着生命体验的广度和深度，他们在各自的诗歌或小说中塑造的自我形象，至今仍被人研究和传颂。

不过，无论从时代、民族、作品风格还是体裁等方面考察，上述四位旅行家、散文家、诗人和小说家之间的差异性要远远高于其相似性，由此给我们带来了定义旅行文学的困难。按说，鲜活的生命之旅不应从定义开始，因为当我们说到旅行的时候，其实我们说的就是人本身。世间万物中，唯有人才有旅行，正如唯有人才能反思一样。"哲学精神多半形成于旅游家经验的思考之中"（艾田蒲语），但一本讲解旅行文学和写作的书只能从定义开始，才不致散漫无边。

那么，旅行文学的边界究竟在哪里？其作品应该如何归类？无疑，《徐霞客游记》和《马可·波罗游记》，从标题到内容，从文字到风格，均可称为旅行文学的经典之作。但哥伦布的航海日志、英国海盗的环球旅行记、莎士比亚的传奇剧《暴风雨》、笛福的长篇小说《鲁滨孙漂流记》等，均可归入旅行文学吗？诸如此类难以定义的文本还有很多，不胜枚举。但既然杂乱无章是旅行生活的必然秩序，那么散漫无边理应成为旅行文学的一大特色。出于不同动机、选择不同方式浪迹天涯的人们写下的各种类型的日记、书信、游记、回忆录和旅行故事，无疑是构成丰富庞杂的旅行文学的主体，它们曾激发过同时代人的生命意识和追寻渴望，也理应成为当下旅行和旅行写作爱好者欣赏的对象、灵感的源泉和摹写的范本。

从这个角度看，与其用一个先入为主的定义来自我划圈、自我限定，不如将旅行文学放到一个更开放和宽泛的领域中，这样才更有意义和价值。在此，笔者先斗胆提出两个简单、实用的工作性定义，作为讨论旅行文学和写作的基本出发点。

首先，我们不妨说，旅行是旅行者从现实世界到可能世界的空间移动。这一点应该不难理解。生活中，我们经常徘徊在现实性与可能性之间。借用一个著名的诗性隐喻，我们的身体类似向日葵的枝干，扎根于污浊的大地上，灵魂却像向日葵的圆盘般随着太阳的脚步转动，向往着不可企及的光明之境。但人比植物有利的一点是，只要愿意，他或她随时可以将向往变成行动，从其栖居的地方挪移（哪怕是暂时的）到另一个可能的空间中。这个可能的世界或许是一艘豪华游轮，或一辆老式绿皮火车，或一幢爬满常青藤的乡村民居，也可以是沙漠中的一个绿洲、大洋对面的一个陌生国度，或星光下一片宁静的海滩。但吊诡的是，现实世界和可能世界总是互相转换的。你当下厌倦的生活极有可能就是别人眼中的美丽风景；反过来，别人的庸常现实十有八九是你心目中"诗意的栖居"。更吊诡的是，大多数情况下，一旦现实世界向可能世界的移动成功，一旦曾经陌生的变成熟悉的，未知的变成已知的，我们灵魂中那头不安分的小鹿就又开始骚动了，于是新一轮的追寻又不得不重新开始，如此循环往复，以至无穷。一代又一代人的追求和寻觅、向往与失落构成了现实世界与可能世界的无穷转换；一次又一次自我与他者的换位、移情和互相艳羡，使人的性格变得更加平和，境界更加开阔，思想更加多元，对人类命运共同体的认知和理解也更加深刻。而我们中的每个人，你、我、他或她，都是现实世界和可能世界转换的亲历者、见证者、体验者和书写者，无论是过去、现在，抑或是将来。

其次，从旅行文学角度看，写作也是一个从现实世界到文字建构的可能世界的移动。旅行的书写总是在真实与虚构、真理与谎言（有意或无意的）之间不断滑动。我们总想把旅途中见到的最美好的一面、最触及自己灵魂的一面记录下来，分享给亲朋好友，而把那些不尽如人意的、琐碎无趣的一面隐瞒或掩饰起来。这本是人之常情，无可厚非。况且，我们所运用的语言本身，其抽象性和概括性早已注定我们无法将一切见闻全都记录下来，那既没必要，也无可能。不可名状的感触只能心领神会，难以捉摸的思绪往往溢出语言的边界，真正壮美的景观总会让我们患暂时的"失语症"。语言总想抓住现实，现实总想逃逸语言的囚禁。"原汁原味"的游记只存在于血肉肌理中，真实的旅行与文本的记述永远有一段距离，而这段距离正是旅行作家大显身手的可能性空间。一个优秀的旅行文学作家往往有喜欢探索的大脑，有属于自己的生活哲学，以及将这种哲学付诸实践的勇气、转换为文字的才情。用诺曼·道格拉斯的话说，他必须既天真又深刻，既是孩子又是哲人。一部理想的旅行文学作品，总会给读者提供三个探索的机会，带领我们同时进入三个世界：外部世界，作者的内心世界，以及我们自己的内心世界。本书将按照上述定义和标准来选择旅行作家和旅行作品，作为欣赏的对象、讨论的起点和模仿的范本。

  为结构简明起见，本书对旅行文学和写作的讨论将分为两部分。上篇从历史的大视野出发，采取以点带面的方式，描述不同历史时期，不同国度、地区和民族的旅行文学作家，在从现实世界向可能世界移动的过程中写下的不同类型、文体和风格的典范之作。下篇从创意写作的角度展开，以叙事结构、时空模式、写作策略为主题，分析不同类型和风格的旅行文学作家，是如何通过各种可能的手段，将旅行中遇见的真实世界挪移到文本的可能世界中的。笔者希望通过这两个部分的讨论，带领读者重访曾被不同时空的人们追寻过的可能世界的面貌，进而窥探旅行者的普遍动机和特殊心理，以及值得借鉴的写作和修辞技巧。

  不过，要提醒读者的是，任何定义或标准、历史分期或主题分类等都是权宜之计,最好把它们看作建筑工人搭建的脚手架,主要是为了架构的方便。读者关注的重点不应放在脚手架上,而应放在它后面的建筑物及相关的细节上。实际的旅行生活往往是庞杂琐碎的,是一些表面上看来互不相干的人物、风景和事件的混合,以及各种历史横断面的交叠和彼此挤压。从这些杂七杂八的印象中,抽绎出相对重要的事件,在它们之间建立某种连接,再加上一些背景描述,只是为了使脉络更加清楚。在此过程中,顾此失彼在所难免,挂一漏万时常发生,就像我们在旅行中经常丢三落四、迷路失途一样,只希望我们迷失的不是正道,丢失的不是护照或身份证。

另外,需要说明的一点是,尽管这是一本导论性的图书,但笔者并不打算把它写成正儿八经的高头讲章、面目狰狞的真理说教。笔者始终认为,求知的过程不应该是枯燥乏味、刻板痛苦的,而应该像一次真正的旅行那样快乐、有趣,引人入胜,当然有时免不了"烧脑",但总会有"小确幸"作为补偿。许多情况下笔者不提供现成结论,意在留下一些思考的空间,希望读者自己用心领会,举一反三,以保持对知识的谦卑和敬畏。读者也不要奢望读完本书,立马就成为一个写作高手,上传美文,获点赞无数。像做任何别的事情一样,常识、理性和基本训练永远是第一位的。先从学理上了解一下旅行文学的历史和现状,在脑海中形成概要的路线图;再在必要的叙事理论指导下,从不同主题和视角切入,细读和分析若干经典的旅行文本,并辅之以一些必要的写作技巧指点,这样,你或许就能略窥门径,识其堂奥;进而登堂入室,心动手痒,不觉打开手机、电脑或日记本,键入或写下你的第一篇游记的第一个词语。果真如此,本书的目的就算是达到了。

上篇

历史与现状

第一讲
古代的旅行文学

人类最古老的旅行活动可追溯到什么年代？第一个可称为旅行文学的作品产生于什么地方？这两个问题其实是同一枚硬币的正反两面。前者涉及时间与足迹，后者涉及空间与文本。如前所述，没有旅行，何来旅行文学？反过来，我们同样可以说，没有被文本记录的旅行必定湮灭在历史的长河里。比如，生活在今天黎巴嫩和叙利亚沿海一带的腓尼基人是最早的远洋商人和航海家，他们的航海距离超过了当时已知世界的范围。但是作为商人，他们对于讲述那些他们发现的新事物没有太大的兴趣，所以腓尼基人的名声就像海浪般喧嚣一时，随即消失于船尾激起的白沫中。

▌第一节 从两河流域到尼罗河畔：穿越生死之旅

考古学家和人类学家发现，在现今幼发拉底河和底格里斯河的冲积平原上（古代称之为美索不达米亚），曾经居住过一个名叫苏美尔人的族群。从出土文物来看，苏美尔人并非当地原住民，可能来自东方。他们发明了人类最早的图画文字符号，并利用两河流域随手可得的淤泥作书写板，芦苇秆作笔，把文字书写（不如说"刻印"）在柔软潮湿的淤泥上，烧制成坚硬的泥板保存下来。这些书写在泥板上的文字由于其线条笔直、形似楔子而被称为楔形文字。

楔形文字很难辨认，直到近代才译读成功，使我们得以知悉，人类创作的最古老的旅行文学作品《吉尔伽美什》，原来产生于两河流域。而在文学史家的眼中，它也是目前已知的世界上最早的一部英雄史诗。据专家考证，至少在古希腊荷马写作或编纂《伊利亚特》和《奥德赛》之前1000多年，即巴比伦第一王朝时期（约公元前19—前16世纪），《吉尔伽美什》的最初文本就已经用楔形文字刻写在泥板上了。而史诗的基本内容则包括了公元前3000多年苏美尔人创造的神话传说。

我们不知道写下这部史诗的作者是谁，它究竟是民间集体智慧的结晶，还是某个天才的个人创作？抑或二者兼而有之？整部史诗以主人公的名字命名，由12块泥板构成，主要内容大致可分为两大部分。第一部分（第1—8块泥板）主要写吉尔伽美什对外在武功的追求。根据史诗的叙述，诸神创造吉尔伽美什时给他以完美的身躯。辉煌的太阳神舍马什赋予他美。暴风雨之神阿达德赐给他勇气。伟大的诸神使他优美无比，压过众人，他们使他三分之二是神，三分之一是人。他在乌鲁克垒起墙，修起一座巨大的堡垒，盖起有福的印安娜庙供奉天神阿努，也供奉爱之女神伊什妲尔……

吉尔伽美什有着强健的体魄、过人的精力和暴虐的性格。由于他的统治过于残酷，人们祷告，恳求天神阿努来灭掉他。天神造出一个体魄、力气非凡的恩启都来与吉尔伽美什抗衡，决斗的结果是胜负未分，两人结为好友。之后，他们踏上征途，合力猎狮擒狼，征讨杉妖，勇杀天牛，结果得罪了天神阿努。众神会议决定，杀死天牛的英雄中必死一个。此后，恩启都一病不起，12天后死去。

史诗从此进入第二部分（第9—11块泥板）。风格从喜转悲，由高昂变深沉，从英雄业绩的颂歌转变为探索生死之谜的旅行记。挚友的死使吉尔伽美什悲痛不已。他把他的朋友像新娘似的用薄布蒙罩，他就像被夺走幼狮的母狮般高声吼叫，在朋友跟前不停地徘徊，一边把毛发抛弃散掉，一边扯去、摔碎身上佩带的各种珍宝。他百思不得其解，人为什么会死？死到底是怎么回事？他感到，自己也逃脱不了同样的命运。于是他怀着对死的恐惧，踏上了追寻生死之谜的征途。

他漫步流浪，翻山越岭，渡海过河，历尽艰辛，终于在生命之河边找到了人类的始祖乌特那庇什提牟，向他询问生死之奥秘。乌特那庇什提牟向他讲述了一个类似《圣经》中挪亚方舟的故事：天神发洪水毁灭人类，唯有他受到特赦，按神之命造了一只大船，将自己和活物的物种载入其中，幸免于难。至此，吉尔伽美什方才明白，除了人类始祖以外，世上没有一个人能逃得过死亡。乌特那庇什提牟用了一连串反问句，来回答他的困惑：世间本无永生，修造之房屋能永世屹立乎？签订之合约能恒定遵守乎？兄弟拆产能永不反悔乎？潮汛泛滥能久而不退乎？蜻蜓稚虫蜕衣方能一见中天之煌日。亘古至今从无永生。睡者死者有何异耶？均艳妆之死亡也……

尽管如此，乌特那庇什提牟还是被吉尔伽美什的执着所打动。他告诉后者，虽然人之必死由神决定，但海底有一棵生命之草可使人长生不老。吉尔伽美什入水取得生命草，但还不等他吞食，生命草就被一条蛇叼走了。他懊丧之至，只能失望而归。当他看见他的城市、他的努力、他的劳动成果、他颁布的法令、他审阅过的奏章时，他再次绝望了。他"爬上乌鲁克的城墙，查看地基，检查砌砖"，"看看是不是用烧过的砖砌成的，那七位贤人是否打下了地基"。史诗的最后部分（第12块泥板，有学者认为是后人所加）是吉尔伽美什与死去的好友恩启都的对话。恩启都的灵魂从阴间地洞中逃出，向吉尔伽美什描述了地下世界的阴惨景象，哀求吉尔伽美什不要违抗"世界的命运"。

这就是吉尔伽美什，人类第一位有记载的国王的旅行之途。他贵为国王，自以为拥有了一切，却无法逃脱死神之手。他游历了世界，穿越了两界，似乎参透了生死奥秘。他返回后把整个故事刻在了泥板上，留给后人。在后世经典的旅行文学文本中，我们仿佛都能听到《吉尔伽美什》第10块泥板中那凄美的歌声：

> 吉尔伽美什哟，你要流浪到哪里？
> 你所探求的生命将无处寻觅。
> 自从诸神把人创造，
> 就把死给人派定无疑，
> 生命就在人们自己的手里！
>
> （赵乐甡 译）

从黑格尔到海德格尔，近现代西方哲学家一致认为，从根本上说，死亡意识与自我意识是紧密联系在一起的。正是对无法避免的"终有一死"心怀恐惧，人才意识到"我是他事物无法取代的一种存在"，从而形成了最初的自我意识。《吉尔伽美什》正是通过主人公对死的恐惧和对永生的追寻，显示了人类自我意识的朦胧觉醒。从旅行文学角度看，史诗中的"英雄历险""洪水神话""穿越""奇遇"等原型——母题，影响了以《圣经》神话、荷马史诗、《贝奥武甫》《天方夜谭》等为主体的东西方旅行文学经典的创作。吉尔伽美什对人类死亡之谜的执着探索也为后世作家的精神历险提供了最初的范例。它表明，人类对自身之谜和未知世界的探索，自古以来就是旅行文学表现的一个永恒主题。

与《吉尔伽美什》相映成趣的另一部涉及旅行主题的古代东方文

学作品，是诞生于尼罗河畔的《亡灵书》，其代表了古埃及人试图穿越生死两界的执着尝试。埃及学学者相信，《亡灵书》中的许多内容早在公元前 3700 年左右即被广泛应用，直到公元 1 世纪仍享有很高的声誉。它们不断地被缩写，转抄，再转抄，前后历经 5000 年之久。虔诚的埃及人，无论是法老还是农夫，王后还是女佣，都是读着这本书长大的。他们在学校里阅读，在临死时参阅，他们相信幸福和永生来自那些赞歌、祷文和咒语。对他们来说，这本书不是枯燥的教材，而是永生的最美好的向导。古埃及人用象形文字将它抄写在纸草卷上，或镌刻在金字塔内壁上供死者（一般是法老之类的大人物）阅读。穷人没有能力购置《亡灵书》，只好托人抄一些片段或要点带给死者，以应付冥路上的磨难和冥王的审判。

在古埃及神话中，冥王奥西里斯是死亡与复活之神，大自然一年一度伟大变化的化身，古埃及人每年都要以悲哀和欢乐相交替的心情纪念这位大神。据说奥西里斯在世上称王治国时，曾开化了野蛮状态的埃及人，给他们法律，教他们播种小麦、葡萄，并使他们学会了酿酒和供奉诸神；死后又在阴间做了死人的国王。每一个虔诚的埃及人都希望自己的肉身死去后，亡灵能进入奥西里斯的灵魂之国。

古埃及人把奥西里斯的复活看作是他们自己在坟墓以外永生的保证。他们相信人死后灵魂还在阴间游荡。只要死者的亲人把尸体保存好，像诸神保管奥西里斯的身体那样，每个人都有可能在另一世界永生。不过，复活的道路异常艰险。亡灵必须经过图阿特（太阳西沉后夜间经过的地方）的 12 个国家，沿途经受种种磨难，才能到达真理的殿堂（公平殿），接受奥西里斯的审判。古埃及人相信，冥王高坐在殿堂正中，他面前放着一架天平。天平一端放着象征公平的羽毛，另一端放着死者的心脏。两侧有 42 位陪审官轮流发问，他们提出的问题基本上是关于亡灵生前的善恶行为的，最后决定亡灵的命运，或判其升天国，或判其喂鳄鱼。为了帮助亡灵通过这种种磨难和审问，法老的祭司和神职人员给亡灵写了一本下界的"旅行指南"，其中记载种种相关知识，掺杂着大量神话传说，对神的颂歌、应答，祈祷经文和护身咒语，等等，供死者应用。

需要说明的是，"亡灵书"（又名"死者之书"和"白昼通行书"）这个标题是19世纪的埃及学学者起的，他们在金字塔内发现了许多抄有祭文、经文、颂诗和咒语的纸草卷，将其归于同一名下，但实际上，这些文本并非写于同一时代，其风格和特征也千差万别。现藏于大英博物馆中的《亡灵书》善本《阿尼的纸草》据信成书于公元前1450—前1400年间，是一位名叫阿尼的王室抄录员用黑色墨水抄写在纸草上的，书法精美并附有彩色插图。

无疑，对死亡的否定和反抗是《亡灵书》中反复出现的主题。考古学家们发现，"死亡"这个词在金字塔经文中从未出现过，除非是用在否定的意义上或用在敌人身上。《亡灵书》一遍又一遍强调的是一种

《亡灵书》善本《阿尼的纸草》残片

不屈不挠的信念：死人活着。古埃及人相信永生是存在的，而心脏则是人的生命本质所在和灵魂的载体，只要保护好心脏，灵魂返回时就能找到它曾经生活于其中的"老家"。在一首题为"他保卫了他的心，抵抗破坏者"的颂诗中，一个已经通过冥王审判的亡灵，确信现在再也没有人能把心脏从自己身边带走。他相信自己是"幼小的植物和花朵的基本""永远开花的灌木花丛"，能够像奥西里斯那样获得复活和永生。另一首题为"牢记本名，勿昧前因"的颂诗则要求死者牢记自己的本名，认识到人的名字与自我认同之间的关系。在《亡灵书》中，困扰现代人的三大哲学问题（我是谁？我从哪里来？我到何处去？）得到了一个十分素朴而实用的答案：

在巨屋中，在火屋中，
在清点年岁的暗夜里，
在清算岁月的暗夜里，
但愿还我我的本名！

当东方天阶上的神圣
赐我静坐在他身旁，
当诸神一一自报大名，
愿我也记起我的本名！

（飞白译）

埃及人对"名"的执着追忆，使我们想起了中国最古老的哲学著作之一《道德经》。在该书的第一章中，老子，一位比孔子更早的哲学家开宗明义就说："无名，天地之始。有名，万物之母。"的确，无论对于认识我们生存的这个世界，还是认识我们自己的生命来说，"名"都是最重要的。婴儿时，我们从父母那里得到自己的名字；成人后，我们将自己的名字登入社会话语体系；死后，我们的名字将被刻写在墓碑上，最终被人遗忘。旅行往往会催醒人的生命意识和身份意识，两河流域的苏美尔人和尼罗河畔的古埃及人都已朦胧地认识到了这一点，只不过他们不约而同地走了一条逆向的追寻之路。

第二节 希伯来：民族流散之旅

我们还记得，《吉尔伽美什》中人类始祖乌特那庇什提牟曾讲过一个洪水神话，但我们不知道，这个神话是对恐怖自然灾难的追忆，还是只是远古人类想象的产物，我们也不知道，这个神话是在什么时候，以什么方式，通过什么人，从两河流域传播到整个中东地区，又从中东传播到世界各地的。我们只知道，希伯来人的《旧约·创世记》中也讲述了一个同样的洪水故事，但它似乎讲述得更好，令人印象更为深刻，因为讲述者（匿名的犹太祭司们）将它纳入了一个更玄妙、更广阔的宇宙框架中，并赋予了它某种道德意蕴。

按照当代英国行走文学作家麦克法伦的说法，"《创世记》就是当时的探险航行日志"。其实，《旧约》中与旅行有关的文字记载，除了《创世记》外，还有《出埃及记》。这两个文本合起来，至少记述了希伯来人的三次流浪，虽然每次流浪的时间和规模不一，记录的细节详略也不尽相同，但其隐含的主旨基本一致：人类（希伯来人认为自己是神从人类中选出来的"特选子民"）永恒的命运就是流浪。这可能与希伯来这个民族的起源有着一定的关系。据考证，希伯来人的祖先原先住在阿拉伯沙漠上，在公元前2000年前后，离开居留地进入西亚的肥沃平原，游牧于幼发拉底河流域。因此，希伯来人的含义就是"从河那边来的人",一说为"流浪者",这个称呼来自迦南人。而犹太—希伯来的全部历史从根本上说也就是一部集体流浪或流散(diaspora)的历史。

有关希伯来人第一次流浪的记录,相对来说比较简略,讲述了人类的始祖亚当和夏娃违背耶和华的命令,经不起蛇的诱惑,偷吃了禁果,因而被赶出伊甸园,从此开始了在大地上的流浪。

第二次流浪的情节与《吉尔伽美什》后半部的洪水神话非常相似。讲述者用典型的《圣经》文体和风格,讲述了一个漂流故事,境界宏阔,想象生动,叙事庄严而又简洁,该有的细节全讲到了,包括洪水发生的原因,具体的时间、地点、人物和情节,读来惊心动魄。"当挪亚六百岁,二月十七日那一天,大渊的泉眼都裂开了,天上的窗户也敞开了。四十昼夜降大雨在地上……"然后讲到了水势之浩大,"天下的高山都被淹没了";洪水延续的时间之久,"在地上共一百五十天"。幸亏挪亚遵照神的旨意,早已建造好一只巨大的方舟,其大小及排水量约为泰坦尼克号的五分之三。他将一家八口连同各种飞禽走兽的"种子"(雌雄各一对)带进方舟,在水上漂流了整整五个月。之后挪亚开启了方舟的窗户,放飞鸽子,试探水情,直到鸽子衔来橄榄树叶,才知道洪水已经消退,于是全家出了方舟,看见天边七色彩虹升起。这时距离他们进方舟已经过了一个阴历年零10天(370天)。

第三次流浪记述在《旧约·出埃及记》(Exodus,意即"出离""离开")中,它也是三个"旅行故事"中时间最长,情节最复杂、详细和曲折的。《出埃及记》记载了以色列人在埃及为奴,受苦,但神借摩西的手救他们离开这个受苦之地的全过程。

整个记述有两条线索贯穿其中。第一条是关于首领摩西的个人成长史。叙述者讲到了他作为"漂流儿"的神秘出身,以及他如何得到启示，领受使命，带领以色列人出埃及，过红海，穿越西奈沙漠，制订"摩西十诫"，最终抵达约旦河东的经历，展现了一个集先知、宗教领袖、军事首领、立法者和演说家于一身的远古部族英雄的崇高形象。

第二条线索是关于希伯来作为一个整体的民族流散史。这是一段长达四十年之久的、在沙漠和旷野的旅行，称得上艰苦卓绝，超越了人类所能承受的生理和心理极限。它不仅是水平的空间移动，也是垂直的精神追求。流散过程中有信仰，有动摇，有诱惑，有奇迹，有怀疑和背叛，也有惩罚和承诺。

并非所有的希伯来人都像摩西那样，有着强烈的信念和使命感。就像所有的集体旅行一样，尽管总体目标一致，但每个人生理和心理准备的程度不同，各自的打算也不一样。大多数人是在毫无准备的情况下，拖儿带女，带着家中的牲畜和锅碗瓢盆仓促上路的。他们已经做惯了奴隶，忘记自己的民族身份了。要不是法老的统治过于暴虐，摩西显示的神迹过于奇特，他们才不想离开这个祖辈已经生活了四百年的埃及呢。有些人随大流，只是因为离开集体他们就无法生存。有些人虽然向往那个流着奶与蜜的"应许之地"（the promised land），但一想到前有红海，后有追兵，就抱怨首领把他们带上了绝路。有些人盼望着上天能像下霜一般，天天降下洁白香甜的"吗哪"，解除自己长途跋涉的疲乏劳顿。更多的人希望经常看到奇迹，一旦没有了奇迹，他们就觉得信仰无所依傍了。甚至摩西的亲弟弟艾伦，也趁摩西上西奈山领受"十诫"的时候，背叛了自己的兄长和首领，鼓动民众用金银珠宝铸造了一头金牛（是否与华尔街上的那个著名雕像有渊源关系？）作为新的崇拜对象，围着它载歌载舞。

《出埃及记》的作者冷静而客观地记录了上述这一切，没有隐瞒，没有粉饰。他显然洞悉人性的弱点,知道要把一群"小信"的乌合之众规训为一个有大信的民族,该有多么的不易。那么,这个由犹太教祭司写下的旅行记,其中究竟有多少真实的成分,有多少虚构的因素?摩西的魔杖真有如此大的神力,能分开红海,让波浪如墙壁般竖起,形成一条拱形通道,使大队人马得以顺利通行吗?他从西奈山上得到的"十诫",那两块石板上的文字真的是上帝用闪电刻写上去的吗?对于诸如此类的记载的真实性,我们不得而知,也无法考证。但有一点是明确的:以色列人追求的那个流着奶与蜜的"应许之地",不仅是地理上的可能空间,也是心理意义上的象征空间。以色列人"出埃及"既是本民族从奴役走向自由的历史写照,也揭露或折射了人类历史的某些奥秘。在后世西方文学中,"出埃及"成为民族独立和社会解放的原型象征。几千年来,在每一个族群走向民族解放的道路上,我们都仿佛能看到以色列人出埃及的影子;在每一声自由的召唤背后,我们都能隐隐听到"应许之地"的回声激荡。喜欢音乐的读者在读《出埃及记》的时候,不妨听一下克罗地亚音乐家马克西姆为同名电影弹奏的钢琴协奏曲,以加深对这段悲壮历史的理解。

　　上述《旧约》中的三个旅行故事,隐含了一条希伯来精神的脉络,这就是关于罪与罚、拯救与恩典、信仰与堕落的宗教叙事。伊甸园神话叙说的是作为个体的人的原罪和流放,挪亚方舟传说讲述的是一家八口的漂流和得救,而《出埃及记》记载的则是作为一个整体的民族的大流散,期间的彷徨与迂回,启示与迷茫,以及最终的抵达。其中的教谕不言自明。通过流浪、流散或旅行,从现实世界移动到可能世界,或许是改变命运的必由之路。

第三节　古希腊：航海、探险与旅行记

现在让我们把目光转向小亚细亚和巴尔干半岛，看看古希腊人在旅行文学方面给现代人留下了哪些遗产。

公元前13到公元前12世纪，即慕凯奈（或迈锡尼）王朝（前1600—前1100）后期，在小亚细亚一带曾发生过一场著名的战争，一座名叫特洛伊的富庶城市被一支由1000多条战船组成的古希腊人（他们自称"阿开亚人"）的联军攻占并摧毁。之后，有关这场战争的故事传说，附会了古希腊的多神教信仰，在爱琴海沿岸和附近的岛屿上流传，被一代又一代的行吟诗人传唱。最后，出现了一个名叫荷马的诗人，他将民间流传的有关特洛伊战争的传说、歌谣和史诗片段融汇成两部格调严肃、表达完美、脉络井然的英雄史诗《伊利亚特》和《奥德赛》。

古希腊人相信，荷马是一位盲诗人，出生在小亚细亚。古时候，至少有七个城市竞相争夺荷马的"所有权"①。古希腊历史学家希罗多德认为，"赫西俄德和荷马的时代比之我的时代不会早过四百年"，依此推算，大约在公元前850年左右。但18世纪德国古典语言学家F.A.沃尔夫在其《荷马史诗导论》中提出了不同的观点，认为荷马史诗不是荷马的原创，"荷马"不是一个专名，而是一个集合名词，包含了许多颂歌诗人在内，代表着一个天才辈出的黄金时代。

尽管如此，西方的地理学家依旧把荷马称为"地理学之父"，理所当然的，他也是欧洲人心目中的旅行文学之父。我们不知道这位诗

---

① 据古希腊流传对句："七城争说荷马生斯地：士麦那、拉多士、科林斯、萨拉米、西奥斯、亚各斯、雅典。"

人是生下来就盲目，还是后天才失明的。但从归在他名下的两部史诗记载的内容来看，荷马就像他自己笔下的主角一样，是一位"机敏的英雄"，"见识过不少种族的城邦和他们的思想"。他携带着他的里拉琴，漂泊在爱琴海沿岸的大小岛屿，以行吟弹唱谋生。西塞罗曾如此断言："传说荷马是一位盲人……但他让我们看到了他自己无法看见的东西。"

归在荷马名下的两部史诗均以特洛伊战争为题材，但作者的侧重点有所不同。第一部《伊利亚特》通过希腊联军方面的主将阿喀琉斯的两次愤怒，叙写了历时十年的特洛伊大战全貌，包括战争的规模，战争场面的激烈和残酷，以及从中激发出的英雄主义和民族精神等。从旅行文学的角度来看，第二部《奥德赛》（意为"奥德修斯的故事"）更值得我们关注，全篇二十四卷共12000多行，讲述了希腊联军将领奥德修斯在特洛伊战争结束后归家的艰难历程，及其所经历的各种生理的和心理的折磨。十年期间，他一方面要率领他手下的船员奋力拼搏，承受来自大自然与神界的种种诱惑与考验，另一方面又要想方设法让他们不因贪图一时的舒适（如在食莲人国）而忘记回归家园这件大事。由于他的船员擅自宰杀了太阳神放牧的神牛，宙斯愤怒地用闪电烧毁了他的船只，最后只留下他一人在海上漂流，直到被费埃克斯人救起护送还乡，与分别整整二十年的妻儿团圆。

《奥德赛》在表现希腊民族的英雄主义和超人智慧的同时，对当时已知世界的地理风貌进行了描述，并记录了大量异域的风土人情和半真半假的神话传说。沿着荷马笔下的航迹，我们仿佛听到了海妖曼妙的歌声，感到了从皮风袋里放出的、来自四个不同方向的风，看到了独眼巨人波吕斐摩斯的狰狞面目，以及他吞食奥德修斯的船员的可怕场面，经历了他的队友被魔女基尔克变成猪，又在他的机智干预下恢

荷马肖像
（本书作者手绘）

约翰·威廉姆·沃特豪斯《奥德修斯与塞壬》

复为人的过程。《奥德赛》中出现的千奇百怪的事物和野兽，其实是未知事物的具象化和妖魔化。正如麦克法伦所说，"哪里有知识淡出，哪里就有传奇开始"。这些传奇之物，直到15世纪还在航海家、探险家和旅行家的记载中频频出现。

作为一位航海家和探索者，奥德修斯的伟大或特异之处在于，他总能以他的智慧化险为夷，既保全了自己的生命，又满足了不倦的好奇心。史诗第十二卷讲到，奥德修斯带领船队路过危险的卡律布狄斯大漩涡和斯库拉巨岩，之前他早就听说，这里有一种人首鸟身、名叫塞壬的海妖出没。她们会用洁白的胴体和曼妙的歌声诱惑过路的水手。奥德修斯听从女巫瑟西的建议，对此作了周密的安排。他先从船舱角落取出一块大蜂蜡，用铜刀切开，捏成一个个小团，塞进每个队友的耳中，免得他们听到那销魂的歌声，情不自禁跳下甲板，滑进海妖的齿缝，变成一堆白骨。但他自己想看，想听，想感受一下人生航程中这难得一见的机缘和妖氛。于是他命令队友把他绑在高高的桅杆上，并告诫说到时不管他怎样恳求，大叫，怒骂，也不要为他松绑。安排好这一切之后，他命令队友奋力划桨，快速通过这危险的航道，而他自己既听到了海妖妩媚、婉转、销魂的歌声，又看到了那些随着海浪起伏的洁白如雪、柔软如水的美丽形体。《奥德赛》中类似的场面层出不穷，读之引人入胜，足见荷马这位天才的盲诗人不仅"见"多识广，具有丰富的地理知识和旅行经验，且懂得如何讲好故事，吸引围观的听众。

归家是旅行文学的题中应有之义。在这方面，荷马也是一个叙事高手。《奥德赛》第十九卷讲到，奥德修斯在历尽艰险、终于抵达家乡伊塔卡的时候，为了考验分别二十年的妻子佩涅洛佩对他的忠贞，乔装打扮成一个乞丐，在自己家门口行乞。没认出自己丈夫的佩涅洛佩收留了他,并吩咐老女仆给这位外乡人打水洗脚。在所有的古老故事中,这通常是向疲惫的流浪者表示好客的第一道礼节。老女仆(她曾是奥德修斯的奶妈)端上铜盆,打了凉水,兑上热水,准备给他洗脚,坐在柴火旁的奥德修斯立即把身子转向暗处,因为他怕暴露自己的身份。果然,老女仆抓住他的脚,立即认出了他小腿上的伤疤,那是他小时候打猎时留下的。

接下来的情节是许多读者耳熟能详的。关于洗脚的叙事暂时中断了。荷马插入了足足75行讲述奥德修斯伤疤的来历(十九卷:第392—466行)。之后,

> 老女仆伸开双手,手掌抓着那伤疤,
> 她细心触摸认出了它,松开了那只脚。
> 那只脚掉进盆里,铜盆发出声响,
> 水盆倾斜,洗脚水立即涌流地面。
> 老女仆悲喜交集于心灵,两只眼睛
> 充盈泪水,心头充满热切的话语。
> 她抚摸奥德修斯的下颌,对他这样说:
> "原来你就是奥德修斯,亲爱的孩子。
> 我却未认出,直到我接触你主人的身体。"

(王焕生 译)

她还来不及兴奋地喊出声来,足智多谋的奥德修斯便轻轻扼住她的喉咙,对她又哄又吓,不让她出声,以免坏了自己的大计。直到第二十一卷,他同儿子特勒马科斯合作,用计将那些趁他外出向他妻子求婚的人统统杀死后,奥德修斯才撩起衣衫,向妻子露出伤疤,表明自己的真实身份。分别二十年的夫妻经一番互相试探,最终相认,互

叙离情别绪。

自荷马以后，在西方探险家心目中，荷马笔下海妖的歌声就成为一个撩人的隐喻。正如约翰·赖特在就任美国地理学家协会主席时发表的演说中所说：

"未发现的地域"，这种词语激发了想象。多少年来，人们被海妖的声音吸引到未知的地区……

在后世西方文学中，奥德修斯（拉丁文名拼读为"尤利西斯"）的冒险、流浪和回归家园成为人类永恒命运的原型象征，激发了许多诗人和小说家的创作灵感。19世纪英国桂冠诗人丁尼生在一首题为"尤利西斯"的戏剧独白诗中，以第一人称口吻续写了奥德修斯的晚年故事。退休的船长不满足于火炉边的安稳生活，渴望带领他的水手们再次出发，"决心驶向太阳沉没的彼方，/超越西方星斗的浴场，至死方止"。

"神圣的荷马"之后，古希腊出现了两位伟大的旅行家，希罗多德和斯特拉波。他们两人写下的旅行记，宣告了建立在实地考察基础上的历史学、人类学和地理学的诞生。

西方学者认为，希罗多德的《希腊波斯战争史》（简称《历史》，约成书于公元前440年），既是一部历史著作，同时也是世界地理和人种志著作，三者之间是紧密联系的。全书共九卷，涉及三大题材：神话传说、地理描述和人种志。从旅行文学角度看，最有价值和饶有兴味的是后二者，其中包括他对其所旅行过的地区的描述，以及所观察和记录的各地居民的风俗习惯。

希罗多德对于地理学的贡献，很大程度上来自他旅行期间的观察和调查。向西，他远到意大利的地中海沿岸，并在意大利度过了他的后半生。向北，他通过黑海到达了多瑙河河口，并沿着顿河河谷在俄罗斯高原上旅行了一段时间。向东，他穿越了大半个波斯帝国，访问了萨珊王国和巴比伦。向南，他在埃及逗留了很长时间，并沿着尼罗河上溯到达了埃烈旁提涅（今阿斯旺）附近的第一瀑布。

希罗多德又被认为是人类学之父，因为他生动记述了希腊以外的其他人类文化。构成人种志主体内容的是希罗多德对于各个民族风俗习惯的描述，这些内容可以说是包括第一卷在内的整部《历史》中最具特色的题材。通过这些介绍，后人才得知众多民族的奇风异俗，而这远非现代考古挖掘成果所能完全复原和呈现的。《历史》第二卷关于埃及的描述特别深入、细致，中译者王以铸先生认为这部分"几乎可以独立成书"。希罗多德讲到了尼罗河的源流，河里的鳄鱼、河马、有羽翼的蛇，木乃伊的制作，金字塔的建造，以及埃及人的奇风异俗。这里选录一段，以略见一斑。

关于埃及本身，我打算说得详细些。因为没有任何一个国家有这样多的令人惊异的事物，没有任何一个国家有这样多的非笔墨所能形容的巨大业绩。因此在下面我要仔细讲一讲。不仅是那里的气候和世界其他各地不同，河流的性质和其他任何河流的性质不同，而且居民的大部分风俗习惯也和所有其他人的风俗习惯恰恰相反。他们上市场买卖的都是妇女，男子则坐在家里纺织。世界上其他地方的人织布时把纬线推到上面去，但埃及人则拉到下面来。埃及的妇女用肩担东西，但男子则用头顶着东西。妇女小便时站着，男子小便时却蹲着。他们吃东西的时候是在外面的街上，但是大小便却在自己的家里，他们这样做的理由是凡是不体面但是必须的东西应当秘密地来做，如果没有什么不体面的事情，则应该公开地来做。妇女不能担任男神或是女神的祭司，但男子则可以担任男神或是女神的祭司。

儿子除非是出于自愿,他们没有扶养双亲的义务,但是女儿不管她们愿意不愿意,她们是必须扶养双亲的。

(王以铸 译)

除了地理、历史和风土人情之外,希罗多德对比较宗教特别感兴趣。读了他的书希腊人才得知,几乎所有神的名字都是从埃及传到希腊的,许多风俗习惯也是如此。第二卷中用不少篇幅记载了埃及人的信仰和祭祀的过程,包括有哪些禁忌,如何选择洁净的牡牛羊,如何宰杀,如何献祭,献祭给什么样的神。为此,他还专门作了一次海上的旅行,去了腓尼基和塔索斯两个不同的城市,拜访了奉祀海神海拉克列斯的两座不同的神殿,并分别找了当地的祭司谈话,以获得第一手资料。最后得出了他的结论:"海拉克列斯乃是一位十分古老的神","修建和奉祀海拉克列斯的两座神殿的希腊人,他们的做法是十分正确的。在一座神殿里海拉克列斯是欧林波斯的神,人们把他当作不死之神而向他呈献牺牲,但是在另一座神殿里,人们是把他当作一位死去的人间英雄来奉祀的。"

希罗多德有旅行家的见闻、政治家的敏感和文学家的手笔。他不是一个文笔干巴巴的纪事散文家,更像个说故事的能手。《历史》第三卷第十四章讲的一个故事,是被后人多次引述的经典叙事范例。埃及国王普撒美尼托斯被波斯国王冈比西斯击败并捕获。冈比西斯想要羞辱一下他的俘虏,便下令将其带到路旁,观看波斯军队凯旋。接着他又安排这个昔日的国王、如今的阶下囚,去看他的沦为女仆的女儿提着水罐到井边打水。面对此情此景,所有的埃及人都悲叹唏嘘,只有普撒美尼托斯兀然而立,不动声色,眼睛紧盯着地面。之后,冈比西斯又安排让他看见了自己的儿子身处一队被押去处决的队伍中,颈上系着绳子，嘴里衔着马嚼子，但他依然无动于衷，不发一言。然而，当他在俘虏中发现了一个昔日经常一起饮酒，如今沦为乞丐的伙伴时，却双拳击头，大声哭出来了。

  这则故事揭示了作者对叙事节奏的把控自如。这段简短的文字中，波斯国王的暴虐和埃及国王的隐忍是通过两人的动作和表情透露出来的，作者不发一句评论。在波斯国王这一边，我们只见他在羞辱，在下令，在安排，在强迫；而埃及国王这一边的回应则是顺从，沉默，兀立，垂首。最后，蓄积的情感到达极限，若地底的岩浆喷涌而出，通过肢体语言和原始的悲声突然释放出来，但即便如此，悲愤中仍不失国王的高贵之气。

  我们不知道这个故事是希罗多德亲眼所见现场的记录，还只是道听途说的追忆和描述，无论如何，它都体现了一种节制的叙事艺术。希罗多德对人物的观察细致入微，对人性的理解透骨入髓，而其表述却又是如此简练、含蓄。作者对埃及国王情感的描写先张后弛。被迫观看波斯军队凯旋，是他情感的第一"张"；看见女儿沦为敌人的奴仆，是情感的第二"张"；再看到儿子被绑赴刑场，是情感的第三"张"。最后看见旧友也在俘虏中，是情感的一"弛"。之前的三"张"就在最后的一"弛"中陡然松了下来，貌似无动于衷的沉默终于找到了倾泻的出口。整个画面，犹如著名的古希腊雕像《拉奥孔》（详见本书最后一讲），具有古典艺术"高贵的单纯和静穆的伟大"。

  希罗多德之后，最著名的西方旅行家和地理学家是公元前1世纪的斯特拉波。他用希腊语撰写的地理学巨著《地理学》共有十七卷，书中描述的亚洲、北非和欧洲的大部，都是他亲历过的。斯特拉波不光描述地理，也记录相关的风土人情。有关西方的女人国，即古希腊神话中提及的亚马孙人，最早见于文字的可能是在他的《地理学》中：

亚马孙人居住在阿尔巴尼亚山区……她们用自己的双手从事耕作、种植、放牧，尤其是驯服马匹。她们中最强有力的将大量的时间花在骑马狩猎及作战训练上。所有人从婴幼儿起就被割去右乳，以便利用右臂从事各项活动，尤其是投掷标枪。她们弓箭娴熟，用一种名叫萨迦瑞斯（sagaris）的剑，持小圆盾。她们制造头盔和护身的盔甲，用兽皮做皮带。春天有两个月，她们在靠近高加索人边界的山上度过，后者出于某种古老的习俗会上山来祭献，然后在黑暗中与他遇到的第一个妇女交媾，生下后代。等到妇女怀孕之后，男的才离开。如果生下来是女的，孩子就归亚马孙人。如果是男的，则由高加索人带走抚养。

（张德明 译）

罗马时代的历史学家普鲁塔克认为，斯特拉波不仅是一位地理学家，还是一位历史学家。在中世纪的学校中，他的《地理学》一直被当作教科书，沿用了好几个世纪。

第四节　中国：超脱形体的神游

与西亚地区的游牧民族、地中海地区的航海民族相比，黄河和长江流域的农耕民族自古以来安土重迁，历史上既没有发生过希伯来人出埃及般的大规模集体流散，也没有出现过荷马史诗中记载的那种跨海征战和探险活动。中原地带仿佛置身于世界各民族消长盛衰的变动之外，基本上不受外来影响而独自发展，华夏祖先生存于此，很早就形成了定居农耕的生产、生活方式，和温柔敦厚、不与人争的民族文化性格。

这种独特的文化生态环境造就了一种根深蒂固的观念——生殖崇

拜。半坡村出土的文物表明，早在新石器时代，华夏民族的祖先已经用种种简陋、素朴的仪式表达这种观念了。《周易·系辞传》说"天地之大德曰生"，"生生之谓易"，把生殖作为宇宙流转变化的原动力和维系社会群体生存的基础。文学上以《诗经》开篇《关雎》为代表，从"关关雎鸠，在河之洲"的鸟类意象起兴，引出后文君子追求淑女"琴瑟友之""钟鼓乐之"、男女好合、家庭协和的热闹场面。

与生殖崇拜相关，或从生殖崇拜派生出来的另一观念是家庭—祖先崇拜。有学者认为，易经的"根喻"（root-metaphor）就是一个家庭。八个基本卦象象征家庭亲族及伦理观念。"乾"为天为父，"坤"为地为母。乾坤结合，天地相交，阴阳化合，生下"震"为长男，"巽"为长女，"坎"为中男，"离"为中女，"艮"为少男，"兑"为少女。这个家庭父母双全，膝下三男三女，长幼有序，多子多福，美满之至，颇合中华传统文化所追求的家庭模式。

从这个观念派生出中国古典诗歌的一类意象，便是游子原型。这类诗歌从《诗经·豳风·东山》唱起，一直唱到唐代王维的"阳关曲"《送元二使安西》，都表现了一种对远游的恐惧和对家园的眷恋，这种眷恋正是祖先崇拜的一个变种。孔子曰，"父母在，不远游，游必有方"。于是，我们在后代诗歌中一次又一次地听到那来自远古的呼唤：

王孙兮归来，山中兮不可久留！

——《楚辞·招隐士》

日暮乡关何处是，烟波江上使人愁。

——崔颢

万里悲秋常作客，百年多病独登台。

——杜甫

劝君更尽一杯酒，西出阳关无故人。

——王维

但问题没有如此简单。任何文化都不是单一的，而是多元的，其内部的结构和成分是极为复杂的。文化内部既有精英和民间的分层，主流和支流的交叉，也有边缘和中心的互相激荡。事实上，中国古代至少有过三条时断时续、相互交错的旅行文学传统线索。从先秦到魏晋南北朝，首先出现了以庄子、列子的逍遥游，阮籍、嵇康、郭璞、陶潜的游仙诗为代表的神游传统。汉魏时代，相继出现了以郦道元、谢灵运等为代表的注重实地考察和行走的地理——山水旅行传统。唐以后，在浙江东部的秀水灵山间，又形成了一条以宋之问、李白、杜甫、贺知章等为代表，总数四百余人的唐诗之路，在中国文学史上留下了辉煌的篇章。

开启神游传统的无疑要归于庄子。在《逍遥游》一文中，他创造了鲲与鹏这两种超越时空和人类想象力的庞然大物：

北冥有鱼，其名为鲲。鲲之大，不知其几千里也；化而为鸟，其名为鹏。鹏之背，不知其几千里也；怒而飞，其翼若垂天之云。是鸟也，海运则将徙于南冥。南冥者，天池也。《齐谐》者，志怪者也。《谐》之言曰："鹏之徙于南冥也，水击三千里，抟扶摇而上者九万里，去以六月息者也。"野马也，尘埃也，生物之以息相吹也。

从世界旅行文学的宏观角度看，《逍遥游》的价值在于建立了一个独特的、具有东方神韵的旅行文学传统，即通过超脱形体的神游，达到精神的绝对自由（"无所待"）。在庄子看来，即便像鲲、鹏之类有着几千里庞大形体的生物，还是需要依靠风这种物质，才能超越空间的束缚，抟扶摇而直上九万里，从北冥进入南冥。因此，说到底，它们还是有所待的，不自由的。引申言之，人之所以不断地在空间中移动、流浪或流散，其最终目的不就是摆脱来自社会的、体制的、生理的等诸多方面的束缚，从现实世界进入可能世界，达到绝对自由的境界吗？如果有一种方法能够帮助我们做到这一点，消除此与彼、醒与梦、生与死、自我与他者等界限，那么人的灵魂就会像梦中的庄周化身为蝴蝶，自由飞翔在空灵的境界，不知蝶梦庄周，抑或庄周梦蝶了。

庄子的这种想法，他自己也提到，来自比他更早百年的列子。列子是战国前期道家代表人物，名寇，又名御寇（"列子"是后人对他的尊称），传说他能御风而行。《列子·黄帝》中记载了他的一次白日梦（"昼寝"）。在梦中，这个齐国人从山东西部梦游到了远在陕西的华胥氏之国，而华胥氏之国在弇州之西，台州之北，不知离齐国几千几万里。作者解释说，这不奇怪，因为"盖非舟车足力之所及，神游而已"。

逍遥游是一种人生态度和境界，神游则是达到此境界的具体途径，即让灵魂（"神"）超脱形体，飘飞而上，达到天人合一之境。在庄子和列子之后，超脱形体的精神之旅渐渐成为一个传统。南朝（梁）沈约在《谢齐竟陵王教撰〈高士传〉启》中，把"迹屈岩廊之下，神游江海之上"奉为一生追求的目标。唐代李白的千古名篇《梦游天姥吟留别》、宋代苏轼的千古名句"故国神游，多情应笑我，早生华发"（《念奴娇·赤壁怀古》）、元代萨都剌的名诗"少吐胸中豪，神游八荒外"（《过岭至崇安方命棹之建溪》）等，均是这个神游传统中公认的经典之作。

把神游归入旅行文学这个类别中，是否合乎学理？笔者起先也曾犹豫不决，但读了美国旅行文学研究专家福赛尔编选的《诺顿旅行文学读本》,顿时释然了。他将英国浪漫主义诗人约翰·济慈的一首十四行诗《初读查普曼译荷马史诗》、威廉·布莱克的一首八行诗《向日葵啊》收入他编选的读本中,在诗人简介中还写道:"布莱克一生住在伦敦,只在他的思想中旅行(traveled only in his mind)。""思想中旅行"与神游何其相似,当然其中内涵的差异尚可进一步辨析。但无论如何,它说明神游是人类共同渴求的境界。如北宋画家郭熙在《林泉高致》中所云,"尘嚣缰锁,此人情所常厌也;烟霞仙圣,此人情所常愿而不得见也"。两者的根本区别在于,在强调探索和发现的西方传统中,超脱形体的神游或许是个异数,而在古老的东方,则已形成了一个悠远的传统,有待现代人进一步挖掘和深化。

神游传统的进一步发展,便是游仙诗的出现。这类诗源于巫俗文学,以原始宗教升天仪式和神话为背景,表达人类对超脱时空的限制,飞升到一绝对自由、逍遥的神仙世界的向往。游仙诗在魏晋时代随着道教的普及而达于极盛,当时许多诗人如阮籍、嵇康、郭璞、陶潜等都借游仙诗抒发现实的感慨,寄托远邈的情思,一直影响到唐代李白、李贺等人的创作。后世诗歌中大量出现的有关蓬莱仙境、昆山乐土、西王母、戴胜、鬼谷子、赤松子、仙鹤、童子等神(仙)话典故、原型意象等都可追溯到此源头。

游仙诗的另一变种是怀旧的乌托邦建构。这是一种逆向的逍遥游,其基本理念来自对可能世界的向往。陶潜的《桃花源记》可谓这方面的典范之作。这篇全文不足400字的美文几乎包含了一个经典的旅行文本应有的所有元素。让我们细读一下。

晋太元中,武陵人捕鱼为业。缘溪行,忘路之远近。忽逢桃花林,夹岸数百步,中无杂树,芳草鲜美,落英缤纷,渔人甚异之。复前行,欲穷其林。

开篇讲的是旅行中的偶遇。"缘"是随意,"忘"是任性,"忽逢"是惊喜,"异之"是好奇,随后便是"欲穷其林"的追寻、探险和发现,接着,一个超越时空的、怀旧的乌托邦世界就呈现在渔人面前。这个世界中没有战争、纷争,没有朝代的区别、人我的隔绝,一切都笼罩在朦胧、安详的太古之光中。

林尽水源,便得一山,山有小口,仿佛若有光。便舍船,从口入。初极狭,才通人。复行数十步,豁然开朗。土地平旷,屋舍俨然,有良田美池桑竹之属。阡陌交通,鸡犬相闻。其中往来种作,男女衣着,悉如外人。黄发垂髫,并怡然自乐。见渔人,乃大惊,问所从来。具答之。便要还家,设酒杀鸡作食。村中闻有此人,咸来问讯。自云先世避秦时乱,率妻子邑人来此绝境,不复出焉,遂与外人间隔。问今是何世,乃不知有汉,无论魏晋。此人一一为具言所闻,皆叹惋。余人各复延至其家,皆出酒食。停数日,辞去。此中人语云:"不足为外人道也。"

最后是得而复失的惆怅和叹息。渔人从可能世界返回到现实世界。在这个世界里,有符号,有体制,有官员,有命令,有疾病,就是没有自由和快乐。

既出,得其船,便扶向路,处处志之。及郡下,诣太守,说如此。太守即遣人随其往,寻向所志,遂迷,不复得路。南阳刘子骥,高尚士也,闻之,欣然规往。未果,寻病终,后遂无问津者。

我们不禁要问:陶潜笔下所述究竟是事实还是虚构?世上真有桃花源这样的所在吗?有种种臆测和解释。有人认为渔人误入的这个所谓的桃花源其实只是死后世界的写照。也有人认为从陶潜的地形描述（"山有小口，仿佛若有光。便舍船，从口入。初极狭，才通人。"）来看，桃花源入口很像是地质学上的"天坑"。天坑是指发育在碳酸盐岩喀斯特地区的一种周壁峻峭、深度与口径可达数百米的喀斯特负地形，具有巨大的容积，底部与地下河相连接（或者有证据证明地下河道已迁移）。之前地质学界一直将其作为喀斯特漏斗的特例，2001年我国学者正式提议将这种喀斯特地貌命名为"天坑"。在四川、重庆、广西等地，有些少数民族的古村落，要越过这些天坑才能进入。由此可见，陶潜笔下的桃花源可能并不完全是向壁虚构，或许就存在于这些天坑背后。但上述各种说法均无法得到证明，只能留待有兴趣的"驴友"前去实地探访了。

第五节　郦道元和谢灵运：水色山光的漫游

文学史家一致同意，魏晋南北朝（220—589）是中国文学的自觉时代。文学摆脱了之前与哲学、伦理和道德说教的互相纠缠，成为一门相对独立的语言艺术。从旅行文学角度看，魏晋南北朝也是真正的旅行意识觉醒的时代。我们还记得，"旅游"这个词也正是在这个时代首次出现的。当公元5世纪南朝诗人沈约写下"旅游媚年春，年春媚游人"这个诗句的时候，他心目中的旅行当然不是指为了谋生需要而在空间中的移动，而是指一种超功利的、具有审美性和趣味性的休闲活动。与此同时，山水景物也开始摆脱了它的实用性和道德寓意，成为美学观照和反思的对象。当然，并非所有人都能达到这一境界，只有少数社会精英分子才有福消受，乐此不疲。魏晋时代两位伟大的旅行家，郦道元和谢灵运，分别以其散文和诗歌作品将中国古代的旅行文学提升到一个新的境界。

郦道元是公元5、6世纪伟大的地理学家、旅行家和散文家。他撰写的四十卷《水经注》，文笔隽永，描写生动，既是一部内容丰富的地理学著作，也是一部优美的山水散文集，成为中国游记文学的开山之作，对后世游记散文的发展产生了深刻影响。从书名来看，此书是为三国时期一位佚名作者写的《水经》所作的注。《水经》原书内容非常简略，只有一万余字，公式化地写了华夏大地上的许多河流：某条河的发源、大致的流程、汇入另一条大河或入海的路线等。但并不详记河流流经地区的地理情况，对河流本身的描述也过于简单，且有许多遗漏，更没有考虑到随着时间的推移，人类的劳作会不断改变地貌，导致河流的改道、地名的变更和村落城镇的兴衰。郦道元的《水经注》对原书所述河流作了全面考订，丰富和发展了古代中国的地理学、水文学知识。全书注文超过原文20多倍，达30多万字，是一部独立的地理学、水文学和旅行文学名著。

《水经注》的基本叙事方式是：先叙述某水源出何处，流分几道，再按其方向，一一述及其所流经的地域、地貌、县治、历史沿革及相关传说，同时引用多部古书典籍（包括《山海经》《禹贡》《汉书·地理志》等）以及大量的方志，通过相互参照，辨其源流，识其真伪，再证之以本人实地踏勘的成果，对前人之说加以修订或增益。郦道元的态度客观、公允，显示了某种科学精神。全文描述简洁、精准，点到为止，不空发议论，有时也穿插一些道听途说的奇闻逸事，增加了文章的趣味性。如卷二十讲丹水的这一段：

丹水南有丹崖山，山悉赪壁霞举，若红云秀天，二岫更为殊观矣。丹水又南，径南乡县故城东北。汉建安中，割南阳右壤为南乡郡。逮晋封宣帝孙畅为顺阳王，因立为顺阳郡。而南乡为县，旧治酇城。永嘉中，丹水浸没，至永和中，徙治南乡故城。城南门外，旧有郡社柏树，大三十围。萧欣为郡，伐之，言有大蛇从树腹中坠下，大数围，长三丈，群小蛇数十，随入南山，声如风雨。伐树之前，见梦于欣，欣不以厝意，及伐之，更少日，果死。

卷三十四这段描写三峡的文字更为著名，它超越了纯地理性的描述，让山水带入了人的灵魂和情感，但这种情感又不是直接的宣泄，而是深深隐藏在景物描写中的。

自三峡七百里中，两岸连山，略无阙处，重岩叠嶂，隐天蔽日，自非亭午夜分，不见曦月。至于夏水襄陵，沿溯阻绝，或王命急宣，有时朝发白帝，暮到江陵，其间千二百里，虽乘奔御风，不以疾也。春冬之时，则素湍绿潭，回清倒影，绝巘多生怪柏，悬泉瀑布，飞漱其间，清荣峻茂，良多趣味。每至晴初霜旦，林寒涧肃，常有高猿长啸，属引凄异，空谷传响，哀转久绝。故渔者歌曰：巴东三峡巫峡长，猿鸣三声泪沾裳。

作者先对三峡作了一个全景式描述，让读者留下总体印象。继而以直观的舟行速度为参照，写了夏水的浩大气势。接着由动转静，分别描写了春、秋、冬三个不同季节两岸的风光。最后从视觉转到听觉，以长啸的猿鸣和当地的渔歌作结，读之令人顿生出尘之思。时间、地点、景物、季候、风土人情，全有了，无疑是世界旅行文学的经典之作。

谢灵运，原名公义，字灵运，以字行于世，因幼年时曾被寄养在一位道士的道馆中，直到15岁那年才回父母家中，故小名客儿，世称谢客。他在18岁那年，继承了祖父的爵位，被封为康乐公，食两千户，从此开始了他的锦衣玉食、游山玩水的逍遥生活。这位自称"进德智所拙，退耕力不任"的政府官员，虽有职务在身，却难得（或懒得）去衙门视事断案，将大半生命浪掷在了浙东的山水之间。48岁那年被人诬告谋反，而被皇帝下诏令处死。

谢灵运的诗歌在《昭明文选》中最初是被归入"游览"类的，足见南朝时谢氏作为旅游诗人的地位已经确立。在差不多1600年前，旅行可不像当下那样是一般大众消受得起的。首先，旅行者必须有足够的财力和物力；其次，得有一份清闲的差事支取干薪；最后，需要一种闲适的心态和探险的精神。谢灵运三者兼备。他无须为衣食琐事操心，出门旅行时仆役皂隶一大群，前呼后拥，笑傲江湖，逢山开路，遇水搭桥。以至于有一次惊动浙江永嘉当地的地方官员，以为是盗贼进山来了。

谢灵运喜欢旅游，也寻求探险的刺激。他经常选择一些奇险、陡峻的山峰作为自己的目标，在跋山涉水、登峰越岭中挑战自己的勇气，获得无穷的乐趣。有人说他是古代攀岩运动的先行者。他还在一些陡峭的山峰上建造了亭台，以便旅人歇息。为了探险旅游之便，谢灵运还发明了一种木制的钉鞋，上山时取掉前掌的齿钉，下山时取掉后掌的齿钉，既能保持身体的平衡，又分外省力和稳当，这种鞋后来被命名为"谢公屐"，为许多喜欢旅游的文人所仿制。李白在《梦游天姥吟留别》中曾写过这样的诗句："脚着谢公屐，身登青云梯。半壁见海日，空中闻天鸡。"

说到谢灵运的山水诗在中国乃至世界旅行文学中的地位，首先必须明确一点，并非所有描写山水景物的诗歌便是山水诗。古希腊、古罗马的史诗中有大量山川海岛的描写，但这些描述都是作为人物活动的背景而呈现的，所起到的作用是衬托，也就是说，自然景物本身还没有成为美感观照的对象。在西方，直到近代以后才有纯以自然景物为题材的诗文出现。而中国则远在魏晋南北朝时期就出现了以谢灵运为代表的纯粹山水诗。请看谢灵运的名篇之一《石壁精舍还湖中作》：

昏旦变气候，山水含清晖。
清晖能娱人，游子憺忘归。
出谷日尚早，入舟阳已微。
林壑敛暝色，云霞收夕霏。
芰荷迭映蔚，蒲稗相因依。
披拂趋南径，愉悦偃东扉。
虑澹物自轻，意惬理无违。
寄言摄生客，试用此道推。

美籍华裔学者田晓菲女士指出，谢灵运山水诗歌有一个重复的结构，就是诗人以愁绪开篇，在山水之间发泄郁闷，最终在诗歌结尾处达到某种感悟和超越。可谓的评。这首诗写了诗人一天旅行中观察到的气候、风景和光影的微妙变化，以及它所引发的人的情绪的微妙变化。从日出到日落、出谷到入舟，是移步换景；从"娱人"到"忘归"、"披拂"到"愉悦"，是换景移情；最后从"虑澹"到"意惬"，移情入理，归结为道家的摄生之道，提出自己的旅游观：在山水间旅游可以使人忘记俗虑，摆脱外物的束缚，更有利于内心世界的休养生息。这种旅游观非常切合当代人的精神需求，是以谢灵运为代表的山水诗人对中国乃至世界旅行文学作出的最大贡献。

第二讲
中古旅行文学

从公元 5 世纪开始，西方进入中古的"黑暗时代"。一波又一波异族的入侵，宣告了以古希腊罗马为代表的古典文明的终结。之后是"黑死病"（鼠疫）的袭击，使欧洲人口锐减了三分之一。教堂丧钟日日敲响，教皇和教士惊呼世界末日已然来临。差不多与此同时，遥远的东方中国在经历了汉末社会大动乱、魏晋南北朝的分裂后，正在享受江山重新一统后的太平盛世。如果你能穿越时空返回到盛唐，行走于浙江东部的绿水青山之间，十有八九会遇到一群闻名遐迩的诗人，他们或许正在山间徒步，亭中休憩，或许正在品茗饮酒，联唱赋诗。如果你的运气足够好，其中的几位可能会上前一一来向你作自我介绍：李白、杜甫、贺知章、元稹、皎然、孟浩然……这就是浙东唐诗之路，一条与庄子、列子的神游，郦道元、谢灵运的壮游并存的，中国古代旅行文学的诗意线路。

▌ 第一节　唐诗之路上的歌吟

唐诗之路的起点在哪里？终点在何方？途中有哪些名山大川，风物景观？这些问题恐怕是现代旅行者最关心的。大诗人李白似乎早就料到这一点，在《送王屋山人魏万还王屋》一诗中给后世列出了一条清晰的路线图。具体说来如下：由杭州渡钱塘江，至西陵（今西兴），入浙东运河至越州（今绍兴）；过若耶溪（今平水江），泛舟镜湖（又名鉴湖）后，再经曹娥江，入剡溪（今嵊州），上天台；历游赤城、华顶、石梁、国清寺后，再入丰溪，至临海；转入灵江，经黄岩，历温峤，至永嘉，访孤屿；再沿瓯江上溯，观青田石门，再溯好溪，至缙云；然后，由梅花桥翻山，入双溪，下武义江，至金华；上八咏楼后，入兰溪江，至新安江口，转入富春江，诣严光濑；最后顺流而下，再入钱塘江，前往吴都。绕了一个大圈，全在浙东范围内，其山水形胜，饱览无余。

据专家考证，唐代有约450位诗人曾徜徉于这条"黄金旅游线"上，留下了1500多首诗歌。他们或从西安、洛阳舟车南下，或自岷江、峨眉山沿江东流，前来览胜探幽，登临怀古，吟咏风物，流连忘返。唐代初、盛、中、晚的每个时期，镜湖、若耶溪、禹陵、越王台、剡溪、沃洲，以及会稽、天姥、四明、天台诸山，处处留下了诗人们的足迹和诗篇，形成蔚为大观的人文气象。

为什么是在浙东？为什么在如此长的时间段，相对有限的空间中，能汇集那么多的诗人前来寻访探幽，行吟歌咏？这里既有

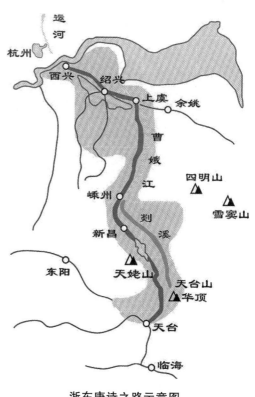

浙东唐诗之路示意图
（来源：《钱江晚报》）

历史的偶然性，特殊地理、地貌的吸引力，也有文人之间同气相求、互相应和的传统。已故唐诗专家吴熊和先生认为，西晋沦亡之后，南渡的中原大族纷纷定居浙东。丞相谢安就以高卧于上虞驰名。孙绰、王羲之、支遁、谢灵运等名流，也先后会聚浙东，形成一种和煦浓厚的人文氛围。浙东一带的地理向来以山川钟秀、水网纵横交错为其特色。出门可见江、河、湖、溪、塘、浜，触目皆是丘、石、陵、岩、峰、峦。还有不可胜数的桥梁、水榭、凉亭、楼阁、寺庙、道观。水行可弄棹，可泛舟，可扬帆；陆行可徒步，可坐轿，可骑驴。大自然蕴藏的山水之美，正和当时从战乱中恢复过来的人们企求回归自然，超越污浊社会的心态相契合。《世说新语·言语》记王子敬语："从山阴道上行，山川自相映发，使人应接不暇。若秋冬之际，尤难为怀。"大画家顾恺之从会稽还，人问山川之美，顾恺之答："千岩竞秀，万壑争流，草木蒙笼其上，若云兴霞蔚。"

更使文人墨客感兴趣的是浙东一带深厚的历史文化积淀。秦始皇曾在秦望山上驻足远眺，李斯亲书的碑文隐约可见；越王勾践曾在会稽山中卧薪尝胆，越王台上剑气尚存；西施美女在此浣纱，她与范蠡功成身退、遁入太湖的传说一直在民间流传。诸如此类的历史文化遗迹随处可见，信步可求，诗人来此寻访探幽，既可凭吊思古，登临抒怀，也可遁入山林，吟咏风月。有兴趣的还可隐入寺院，与道士或上人切磋玄学、探讨佛理。于是，就有了李白的这首《送友人寻越中山水》：

闻道稽山去，偏宜谢客才。
千岩泉洒落，万壑树萦回。
东海横秦望，西陵绕越台。

湖清霜镜晓，涛白雪山来。
八月枚乘笔，三吴张翰杯。
此中多逸兴，早晚向天台。

此诗的亮点在"寻"，诗人写此诗的初衷是撩拨友人前来越中一游，故没有花太多笔墨作详细介绍，而像一个聪明的导游，将"驴友"带到景点门口，稍加点拨，即任其自由寻访。首句点出了越地与谢灵运的因缘。谢氏生于会稽，因幼年被送入钱塘一道家寄养，故名谢客。诗人以此暗示友人有着与谢氏同样的诗才，理当来越地展示一番。接下来几句，虚实结合，对仗工整，点出了越中山水人文的精华。最后两句引经据典，诚邀友人放弃世俗功名心，赶紧前来与自己同游。全诗写得既简洁流畅，又情深意切，不失青莲居士本色。

相比于李白的奔放与热情，杜甫《壮游》诗中写浙东山水的诗句略显沉郁与顿挫。此诗大约作于大历元年（766），其时杜甫卧病在夔州。这是一首自传性的叙事诗，从幼年学诗写起，历叙漫游齐赵，失第洛阳，滞留长安十年，经安史之乱到流落巴蜀的生活。其中提到浙东山水的诗句正好十句。

东下姑苏台，已具浮海航。
到今有遗恨，不得穷扶桑。
王谢风流远，阖庐丘墓荒。
剑池石壁仄，长洲荷芰香。
嵯峨阊门北，清庙映回塘。
每趋吴太伯，抚事泪浪浪。
枕戈忆勾践，渡浙想秦皇。
蒸鱼闻匕首，除道哂要章。

越女天下白，鉴湖五月凉。

剡溪蕴秀异，欲罢不能忘。

诗题"壮游"点明了主旨，略带自嘲色彩。这是一篇诗体的《追忆似水年华》，写的是怀古题材，追溯的是自己的青春岁月。有遗憾、惋惜、泪痕和惆怅。从旅行文学的角度看，前引李白送友人诗中既写了自然风光，也点到了名胜古迹，目的是邀约；而杜甫此诗以历史典故写成，越地风景基本一笔带过（"剡溪蕴秀异"），诗的重心在自我观照和反思。令人讶异的是，诗中出现了与暴力和性相关的意象（戈、剑、匕首、越女）。诗人想借助这些历史典故和记忆残片，释放一下青春时代无法满足的渴望吗？

除了上述非常个人化的记游诗外，浙东唐诗之路上也有诗人与诗友之间，与当地官员、僧人、名流之间的应和之作，还有群体性的宴集酬唱与诗歌盛会。这与东晋以来浙东地区经济的繁荣和庄园经济的长足发展有着密切关系。当时世家大族往往在依山傍水、风景秀丽之地兴建庄园，不时召集同好品茶饮酒，吟咏山水。唐代宗大历四年（769），浙东曾有过一次大型联唱活动，联句唱和诗计49首，参加者达57人，联唱地点有鲍防宅、兰亭、法华寺、镜湖、严氏园林、若耶溪、云门寺、花严寺等八处。当时就编定《大历年浙东联唱集》。集中有一首《征镜湖故事》，全诗十六句，每人两句，每句探求一件历史旧事，要求围绕镜湖而作，且必须用同韵。可以想见当年这群"戴着脚镣跳舞"的才子，是如何的风流蕴藉，他们品茗饮酒、摇头晃脑的情景仿佛就在眼前，让现代观光客艳羡不已。

总之，浙东唐诗之路是一条繁忙而又宁静，脱俗而又入世，充满离情别绪，渴望高山流水，诗意盎然、情趣别致的旅行之路。在这条路上产生的山水记游诗在世界旅行文学史上理应占有一席之地。

第二节　马可·波罗的东方游历

对欧洲人来说，东方自古以来代表了浪漫的情思、绚丽的想象、不可思议的奇迹和巨大的财富堆积。在古罗马人心目中，拥有一身来自中国的丝绸做的紫色"托加"（Toga，长袍），那简直是人生莫大的荣耀，只有元老院里的贵族才有权享受。自汉代以来，从长安出发，经西域、波斯到罗马帝国的丝绸之路，一直吸引着具有冒险精神的欧洲商人、旅行家和外交官，延续着中古时代东西文化交流的命脉。

公元1260年，两位意大利商人，尼可罗·波罗和马飞阿·波罗（世称波罗兄弟）乘坐一艘自备商船，从威尼斯出发，抵达君士坦丁堡（现土耳其第一大城市伊斯坦布尔），之后一路向东，渡过底格里斯河，经几年艰苦跋涉，终于进入中国，觐见了当时已入主中原、建立元朝的忽必烈大汗，受到大汗的亲切接见和款待。之后，备受大汗信任的波罗兄弟被委任为使者，带着大汗用蒙古文写给罗马教皇的信件，回到意大利。1271年，波罗兄弟信守承诺，带着新任教皇给大汗的回信，再次踏上了去往东方的漫长路途。这次，尼可罗带上了自己17岁的儿子。这位名叫马可·波罗的意大利年轻人可能做梦也想不到，自己的名字将会被深深镌刻在中意文化交流史的丰碑上。

马可·波罗和他的父亲及叔父从威尼斯进入地中海，然后横渡黑海，经两河流域来到中东古城巴格达，再从波斯湾的出海口霍尔木兹向东，越过荒凉恐怖的伊朗沙漠，跨过险峻寒冷的帕米尔高原，克服了疾病、饥渴的困扰，躲开了强盗、猛兽的侵袭，终于来到了中国新疆。接着，一行三人继续向东，穿过塔克拉玛干沙漠，在1275年夏天穿过河西走廊，终于抵达大都——元朝的北部都城（即今天的北京），受到了忽必烈大汗的接见。忽必烈颇为喜欢这位新来的异国年轻人。他见马可·波罗很聪明，很快就学会了中国话，便有意给他安排了许多差事，以便他游历更多的地方，向自己提供有意义的信息。在皇帝的照拂下，马可·波罗又在中国游历了17年，寻访了当时中国的许多古城，到过西南部的云南和东南地区，还拜访了皇帝在南方的"行在"（今杭州）。回到威尼斯3年后，马可·波罗服役于一艘战船，在威尼斯和热那亚之间的一次海战中被俘。在监狱里，他将他的东方旅行经历口述给一位名叫鲁思梯谦的狱友，后者据此写出了《马可·波罗游记》（一译《东方见闻录》）。

这就是马可·波罗惊心动魄的东方游历概况。但这部游记究竟是他旅行的实录，还是纯粹的向壁虚构？一句话，马可·波罗究竟有没有到过中国？在马可·波罗生活的那个年代，一般人概念中的游记与谎言差不多是同义词。据说在马可·波罗临终时，他的朋友们要他为了自己的灵魂，收回他在东方游记中所述的种种不可思议之事，但被他拒绝了，他说，"我说出的不及我所看到的一半"。现代学者对于这部游记的真实性也争论不休。有人认为马可·波罗根本没有来过中国，因为他的游记中没有提到最具中国特色的地标性建筑——长城。但也有人认为，此说站不住脚，因为马可·波罗是元代来中国的，故而他不可能看到明代重修的长城。由于根据原稿传抄传译的版本有140多种，且没有两个版本是相同的，诸如此类的争论估计还会继续下去。尽管如此，相比于后来带有猎奇性和民族偏见的西方人写的游记，《马可·波罗游记》叙述客观，朴实，充满了丰富、生动的细节描写，而细节正是优秀的旅行文学作品的灵魂，其背后体现的是写作者勤勉的实地踏勘、敏锐的观察力和丰富的想象力。

《马可·波罗游记》中，马可·波罗称北方的中国为"契丹"

（Cathay），南方的中国为"蛮子"（Manji），北京则成了"堪巴禄克"（Cambaluc），即蒙古人所谓的可汗之大都（Khan-baliq）。他写到了大都的城市建筑，皇宫的雄伟、城门的众多、街衢的宽阔和市场的繁荣，也写到了出北京后的交通路线，出了卢沟桥到涿州，之后进入大同府、平阳府（今临汾）、泰津堡（今临猗县临晋镇）。他看到了壮丽的喀拉摩拉河（即黄河），知道此河向东流入大海，也到过长江、金沙江，进入云南，记录下不少当地少数民族的奇风异俗。比如书中写到，保山地区流行一种风俗，产妇产下婴儿后即起身下床，将其包好后交给丈夫，由他代为坐月子40天，期间接受乡邻的道喜，享受作为"产妇"的种种照顾。后来的人类学家将这种风俗命名为"产翁制"，认为它在人类历史上并不是一种个别或偶然的现象，而是曾在许多民族中普遍而长期地存在过，其实是原始社会母权制和父权制较量的产物。丈夫通过模拟坐月子这种象征仪式，来让人相信孩子是他生的，由此确认父权制的权威。

马可·波罗对"蛮子"（中国南方）颇有好感，认为这是东方世界最宏伟和最富裕的地区。他一路南下，游历了南京、扬州、苏州、吴州和杭州等地，尤其对杭州赞不绝口。元朝中国人通称杭州为"行在"，马可·波罗稍一调整则成Quinsay。他说"这座城市的庄严和秀丽，堪为世界其他城市之冠。这里名胜古迹非常之多，使人们想象自己仿佛生活在天堂"。他也讲到了西湖：

西湖的周围，有许多美丽宽敞的大厦，建筑在湖滨上。这些都是高官贵人的公寓。还有不少庙宇寺院，许多僧侣尼姑，住在里面朝夕礼佛。靠近湖心的地方，有两个小岛，每一个岛上，都有一座壮丽的建筑物，里面分隔着许多精室巧舍。岛上，亭台水榭各自成趣，其数量之多，也简直令人无法想象……

除此之外，在湖上还有许多游艇和画舫……画舫上桌椅板凳，宴客的设备，无不布置得整齐清洁，舒适雅观……船身的两侧均有窗户，可以随意开关，便于游人坐在桌旁，倚窗眺望，饱览沿途绮丽的湖光山色……假如伫立在离岸一定距离的船上，不仅整个宏伟、瑰丽的城市，它的宫殿、庙宇、寺院、花园，以及长在小道的参天大树，尽收眼底，同时又可以观赏其他画舫载着游湖行乐的男女，轻轻地在湖上穿梭似的来来往往，此情此景，怎不令人心旷神怡，熏熏欲醉。

（陈开俊 等译）

他还特别提到了杭州的桥，可能它们使他想到了他的老家威尼斯（尽管那并不是他的出生地）。杭州作为"东方威尼斯"的美名，或许就是从马可·波罗开始的。

各种大小桥梁的数目达到一万二千座。那些架在主要运河上，用来连接各大街道的桥，桥拱都建得很高，建筑精巧。同一时间内桥拱下可以通过竖着桅杆的船只，拱桥上面，又可行驶车马。而且，从街道到桥顶坡度的递减设计，恰到好处。要是没有这么多的桥梁，就不可能构成纵横交叉的十字路……

城内，除了各街道上有不计其数的店铺外，还有十个大广场或市场。这些广场每一边长八百多米，大街在广场的前面，宽四十步，从这座城市的一端，笔直地伸展到另一端。有许多低矮而便利的桥，穿过这座城市。这些市场，彼此相距六公里多，但在广场的对面，和大街成平行线的方向上，有一条很大的运河。在距运河较近的那一边岸上，建有容量很大的石砌的仓库，供给从印度来的和其他东方来的商人，储存货物及财产之用。如果从市场着眼的话，这些仓库的位置是很合适的。每个市场，一周三天，都有四万到五万人来赶集，人们把每一种大家想得到的物品提供给市场。

（陈开俊 等译）

在马可·波罗笔下，杭州人个个漂亮俊秀，"男人和女人一样，面目清秀，肤色洁白，仪表漂亮。由于杭州出产大量的丝绸，加上商人从外省运来的绸缎，所以，当地居民中大多数人，总是浑身绫罗，遍体锦绣"。

诸如此类的描写比比皆是，充满了一个西方人对东方的赞叹、艳羡和崇拜。美国著名历史学家史景迁说，马可·波罗的书既可视为对中国生活的细微描述，也可当作对自己城市的批判，他以中国为道德典范，对比威尼斯人放荡的性生活。而马可·波罗留给后世的，除了他所提供的宝贵资料外，最主要的还是他所激发的异域想象力。在旅游尚未成为一种大众化时尚时，他已经成了一个超级旅游者。他前往中国既没有经商的打算，也没有传教的热忱，纯粹出于求知和探索的好奇心。15世纪时，西方印刷术逐渐发达，到了15世纪80年代，马可·波罗早期的手稿开始印刷成册，传入读者手中。在这些早期版本的读者中，就包括克里斯托弗·哥伦布，他还在书中作了注解。一些作家基于马可·波罗的游记写出了自己的旅行文本（如下文将要论及的曼德维尔爵士）。马可·波罗的游记还影响了欧洲的地图制作，导致了弗拉·毛罗地图[①]的出现。到了16世纪40年代，受哥伦布地理发现的影响，葡萄牙人将触角伸到澳门，西班牙人则到了菲律宾，为堪称观测中国的"天主教时期"揭开了序幕。

[①] 弗拉·毛罗世界地图是由威尼斯共和国的天主教修士、地图学家弗拉·毛罗于1457—1459年间绘制的世界地图。地图涵盖了当时全部的已知世界，被认为是"中世纪地图学最伟大的记载"。地图绘制于带木框的羊皮纸上，直径约两米，现藏意大利威尼斯的马尔恰纳图书馆。

杭州西湖边的马可·波罗雕像（本书作者摄于 2020 年）

对于被马可·波罗的生花妙笔描述过的地方的人们来说，捧读《马可·波罗游记》，无疑是一次非常愉悦的经历。跟着这位来自异域的旅行者的脚步，以陌生化的目光重新打量八百年前的故国，仿佛成年人回到久别的老家，重温一遍童年的生活，尽情享受怀旧、感伤、惆怅和迷惘的情绪，简直就像做了一个好梦般不愿醒来。或许这就是为什么今天许多的中国人对《马可·波罗游记》基本持"宁可信其有，不可信其无"的态度。杭州西湖边竖立的马可·波罗雕像，身穿公元 13 世纪的罗马式长袍，翘着大胡子，左臂夹书，右手持鹅毛笔，目光炯炯，仿佛随时准备接受来自世界各地的游客的仰视和合影。

第三节 伊本·白图泰的朝觐之旅

在中古旅行文学史上，阿拉伯人曾经占有非常重要的地位。《一千零一夜》中记载的辛巴达航海记，虽然只是流传于公元 8 世纪的民间传说，却表现了一种永不停息的冒险精神和探索勇气，主角七次出海、百折不挠的远航经历完全可与荷马史诗中的奥德修斯相媲美。

比传说中的辛巴达更执着的一位旅行家是摩洛哥人伊本·白图泰，全名穆罕默德·伊本·阿布杜拉·伊本·穆罕默德·伊本·伊布拉欣·赖瓦蒂·团智，号称阿布·阿布杜拉，又称舍木逊丁。1325 年，这位 22 岁的年轻人从非洲西北部的丹吉尔出发，踏上了去麦加朝觐的道路。出发伊始他当然不会知道，这一朝觐竟会整整持续 30 年，直到 1355 年（即回历 754 年）他才返回家乡。之后，一位名叫伊本·朱赞的御前秘书奉苏丹之命，将他口述的旅行记记录下来，整理成书，定名为"异域奇游胜览"。此书出版后震撼了世界。尤其是 19 世纪后，随着东方学的兴起，许多东方学学者纷纷搜寻此书的各种抄本、版本，将其翻译成包括拉丁语、英语、法语、德语、土耳其语等在内的各种语言。《简明不列颠百科全书》给予他高度评价，说他是"在蒸汽机时代以前无人超过的旅行家"，认为他的成就远远大于马可·波罗。有人说，如果将马可·波罗与伊本·白图泰二人进行比较，人们不得不说，马可·波罗不过是个"矮子"，而伊本·白图泰则是名副其实的"巨人"。

伊本·白图泰旅行的年代，已经形成了一个横跨亚、非、欧三大洲的阿拉伯帝国，境内出现了经济、文化全面繁荣的局面。随着帝国版图的扩大，哈里发急需了解各地高原、山区、村镇的情况，测定海陆道路的距离，以便建立驿站，征收赋税，抵御外侮，平息内乱。除了这些政治的、商业的原因外，朝觐也是促进阿拉伯世界旅行发展的一大因素。许多朝觐者把旅途见闻记述下来，以供后来者参考。在白图泰之前，已经有不少阿拉伯旅行家写出了内容各异、形式多样的旅行记，如雅古特·鲁姆的《地方志》、麦斯欧迭的《黄金草原》、阿布·穆罕默德·比鲁尼的《印度史》、安达卢西亚人阿布·欧贝德·贝克勒的《道路与国度》、伊本·朱贝尔的《伊本·朱贝尔游记》、伊本·赛义德的《奇观》等。伊本·白图泰的游记比他的前辈高明的地方，在于他旅行的时间长，地域广，交往层次深。加上他观察细致，心思缜密，表达自然，没有迂腐的学究气，因而他的游记读来毫不费力，兴味盎然。

白图泰活了74岁，旅行了30年，行程达57000英里（约92000千米），可以说半辈子都是在跋山涉水中度过的。他先到埃及，接着游历伊儿汗国、东非各国、金帐汗国、德里苏丹国、东南亚各国及中国，途经了四十多个不同肤色的民族或族群居住的国家。许多地方都是以前的商人和旅行家没有到过的。他与世界三大宗教及同一宗教中不同教派的信徒，以及上至苏丹、伊玛目，下至贩夫、走卒等不同阶层的人都有接触和交流，甚至还参加过与印度人的作战。这就使他的游记成为中古时代东西方交通和文化交流的见证，给后人进一步了解和研究这一课题留下了大量宝贵的第一手材料。

凡远游者必有故事可讲。白图泰好奇心强，又博闻强记，对世界上存在的一切都感兴趣，他的游记中既有亲眼见到的客观记录，也有道听途说的奇闻逸事。每到一地，他都会详细描述当地苏丹的姓名、性格、政绩或劣迹，以及当地的奇风异俗。他也记录了许多现在看似平常、当时却极为罕见的珍奇动物、植物和矿物等，计有胡椒、乳香、樟脑、印度檀香、丁香、蒟酱树、椰子树、肉桂树、苏木、刺桐（油橄榄）、鲥鱼、猴子、大象、宝石等，并一一描述了它们的形态、特点和用途，有时也穿插一点有关传说，令人读来饶有趣味。所以我们也可以把他的游记看作一部中古时代的百科全书。

麦加是他朝觐的目的地，也是整部游记的重心所在。白图泰一一描述了圣城的方位，河流的走向和分支，城市的布局、城门数目和朝向，该城的长官和各派别教会首领的名字、职务、相互关系等；之后从外到内详细描述了禁寺的建筑形制、装饰细节、祈祷仪程，以及天房的圣物等；接下来讲述了七月的小朝觐、八月半晚夕的礼拜、斋月节的习俗，从七月一直记到他十二月二十日离开为止，可以说事无巨细，有闻必录。现代读者可能会嫌作者说得太啰唆，对材料无所选择和剪裁。但我们得理解，白图泰是个虔诚的伊斯兰教徒，他是怀着一颗无比虔敬和敬畏的心来讲述他所耳闻目见的一切的，生怕漏掉其中任何一个细节。正如该书的校订者所言，"伊本·白图泰有他自己的异乎寻常的表达方式，有些是同众所习知的语言大师们的方式不同的"。下面引述的这一段讲述的是"麦加居民及其美德"：

麦加居民积功好善，品德高尚，怜惜贫弱，与外邦人友好相处。他们的慷慨表现之一是，居民们每于举办宴席之际，先给寄居麦加的修道者供应膳食，温柔谦恭地邀请他们，招待他们。多数贫苦修道者，等在烤饼房附近，有人烤制了面饼，贫苦修道者便尾随其后，于是主人给每人一张，不使其失望。哪怕只有一张面饼，也分给他三分之一或一半，而心甘情愿毫不烦躁……麦加人衣冠楚楚，色尚洁白，你看他们的衣服总是雪白，他们爱用香料，用化妆墨涂眼睑，经常用绿艾拉克树枝刷牙。麦加妇女极其标致，肤色洁白，清洁贞节，也爱涂用香料。她们甚至宁可挨饿过夜，也不能不买香水。她们于每周五晚夕巡礼天房,届时都盛装打扮,香满禁寺。她们虽已散去而余香仍缭绕不散……

(马金鹏 译)

中国读者更感兴趣的自然是白图泰游记中对元代中国的描述,正好可以与马可·波罗作个对比。白图泰告诉我们,他是应苏丹之命,于1342年从苏门答腊起航,经印度尼西亚的爪哇到达中国的。上岸的第一个城市是刺桐城——福建泉州,当时它是海上丝绸之路的起点。

中国船只共分三类:大的称作艟克,复数是朱努克;中者为艚;小者为舸舸姆。大船有十帆,至少是三帆,帆系用藤篾编织,其状如席,常挂不落,顺风调帆,下锚时亦不落帆。每一大船役使千人:其中海员六百,战士四百,包括弓箭射手和持盾战士以及发射石油弹战士,随从每一大船有小船三艘,半大者,三分之一大者,四分之一大者,此种巨船只在中国的刺桐城建造,或在隋尼凯兰即隋尼隋尼(即广州别名)建造……这种船船桨大如桅杆,一桨旁聚集十至十五人,站着划船。船上造有甲板四层,内有房舱、官舱和商人舱。

我们渡海到达的第一座城市是刺桐城……这是一巨大城市,此地织造的锦缎和绸缎,也以刺桐命名。该城的港口是世界大港之一,甚至是最大的港口。我看到港内停有大艟克约百艘,小船多得无数。这个港口是一个伸入陆地的巨大港湾,以至与大江会合。该城花园很多,房舍位于花园中间……

(马金鹏 译)

之后他乘坐内河航船一路漫游,经过南方一些城市北上。他对杭州留下了美好的印象，认为这个城市美丽，宗教宽容。市街布局和伊斯兰地区一样，"内有清真寺和宣礼员，进城时正当为晌礼宣礼时，声闻远近"。他寄宿于埃及人欧斯曼·伊本·安法尼之子孙的家中。此人是当地一个巨商，十分欣赏杭州，因而定居于此。该城的穆斯林很多，欧斯曼为此修建了一座清真大寺，为该寺和道堂捐赠了大量慈善基金。白图泰在杭州居住了十五天，每日每晚都受到邀请。

接着他从南方一路北上，到了汗八里（北京），认为："这是世界上最大京都之一。但其布局并不像中国地区（按：指中国南部）那样花园散布全城，而是像其他地区一样，花园尽在城外，苏丹城位于全城中央，形如首邑一般……可汗的宫殿位于城的中央，专供可汗居住，其建筑多为精工雕刻的木质结构，布局独具风格。"

在他心目中，"对商旅来说，中国地区是最安全最美好的地区。一个单身旅客，虽携带大量财物，行程九个月也尽可放心"——因中国设置驿站，有官吏率骑步兵丁管理，给行人提供交通工具、食宿之便，并确保旅行安全。他在游记中还提到了中国人的信仰、中国瓷器和木炭。对于中国人把金银铸成锭块（而不是金银币）、平时则用纸币交易的做法，他觉得非常新奇。他对中国人精湛的画艺赞不绝口。但他对中国也有批评，比如中国律例规定，进港货船必须据实申报财物，如查出有隐藏不报的，全船货物一概充公。他认为"这是一种暴政，是我在异教徒或穆斯林地区所未见过的"。

总的说来，白图泰的游记远观像一幅马赛克镶嵌壁画，气势宏伟，布局大气；细读则如一张精致的波斯地毯，充满了丰富的细节，枝与叶、花与果、藤与根互相缠绕，上下穿插，不时点缀以精巧的图案，令人眼花缭乱。一段艰辛的旅途之后，是一个奇迹的记录；一段习俗的描述之后，点缀几节名人诗句；中间不时描写一幅风景画，讲述一两个故事，引申出一段哲理性感想。字里行间透露出作者对世界的永不满足的好奇心，令人读来兴趣盎然，不忍释卷。

第四节 曼德维尔爵士的东方朝圣

伊本·白图泰口述的旅行记被整理成文后一年，西方出现了一本著名的游记作品《曼德维尔游记》。这是欧洲中世纪后期影响最大的朝圣文本。该书据称为英国爵士约翰·曼德维尔所写，出版后影响了包括哥伦布在内的文艺复兴后几代欧洲冒险家，并激发了莎士比亚、斯威夫特、笛福和柯勒律治等近代英国作家的灵感。据有关专家统计，《曼德维尔游记》自写成并出版以来，先后被翻译为10余种不同的文字（捷克语、丹麦语、荷兰语、英语、法语、德语、爱尔兰语、意大利语、拉丁语、西班牙语、中文等），现存的各种抄本和译本共有275种之多。

几个世纪以来，西方世界对《曼德维尔游记》的评判差异颇多。它曾被15世纪的航海家哥伦布引为环球旅行的证据；其作者既被17世纪著名的游记探险作品编纂者塞缪尔·珀切斯称为"世界上最伟大的亚洲旅行家"，又被18世纪的文坛领袖约翰逊博士誉为"英国散文之父"；该书在19世纪也曾被讥讽为剽窃之作；20世纪中后期，又重新被定位为"幻想文学"。

无论《曼德维尔游记》作者的身份真伪如何，文本中想象、实录与抄袭的成分各占多少，有一点是确定无疑的，即曼德维尔的东方朝圣，既是一次寻根之旅，也是一次异域探险。从该书的序言来看，作者的意图主要是去耶路撒冷朝圣，全书差不多有一半的篇幅追踪了从欧洲到耶路撒冷这个东方圣城不同的朝圣路线，同时描述了一路上见到的名胜古迹，为后世的读者展现了当时欧洲人眼中的世界图景和想象的地理学。说到这里，先了解一下朝圣的来龙去脉。

基督教的朝圣始于公元4世纪。肇始者是君士坦丁大帝的母亲海伦娜，她从圣地带回一些圣物，引发了一批又一批的虔信者前往圣地耶路撒冷。尘土飞扬的道路上不时有异教徒和马帮、盗贼的袭击，许多踏上行程的人根本就没能抵达圣城，或死于战场，或死于疾病，或死于饥饿，或成了俘虏。当最终来到耶路撒冷城墙边的时候，朝圣香客和将士一起流下了幸福和解脱的泪水。到了11世纪，君士坦丁堡城中收藏的珍品数量已经蔚为大观，包括钉过耶稣的圣钉、圣荆棘冠、支离破碎的圣袍、残缺不全的真十字架，还有圣母马利亚的头发和施洗约翰的头颅。与此同时，记载朝圣的旅行文学也渐渐发展成熟。对于那些从来没有离开过自己家乡的欧洲人来说，从远征中获得的体验无疑是一个巨大的冲击。在返回欧洲的时候，他们不仅带回了很多新的玩意（如风车，后来经过荷兰人改进后变成水车），而且也带回了关于陌生地区和陌生民族的令人兴奋的故事，极大地刺激了西方人的异域空间想象。

在曼德维尔出游并撰写其游记的那个时代，欧洲人的地理空间概念基本上还局限于《圣经·旧约》描述的范围内。他们相信，世界的中心是圣城耶路撒冷。出了圣城之后，大地被从天庭乐园流出的四条河流分割。位于底格里斯河与幼发拉底河两条河流之间的是美索不达米亚、迦勒底王国和阿拉伯帝国。位于尼罗河和底格里斯河之间的是米堤亚王国和波斯帝国。位于幼发拉底河和地中海之间的是叙利亚王国、巴勒斯坦和腓尼基。地中海从摩洛哥连接至西班牙海并直通大海。此外，就是欧洲人所未知的远方异域了。

曼德维尔的地理知识基本上建构于这些古老的观念之上，在某些段落中他表现出对地球形状的准确概念。他能通过观察北极星确定自己所在的纬度；他知道地球上存在着对跖地①；他确信船只如果一直向东航行，环球一周后最终还是会返回自己的出发点。他不断重申耶路撒冷是"世界的中心"的信念，坚持认为春秋昼夜平分点（春分或秋分）的正午，在耶路撒冷立下一支长矛，不会在地上投下影子，这就证明地球是圆的，而圣城则位于赤道正中，等等。此外，他还与时俱进地引用或抄袭了当时一些刚从东方返回欧洲的传教士和商人撰写的游记中的有关资料，从而将他的地理空间概念扩展到了亚洲内陆腹地和众多的沿海岛屿，包括印度、爪哇、锡兰（今斯里兰卡）、中国北方的"契丹"和南方的"蛮子"，甚至还扩展到了契丹之外的黑暗之国、里海的犹太之国，直至传说中信奉基督教的东方统治者祭司王约翰的国度——非洲的埃塞俄比亚。

据西方学者的研究考证确认，曼德维尔所讲的故事，其资料来源主要有以下几个方面：马可·波罗的游记、博韦的文森特的《世界镜鉴》、柏朗嘉宾的《蒙古行纪》、鄂多立克的《东游记》、海敦亲王的《东方史鉴》，以及流传甚广而实系他人伪造的祭司王约翰的书信。曼德维尔的创造性在于，他在引用和抄袭上述材料的基础上，又充分发挥了自己的想象力，用他的生花妙笔讲述了（或者不如说杜撰了）不少关于远方异域的动植物、矿产资源，以及不同族群的外貌、语言、风俗习惯和宗教信仰等的细节，给当时的欧洲读者展现了一个无比奇妙、令人惊叹的未知世界。

---

① 对跖地（antipodes），亦称对跖点，指位于地球直径两端的点，在地球两端遥遥相望，时差 12 小时。因为人站在球面上均是头朝天、脚踩地，如果两个人站在地球直径的两端，两人的脚底恰好彼此相对，所以该词的英文是由"anti"与"pode"两个词根所组成，前者意为相对、反向，后者意为脚，从字面上来看便是"脚与脚相对"之意。

曼德维尔讲述的奇迹的确令人惊叹。他说他见到了身高 30 英尺（约 9.1 米）、不吃面食只吃生肉的巨人，眼睛长在肩膀上的无头人，脸孔扁平、没有鼻子和嘴巴的怪人，不会说话、只会通过手势互相交流思想感情的侏儒族，以及靠闻苹果的气味生活的人群。有些岛屿上居住着一些脚上长着马蹄的人，还有一些岛屿被眼中有宝石的邪恶女人占据，她们像希腊神话中的美杜莎一样，只要朝人望一眼就能立刻夺走人命。他还讲到了中国的大汗，他的宏伟的宫殿中装饰了无数的珠宝和奇石，他举办的宴席奢侈而豪华。他经常坐在四头大象拉着的华丽马车中，在众多国王和大臣的前呼后拥下，巡视他的辽阔的国度，等等。

《曼德维尔游记》中提到的这些地方和风土人情，想象的成分远远多于实录的成分。正如《曼德维尔游记》的英译本译者正确地指出的："他［曼德维尔］所遨游的世界，并非真实的历史和地理世界，而是存在于人们心灵和时代心灵中那充满神秘和令人遐想的天地。"但由于这些描述超越了《圣经·旧约》中描述过的东方的地理范围，对于那些渴望通过朝圣见证神迹的欧洲读者来说，无疑具有很大的吸引力和诱惑力。这也是《曼德维尔游记》出版后受人欢迎的主要原因。

如前所述，作为一个基督徒，曼德维尔踏上朝圣之路，目的是追寻基督教的东方源头，寻觅和见证《圣经》中提到的上帝创造的奇迹。他从熟悉的西方出发，来到陌生的、传说中的东方，不可避免地将本族或本文化的观点和立场强加在异域事物身上。为了让西方读者理解东方，曼德维尔在《曼德维尔游记》中首先运用了"归化"（domestication）的叙事策略，即用已知的比附未知的，用熟悉的事物比附陌生的事物。比如，在讲到埃及著名的凤凰传说时，曼德维尔牵强附会，将每隔五百年自焚而死、又死而复生的凤凰与上帝和基督相提并论。又如，作者提到埃及园林中有一种长形的苹果，被称作乐园里的苹果，很甜，味道很美。"你尽可以将其切成无数小片，不管横切竖切，都会见到中间有一个我主耶稣的圣十字架形状。"不过，《曼德维尔游记》的作者对于陌生事物的牵强附会的解释和对于异域风情的一厢情愿的比对，并不是出自"西方中心主义"的立场，而是符合跨文化交往和沟通的一般规律和做法。对于这一点，维柯早就在其《新科学》中指出过，"每逢人们对远的未知的事物不能形成观念时，他们就根据近的习见的事物去对它们进行判断"。这是人类认识陌生事物的第一规律。

除了通过"归化"的手法来描述他所不熟悉的异域风情之外，作者还通过引入"他者性"，借助他者视角造成的"异化"（defamiliarization，一译陌生化）效果，来达到更新自我认知的目的。在第五章《众多岛屿》中，曼德维尔描述了一个侏儒国。那里的人身材矮小，长度不到三拃（span，手伸开时大拇指到小指的距离）。这个矮小民族的人寿命很短，他们在半岁的时候就结婚生子，最多能活六七年，如果有人能活到八岁，就算是长寿老人了。这一段描述基本上完全取自鄂多立克的《东游记》，但曼德维尔加了一句，说"这个矮小民族并不在土地上耕耘，也不在葡萄园中劳作。原来他们有像我们这种身高的人替他们干活"。并特别指出："矮人瞧不起正常身高的人，就像我们对巨人或侏儒的态度一样。"如此一来，作者就从描述他者转为反观自身，体现了一种清醒的"自反"（self-reflection）意识。18世纪的斯威夫特正是在《曼德维尔游记》的影响下，采用同样的"异化"手法，在其《格列佛游记》中让主人公游历了小人国和大人国，通过引入他者视角反观自身，嘲弄和讽刺了英国社会及欧洲文明的缺陷。

在第二章《圣地》中，曼德维尔虚构了一场苏丹王与作者之间进行的交谈。作者先写到苏丹王向他询问欧洲国家内基督徒自身治理的情况如何。作者回答他说:"感谢上帝,很好!"但苏丹王马上反驳他说:"根本不是!"接着,曼德维尔借助这个虚构的东方"他者"之口,对基督徒的不道德行为进行了强烈的谴责。作者叹道:"呜呼!那些不守戒律的民众转而来责备我们,并数说我们的罪孽,这对我们的信仰和我们的戒律岂非是莫大的侮辱。"与此同时,作者还对当时被西方人视为"异教徒"的穆斯林进行了赞美,认为他们"安分虔诚","笃信《古兰经》中的律条"。在这段虚构的对话中,伊斯兰世界又成了基督徒反观自己世界的一面镜子。

综观《曼德维尔游记》,作者的视野是开放的,心胸是开阔的。对于不同于基督教的其他宗教,他采取了包容和宽容的态度;对于他所不能理解的异风殊俗,他并未显示出某种鄙夷的心态,而是尽可能以欧洲人熟悉的事物来描述之或归化之,使之成为基督教世界的镜鉴,以达到不同文化间互相沟通和交流的目的。当代美国学者希金斯说,"《曼德维尔游记》的力量在于它扰乱了确定性,因为它创造了一个文本空间,在这个空间中,关于世界的各种不同观点是可以互相贯通的",点出了产生于14世纪的《曼德维尔游记》对于生活在全球化时代的读者的意义和价值所在。

▌ 第五节　世俗朝圣中的众生相

《曼德维尔游记》书写的是一个人独来独往的东方朝圣,貌似现代的自由行,而14世纪乔叟的《坎特伯雷故事集》[①]记述的则是个体化

---

① 亦有作《坎特伯雷故事》。——编辑注

的本土朝圣，更像是跟团旅游。前者充满了令人惊叹的、来自远方异域的神秘奇迹和奇闻逸事，后者则刻画了生动逼真的世俗人物，并通过这些人物讲述了一连串中世纪流行的民间故事。全诗主要用中古英语韵文写就，开头的序诗读来如清风扑面，令人心情愉悦：

当四月的甘霖渗透了三月枯竭的根须，沐灌了丝丝茎络，触动了生机，使枝头涌现出花蕾，当和风吹香，使得山林莽原遍吐着嫩条新芽，青春的太阳已转过半边白羊宫座，小鸟唱起曲调，通宵睁开睡眼，是自然拨弄着它们的心弦：这时，人们渴想着朝拜四方名坛，游僧们也立愿跋涉异乡。尤其在英格兰地方，他们从每一州的角落，向着坎特伯雷出发，去朝谢他们的救病恩主、福泽无边的殉难圣徒。

（方重译）

不过，写景抒情并非诗人的初衷，乔叟感兴趣的是旅途中的人物，以及这些人互相讲的故事。我们不知道乔叟是否真的参加了这次旅行，并对他的队友的言行作了忠实的记录，还是只是综合了当时形形色色以朝圣为名义的"旅游团"的特点，对之进行了艺术加工？乔叟告诉我们，这个前往坎特伯雷的朝圣香客团由29人组成，出发当晚先借宿在伦敦的泰巴客店里。大家商定，为了打发长途旅行的时间，每个人都要在来回途中讲4个故事。（不过后来此计划只完成了五分之一。）这些来自不同阶层、不同行业和生活背景的朝圣者（包括骑士、修女、医生、教士、律师、商人、磨坊主、学者、女修道院院长、寡妇和走私犯等）讲的故事，有的趣味高雅，有的粗鄙不堪，有的平淡无味，有的富于传奇性。每个人讲述的内容和方式，不经意间暴露了讲述者的性格、职业、地位和人生哲学（就哲学这个词的原义而言）。诗人以反讽的笔调娓娓道来，让每个人讲述有关自己的故事，各自展现各自的自我意识和自我形象。其中最有意思的是巴思妇人和赎罪券商讲的故事。巴思妇人令人敬畏的是她旺盛的激情与活力，包括性欲的、语言的和论辩的。在讲故事之前的开场白中，她得意地讲述了一番自己的个人经历：她先后嫁了五个丈夫，但都油干灯尽，先她而去。因此她仍嚷嚷着渴望有第六个丈夫，而且还妒忌睿智的所罗门王能有一千个床上伴侣（七百个妻子、三百个妃子）。这位妇人大胆地冲破了基督教的禁欲主义，提出了自我中心的享乐主义生活原则。年岁消磨了万物，夺去了她的美貌与活力。但她说：

算了，再见吧！让魔鬼跟着跑！面粉已飞散了，再也集不拢了，现在我唯有把糠麸卖个好价钱出来；可是虽然如此，我还是要寻求快乐。

（方重译）

朝圣旅程对巴思妇人来说，无非是寻求新的爱欲对象的爱之舟的游荡，而对赎罪券商来说，则是兜售赎罪券的最好机会。此公神通广大，四处游历，在教会的默许下，利用朝圣的机会兜售赎罪券和他自己发明的"圣骨遗骸"（几个装满破布和碎骨的玻璃盒子）。不仅如此，这个宗教骗子还对自己的智力和邪恶大肆吹嘘，表现了一种自觉的邪恶意识，这种意识往往出现在社会急剧转型、主流意识形态全面崩溃的时代。我们看到，《坎特伯雷故事集》中，每个自称在朝圣的人都非真心在朝圣。男男女女都在借朝圣旅程激活自己的记忆，满足自己的欲望。这些五花八门的故事和形象合在一起，就构成了一幅极其生动的中世纪晚期、文艺复兴早期的英国世俗生活画卷。

在论及朝圣对于生活在中世纪的人们的意义时，当代中世纪文学专家狄·迪亚斯指出，朝圣生活（life as pilgrimage）的概念包含三层意思：一是内在的朝圣（Interior Pilgrimage），基本对应于沉思的生活，包括修行、隐居、冥想和神秘主义；二是道德的朝圣（Moral Pilgrimage），对应于行动的生活（the Active Life），表示在日常生活中服从上帝，尤其是要避免七大罪恶；三是实地的朝圣（Place Pilgrimage），包括到圣徒所在地或其他圣地的旅行，以获得对某种特定的罪行或放纵行为的宽恕，获得救治或其他物质性的利益，学会表现忠诚。

从旅行文学的角度看，朝圣其实是一种逃离正常的社会责任和压力的社交机会。来自不同社会阶层，有着不同背景的朝圣者为了一个共同的目标来到一起，进入一种共同体状态，而且（在某种程度上）处在比平常更平等的地位中，在匿名或半匿名状态下进行更自由的交往。从这个角度来看，朝圣本身的效果就是一种反结构（anti-structure），它临时性地把其参与者从日常生活的等级角色和关系中解放出来，让其从枯燥乏味的现实世界进入相对而言更有兴味的可能世界。

朝圣不但为出身于不同社会阶层的人的交往提供了便利，也为来自不同社会阶层的话语和源于不同文化传统的故事间的对话提供了一个平台，让我们透过喧哗的众声，感受到其背后的社会语境。据专家考证，《坎特伯雷故事集》中朝圣香客们讲的故事主要有两大来源。一是当时流行于欧洲的传奇和故事，如法国中世纪的《玫瑰传奇》、意大利薄伽丘的《十日谈》等；二是来自本土的民间文学，如威尔·朗格兰的《农夫皮尔斯的幻象》，以及其他来自民间的客栈故事、滑稽笑话和淫秽故事等。乔叟利用不同的故事讲述者之间的互动（包括赞叹、附和、争辩与讥讽等），既表现了他笔下人物的个性，又使读者保持了对故事进程的兴趣。例如，磨坊主讲了一个木匠被一个牛津学生骗去妻子的故事，木匠出身的管家马上反唇相讥，讲了一个磨坊主被两个大学生骗去妻女的故事；游方僧讲了一个贪婪成性的法庭差役被魔鬼带到地狱的故事,法庭差役马上讲了一个骗人的游方僧被信徒捉弄的故事;等等。而不同主题、体裁和风格的故事之间的穿插和并置,又体现了神圣与世俗、严肃与滑稽、淫猥与正经等对立因素之间的融合与互补。例如,紧接着骑士讲述的爱情罗曼司的,是磨坊主的粗俗的偷情故事;紧接着僧士的悲剧故事的,是女尼的公鸡和狐狸斗智的寓言故事。这样,朝圣框架在《坎特伯雷故事集》中的作用就超越了单纯的文学叙事领域,而进入广阔的文化社会空间,体现了某种拉伯雷式的狂欢化精神和丰富的复调性。现代人阅读乔叟笔下朝圣香客们的故事,想象往昔简陋的乡村客栈中烛光摇曳、人影晃动、众声喧哗的场面,不禁会神往于现代通信技术发明之前人与人之间交往的单纯和质朴。

第六节 徐霞客:独来独往的探险家

现在让我们从西方再转回中国。明代中叶之后,中国东南半壁的经济生活极为富庶,在距离上海不远的苏州港,船舶"云集",等待着将薄丝、纱布、黄金、白银、珠宝和工艺品运往新的集市。苏州城内满是富裕的商人,过着令人羡慕的生活。经济的繁荣与稳定,让他们有了游山玩水的兴趣和余暇。为方便商贾经商旅行,交通路线急速开辟。与此同时,相关的地理类、商程类的导引书刊也频频出现。官方的有《大明一统志》,民间的则有黄汴的《一统路程图记》(后来翻刻成《天下水陆路程》《新刻水陆路程便览》等)、李晋德的《客商一览醒迷》、程春宇的《士商类要》等,这些书刊将全国的交通路线以及各地驿站分布,胪列得十分清晰,甚至标注出五里、十里、二十里、三十里、五十里、六十里、七十里的路程地望，惠及出门旅行的游客。清初泉州人黄虞稷的《千顷堂书目》，列举了士大夫文人的旅游著述，作者达57人之多。这些文人学者书写的游记，与路程便览、客商指迷以及历代记述地理山水的志书都不同，是属于亲身经历的记述，不是沿袭前人著作的书抄。历史地理学者周振鹤研究明代后期旅行家群体，特别指出，这些游记的作者大多数是进士出身，或者是有一定官职的举人或诸生。旅游的性质，大多属于"宦游"性质，也就是借着执行官府公务的机会，途经名胜古迹，顺便"到此一游"，记下自己的游踪，也算是"读万卷书，行万里路"的体现。

在这样的大背景下，出现了一位"前有古人、后无来者"的伟大的旅行家、探险家、地理学家和散文家徐霞客。说他"前有古人"，是因为他既继承了魏晋文人特立独行的风骨，又具有郦道元般脚踏实地的探险精神和科学态度；说他"后无来者"，是因为自他之后，整个中国，乃至整个世界都再也找不出一个像他那样的，毕生以旅行为业、以探险为乐、为记游而记游的旅行作家了。他留下的60多万字的《徐霞客游记》，被赞为"世间真文字，大文字，奇文字"。时时翻阅，用心感悟，不但能使我们看到一个世界，而且能使我们看到一个人，进而让我们的被现代性碾压扭曲的灵魂得以舒展勃发。

钱谦益《徐霞客传》说："霞客生里社，奇情郁然，玄对山水，力耕奉母，践更繇役，蹙蹙如笼鸟之触隅，每思飏去。"要言不烦，勾勒出了一个有奇志、奇情、奇才的少年形象。在众多书生为科举考试死读经典时，他却从小志在五岳，寄情山水，试图"达人所之未达，探人所之未知"。明万历三十五年（1607），20岁的徐霞客终于如愿以偿，戴上母亲亲手为他做的远游冠，告别新婚的娇妻，肩挑行囊，正式出游，从此一发不可收拾。直到54岁逝世，这位中国历史上独一无二的旅行家大半生都是在孤云野鹤般的漫游和考察中度过的。步履所及，涵盖了今日中国的中原、华东、中南、西南等地的21个省份和地区。

一般认为，徐霞客之游以崇祯九年（1636）为界，可分为前后两期。万历三十五年至崇祯八年（1607—1635）为前期，主要游历名山大川；崇祯九年至崇祯十三年（1636—1640）为后期，完成了西南万里遐征。难能可贵的是，旅途中无论多忙多累，他都坚持写日记，将游历时间、地点、里程、景观、地质地貌、风土人情等一一记录下来，日积月累，形成一部百科全书般的皇皇巨著，既为地理学提供了珍贵的文献资料，又为旅行爱好者提供了生动传神的导游图志。从纯文学的角度来看，徐霞客前期的游记偏重"文"，用词简洁华美，讲究结构修辞，尚未完全脱离中国山水散文传统，后期的日记更具"质"，朴实无华，独出机杼，类似于近现代西方科学家如达尔文、列维－斯特劳斯等人写的科考日志。而贯穿前后两期的文心文脉，是第一人称叙事的现场感和即视（听）感。

十一日 二十里，登盘山岭。望雁山诸峰，芙蓉插天，片片扑人眉宇。又二十里，饭大荆驿。南涉一溪，见西峰上缀圆石，奴辈指为两头陀，余疑即老僧岩，但不甚肖。五里，过章家楼，始见老僧真面目：袈衣秃顶，宛然兀立，高可百尺。侧又一小童伛偻于后，向为老僧所掩耳。自章楼二里，山半得石梁洞。洞门东向，门口一梁，自顶斜插于地，如飞虹下垂。由梁侧隙中层级而上，高敞空豁。坐顷之，下山。由右麓逾谢公岭，渡一涧，循涧西行，即灵峰道也。一转山腋，两壁峭立亘天，危峰乱叠，如削如攒，如骈笋，如挺芝，如笔之卓，如幞之欹。洞有口如卷幕者，潭有碧如澄靛者。双鸾、五老，接翼联肩。如此里许，抵灵峰寺。循寺侧登灵峰洞。峰中空，特立寺后，侧有隙可入。由隙历磴数十级，直至窝顶。则宕然平台圆敞，中有罗汉诸像。坐玩至暝色，返寺。

这是徐霞客早期作品《游雁宕山日记》(雁宕山即浙江温州雁荡山)中记载的一天,移步换景,引人入胜,观察细密,文字精练,结构貌似自然天成,其实有重点、有取舍,全文既可以作为导游手册,又可以作为"卧游"旅伴(其实徐霞客写日记的初衷就是给不出门的母亲看的)。

四百多年前徐霞客出游的那个时代,交通条件远非今日可比,何况名山大川往往位于偏僻之地,全靠徒步或骑行,需寻路觅径才能抵达。而他后期的漫游探险,大都为少数民族聚居的西南山区,在艰苦的"自虐"之外,更多了一分性命之虞。处在原始状态的崇山峻岭,林密谷深,一旦迷失方向,后果不堪设想。而尚未开化的当地原住民,犹存蛮野之气,加之语言不通,很难沟通。有些原住民首领称霸一方,自封为王,连官府也奈何不了。还有些地方,大白天野兽出没,盗贼横行。我们翻开他的游记,跟随他的脚步一路读去,与他一起经受云雾弥漫、淫雨连绵的恶劣天气,承受路滑径湿、马踬人颠的跋涉之苦辛,还为他担惊受怕,提心吊胆。有时骑行一天,中途迷路,错过旅店。大多数情况下,根本就没有旅店可言,只能将就着住在村民的吊脚楼中,与家畜共处。《滇游日记三》记载了他多次雨中山行之苦。

二十六日 晨起,饭后,雨势不止,北风酿寒殊甚。待久之,不得已而行。但平坡漫陇,界东西两界中,路从中而南,云气充塞,两山漫不可见,而寒风从后拥雨而来,伞不能支,寒砭风刺,两臂僵冻,痛不可忍。十里,稍南下,有流自东注于西,始得夹路田畦。盖羊街虽有田畦,以溪傍西山,田与路犹东西各别耳。渡溪南,复上坡,二里,有聚落颇盛,在路右,曰间易屯。又北一里半,南冈东自尧林山直界而西,西抵果马南山下,与果马夹溪相对,中止留一隙,纵果马溪南去;溪岸之东山,阻溪不能前,遂北转溯流作环臂状。又有村落倚所环臂中，东与行路相向，询之土人，曰果马村。从此遂上南冈，平行冈岭二里，是为寻甸、云南之界……

这篇日记以时间的流逝（从清晨起到午后）为序，中间穿插空间方位的变化（从南到北又到南），叙事的节奏感则随着距离的延伸而自然调节（十里、二里、一里半、又二里）。整个记述不慌不忙，娓娓道来，有五官和体感的刺激，读来有切肤之感；有山势和水情的观察，方位准确，脉络井然；有地理景观的描写，中间点缀以聚落村舍，虽然简略但勾勒清晰，犹如中国画中的枯笔山水。类似这样的日记，在《徐霞客游记》中比比皆是，说明作者即使在苦旅中依然头脑冷静，勤于观察和记录。

有一次他因雨无法出行，滞留在一户农家中。当天中午，雨稍止。忽听到西岭传来呼喊声，寨中老小全部出动，遥相呼应。他连忙问主人出什么事了。原来是豺狼下山来叼羊，伤及山民，幸亏及时救下，伤而未死。徐霞客不禁感叹："夫日中而凶兽当道，余夜行丛薄中，而侥幸无恐，能忘高天厚地之灵祐哉！"他最大的乐趣是，一天辛苦跋涉后，能找到一处栖息之地，用柴火烤干湿衣，吃上一口热饭，"虽食无盐，卧无草，甚乐也"（《滇游日记二》）。最大的遗憾则是不得不滞留在主人家，眼望淫雨不止，"檐低外泞，不能一举首辨群山也"（《滇游日记三》）。

我们很想知道，究竟是什么样的信念，给予他这种义无反顾的勇气、意志和毅力？什么样的教育，使他不改初衷，保持了穷根究底的好奇心和脚踏实地的科学精神？在远游西南之前，他曾给友人陈继儒写过一封信，透露了一点心迹。他说自己"尝恨上无以穷天文之杳渺，下无以研性命之深微，中无以砥世俗之纷沓，惟此高深之间，可以目摘而足析"。简言之，他觉得自己对苍茫的宇宙、精微的心魂，无力穷究，而对纷纭的俗世，则无法或不屑适应。唯有介于天地之间的山水，才是自己的脚力能达，目力可察的。于是，他入山则观山势脉络，辨岭头走向，涉水则看水源动态，察其流向和汇入的江河之名。回住地后将自己实地踏勘的结果与典籍方志上的记载一一比对，并参照当地土人的指点，纠正道听途说、以讹传讹的错误，最后得出正确的结论，笔录于日记。因此他笔下的线路都是用自己的脚步丈量出来的，文中的风景都是自己亲眼观察的记录，所谓"非亲历者不能道也"。

贵州东三里为油凿关，其水西流；西十里为圣泉北岭，其水东流；北十五里为老鸦关，其水南流为山宅溪；南三十里为华仡佬桥，其水北流。四面之水，南最大，而西次之，北穿城中又次之，东为最微；俱合于城南薛家洞，东经襄阳桥，东北抵望凤台，从其东又稍北，入老黄山东峡，乃东捣重峡而去；当与水桥诸水，同下乌江者也。

——《黔游日记一》

粤西之山，有纯石者，有间石者，各自分行独挺，不相混杂。滇南之山，皆土峰缭绕，间有缀石，亦十不一二，故环洼为多。黔南之山，则界于二者之间，独以逼笮见奇，滇山惟多土，故多壅流成海，而流多浑浊。惟抚仙湖最清。粤山惟石，故多穿穴之流，而水悉澄清。而黔流亦界于二者之间。

——《滇游日记二》

从叙事学的角度看，《徐霞客游记》虽然通篇均为日记体文字，但避免了流水账般的写法，而是充分利用了汉语的柔韧性，张弛有度，得心应手。提及险峻处，令人透不过气来；写到舒缓处，读者也情不自禁为作者松一口气。

……暝色欲合，山雨复来，而路绝茅深，不知人烟何处，不胜惴惴……时昏黑逼人，惟向暗中踯躅。三里，忽闻犬声，继闻人语在路南，计已出峡口，然已不辨为峡为坡，亦不辨南向从何入。又半里，大道似从西北，而人声在南，从莽中横赴之，遂陷棘刺中。久之，又半里，乃得石径。入寨门，则门闭久矣。听其舂声甚遥，号呼之，有应者；久之，有询者；又久之，见有火影出；又久之，闻启内隘门声，始得启外门入。即随火入舂者家，炊粥浣足。虽拥青茅而卧，犹幸得其所矣。

——《滇游日记二》

以上选段写夜半迷路和投宿之苦，通篇从第一感觉出发来写，现场感极强。文中量词与虚词的搭配看似平常，实则颇费匠心。"三里""又半里""又半里"，"久之""久之""又久之"，各重复连用了二三次，道尽作者焦急乃至焦虑的心情。之后，黑暗的场面持续良久。可以想见，荒山野岭，深更半夜，门外的人急于投宿，想逃避孤独和危险；门内的人恐怕上当受骗，一再犹豫、拖延。双方之间虽有呼号，有应答，但始终在僵持、怀疑和打探，都是但闻其声，而不见其影。最后，门内的终于消除疑虑，出来开门了，但还是躲在火把的光影中，要开两道门才能让外人进入。此时，读者提到嗓子眼的心才与作者一起放下。一桩看似平淡无奇的投宿小事，被作者描述得如此扣人心弦，不亚于一幕惊悚悬念剧。

徐霞客对地理学作出的最大贡献是大胆否定了被视为《尚书·禹贡》中"岷山导江"的传统说法，从整个水系的宏观角度进行研究，通过实地考察，"其所纪核，从足与目互订而得之"，在历史角度第一次提出并论证了金沙江才是长江正源的观点，并将他的科学结论记载在《溯江纪源》中。此文结构严谨，层层递进，逻辑性极强，成为中国科学史上的名篇，也是最早付梓并被介绍到西方的徐霞客著作。

徐霞客病情危重时曾对前来问候的朋友说："张骞凿空，未睹昆仑，唐玄奘、元耶律楚材，衔人主之命，乃得西游。吾以老布衣，孤筇双屦，穷河沙，上昆仑，历西域，题名绝国，与三人而为四，死不恨矣。"（钱谦益《徐霞客传》）可见他非常清楚地意识到，西南遐征是他一生最大的骄傲，他将因此而与张骞、玄奘一样载入史册。关键是，他是在没有任何官方背景下，以布衣身份自费旅行，用脚步丈量大地而留名于后世的。2011年，国家旅游局将每年的5月19日定为"中国旅游日"。这位中国行走文学的先驱，若地下有知，当含笑于九泉矣。因为这个日期正是他首次出游，写下《游天台山日记》的第一天，即明万历四十一年三月三十日（1613年5月19日）。

第三讲
大航海时代的旅行文学

古代的探险家、旅行家、朝圣者和其他漫游者主要是沿着平坦的大道,或崎岖的小径、幽深的山谷,去追寻各自心目中的可能世界的。海洋一直沉睡着,亘古如斯,等待着人类唤醒它的能量,犹如公主等待着王子深情的一吻。腓尼基人、希腊人和阿拉伯人曾领略过它的美丽和严酷,但他们主要是在爱琴海、地中海和阿拉伯海等内海、边缘海周围打转,对他们来说,大西洋、太平洋和印度洋只是传说中一片浩瀚、混沌的存在。15世纪,平静的海面开始喧哗和骚动起来。明朝的中国人率先扬帆远航,展现出中国的海上实力和影响,以及直通印度洋、波斯湾和红海的长途贸易能力。但由于明朝总的来说是"一个内向和非竞争性的国家"(黄仁宇语),选择的是闭关自守的海禁国策,最终遗憾地错过了成为海上强国的机遇。

第一节 朝贡体系下的扬威远航

1405年7月11日(明永乐三年六月十五日),南京龙江港桅樯林立,船帆蔽天。奉明成祖朱棣之命,三宝太监郑和率领士卒27800余人,携带大量绸缎、铜钱、瓷器和樟脑等货物和礼品,在喧天的锣鼓声中,登上了62艘长约148米、宽约60米的宝船,以及数以百计的马船、粮船、坐船、战船，从刘家港集结，泛海至福建，再从福建虎门出发，远航西太平洋和印度洋。在"洪涛接天，巨浪如山"的险恶条件下，这支宣扬大明王朝国威的舰队"云帆高张，昼夜星驰"，拜访了30多个国家和地区，包括爪哇、苏门答腊、苏禄、彭亨、真腊、古里、暹罗、榜葛剌、阿丹、天方、左法尔、忽鲁谟斯、木骨都束等地[①]，最远到达东非、红海。这是美洲新大陆被发现之前人类历史上最伟大的一次远航。而且，差不多同样规模的远航共举行了七次，每次费时约二十个月。直到宣德八年（1433）才宣告中止。

关于郑和船队的航海目的、航行范围等史实以及对七次航行的评价，一直存在争议。一种主流的观点是，在中国的历史上，明代郑和下西洋（婆罗洲以西的洋面，明代称为"西洋"，其实应为南洋）可以说是官方组织实施的最主动、最积极的向海外传播中华文化的壮举了。但它的目的不是开辟殖民地，而是"宣德化而柔远人也"（郑和《天妃之神灵应记》），属于费正清等学者提出的东亚"朝贡体系"（tributary system）的组成部分或鼎盛之作。所谓朝贡，又称进贡，是地方臣服于中央统治者，或属国臣服于宗主国的表示。一方自愿将财富无偿给予另一方，以示顺从或结盟，这些礼物称为贡品。自公元前3世纪开始，直到19世纪末期，这个以中华帝国为核心的等级制网状政治秩序体系，一直存在于东亚、东北亚、东南亚和中亚地区。郑和七次下西洋的远航，正是朝贡体系的产物。在世界经济、交通和文化史上，中古时代东亚、东南亚的朝贡体系与近代西方的殖民体系形成了鲜明的对

---

① 苏禄即今菲律宾苏禄群岛，彭亨即今马来西亚彭亨州一带，真腊即今柬埔寨和越南南部一带，古里即今印度西南岸的卡利卡特，暹罗指泰国的大城王国，榜葛剌即今孟加拉国及印度西孟加拉地区，阿丹即今也门之亚丁，天方即今沙特阿拉伯之麦加，左法尔即今阿拉伯半岛南岸阿曼西岸的佐法尔，忽鲁谟斯即今伊朗的霍尔木兹，木骨都束即今东非索马里的摩加迪沙一带。

照。前者利用宗藩关系，让赠礼、朝贡和贸易三位一体，不诉诸武力即可使原住民诚服，更显文明。后者挟武力胁迫甚至屠杀原住民，建立殖民地，掠夺当地资源，输入奴隶劳动，更显野蛮。美国《国家地理》杂志于1998年评出千禧世界航海家名人，其中郑和是东方唯一一位入选的人物，而他入选的主要原因便是他"从未公开表达过对殖民主义的期望"。

遗憾的是，尽管郑和首次下西洋的时间比哥伦布整整早了87年，且规模更大，范围更广，持续时间也更长，却没有发现美洲新大陆[①]，更遑论改变整个世界历史的格局。更令人费解的是，记录这七次伟大远航的文本是如此之少，根本无法与宏大的皇家气势和庞大的船队规模相称。郑和航海的记录被一位姓刘的兵部尚书（国防部长）焚毁，理由是免得再耗费国家财力和人力。目前所知关于郑和下西洋的文本主要是留存于福建长乐的《天妃之神灵应记》碑（俗称"郑和碑"），以及两位参与航海的通事（翻译官）和一位幕僚各留下的一篇记叙文，即马欢的《瀛涯胜览》、费信的《星槎胜览》和巩珍的《西洋番国志》，但他们的著述并非前无古人之作。马欢在《瀛涯胜览·序》中就坦陈，他读过另一位比他更早的民间航海家汪大渊写的《岛夷志》。"余昔观《岛夷志》，载天时、气候之别，地理、人物之异，慨然叹曰：普天下何若是之不同耶？……余以通译番书，忝被使末，随其（按：指郑和宝船）所至，鲸波浩渺，不知其几千万里。历涉诸邦，其天时、气候、地理、人物，目击而身履之；然后知《岛夷志》所著者不诬。"而另一

[①] 上述主流观点受到英国退休海军军官加文·孟席斯质疑，他在其著作《1421：中国发现世界》一书中得出如下研究结论：中国人早于哥伦布70年发现了美洲大陆，并早于麦哲伦100年作了环游地球之旅。此外，中国人更是早于库克船长350年就发现了澳大利亚与南极洲。该书中译本于2005年由京华出版社出版。

个随郑和下西洋的翻译官费信所著的《星槎胜览》，其内容有一半来自《岛夷志略》（即《岛夷志》之节略）。巩珍的《西洋番国志》情况也差不多。可见，高手永远在民间。

汪大渊是元代南昌人。1330年，年仅20岁的他首次从泉州搭乘商船出海远航，历经海南岛、占城、马六甲、爪哇、苏门答腊、缅甸、印度、波斯、阿拉伯、埃及，横渡地中海到摩洛哥，再回到埃及，出红海到索马里、莫桑比克，横渡印度洋回到斯里兰卡、苏门答腊、爪哇，经大洋洲到加里曼丹、菲律宾，再返回泉州。1337年他再次出游。一路上他仔细观察，用心记录下沿途所见的山川岛屿、城镇村落、风土物产、奇珍异宝，以及当地人的建筑、饮食、服饰、民俗和贸易特色等，形成《岛夷志》一书。

以《岛夷志》为基础，《瀛涯胜览》《星槎胜览》《西洋番国志》三个文本，展示了一幅中古后期以明代中国为主导的朝贡体系图景。大明王朝恩威并施的外交政策的确很有效。宝船队犹如一个巨大的海上城堡，移动在碧波怒涛间，既震慑了骚扰的海盗和图谋不轨的原住民首领，又给沿途大小邦国带来了巨大的商机。从马欢的记述来看，当地原住民是衷心欢迎来自大明的船队的。《瀛涯胜览·阿丹国》中讲到："永乐十九年，钦命正使太监李等赍诏敕冠衣赐其王酋，到苏门答剌国，分艅内官周等驾宝船三只往彼。王闻其至，即率大小头目至海滨迎接诏赏，至王府，礼甚尊敬，咸伏。开读毕，王即谕其国人，但有珍宝许令卖易。其时在彼买到重二钱许大块猫睛石，各色雅姑等异宝，大颗珍珠，珊瑚树高二尺者数株、其珊瑚枝株五匦，金珀、蔷薇露、狮子、麒麟、花福鹿、金钱豹、驼鸡、白鸠之类。"

从上述文本看，作为宗主国，大明王朝对藩属国的态度是友好的。船队到达后先将礼品赐给当地王室或首领，以示皇恩浩荡、无远弗届；

随后展开官方的和民间的商贸活动。民间贸易由私人自发进行，郑和船队的官兵上岸后可以携带国内商品在沿线国家从事贸易。官方贸易则是在官方主持下，遵循平等自愿、等价交换的原则进行，使用的是当地人习惯的"击掌定价法"。《瀛涯胜览·古里国》有生动的记载。当地国王派遣两个头目来会中国客商，商定议价日期。到时先看样品，逐一议价，核定后，写好合同，双方收好。"其头目、哲地即与内官大人众手相拿，其牙人（按：即代理商）则言某月某吉日于众手中拍一掌，已定，或贵或贱，再不悔改。"过一两个月后将定价后的货物送来，按照原来击掌时定的价格一一付清，毫厘无改。尽管核算时，中国方面用的是当时先进的算盘，当地人还是用原始的两手并两脚二十指计算，但中国客商也丝毫没有表示出鄙视的意思，只是觉得他们的做法"甚于异常"而已。

自古以来，在信仰问题上遵行"和而不同""求同存异"的做法，一直是中国对外交往的基本原则。郑和途经的南洋各国，大多是信仰伊斯兰教的，也有些小邦国尚处在原始崇拜阶段。对此，中国船员的态度始终是宽容有加，只是带着好奇心观察，并一一记录下来。《瀛涯胜览》中不少地方记录了当地人的奇风异俗。如这一段讲的是斯里兰卡的少数民族：

自帽山开洋，好风行三日，见翠蓝山在海中，其山三四座，惟一山最大，番名按笃峦山。彼处之人，巢居穴处，男女赤体，皆无寸衣，如兽畜之形。土不出米，惟食山芋、波罗蜜果、芭蕉子之类，或入海捕鱼虾等物而食。人传云：若有寸布在身，即生烂疮。昔释迦佛过海于此，登岸脱衣入水澡浴，被人偷藏其衣，被释迦咒誓，以此至今人莫能穿衣服。俗言出卵屿，即此地也。

——《瀛涯胜览·锡兰并裸形国》

从旅行文学的角度看，马欢等人撰写的游记文本更像是一座流动的热带植物园、动物园、珍宝馆和民俗博物馆。作者的态度类似现代观光客：态度友好、观察细致，却没有深入交流的愿望；描述客观、文字简洁，而缺乏个性的张扬。作为旅行爱好者，我们很想知道，一路上遇见的风浪有多大？当时船员们是如何应对的？他们上岸后与原住民首领或国王具体说了什么？后者是如何应答的？诸如此类很有意思的问题，文本中基本没有提到。我们犹如进电影院看一部怀旧的默片，只见一帧帧画面无声无息，平移过去，虽然给人留下很多想象的空间，但终究有遗憾和不足。

▍第二节　汉字文化圈中的漂海录

郑和下西洋的年代，与朝贡体系并行不悖的，还有汉字文化圈[①]。当时用汉字书写历史并在文字上受汉字影响的国家（民族），主要包括越南（唐朝册封为安南）、朝鲜（明朝册封为朝鲜）、倭（唐朝册封为日本）、泰国、蒙古和琉球。生活在这个文化圈中的人，虽然未必都会说一口流利的汉语，但多半能认读汉字，而文人和官吏，则不但精通汉文化，还能与中国人作"笔谈"，即通过书写来进行跨文化的沟通。多亏了"笔谈"这种特殊的交流方式，一个因海难而漂流到中国沿海的朝鲜文官，获救上岸后才能证明自己的身份，且因祸得福，受到了大明皇帝的接见。

[①] "文化圈"一词来自德文"Kulturkreis"，于1897或1898年由德国人利奥·维克托·费罗贝尼乌斯提出，后英译为"culture circle"。而"汉字文化圈"则是在这基础上形成的新名。

1488年，朝鲜五品文官崔溥从济州岛登船，回老家奔丧。起航之日风浪很大，有人劝他放弃这次远行，等风浪平息再说。但崔溥身为朝廷命官，又是坚定的儒家信徒，深知忠孝在礼法社会中的位置，还是下令起锚。他自然不会知道，这个决定将给自己和41名随行人员带来怎样悲惨的命运。出海不久，即遇狂风暴雨。雨水下注，怒涛上扑，船只时而被大浪抛向阴云密布的半空，时而又被扔下黑暗恐怖的深渊。船舱漏水，帆断樯折，加之断水断粮，饥寒交迫，真是生不如死。好不容易漂近中国东部沿海，又遇上一伙海盗，海盗将船上所有值钱的东西掳掠一空后，扬长而去，任他们重新漂入大海。终于，老天有眼，12天之后他们漂流到了今浙江省三门县沿海的牛头洋，被当地人救起。在经历了被怀疑、羞辱、呵斥，以及私下盘问、当堂质询、印信查验、三司会审后，当地官府终于相信他们不是流窜的倭寇，而是来自藩属国朝鲜的客人。之后，崔溥的命运发生了戏剧性的逆转。他获得了贵客礼遇，被护送到北京，受到大明皇帝接见。然后又从辽东归国，获得自己国王的奖掖，并应国王之命写出了他的《漂海录》。

《漂海录》在古代朝鲜受到极大重视，从公元1571年至1896年，先后印行过5个版本。日本早在1769年（即清乾隆三十四年）就将此书译成日文，即《唐土行程记》。美国则于20世纪60年代中期出了英文版《锦南漂海录译注》。而作为朝鲜近邻的中国，却长期对这部记述本土的书卷置若罔闻，直到20世纪90年代，才有评注本和研究专著陆续问世，总算弥补了这方面的缺憾。

从旅行文学角度看，我们完全可以把崔溥的《漂海录》称之为"东方的《鲁滨孙漂流记》"，但此举貌似褒奖，其实反而降低了它的身价。因为事实上，前者比后者早了约230年，或许将《鲁滨孙漂流记》称为西方的《漂海录》更为恰当。更为重要的是，崔著通篇全是实录，没有虚构。崔溥在海上漂流4000余千米,在中国淹留135天,每一天、每个字都浸泡了海水、血泪,蕴含了丰富驳杂的信息,涉及明弘治初年中国的国情,包括政制、海防、司法、运河、交通、城市、地志、民俗以及两国关系等,提供了史籍不载或未悉的资料。借用崔溥外孙柳希春在《漂海录》出版时的题跋,此书堪称"摹写中原之巨笔"。

《漂海录》全书五万多字,以流利的汉语日记体写就,既显示了作者扎实的汉学功底,也说明了一个历史事实,即直到15世纪末,中华文化在汉字文化圈中仍有着强大的辐射力。崔溥精通汉文化,对华夏大陆的地理方位、制度文物、山川河流了如指掌,对许多历史、文学典故耳熟能详,信手拈来,毫不费力,字里行间处处透露出对中华文明的崇敬和向往之情。可见,他在行万里路之前,早已读了万卷书,否则不可能在茫茫大海中,还能判断出自己所处的大致方位,指挥船员往中国方向漂流。

崔溥心思缜密,观察力极强,无论是记述天文、海域、所遇之人、沿途风情民俗,均细致入微,曲尽其妙。比如描述海景,他能写出不同海域色彩的丰富变化:

> 臣于此行所历沧波,虽若一海,水性水色随处有异。济州之海,色深青,性暴急,虽少风,涛上驾涛,激溅澎湃,无甚于此。至黑山岛之西犹然。行过四昼夜,海色白;越二昼夜,愈白;又一昼夜,还青;又

崔溥《漂海录》原版正文首页

二昼夜，还白；又三昼夜，赤而浊；又一昼夜，赤黑中全浊……自白而还青以后，风力虽劲，涛不甚高。至还白以后，始有岛礐。岛皆岩壁，岭溪礧砢，上载土，有杂卉香草，蓊蔚长青……

获救上岸以后，他虽说一时被当地人吓得"惊骇耳目，丧魂褫魄"，但其实内心沉静，慌而不乱，一直仔细观察、聆听着周围动静，将押解官兵的装备，经过的城郭、关防之名称，大约里程数等一一牢记于心，故能真实还原现场氛围，给读者以强烈的即视感。

臣从其言，率从者登途而行，则里中人或带杖剑，或击铮鼓。前途有闻铮鼓之声者，群聚如云，叫号骤突，夹左右拥前后而驱，次次递送。前里如是，后里又如是。行过五十余里，夜已央矣……良久，又有一官人领兵拥炬而至。甲胄、枪剑、彭排之盛，唢呐、哱啰、喇叭、铮鼓、铳熕之声，卒然重匝，拔剑使枪，以试击刺之状。臣等惊骇耳目，丧魂褫魄，罔知所为。官人与许清整军威驱臣等。可三四里，有大屋舍，缭以城郭，如关防然，问之则乃于渎场见桃知所，或云批验所也。城中又有安性寺，止臣等于寺，许留宿焉。

难能可贵的是，他始终坚持儒生本色，不因危难而放弃尊严，弄虚作假。在漂流中发现海盗后，随行人员要他赶紧换下丧衣，穿上官服，以威慑这些不法分子，他坚持不换，理由是："释丧即吉，非孝也；以诈欺人，非信也。宁至于死，不忍处非孝非信之地，吾当顺受以正。"获救上岸之前，他首先告诫同船的陪吏和军吏，要遵守礼数，不可逾越等级，说："我国本礼义之国，虽漂奔窘遽之间，亦当示以威仪，使此地人知我国礼节如是。凡所到处，陪吏等拜跪于我，军人等拜跪于陪吏，无有过差。且或于里前，或于城中，有群聚来观者，必作揖礼,无敢肆突!"迂腐的话语中自有尊严,令人不敢轻侮。

在回答当地官府的询问时,他对答如流,显现了对本国地理位置、与邻国的关系的稔熟。他详细讲述了朝鲜对中国文化的传承,尤其是在讲到法律、礼义教育等领域时,简直如数家珍,终于成功消除了对方的疑虑。

又问曰:"汝国用何法度?别有年号乎?"臣曰:"年号、法度,一遵大明。"

……

又问曰:"你国尊何经?"臣对曰:"儒士皆治四书五经,不学他技。"又曰:"你国亦有学校否?"臣对曰:"国都有成均馆,又有宗学、中学、东学、西学、南学,州府郡县皆有乡校,又有乡学堂,又家家皆有扃堂。"又问曰:"尊崇古昔何圣贤?"臣曰:"崇尊大成至圣文宣王。"又问曰:"你国丧礼行几年?"臣曰:"一从朱文公《家礼》,斩衰齐衰皆三年、大功以下,皆有等杀。"又曰:"你国礼有几条?刑有几条?"臣曰:"礼有吉、凶、军、宾、嘉,刑有斩、绞、流、徒、杖、笞,一从《大明律》制。"又曰:"你国用何正朔?用何年号?"臣曰:"一遵大明正朔、年号。"又曰:"今年是何年号?"臣曰:"弘治元年。"又曰:"日月不久,何以知之?"臣曰:"大明初出海上,万邦所照,况我国与大国为一家,贡献不绝,何以不知?"又曰:"你国冠服与中国同否?"臣曰:"凡朝服、公服、深衣、圆领,一遵华服,唯帖里襞积少异。"

在一路北上,去京城面谒大明皇帝的途中,他又详细记下路过的省市、城镇、驿站、村落、河流、桥梁、街道等,并以他所稔知的中国历史、文学典故一一加以比照。如此,他所看到的一个个抽象的地名,就生动、鲜活起来,故去的历史人物、掌故、轶事仿佛就浮现在眼前。比如在途经绍兴等地时,他想到了书圣王羲之、越王勾践,还想到西施美女和范蠡功成身退的五湖,他甚至还知道五湖就是太湖的别称。

或许是第一次到中国的缘故,崔溥对风土人情的观察特别细致,而且善于运用比较法,从市肆物产、宅第民居、冠履服饰、文化程度、丧葬习俗等方面,对南北民风之差异,一一作了详细记述。如讲到南北人的性情差异时,他这样评说:

江南和顺,或兄弟,或堂兄弟、再从兄弟,有同居一屋。自吴江县以北,间有父子异居者,人皆非之。无男女老少,皆踞绳床交椅,以事其事。江北人心强悍。至山东以北,一家不相保,斗殴之声炮闹不绝。或多有劫盗杀人。山海关以东,其人性行尤暴悍,大有胡狄之风。

甚至对不同地方妇女佩戴的首饰,他也作了仔细观察和记述。

首饰,则宁波府以南,圆而长而大,其端中约华饰,以北,圆而锐,如牛角然。或戴观音冠,饰以金玉,照耀人目,虽白发老妪,皆垂耳环。

不仅如此,他还虚心好学。在途经绍兴等地看到湖岸有人用水车灌田,就想把这个技术引到本国去。于是一一求教于陪同的中国官员,了解水车形制、制作方法、所用木材等。回国后加以推广、应用,造福于本国民众。

崔溥的《漂海录》原是应朝鲜国王之命而写的"内部报告",其目的是为朝鲜上层了解大明王朝,更好地处理两国关系提供信息的,但无意间却为后世中国留下了一面借助他者目光重新打量自我的镜鉴。此外,借助《漂海录》,崔溥也不经意为自己塑造了一个"泰山崩于前而色不变"的漂流者形象。沧海桑田,朝代更替,大明王朝和李氏朝鲜均已成陈迹，成为历史学研究的对象，唯崔溥《漂海录》中所写之景、所记之事、所描之人，以及作者的音容笑貌，今天读来依旧鲜活生动，具有独特的魅力。

第三节　西班牙与葡萄牙：殖民与征服之旅

郑和去世后约60年、崔溥漂流中国后4年，西班牙船队司令、海军统帅克里斯托弗·哥伦布率领的舰队扬帆起航了，他的目标直指富庶的东方，却意外发现了一个新大陆。世界历史从此翻开新的一页。按照英国地缘政治家麦金德爵士的说法，1492年现代世界开始进入"哥伦布时代"。"当海洋这一根本能量在16世纪突然爆发后，其成果是如此深巨，以至于在很短的时间里它就席卷了世界政治历史的舞台。与此同时，它也势必波及了这一时代的精神语言。"（C. 施米特语）探险家们从欧洲出发向西，走了一条与中世纪的圣地朝圣相反的路径。但是，"新世界的发现者们并不是真正意义上的'旅行者'，因为他们主要不是被好奇心所推动，而是被暴力性的冒险、商业性的刨根问底和对黄金的贪婪，以及单纯的对权力的渴求所驱动"，尽管这些卑下的冲动"经常披上了适当的宗教热情的外衣"。与此相应，近代以来以西方为主体的旅行文学也带上了更多的海腥味和血腥气。

讨论近代西方旅行文学，首先当然应该关注哥伦布在远航途中写的航海日志，以及他写给他的资助者、西班牙女王伊莎贝拉一世，汇报他的伟大发现的信件。这些信件早在他和他的水手们抵达家乡之前就已经传遍了巴塞尔、巴黎、安特卫普和罗马。他在信中写道，他所发现的新地域"富饶无边……无可比拟"，那里生长的物种数量惊人,令人难以想象;那里有"大量金子和其他金属"等待着人们去开采;还能"与那里的大汗"展开大规模贸易,棉花、乳香、芦荟、大黄、香料、奴隶和"上千种其他珍贵物品"均取之不尽。其实,这些描述基本上都是子虚乌有,被某些历史学家斥为"夸张、误会和彻头彻尾的谎言"。他根本没有找到金矿,也根本没有发现大黄、芦荟等植物,所谓的大汗也是无中生有。他宣称,用7年时间就可以从那里积攒到足够的财富让5000名骑士和5万名步兵重新征服耶路撒冷,这个说法同样是欺骗。

后来的历史学家还发现,哥伦布日志对当地原住民的描写有着明显的自相矛盾之处。在日志的第一部分里,一切都是那么美妙。哥伦布描述了充满异国情调的风景:

树很高,好像碰到天顶;如果我没了解错的话,这些树长年不会落叶;我曾在十月份的时候看见这些树叶新鲜油绿得像是西班牙五月份时的树叶那样;有些树甚至在开花,有些则结着果实……只要一转身,到处都听得见夜莺的歌声,同时有数千种不同类的鸟给它们伴唱。

(王志明 译)

原住民被形容为羞怯而聪明,他们"发育良好,体形健硕,长相英俊",而且很单纯,收到欧洲水手赠送的红帽子、小珠饰,甚至是打碎的玻璃和陶器都非常开心。他们对武器没什么概念,看到剑就直接用手去握锋刃,因完全无知而把自己的手都弄破了。

但在第二部分中,情况就完全不同了。岛上的原住民都被描写为凶悍的食人生番或妖怪。比如在1492年11月23日的航海日志中,哥伦布提到了"一个名叫加勒比(Carib)的岛屿……该岛是进入印度(按:即美洲)的第二个入口,居住在该岛上的居民被所有别的岛屿视为十分残忍的民族；他们以人肉为食；他们有很多独木舟，出入于印度的所有岛屿，将他们能够到手的东西掳掠一空；他们并不比别的人来得畸形……"

为什么会发生这种情况？在同一作者撰写的同一文本中，对于同样的观察对象，为什么会有完全不同的描写？只有两种可能，要么是叙述者患了精神分裂症，要么从经验的层次上来说是正确的，也就是说，哥伦布的确看到了两个不同的世界。

一位哥伦布日志研究者对文本中潜在的无意识作了分析，认为这部日志与其说记录了哥伦布的所见所闻，还不如说记录了他想见而没有见到、因而必须说服自己是见到了的东西。什么是哥伦布想见到的东西呢？那就是金子，这也就是他远涉重洋，进行冒险航行的主要目的。研究者发现，哥伦布在日志中不断地述说着金子，充满了无法言喻的焦虑。因为他原以为在这些岛屿上或别的什么地方能够找到金子。但一番努力落空后，他明白了，金子只存在于原住民的身上，存在于他们的腿上、胳膊上、耳朵上、鼻子上和脖子上。这就意味着，只有把那些原住民杀死，欧洲人才能得到金子。于是他改变了航向，彻底告别了"中国""日本"以及马可·波罗描写过的不可言喻的富裕城市，向东南方向返航了。与此同时，日志文本中描写的吃人生番的故事变得越来越确定，越来越可信了。但实际上，这些吃人生番并不存在，完全是哥伦布杜撰出来的，其目的是为日后对这些领土的殖民和征服作好文本上的准备。事实的确如此。在哥伦布首航成功之后的几十年间，加勒比海沿岸岛屿和美洲大陆的原住民都遭受了劫难。西班牙征服者在对美洲原住民实施了血腥屠杀的同时，又将旧大陆的天花病传染给了对这种病毫无抵抗力的新大陆居民，最终导致阿兹特克国王的去世及其帝国的灭亡。

其实，早在哥伦布发现新大陆之前，伊比利亚半岛上的另一个海上国家已经开始了它的探险与征服之旅。1415年葡萄牙航海家恩里克王子（一译亨利王子）率领葡萄牙舰队征服了北非的贸易中心休达。随后葡萄牙的航海家与探险家陆续发现了亚速尔群岛、佛得角、比奥科岛、圣多美岛、普林西比岛和安诺本岛等无人居住的岛屿。但他们始终没能找到通往东方的航路。西班牙人在新大陆获得的成功无疑使葡萄牙人的渴望更急切了。

1497年7月7日夜，里斯本大教堂内烛光通明，葡萄牙航海家达·伽马带领他的170多名水手彻夜祷告，祈求上帝给予恩典。次日一早，28岁的他率领着四艘当时世界上最先进的三桅帆船扬帆启航了。此前，国王曼努埃尔一世早已为他定下明确目标：找到一条"通往印度及附近国家的新通道"。经过近11个月的艰苦航行，达·伽马的船队在绕过好望角、发现了东非的莫桑比克后，最终于1498年5月20日，抵达了印度西南的卡利卡特（今名科泽科德，即马欢《瀛涯胜览》中提到的古里国）。达·伽马取得了哥伦布没能取得的成就——发现了真正的印度，并成功开通了西非至印度洋的航道，这是整个葡萄牙梦想了80年的海上路线。1499年9月，历经两年多的伟大航行后，达·伽马从印度返抵葡萄牙。他在家乡受到了疯狂的欢迎。在里斯本大教堂的庆功仪式上，人们甚至公开将他比作亚历山大大帝。为了纪念他首航的成功，1502年曼努埃尔一世下令，在恩里克王子1450年修建的旧修道院原址上兴建新的修道院。之后，一位名叫路易·德·卡蒙斯的大诗人也不失时机地发出了自己的声音，写下了《卢济塔尼亚人之歌》（1572），从此葡萄牙就有了一部属于本民族的伟大航海史诗。

卢济塔尼亚是古罗马行政区域名称，其辖地相当于今葡萄牙大部和西班牙西部之一部分。卡蒙斯借用这个古雅的地名作史诗标题，点明了葡萄牙与古罗马深厚的文化渊源。《卢济塔尼亚人之歌》以荷马史诗为基本结构,借用了大量古希腊神话中的原型意象,让奥林波斯山上的诸神参与了达·伽马环球航行的全过程。史诗共分十章,长达九千多行。前四章类似《伊利亚特》,通过达·伽马在航行途中的自述,回顾了葡萄牙崛起的历史。后六章模仿《奥德赛》,将达·伽马比作《奥德赛》中的主角奥德修斯,将发现印度之行比作古希腊神话中伊阿宋率领阿尔戈斯号远征非洲、获取金羊毛的航程。

换个角度,我们或许可以把这部史诗比作葡萄牙这个海上强国崛起的命运交响乐。第一章是序曲,为全诗奠定了基调。奥林波斯山上众神开会,讨论如何安排这些葡萄牙人的命运。酒神巴库斯反对葡萄牙人统治印度,爱神维纳斯和战神玛尔斯则同意成全葡萄牙人,最后朱庇特一言九鼎,支持葡萄牙人,众神会议散会。此段描述使人回忆起荷马史诗中类似的描述。诗人想借此描述既接续古希腊文学传统,同时也暗示葡萄牙人的崛起是不可违抗的天命。苦难与艰辛,失败或成功,都是诸神之手在背后操控的结果。葡萄牙人受维纳斯保护,而这位爱与美的女神,正是罗马的建立者埃涅阿斯的保护神。通过这番移花接木,卡蒙斯又将自己的史诗与古罗马诗圣维吉尔的史诗《埃涅阿斯纪》挂上了钩,如此一来,葡萄牙的高贵血统就不证自明了。之后三章是序曲后的呈示部,讲述了葡萄牙王国形成的曲折过程:内忧与外患并起,阴谋与杀伐频见。诗人既不回避阴暗,也不粉饰历史,而是如实道来,最终点明主旨——"公正的上天要让这个民族,/发祥于与摩尔人的战争中"。

从第五章开始,史诗进入命运交响乐的华彩乐段,读者仿佛受邀登上达·伽马的帆船,与他和他的水手一起游历了整个世界,观赏了航行途中不同海域、地域的风貌,经历了艰辛、磨难、沮丧与惊喜交杂的心理体验。这既是一部形象生动的地理学教材，又是一部险象环生的历险记：非洲、亚洲、赤道、南极、北极、海岬、岛屿、王国、奇风异俗，一一从眼前掠过；海上的风暴，船上的瘟疫，中途上岛岸后陷入的困境，与当地人交往中的互相猜疑和斗智斗勇，读之令人血脉偾张、惊心动魄，又欲罢不能，趣味无穷。

命运交响乐的主旋律在第八章之后又再次响起。诗人一一列数葡萄牙历代的国王、贵族、勇士和英雄，一直追溯到奥德修斯，将爱国主义和民族自豪感推向高潮。与此同时，诗人也不回避航道开通后将给当地人带来的灾难。借助异教人的占卜，他说出了"新来者将带来永恒的桎梏，当地人民将遭受奴役之苦"的预言。

第十章是命运交响乐的尾声。达·伽马离开印度，带着干石竹花苞、肉豆蔻、丁香、肉桂等证据，率领船队返回葡萄牙。返航途中，爱神为远航的水手们变出一座葱翠玲珑的仙山琼岛，让他们上岸休憩，享受了难得的悠闲和宁静，并获得了林泽仙女们梦幻般的爱情。之后，女神带领他们观看了不可思议的奇迹，一个光彩夺目的水晶球。女神向船员们介绍了球体各个层次的品级、特性、奇观和居住者，以及相关的风土人情，等于是一部浓缩的世界天文学和地理学教材。后来的研究者认为，这个水晶球其实是以托勒密体系为基础的宇宙模型。缓缓转动的球体也向达·伽马和他的水手们揭示了过去和未来，预言了"将去之地和欲做之事"。借女神之口，诗人指点江山，激扬文字，对各国的律法、制度、风俗等一一进行了品评。且看诗人是怎样评点他心目中的中国的：

> 看，那座难以置信的长城
> 就修筑在帝国与邻国之间，
> 那骄傲而富有的王权力量

> 这便是确凿而卓越的证明。
> 它的国王并非天生的亲王
> 更不是父位子袭世代传递,
> 他们推举一位仁义的君子
> 以勇敢智慧德高望重著名。

(张维民 译)

现实中的达·伽马最终在第三次航行时,因感染疟疾而死于印度科钦。他的遗体运回国后,被安放在里斯本热罗尼姆大教堂中。躺在他对面石棺里的,是史诗作者卡蒙斯。航海家与诗人的遗体被置放于同一墓地,恐怕在世界历史上也是绝无仅有的。显然,在葡萄牙人心目中,被诗人歌颂的英雄和歌颂英雄的诗人,两者同样伟大,同样值得尊敬和怀念。在《卢济塔尼亚人之歌》第五章第二十三节中,卡蒙斯曾借达·伽马之口说过:

> 假如,那些为探索世界奥秘
> 踏遍了天涯海角的古代哲人
> 像我一样,经历了这般远航,
> 领略过这样千变万化的气象
> 宏伟而壮丽的大自然的奇观,
> 必能给后人留下非凡的巨著。
> 那些天父星体的神秘作用呵
> 绝非谎言,完全都是真相!

(张维民 译)

这个预言得到了实现。《卢济塔尼亚人之歌》已被公认为葡萄牙的民族史诗,在世界文学史上享有崇高的地位。今天去葡萄牙的观光客都会在葡萄牙的最西端,也是整个欧亚大陆最西端的罗卡角(Cabo da Roca),找到勒刻在石碑上的这几个葡萄牙语单词——"陆止于此 海始于斯"(Onde a terra se acaba e o mar começa),正是从卡蒙斯的史诗中截下来的名句。

第四节 英国:追寻乌托邦之旅

与西班牙、葡萄牙这两个海上强国相比,英国人的航海事业来得相当晚近和迟缓。在他们之前,葡萄牙人已经在世界上航行了100多年,虽然大多是沿着海岸行驶。1492年后,伴随着对美洲的占领,西班牙人迎头赶上。随后,葡萄牙人又再次超越,开通了去印度和亚洲的航线。16世纪50年代,随着穆斯科维公司的建立,英国才开始推行海外殖民政策,试图与其他殖民势力并驾齐驱。直至1570年以后,英国人才越过赤道以南。第一份切实的可以证明英国建立其全球视野的文献是哈克卢特编定的大书《英国民族的主要航海、游历与发现》,此书是在搜集了英国人自1500年来的93次航海记录的基础上,于1589年正式出版的。并非偶然的巧合,正好在此前一年,英国皇家海军在英吉利海峡歼灭了西班牙的"无敌舰队",一跃而成为海上霸主。在未来的几个世纪中,它终于将自己从一个偏居于欧洲西北隅的小岛国,打造成一个横跨五大洲的世界帝国。

历史学家从不同角度(包括政治体制、航海事业的经营模式、政府和民间资金的投入、造船技术的改进等)切入,试图解释英国的崛起之谜。其中C.施米特的解释比较有新意。按照他的说法,英国的成功是一个独一无二的事件,其独特性和不可比拟性在于,英国在一个完全不同的历史时刻,以完全不同的方式进行了一场根本的变革,将自己的存在真正地从陆地转向了海洋这一元素。由此,它不仅赢得了许多海战和陆战的胜利,而且也赢得了其他完全不同的东西,甚至远不止这些,也就是说,还赢得了一场革命,一场宏大的革命,即一场行星的空间革命。正是这场革命,使得这个在16世纪时还在牧羊的民族摇身一变,成了海的女儿。它成为从陆地转向海洋这一根本变革的承担者和中枢,成为当时所有释放出来的海洋能量的继承人。

空间呼唤行动,而行动之先,是跨文化的空间想象力在运作。这种想象力首先在英国旅行文学的经典之一,托马斯·莫尔爵士的《乌托邦》(1516)中得到了完美的体现。说到这里,得先解释一下"乌托邦"(Utopia)这个词的来历。在托马斯·莫尔之前,英语中没有这个词,它完全是莫尔生造出来的。"乌托邦"一词以古希腊语中表示"无"的字母 ou 为前缀,与表示"地方"的词干 topia 拼合在一起,意为"乌有之乡",而古希腊语表示"好"的形容词 eu 的发音又恰好与 ou 相似,这样,"乌托邦"就成了一个双关语,既指"无—地方"(ou-topia),又指"好—地方"(eu-topia)。通过这种词语游戏,莫尔实际上已经暗示了乌托邦的二重性,即它是个既美好又不存在的虚拟空间。顺便说一下,现代汉语中"乌托邦"这个词也是从英语中翻译引进的。它的首译者是我国近代著名的思想启蒙家和翻译家严复,他在翻译赫胥黎的《天演论》中首次用了"乌托邦"这一译法,音义兼顾,体现了深厚的中西学养功底。

说到莫尔的"乌托邦",人们很自然地就会把它与陶潜的"桃花源"相比。初看之下,两者确有不少相似之处。比如,它们都是与外界隔绝的、自我封闭的理想世界,是被人闯入后才为外界所知的,若昙花一现,偶遇不久即消失于人们的视野中。但细读之后就会发现,两者之间的差别要大于其相似。最根本的一点是，莫尔对其笔下理想社会的描述，借鉴了15—16世纪以来方兴未艾的航海探险成果及相关的旅行文献资源（包括航海日志、书信、商业报告、传教士的记录等），还伪造了一张乌托邦地图和字母表附在书中。全书以作者与一位远航船长的聊天开始，这位船长自称曾与意大利航海者、美洲的命名者亚美利哥·韦斯浦契同行，去过乌托邦。这就使得这个虚拟空间貌似无比真实，对读者的"欺骗性"也更强。

在《乌托邦》第二部中，作家以"海客谈瀛洲"的方式，对乌托邦的地理位置和地形地貌作了详细的描述：乌托邦岛像一叶小舟，静静地停泊在无边的海洋上。远远看去，就像一座海市蜃楼，虚无缥缈中透出神秘的气息。全岛呈新月形，长500英里（约805千米），中部最宽处达200英里（约320千米）。重要的是，这个岛屿最初并不是四面环海的，而是多年前由一个名叫乌托普的国王下令掘开本岛连接大陆的一面，让海水流入、围住岛屿，才形成目前的与世隔绝状态的。或许在作者看来，只有在这种封闭状态中，才能排除一切外来干扰，对这个空间结构进行完美布局，合理规划，完全按照理性的方式建构国家的基本组织、经济秩序、法律制度和社会、家庭生活。简言之，乌托邦并非自然形成的，而是人为构建的，其主导者是以国王为代表的社会精英。

乌托邦空间的外部特征是与世隔绝性和不可接近性，而其内部空间结构则表现为自我复制性和普遍类同性。一位书中人物告诉我们，乌托邦岛内总共有54个城市，这些城市有着共同的语言、传统、风俗和法律，它们的总体布局和建筑样式都是类同的。每个城市之间的距离基本相等，最近的相隔不到24英里（约38千米），最远的从不超过一天的脚程。任何城市的每一个方向都至少有12英里（约19千米）宽。

郊区农村的空间也是整齐划一，根据理性和效率的原则布局的。每座城市分成四个大小一样的部分，以市场为中心依次排列厅馆、医院、餐厅和住所。每幢房屋都是按照统一的模式建造的，在外观上无甚差别。房子是没有门锁的，只要移动统一装配的移门，任何人都可以任意出入。每隔十年，居民以抽签的方式调换房子，以免产生私有观念。简而言之，乌托邦中没有公共空间和私人空间之分，前者已经完全吞并和取代了后者。

乌托邦社会除了自我封闭性和自我复制性之外，还有空间定位的不确定性。细读《乌托邦》我们发现，莫尔对乌托邦所在的空间位置一直没有明确的定位。按说，既然乌托邦是一个迥异于英格兰的吸引人的理想空间，莫尔首先应该问清楚乌托邦所在的方位，而作品中那位既有丰富的航海经验，又在乌托邦中生活了五年的拉斐尔·希斯罗德也应该对乌托邦坐落的位置有所交代。但是，我们从小说开头作者致书中一位虚构人物的信中得知，他说自己已经完全忘记乌托邦的位置，因为"我们忘记问，他[拉斐尔]又未交代，乌托邦是位于新世界的哪一部分……我感到惭愧，我竟不知道我所畅谈的这座岛在哪一个海里"。作者的这个辩解很难自圆其说。因为第一部结尾时，莫尔明明提醒过拉斐尔，在描述乌托邦时，"不要说得简略，请依次说明地域、江河、城镇、居民、传统、风俗、法律，事实上凡是你认为我们想知道的一切事物"。因此，我们只能把这个疏忽理解为作者有意跟读者玩的花招。

进一步考察可以发现，从地形地貌上看，莫尔描述的乌托邦与英格兰有着惊人的相似之处：两者均坐落在大地的边缘，有着"新月形"的地形，像一柄三角形的白石英宝剑；两者宽度均为200英里（约320千米），整个岛屿被海水包围，形成无法通过的天然屏障；两者均有着坚固的海防。此外,乌托邦的54个城邦对应于英国的53个郡,外加首都伦敦,人口稠密,物产丰富。乌托邦首都名字亚马乌罗提(Amaurotum)意为"黑暗之城",暗示了"雾都"伦敦。历史学家吉尔达斯提到的"两条宏伟的河流"——泰晤士河与塞文河,与亚马乌罗提城内一大一小两条河遥相呼应,而横跨阿尼德河(Anydrus,意为"无水之河")上的石桥即象征了伦敦桥。

总之,无论从哪方面看,乌托邦简直就是英格兰的镜像。正如一位研究者所说,每位读过《乌托邦》的读者,几乎"不需要多大想象力就可以选出[英国的]可识别的陆相(land formation),康沃尔的'海岬'、威尔士的诺福克的峰丘和肯特的低地",等等。

就这样,英国的地理地形结构及其隐含的民族主义萌芽被莫尔整合进乌托邦空间中了,在这个空间中,旧世界与新世界、现实中的英格兰与理想中的英格兰形成一种互相呼应的关系,两者之间既有断裂又有联系。显而易见,莫尔希望通过写作和出版《乌托邦》,将来自新世界的镜像传递给他的国人,呼唤他们为实现一个理想社会而努力(注意《乌托邦》的副标题是"关于最完美的国家制度和乌托邦新岛的既有益又有趣的金书")。同时他自己心中也明白,乌托邦的完美社会是不可能实现的一个梦想。一个完美、静止的社会是没有吸引力的,因而也是不可能存在的,因为按照莫尔服膺的基督教思想,人本身是不完美的,只有上帝是完美的。但乌托邦并不是属于天国的"上帝之城",而是属于尘世的人之城。既然是人,就免不了有感情,有欲望,会产生私有观念,而这些观念又是与乌托邦的完美理念相悖的。如何解决这个悖论,如何在理想与现实、完美与不完美之间架设起一座桥梁,就成为作家不得不加以考虑的重要问题。于是,莫尔在完成了乌托邦空间的设计之后,又加写了一部,对当时的英国进行了真实、具

《乌托邦》原版插图

体的描述,并展开了微妙的讽刺、尖锐的批评和猛烈的抨击,而把充满了想象的幻景、理想的激情、明智的建议和智慧的闪光的乌托邦构想放在了第二部,以更明确地表达自己的政治主张和社会理念。这样,第一部与第二部就互为镜像,反映了行动与沉思、现实与理想、批判与建构之间的紧张关系。

在世界旅行文学乃至思想文化史上,《乌托邦》的影响都是非常之大的。向后追溯,它继承了西方思想文化史上追寻完美社会的传统,包括《旧约》中的"应许之地"、柏拉图的"理想国"、圣奥古斯丁的"上帝之城"等。向前瞻望,它又影响了包括莎士比亚的《暴风雨》、培根的《新大西岛》、哈林顿的《大洋国》和斯威夫特的《格列佛游记》等一系列以航海旅行为叙事线索构建理想社会的文学文本。此外，它也激发和引领了19世纪和20世纪一系列大胆的社会实验，导致了"反乌托邦"和"歹托邦"的出现。不过，那已经超出本书的话题范围了。

第五节　西班牙：流浪汉与游侠骑士

16世纪下半叶，西班牙王国开始衰落。虽然它依靠征服和杀戮在新大陆建立了殖民地，并掠夺了大量财富运回国内，但随着英国、荷兰等后起之秀的崛起，这个昔日的帝国逐渐失去了海上霸权，国内经济一蹶不振。而被航海激发起来的冒险投机心态则挥之不去，社会失序，道德滑坡，盗贼横行，民不聊生。举目望去，尘埃四起的西班牙大地上晃动着一个个破落贵族、失意骑士、流浪汉和乞丐的身影。在此芜杂动荡的背景上，诞生了旅行文学的一个变种，流浪汉小说。

流浪汉小说（La Novela Picaresca），得名于西班牙语picaro，顾名思义，是关于流浪汉的小说。据杨绛先生定义，一般说来，"流浪汉小说"都以"流浪汉"为主角。"流浪汉"指无业游民。他们出身微贱，没有家产，没有行业，往往以当佣仆谋生，却又没有固定的主人。他们或是游手好闲，不务正业，或是无业可就，到处流浪，苟安偷生。有的是玩世不恭，有的是无可奈何。他们目无法纪，坑蒙拐骗样样在行，但并不公然造反，而是游荡在法网的边缘，时而欺凌他人，时而受人欺凌，往往能依靠自己的机智逢凶化吉，最终赢得好运。从旅行文学的角度看，流浪汉是一种特殊的旅行者。他们因游走于正常的社会秩序之外，而获得了常人无法获得的阅历，目光更锐利，观察更细密，这些独特的经验若能转化为文字，当使一般读者大受裨益。西班牙评论家认为，在众多的流浪汉小说中，无名氏的《小癞子》、克维多的《骗子外传》和马特奥·阿莱曼的《古斯曼·德·阿尔法拉切》是三部最优秀的作品。

《小癞子》（全名《托梅斯河上的小拉撒路》）是西班牙流浪汉小说的鼻祖。全书以一个名叫小拉撒路的底层少年的口吻，自述其人生经历，描述了世相百态。小癞子尚未成年，即被父母送给一个瞎子当仆人。瞎子既吝啬又凶狠，小癞子为了生存渐渐学坏，经一番斗智斗勇，终于摆脱了他的控制。之后，他又分别给教士、侍从、修士、兜售免罪符的人、驻堂神父和公差等各色人等当仆人，受尽饥饿、屈辱、折磨和被欺凌的痛苦，但也以偷盗、欺骗等无耻的手段生存下来，最后与一风尘女子结婚，靠吃软饭过上了好日子，于是自鸣得意地把自己的故事向读者从头讲起："让您能看到我的全貌，也让贵公子们想想，自己何德何能，无非靠运气占了便宜；苦命的穷人全凭自己挣扎，居然历尽风波，安抵港口，成就比起来要大得多呢"。整部小说中译本不足5万字，文笔灵动，读来妙趣横生。作者针砭时弊，鞭辟入里，描述人物，要言不烦，寥寥几笔即神态毕现。比如小说中写到，小癞子服侍的第三位主人是个教士，经常食不果腹，还要打肿脸充胖子：

可怜的是我那倒霉的主人，八天没吃一口东西——至少在家里没吃；他究竟怎么过的，到了哪里去，吃了些什么，我都不知道。我只见他每天中午从街上回来，身子笔挺，比纯种的猎狗还细溜；他为了见鬼的所谓体面，还拿着一根麦秸到门口去剔牙，其实牙缝里压根儿没可剔的东西……

（杨绛译）

字里行间有讽刺、调侃，也有温情和怜悯。作者说，他服侍过的三个人中，"那两人实在可恶，这人只是可怜"。讲述过程中，主角还不时引经据典。比如，在讲到他服侍的第二位主人时这样说："刚才讲那瞎子小器，可是和这人一比，就像亚历山大一样慷慨了。"小癞子为偷吃侍从伙食箱里的面包，偷偷把箱底弄破了。侍从以为是老鼠钻的洞，就拿木片钉子来把窟窿补上。主仆两人明争暗斗，小癞子用荷马史诗里的典故来形容说，"我们俩干的活，就仿佛珀涅罗珀①织的布：他白天织上，我夜里拆掉"。诸如此类的词句，让人很难相信这是一名没受过教育的流浪汉的自述。但在讲到底层生活时，作者的讲述又是如此生动，充满了丰富的细节，这显然是非亲历者不能道的。难怪研究者迄今无法断定此书的作者身份，只能冠之以"无名氏"。

　　流浪汉小说在发展过程中产生了许多变体。像《小癞子》那样以流浪汉本人自述为叙事线索的，可谓正体，而许多奇遇性、历险性的小说，尽管其主角不是流浪汉，体裁也不是自述体，只因为杂凑的情节由主角来统一，也可泛称为流浪汉小说。如英国菲尔丁的《弃儿汤姆·琼斯的历史》、英国班扬的《天路历程》、法国勒萨日的《吉尔·布拉斯》、西班牙塞万提斯的《堂吉诃德》等，均可视为流浪汉小说的变体。

　　16、17世纪之交的西班牙，除了流浪汉小说外，骑士小说也很流行。这个文学类型从中世纪的骑士罗曼司发展而来，它有时与朝圣者的精神追寻重合，内容不外乎英雄美人、游历决斗、艳遇情事，中间插入魔法师、巨人、毒龙、怪兽等神奇之物，以满足庸众的怀旧情结和缥缈幻想。但偏偏有那么一个人，不肯媚俗，以戏谑的方式向骑士

---

① 即佩涅洛佩，奥德修斯的妻子。——编辑注

小说提出了挑战。此人出生于西班牙中部城市,一辈子颠沛流离,处于流浪汉和骑士游侠之间的生存状态。他在意大利当过红衣主教的扈从,在地中海参加过抵抗奥斯曼帝国的勒班陀海战(还因此而失去了左臂);在里昂海湾被海盗抓获当过人质,在阿尔及利亚组织过一次不成功的越狱;回国后写过一些不成功的喜剧和小品,也在穷困地区当过收税员,曾因被控玩忽职守而遭监禁,最后在狱中构思了他的不朽之作《堂吉诃德》(1605)。他就是西班牙黄金时期最伟大的小说家,也是文艺复兴时期堪与拉伯雷、莎士比亚媲美的经典作家,米盖尔·台·塞万提斯·萨阿维德拉,简称塞万提斯。

没有一个作家能像塞万提斯那样和他自己创造出来的主人公有着如此紧密的联系,而这个主人公又如此紧密地与人类普遍的生存状态和人生的悲喜剧联系在一起。俄罗斯小说家陀思妥耶夫斯基在评论塞万提斯的《堂吉诃德》时曾这样说过:"到了地球的尽头人们问:'你们可明白了你们在地球上的生活?你们该怎样总结这一生活呢?'那时,人们便可以默默地把《堂吉诃德》递过去,说:'这就是我给生活作的总结。你们难道能因为这个而责备我吗?'"

小说从介绍主人公堂吉诃德的身世开始:

不久以前,有位绅士住在拉·曼却的一个村上,村名我不想提了……我们这位绅士快五十岁了,体格很强健。他身材瘦削,面貌清癯,每天很早起身,喜欢打猎。据说他姓吉哈达,又一说是吉沙达,记载不一,推考起来,大概是吉哈那。不过这点在本书无关紧要,咱们只要讲来不失故事的真相就行。

(杨绛 译)

漫不经心的口气渐渐将读者带入一个悲喜交集、插科打诨,既无比搞笑又相当严肃的旅行故事。这位来自拉·曼却的小贵族吉哈那因读骑士小说入了迷,而陷入病态的幻想。他按骑士道的标配,先自己动手用脸盆做了一个头盔,又死皮赖脸说服了一位名叫桑丘·潘沙的农夫给他当侍从,最后还在心目中找了一位理想中的情人,胸口长毛的牧猪村姑杜尔尼希娅。一切准备就绪后,就手执长矛,骑一匹病马,带上他的侍从上路了。于是读者看到了如下一幅妙趣横生的行旅风俗画:一个瘦高个儿、一个矮胖子,一根长矛、一条短鞭,一匹病马、一头毛驴,在架满风车的西班牙大地上投下长长的影子。旅途中堂吉诃德与风车作战,与羊群作战,把妓女当贵妇,把客店当城堡,视酒囊为敌人头颅,一路杀将过去……却把这一系列滑稽可笑的闹剧,作为骑士创造的英雄业绩,托人献给"我的心上人杜尔尼希娅"。

不过,这个可笑而可怜的"愁容骑士"身上穿的貌似中世纪的甲胄,胸中跳动着的却是一颗人文主义的心;手中执的是古代的长矛,矛头针对的却是西班牙的现实社会。他是人文主义理想的热情传播者,追求的是没有私有财产、没有自私自利之心的黄金时代。为了实现自己的理想,堂吉诃德还具有一种不屈不挠、舍身忘我、不怕牺牲的精神。正是这一点使他不仅严格区别于中世纪的骑士,而且给自己的性格打上了悲剧烙印。一位法国评论家曾经这样说过:"如果人人都像堂吉诃德,世界也许会垮掉;但如果我们之中没有堂吉诃德,那世界一定完蛋。"

主仆出行是骑士小说的套路,往往是主人天真、诚恳、热情,仆人成熟、冷静、世故,对主人的所作所为,会当面提醒,背后调侃,犹如戏台中的小丑说旁白。《堂吉诃德》也不例外。在塞万提斯笔下,桑丘·潘沙有着小农般的冷静务实、小心谨慎和狭隘自私，而堂吉诃德则更多骑士式的狂热冲动和基督式的悲天悯人。这种对比换个角度看，又揭示了人性普遍存在的两面性。正如法国评论家圣伯夫所说："我们每一个人，今天是堂吉诃德，明天是桑丘·潘沙，多少都是把高飞云霄的理想和紧接地面的普通常识不协调地结合在一起。就很多人来说，这实际上是个年龄问题。一个人睡着了是堂吉诃德，醒过来却是桑丘·潘沙了。"

从叙事艺术上看，《堂吉诃德》吸收了流浪汉小说和骑士传奇的情节模式，叙事线索单线发展，采用了大故事套小故事的框架模式。结构上以主仆游历为线索，插入一些独立的小故事和段子，使作品既能吸引读者的眼球，也便于更广泛地反映世态人情。作为世界文学宝库中的经典之作，《堂吉诃德》与中国也有着不解之缘，塞万提斯在《堂吉诃德》（第二部）的《献辞》中这样写道：

……现在有个家伙冒称堂吉诃德第二，到处乱跑，惹人厌恶；因此四方各地都催着我把堂吉诃德送去，好抵消那家伙的影响。最急着等堂吉诃德去的是中国的大皇帝。他一月前特派专人送来一封中文信，要求我——或者竟可说是恳求我把堂吉诃德送到中国去，他要建立一所西班牙语文学院，打算用堂吉诃德的故事作课本；还说要请我去做院长。我问那钦差，中国皇帝陛下有没有托他送我盘费。他说压根儿没想到这层。

我说："那么，老哥，你还是一天走一二十哩瓦[①]，或者还照你奉使前来的行程回你的中国去吧。我身体不好，没力气走这么迢迢长路。况且我不但是病人，还是个穷人……"

（杨绛译）

[①] 哩瓦，西班牙长度单位名称，1哩瓦合6.4千米。——编辑注

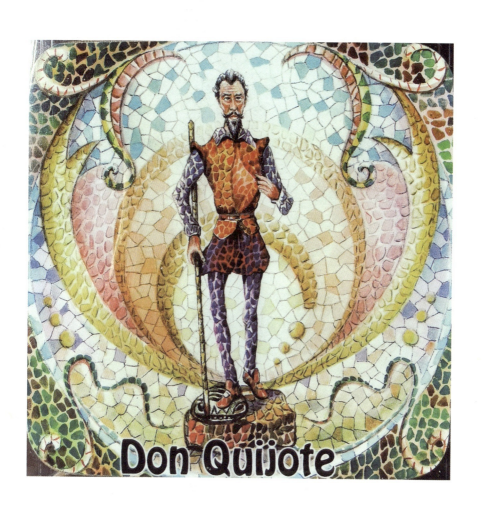

印有塞万提斯肖像的杯垫

(本书作者收藏,2018 年)

莎士比亚肖像
（本书作者手绘）

一直以来世人多认为这是塞万提斯又一次使用戏谑的手法来自嘲，但是根据中国学者马联昌的研究成果，明朝皇帝听说过《堂吉诃德》并向塞万提斯发出邀请并非完全没有可能。有五条理由可以证明：第一，博大精深的华夏文明深深吸引着青少年时代的塞万提斯；第二，西班牙传教士的许多著述都对塞万提斯产生过巨大影响；第三，明朝的神宗皇帝不仅提到过塞万提斯和他的作品《堂吉诃德》，而且还可能向他发出过邀请；第四，中国大皇帝需要了解外部世界，需要西班牙语，需要塞万提斯，而此时的塞万提斯也比以前更希望了解中国；第五，塞万提斯在《献辞》中陈述的无法来华的四点理由真实可信。果真如此，深入研究下去，中国的和世界的旅行文学或许也将展开新的一页。

第六节 《暴风雨》：赋能与重生之旅

17世纪初，世界财富中心开始从欧洲南部向西北部的国家转移。机会首先轮到英国。在1588年打败西班牙"无敌舰队"后的大约100年间，英国已在海外建立了49个殖民特许公司。已开发的海外殖民地和未开发的蛮荒之地潜藏的巨大财富，持续不断激发出征服、占有和移民的欲望，也让这一时期的旅行文学获得了新的材料、主题和发展契机。

1609年，由九艘英国移民船编成的船队，满载着数百名怀着新世界发财梦的男女乘客，前往美洲殖民地弗吉尼亚。其中乔治·萨莫斯爵士驾驶的"海上探险号"在经过百慕大海域时突遇飓风，触礁沉没。幸运的是，船上的乘客全都奇迹般生还，漂流到了一座荒岛上。他们在岛上待了近一年，修好了船只，逃离了这个被称为"魔鬼之岛"的百慕大水域，继续前往弗吉尼亚的行程。1610年7月，一位名叫斯特拉契的幸存者在一封致某女士的长信中详述了其落难经过，此事被披露后，成为伦敦街头巷尾的谈资。

天才的戏剧家和环球剧场股东威廉·莎士比亚马上嗅出了这个海难事件具有的丰富意蕴和巨大商机，没过几个月就将这个故事搬上舞台，让伦敦市民观赏到了一部五幕传奇剧《暴风雨》，以海难余生为主导情节，将风暴、沉船、魔法师、小精灵、欧洲落难者和荒岛原住民同时搬上舞台，讲述了一个以赋能（empowering）和重生（rebirth）为主题的传奇故事。

幕启。风暴突临，一支来自欧洲的船队遭难。桅断樯裂，船只倾翻，一片惊呼中，全体船员落水沉没。但这场海难并非天灾，而是一位魔法师人为制造出来的。冤有头，债有主。18年前，米兰公爵普洛士帕罗因沉迷于巫术魔法，不理朝政，而被他的亲弟弟安东尼和那不勒斯国王密谋篡夺了爵位。在一个月黑风高夜，他和不满周岁的女儿一起被强行塞进一叶小舟，漂流海上。老天有眼，将小舟推送到了一个荒岛上。蛰居荒岛期间，这位业余魔法师隐忍韬晦，潜心修炼，让自己的功力大增，并驯服了荒岛上的原住民卡力班和精灵爱丽尔。18年后，复仇机会来了，他的弟弟安东尼和那不勒斯国王的船队路过荒岛所在海面，普洛士帕罗命令精灵爱丽尔从百慕大群岛采集露水酿成风暴，倾覆了整个船队，同时又及时救下了船上的所有乘客。之后，普洛士帕罗借助自己的法术，在荒岛上变出一个狂欢幻景，邀请他的弟弟和那不勒斯国王前来观看，其中插入一段两人当年谋反篡位、放逐公爵的场面。面对自己的恶德败行，两个罪人顿时泪流满面，幡然悔悟。

那么，荒岛上究竟蕴藏着什么神秘的能量，让普洛士帕罗修炼出如此法力，终于完满地实施了他的复仇计划？又是什么让他改变了主意，最终宽恕了罪人，让其悔过自新，获得了肉体和灵魂的重生？

一方面，在犹太—基督教传统中，荒野历来是考验和成圣之地，历史上许多圣者和殉道者（摩西、耶稣、圣奥古斯丁、圣安东尼等）都是在荒野封闭的环境中修炼得道，获得天启的。荒岛是荒野的同类隐喻，两者的基本共同点就是孤独。在正常的生存状态中，我们对生存的意义，对自我的认识，以及对世间万物的认识，往往由于受到各种错综复杂的关系的牵缠而被遮蔽、被扭曲了。只有在极端孤独的生存状态中，真实的、本质性的关系才会凸显。荒僻的环境迫使孤独的隐修者思考，生命中什么对他才是最重要的。鉴于戏剧这种文类的限制，莎翁没有透露多少普洛士帕罗得道的奥秘。我们只知道，普洛士帕罗曾说过，当时支撑他活下去的唯一理由是女儿纯真的笑容。之后这个女儿又在远离人寰的环境中长大，始终保持着无邪的童贞，18岁之前，她甚至没有见过一位男性（除了她父亲）。这就为后来剧情的发展埋下了伏笔。

另一方面，也不要忘了，荒岛中的原住民卡力班和爱丽尔对普洛士帕罗潜移默化的影响。尽管他用来自欧洲的魔法驯服了他们，但为了活下去并实施他的复仇计划，他又不得不依靠这两个原住民。先说卡力班。如前所述，普洛士帕罗这位来自欧洲的贵族是在被他的兄弟夺去爵位后，漂流到荒岛上的。由于自己的"兄弟"变成了"他者"，所以，他不得不把他在荒岛上遇到的第一个"他者"卡力班，视为自己的"兄弟"。卡力班回忆说："你刚来新到的时候，拍拍我的背，待我可好呢，把浆果泡了水给我喝；教给我：白天升起的大亮光叫什么，黑夜升起的小亮光，那又叫什么；我就此喜欢你了，把岛上那许多好地方都领你去看——清泉啊，盐坑啊，还有荒地啊，肥土啊；真该死，我指点你！"（第一幕第二景）而同一幕中卡力班说出的一段充满诗意的台词，表明这个荒岛畸人有着欧洲人不具备的、丰富而实用的"地方性知识"（local knowledge）。

> 请让我领你到生野苹果的地方去吧；
> 我会用我这长指甲给你挖落花生；
> 领你去找青鸟的窝，教给你该怎样
> 捕捉那灵活的小猴子。我给你去采摘
> 一串串榛果，有时候我还会从岩石边
> 给你把幼小的海鸥捉来。
>
> （方平 译）

一些莎剧专家认为，《暴风雨》中卡力班对普洛士帕罗等落难欧洲人提供的帮助，实际上影射了17世纪初刚到弗吉尼亚的英国清教徒移民与印第安原住民之间的关系，正是在后者的帮助下，前者才挨过了初到新大陆的漫长冬日（还特意创造了一个感恩节以志纪念，不过那是后话了）。

现在说说荒岛上的另一位原住民，精灵爱丽尔。普洛士帕罗刚上岛的时候，将他从被女巫作法的树干中解救出来，从此他就感恩戴德，甘愿为其救命恩人赴汤蹈火。与畸形、重浊、污秽的卡力班相比，这个新世界的"他者"空灵、轻快，如风一般捉摸不定，代表了欧洲人心目中理想化的"他者"形象。借助爱丽尔这个精灵，普洛士帕罗将昔日的仇人玩弄于自己的股掌之中，完满地实现了他的复仇计划。更为重要的是，爱丽尔还在使普洛士帕罗从业余魔法师向人文主义者转化的过程中发挥了积极的作用。

第五幕第一景洞府前,爱丽尔向普洛士帕罗汇报了执行其命令(兴风作浪)的完成情况:"国王、他弟弟、你的弟弟,三个人都疯疯癫癫;其余几个人,都对着他们伤心,万分地难过、哀愁……你的法术够他们受用了,要是这会儿你看到了他们的光景,你的心会软下来。"

普洛士帕罗　你这么想,精灵?
爱丽尔　　　我心里会这样,主人,如果我是人。
普洛士帕罗　那我更不用说了。你不过是一阵风,
　　　　　　对他们的痛苦尚且有感触、抱同情,
　　　　　　我是他们的同类,跟他们一样地
　　　　　　有喜怒哀乐,一样地知疼知痒,
　　　　　　难道能不比你更受感动吗?他们
　　　　　　罪孽深重,虽说叫我感到心痛;
　　　　　　但是我听从高贵的理性,压制了
　　　　　　我胸中的怒火……

(方平译)

这里,普氏自称是听从高贵的理性,压制了胸中的怒火,但实际上,正是爱丽尔引导普洛士帕罗最终改变了复仇计划,宽恕了篡位的弟弟及其同谋者。尽管爱丽尔只是假定自己是人,但他却教化了一个高贵的魔法师。

从根本上说,卡力班—爱丽尔是一体两面的形象,投射出17世纪欧洲人在与异民族交往时普遍的文化心理。被妖魔化的卡力班外形来自非洲或美洲,而其性格及行为模式则源于欧洲中世纪以来的魔鬼系统,反映了当时的英国人对殖民定居点中未知的"他者"的担忧和恐

惧。理想化的爱丽尔则来自蒙田关于"高贵的野蛮人"的臆断和幻想，投射出欧洲人的理想和愿望。但无论如何，这两者都不是真实的新世界原住民形象，而是欧洲殖民者出于自身的目的，借助旧世界的话语传统建构起来的"他者"。

剧本结尾，普洛士帕罗通过因荒岛而赋能的巫术力量，重新界定并获得了他作为米兰公爵的身份和地位；他的兄弟安东尼及其同谋那不勒斯国王则在魔法幻景感染下幡然悔悟，获得了道德新生；而纯真的公爵女儿则与获救上岸的那不勒斯王子一见钟情，在盛大的典礼中喜结良缘。最后，被人为的暴风雨摧毁的船只也整修如新，全体乘客重新登上甲板，返航回国，只不过这一次船上多了两名乘客，公爵与其女儿。

于是，我们看到，这场以现实中的暴风雨为蓝本的《暴风雨》最终以迷失人性、流落荒岛的欧洲人获得能量和新生而告终。而这部旅行传奇剧的创造者莎士比亚，如同他笔下的魔法师一样，也封笔隐退，回老家斯特拉特福安度晚年去了。于是，《暴风雨》就成为"艾汶河上的天鹅"[①]献给人类的一曲绝唱。

---

① "艾汶河上的天鹅"是同时代人对莎翁的称呼。

第四讲
启蒙时代及其后的旅行文学

以英国为首的西欧国家的探险、殖民、贸易、外交和旅行活动，在18世纪达到了高潮。1740—1744年，英国皇家舰队在海军准将乔治·安逊的指挥下进行了环球航行。1768—1779年间，詹姆斯·库克船长在英国皇家学会和皇家海军的资助下，率领他的船队进行了三次太平洋探险之旅。1770年，他率领他的船队在澳大利亚东海岸登陆，将其命名为新南威尔士。1788年，"第一舰队"抵达澳大利亚，在植物湾和杰克逊港建立了流放犯殖民地。同一年，皇家学会会长约瑟夫·班克斯爵士发起建立了旨在对非洲内陆进行殖民开发和统治的"非洲学会"。1793年，亚历山大·麦肯齐抵达加拿大的太平洋沿岸。同一年，马戛尔尼勋爵率领英国政府使团出访了乾隆皇帝统治下的中华帝国，两个自以为地球上最强大的帝国之间展开了一场"聋子的对话"。1797年，伦敦传教会派出的传教团抵达南太平洋的塔希提岛，开始向当地原住民传播基督的福音。

在航海家、探险家、外交家和传教士频频展开对未知世界的探险、殖民和传教的同时，公众对旅行、探险以及探险文学的嗜好也与日俱增，这种嗜好既源自对新鲜事物的好奇心，也被切实的经济关怀和利益考量所驱动。由于旅行文学有获取并传播实用经济信息的效用，一些被遣送的囚犯、契约劳工、水手、士兵、外交官、传教士等也动手写航海日记或游记，由此，形成了庞大的旅行文本堆积。据一位当代学者的合理估算，18世纪英国出版了大约2000本航海叙事作品。国王乔治三世手边经常放着这类著作的漂亮的复本。而一些海港城市（像朴次茅斯、白赫文或纽卡斯尔等）的大众图书馆则拥有纸质低劣、印制粗糙的航海叙事故事的版本。还有一些当地水手写的历险故事，是写作者本人挨家挨户兜售的。除了帝国海外殖民地的扩张之外，启蒙时代识字人口的增长和图书馆系统的完善，无疑也是促进旅行文学畅销的重要原因。

专业的作家们当然不甘示弱。他们借助大航海时代的风潮，利用自己的生花妙笔，构思出一个个有关远方异域的旅行故事。当时几乎所有重要的作家，包括丹尼尔·笛福、乔纳森·斯威夫特、约瑟夫·艾迪生、亨利·菲尔丁、托比亚斯·斯摩莱特、塞缪尔·约翰逊、詹姆斯·博斯韦尔、劳伦斯·斯特恩、玛丽·沃斯通克拉夫特，都推出了至少一本旅行著作。他们中的大多数人都有欧洲大陆旅行或国内旅行的经验，能同时展开虚构的和纪实的旅行写作，这就使得原本纯粹的游记带上了更多"文学"的色彩。与此同时，约翰·洛克的心理学理论为旅行（也为旅行写作）提供了依据，因为洛克认为，一个人的知识完全来源于他对身体刺激的接受。这样，你可能会因为完全吸收了环境所提供的一切而"耗尽"了它，而需要一个变化了的风景。因此，旅行就成为那个想真心实意地发展智力和积累知识的人的一种义务。

▎第一节 海难余生与自我救赎

1704年9月，一位名叫赛尔柯克的苏格兰水手在海上叛变，被船长制服后遗弃在智利海岸附近的胡安·费尔南德斯群岛的马斯地岛上。

4年多后,他才被路过的航海家发现并获救,但已完全成了一个野人。伦敦一位袜商出身的作家丹尼尔·笛福,马上看出了这个题材蕴藏的巨大商机,以他的丰富的想象力和熟稔的新闻手法(别忘了笛福也是"现代新闻报道之父"),将南美新大陆的蛮荒景观、惊心动魄的冒险生活、基督教的道德忏悔以及新教工作伦理的现身说法熔于一炉,写出了《鲁滨孙漂流记》①(1719)。此书出版后不胫而走,马上成为一部畅销书,"连粗通文化的厨娘也人手一册",而且不断再版,不断修订,几乎使它成了一部近代不列颠民族的史诗,而笛福也因此而成为后世公认的"英国小说之父"。1919年,在《鲁滨孙漂流记》出版200周年之际,弗吉尼亚·伍尔芙专门为它写了一篇文章回忆自己童年的阅读经验,说"这本书更像是人类的佚名作,而不像某个才子的杰作",因为一般英国人对笛福及其故事的看法就像希腊人对荷马一样,"我们从未想过有笛福这么一个人……好像丹尼尔·笛福的名字无权出现在《鲁滨孙漂流记》的封面上"。

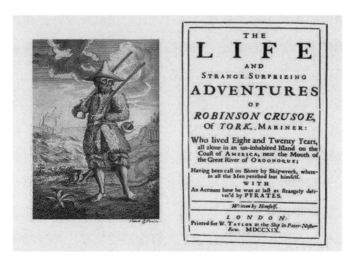

《鲁滨孙漂流记》原版扉页

---

① 亦有作《鲁滨孙飘流记》。——编辑注

无疑，现实主义的逼真描写是这部伪自传/真小说成功的主要原因，而一目了然的长标题在造成可信性方面也起了很大迷惑作用：

约克水手鲁滨孙·克罗索奇异的冒险故事，记述他如何在海难中幸存下来，孤身一人漂流到美洲海岸，在靠近奥鲁诺克河口一个无人居住的荒岛上生活了 28 年，最后如何不可思议地被海盗救起。由他本人书写。

这个标题基本概括了全书的主要内容，而其关键词或卖点是"由他本人书写"（Written by Himself），此人有名有姓，有出生地和职业，足以吸引读者的眼球。这也是自文艺复兴以来旅行文学通行的做法。18 世纪的公众阅读关于陌生的土地（如非洲、印度和中东，以及南北美洲）的游记，其兴奋程度犹如 21 世纪的"狗仔队"打探名人轶事一般。这一阅读期待背后，实际上反映了公众对逼真性的要求。因为人们相信，旅行文学是逼真的，是亲历者的叙述，而不是虚构捏造的产物。笛福正是出于迎合文化市场需求、以卖出更多复本的商业性目的，煞费苦心设计了这个标题。而且，我们可以断定，他在落笔之初即已经确定了心目中的读者，即那些有资财、能力和余暇来关注海外投资、殖民、移民、商贸之类活动的中产阶层，以及他们的子弟（"富二代"）。

小说以主角鲁滨孙回忆往事的口吻开始，一下子拉近了和读者的距离。鲁滨孙是一个中产阶级子弟，生活丰裕而稳定，他所有的一切都是由父亲提供给他的，如果他遵从父命，继承父业，将会一生衣食无忧，过上幸福富足的生活。然而，他却非要自己冒险创业，登上了远航的海船。从此，鲁滨孙经历了大幅度的空间移位和空间转换。这是一个从旧大陆到新大陆，从熟悉的世界到陌生的世界，从自我的世界到"他者"的世界的转换，更为重要的是，这是一个从现成的、既定的、由父辈塑造的现实空间，向一个不确定的、完全陌生的、有待于自我构建的可能空间的转换。而这个空间的转换和构建过程，也正是他的自我塑造过程，两者同时并进，互补互动。

在接下来的故事中，航海旅行文学的套路出现了：风暴、触礁、沉船；他的落水和幸存；同船伙伴全都淹死；他只看到海面上漂着三顶帽子和两只不成双的鞋子。简言之，他曾经拥有的一切都不复存在，原有的社会纽带被大自然无情地割断，天涯海角只留下他茕茕独立的身影。但正是在这种灾难性的逆境中，他的生存能力、应变能力和创造潜能被瞬间激发出来了。

本能、常识和理性，是鲁滨孙荒岛生存的三个关键词。对一个海难余生者来说，首先要考虑的问题是活下来。而活下来的前提是先找个地方安顿自己。在没有现成住处和同伴帮忙的情况下，只能自己动手构建一个生存空间。我们看到，鲁滨孙的空间构建从谋划开始，他首先在脑海中确定需要构建的空间的条件，比如要卫生，要有淡水；要能避荫；能避开猛兽或人类的突然袭击；要能看到大海，以便向路过的船只求救；等等。之后，便开始了空间选择和空间定位。在找到了合适的地点（一个山洞前的空地）后，他开始了一个非常重要的活动——划界：

搭帐篷前，我先在石壁前面划了一个半圆形，半径约十码，直径有二十码。

沿这个半圆形，我插了两排结实的木桩。木桩打入泥土，仿佛木橛子，大头朝下，高约五尺半，顶上都削得尖尖的。两排木桩之间的距离不到六英寸。

然后，我用从船上截下来的那些缆索，沿着半圆形，一层一层地堆放在两排木桩之间，一直堆到顶上，再用一些两英尺半高的木桩插进去支撑住缆索，仿佛柱子上的横条。这个篱笆十分结实牢固，不管是人还是野兽，都无法冲进来或攀越篱笆爬进来。

（郭建中译）

划界是现代性谋划的一个标志性行为。通过划界，流变中的自然物被纳入人的规范，消除了它的不稳定性，混乱的世界有了秩序和理性，现代性就此产生。通过划界，鲁滨孙为自己构建了一个以自我为中心的空间，将它与荒野区分开来。这是一个以欧洲中世纪的城堡为模式，结合了近代资本主义隐私概念的个人生活空间。城堡内存放的物品均是从沉船中打捞上来的，除了一些生活必需品外，还包括枪支、火药、望远镜、地图、帐篷、船帆布等带有强烈的西方印记和殖民意识的人工制品。城堡之内，代表着安全、秩序、文明和理性；城堡之外，则是危险的、混乱的、野蛮的、他者出没的自然。于是，现代性的空间秩序就如此被构建和生产出来了。

在空间被谋划、勘测、构建的同时，主体性也被生产出来了。鲁滨孙在谋划生存、改变自然物的存在形态时，也在持续不断地改造着自身，从一个不信上帝、不事劳动的自然人，变成一个以新教工作伦理（the Protestant work ethic）约束自己，勤奋节俭，符合资本主义体制要求的"经济动物"。他搭帐篷，树篱笆，开山洞，盖住所，捕鱼猎兽，驯养野生动物，种庄稼，烧制陶器，烘烤面包，还自制家具和雨伞……简言之，鲁滨孙一个人在28年中经历了人类社会从采集经济、渔猎经济、农业经济、手工业经济到商品经济发展的全过程。

通过构建自己的生存空间，他也发展出了一种可触可摸的主体性意识，即拥有某物的意识，正是这种所有权意识定义了自我和主体性,将抽象的思维活动落实到具体的肉身上。综观整部小说,我们看到,鲁滨孙几乎一刻不停地规划着,探测着,扩充着自己的生存空间,同时也一刻不停地观察着,沉思着,发展着自己的主体性。他以自己居住的山洞为中心,将探索的触角从荒岛腹地延伸到沿海边缘。但是,必须看到,这种探索不是出于非功利的、纯智性的兴趣,而完全是一种功利性的、物质性的攫取活动。整部小说中,我们几乎看不到主人公对岛屿美景有任何抒情性的描写。荒岛上生长着、活动着的一切自然物,在他眼中都一一转化为有利可图的潜在物品。不能转化为财产的自然景观从来就没有进入过他的视野。树木之所以引起他的注意,只是因为可以用来做独木舟;野山羊之所以没有被杀死而被驯养起来,只是因为可以给他源源不断地提供奶与肉类;山洞之所以引起他的注目,只是因为可以用来贮存谷物和火药;原住民"星期五"之所以被救下来,只是因为可以用来做仆人,并有可能帮助他重返家园。

鲁滨孙日记中唯一一句非功利性的、稍稍有点抒情性的话是——"十一月十三日 今天下雨,令人精神为之一爽。天气也凉快多了",但接下来马上就是实用性的描述:"但大雨伴随着闪电雷鸣,吓得我半死,因为我担心火药被雷电击中而炸毁。因此,雷电一停,我就着手把火药做成许多许多小包,以免不测。"资本主义的意识形态在鲁滨孙身上得到了充分的体现,所有身体的和精神上的感觉都被简单的占有感所取代。笛福通过鲁滨孙的冒险故事表述的正是这样一种现代性主体意识。在荒岛生活27年后,鲁滨孙终于能够自豪地说:

我不禁觉得自己犹如一个国王。每想到这里,心里有一种说不出的喜悦。首先,整个小岛都是我个人的财产,因此,我对所属的领土拥有一种毫无异议的主权；其次，我的百姓对我都绝对臣服，我是他们的全权统治者和立法者。

（郭建中译）

通过鲁滨孙的海难余生、空间构造和辛勤劳作，笛福创造了一个资本主义原始积累的创业神话；与此同时，通过荒岛生存的故事，他又叙说了一个有关"精神、道德再教育"的宗教寓言。

孤身一人的荒岛生活使鲁滨孙养成了每日祈祷、写日记、读《圣经》的习惯，通过持续不断的阅读而得到内心的滋养，印证了每个信徒都是自己的教父的新教观念。他在自己构建的空间中思索着个人与上帝、劳动与救赎的关系。劳动不再是上帝对亚当的诅咒，而成为一种自我拯救的精神疗法。他开始考虑天国的与人间的两种生存，关注神的时间和自然的季节。他身上代表精神的那一半要求他注意神所显示的迹象，暴风雨、地震和疾病对他来说都带上了宗教启示的意味。他身上代表肉身和感觉的那一半，则让他成了物质世界的杰出观察家。通过对自然运行的观察，他掌握了季节的变换、潮涨潮落的规律，而对自然的了解，又让他对自然的支配能力达到一定的程度，知道了如何适时播种、出海打鱼，如何收获、驯羊、挤奶、制作陶器，等等。培根的名言"知识就是力量"，在鲁滨孙身上得到了明确的验证。

知识不光是"力量"，也是"权力"（两者在英语中是同一个单词，即power）。鲁滨孙用来自欧洲的火枪杀戮了从海上漂流到荒岛上的"食人部落"，又用火枪和《圣经》征服了其中的一位，给他取名为"星期五"，让他成了自己的仆人。最后，鲁滨孙以一个满血复活的自我，带着满满一船自己生产的农产品，和一个自己驯服的奴隶，返回伦敦，成家立业，结婚生子。于是人生的一场大灾难最终转化成了物质和精神的双丰收。荒岛成了他心灵的福地和利税源源不断的殖民地。

《鲁滨孙漂流记》出版以来取得的巨大成功，促使笛福又写了两部续集，但都没有第一部出名。倒是许多后起的作家模仿这部小说写的类似作品形成的"鲁滨孙式故事"（也被称为"荒岛故事"）蔚为大观，丰富了旅行文学宝库。其中最著名的有：爱尔兰作家斯威夫特的《格列佛游记》、瑞士作家约翰·怀斯的《瑞士的鲁滨孙家族》、法国作家米歇尔·图尼埃的《礼拜五——太平洋上的灵薄狱》和南非作家库切的《福》等。此外，各种形式的影视改编版也不断出现，甚至还有人设计了以鲁滨孙漂流为基本框架的真人秀系列节目《幸存者》。精明的笛福如地下有知，恐怕要爬出坟墓来收版税了。

第二节　多重视角下的跨海航行

《鲁滨孙漂流记》第一部出版 7 年后，笛福的同时代人、爱尔兰作家乔纳森·斯威夫特推出了他的《格列佛游记》。这本旅行小说生动有趣，想象丰富，通常被现代人看作是儿童读物，其中的"小人国游记"和"大人国游记"多次被改编为绘图本和卡通片，深受小读者们喜爱。斯威夫特若天上有灵，不免耸肩苦笑。一部具有哲学意义的讽刺小说被降格为儿童读物，离他的创作初衷实在太远。

与笛福的《鲁滨孙漂流记》一样，斯威夫特的这部作品也以远航出海为题材，不过，他不是以道听途说的某个海难余生者的传奇为基础，而是以严肃的态度研读了大量有关这方面的书籍后才动笔的。斯威夫特就学于都柏林三一学院，毕业后曾在母亲的远房亲戚坦布尔爵士手下当过十年的私人秘书。坦布尔爵士有一个很大的个人图书馆，收藏了大量的航海文献。斯威夫特借此阅读了不少有关历史和旅行的书籍，脑海中积累了大量异国情调的事例和形象，为他后来的小说创作做足了功课。

在《格列佛游记》的开头、中间和结尾，斯威夫特作了大量铺垫，不断强调他的游记不同于其他旅行家的游记之处，在于他在叙述中力求"真实"。首先，他在首版扉页上用了一个庄重的标题：

进入世界若干遥远国度的旅行，共分四部分，由莱缪尔·格列佛讲述，他起先是一个医生，后来在好几艘船上当过船长。

《格列佛游记》原版扉页

这个标题与《鲁滨孙漂流记》的标题如出一辙，试图以主角自述制造出逼真的幻觉，宣称并承诺了某种亲历性和逼真性。但比笛福更加高明的地方是，斯威夫特在小说正文开始之前，又特意附上了两封与小说正文内容无关的信。在第一封信中，作者以格列佛船长的口气写信给一位虚构的亲戚、出版商辛浦生，声称自己是在后者的说服下才同意出版这部游记的,但结果发现书稿的编排和印刷质量都非常糟糕,他发了一通牢骚后,随信附上一张勘误表。而在第二封信中,作者又以出版商辛浦生的名义向读者介绍了他与格列佛船长的亲密关系(既是知心老友,又是母亲方的亲戚),从而确保了书稿作者品格的忠实性,并通过对书稿的所谓"删节",悖论性地证明了书稿的真实性和可靠性。

在小说正文开始后,为了造成旅行的真实性假象,作家在每卷开头均提供一幅貌似真实的假地图,并详细标明了出航的时间、地点、风向、纬度、海岸线等。不仅如此,他还不时在书中穿插一些题外话,对当时大量泛滥的虚构的游记展开了猛烈抨击。最后,在小说的结尾(第四卷第12章),作家又跳出情节,直接向读者发了一段议论,再次强调了他的讲述的可靠性和真实性:

敬爱的读者,我已经把十六年又七个多月以来的旅行经历老老实实地讲给你听了。我着重叙述的是事实,并不十分讲究文采。我也许也可以像别人一样述说一些荒诞不经的故事使你吃惊,但我宁愿用最简单朴素的文笔把平凡的事实叙述出来,因为我写这本书主要是向你报道而不是供你消遣。

(张健译)

通过上述一系列叙述技巧和修辞策略制造的逼真幻觉,斯威夫特成功地把读者引入了海外旅行的氛围中。他的"造假术"的成功,可用一个事实来说明。《格列佛游记》出版后不久,一位博士在写给斯威夫特的信中说,他把此书借给一位乡绅,这位老先生读后立即打开自己家里的地图查询利立浦特(即小人国)所在的方位。

然而,读过这部游记的现代人都知道,其正文的内容是相当的不

"真实"，简直可以说是荒诞不经。游记中写到，格列佛医生在第一卷中随"羚羊号"船出发去东印度群岛，途中遇上风暴，全船覆没。他在沙滩上苏醒过来时觉得身上很痒，原来有一些6英寸（约15.2厘米）高的小人在他身上爬来爬去，试图将他捆绑起来。他猛吼一声，吓得那些捆绑他的小人全部掉头就跑。其中有几个从他腰部往下跳时，竟然跌伤了。原来他已进入了利立浦特国。第二卷中，格列佛医生登上"冒险号"再度出航去东印度群岛。一阵狂风把船吹到一座无名岛屿附近的海面上。他来到了大人国布罗卜丁奈格，落入一个农夫手中。农夫一家把他当宠物养起来，农妇还把他当玩具塞给她的孩子玩，他差一点被这个婴儿咬死。在第三卷中，格列佛再度出海，发现头上飘过来一朵云彩，原来是一座飞岛。之后他在属于飞岛的巴尔尼巴比的科学院里，见到了各式各样的"科学"研究：政治学家从粪便里寻找国民的叛国阴谋；科学家忙于从黄瓜中提取阳光，用冰块制造火药；岛上的房子一律从房顶朝屋基建造；他们犁地之前先在地里埋入果子和蔬菜，然后放一群猪去拱土。在第四卷里，格列佛漂海进入一个名叫慧骃国的动物王国，这里住着智慧、高贵的马和长得像人形的兽类"野胡"，"野胡"遍体粪污，互相嫉妒，经常抱作一团打架（顺便说一下，著名网站"雅虎"的名字就来自这里，英文原名是 Yahoo）。

　　如此一来，作家宣称的真实和小说描述的荒诞之间就形成了一个巨大的反差。我们不禁要问：究竟什么是真实？在作家心目中，真实和虚构之间有着怎样的关系？斯威夫特没有提供现成的答案，只让读者自己去阅读和思考。

　　细想一下，影响我们对客观世界真相的认识和理解的，归结起来无非是三个方面的因素，一是眼界和胸襟，二是比较和感知，三是现象和表述。《孟子·尽心上》中讲到，孔夫子登上自己家乡的东山，才发现鲁国这么小；后来出游登上泰山，又发现天下这么小（"登东山而小鲁，登泰山而小天下"）。其实从物理学的角度看，世界的大小没有变，变的是人的眼界和胸襟。眼界随高度而提升，胸襟随阅历而开阔。斯威夫特借助格列佛医生的航海经历，说的基本也是这个意思，只不过因为他借鉴了18世纪哲学研究的成果，说得更为具体、生动和精确。

在第二卷中，格列佛说，"毫无疑问，还是哲学家们说得对，他们说：没有比较，就分不出大小来"。据一位现代学者分析，格列佛所说的"哲学家们"并非毫无根据，而是实有所指，暗示了贝克莱的哲学思想对他的影响。乔治·贝克莱，是18世纪最著名的英国籍爱尔兰哲学家，近代经验主义的重要代表，对后世经验主义哲学的发展有着很大影响。我们知道的世界名校伯克利加州大学就是以他的名字命名的。贝克莱认为，"存在就是被感知"。一切知识都是正在经验着或知觉着的人的一种机能。物理对象只不过是我们经验到的各种感觉的累积，是我们心中的联想将这些感觉结合为一个整体的。因此，经验世界就是我们的感觉的复合。事物只有通过感知才能变成实在，事物的实在性并不先于感知而存在。在《视觉新论》中贝克莱提出：

①我们不能直接看到对象的大小。
②我们据以判断大小的东西一定是被知觉到的。
③但我们并未知觉到被投射的线或角。
④因此我们不能根据自然的几何学来判断大小。

将贝克莱哲学与《格列佛游记》放在一起阅读，就会明白斯威夫特对"真实"的看法，尤其是他对感知、想象和经验在形成人对现实的视觉印象上的探索。例如，在描述小人与大人、人与物的比例关系时，一概按 1 与 12 之比缩小或放大。小人国里的小人是格列佛的十二分之一，大人国的大人又是格列佛的 12 倍。格列佛的一块手帕，可以给小人国皇宫当地毯；大人国农妇的那块手帕，盖在格列佛身上，就变成一床被单了。在描述飞岛的运行、宫殿的建筑、城镇的结构时，作者还有意运用了数学、物理学、化学、天文学、医药学诸方面的知识与数据。这样，就使人物局部细节的真实、和谐与匀称，转化为整个画面及场景的真实、和谐与统一，极大地增强了作品的真实感和感染力。

不过，当斯威夫特熟练地运用比较和对比作为他的修辞手法时，他不仅仅是想讲述关于大人国和小人国的故事，也不仅仅是为了证明贝克莱有关哲学理论的正确性，而是还以比例上的变化讽刺性地表达了他对当时英国现实的看法。小人国利立浦特是英国社会的缩影，在这里格列佛成了"巨人山"。这种身体上的优势为他提供了一个居高临下的视角来观察小人国的生活，他看到的种种现象都与当时的英国社会极为相似。当时的英国有托利党和辉格党两党之争，而小人国里也有高跟党和矮跟党两党之别，区别的依据是所穿鞋跟的高低。英国有天主教与新教之间关于教会仪式之争，在小人国里，则根据吃鸡蛋时从大的一头敲开还是从小的一头敲开，而把人们分为大端派和小端派。在小人国里，国王只不过比他的臣民高出一个指甲，却自命为头顶天的宇宙统治者，以无常的喜怒来决定老百姓的命运。官吏们也无须德才兼备，只要跳绳跳得高，就可得到高官厚禄。

如果说小人国是英国的缩影，两者之间是对应关系，那么大人国和英国社会之间形成的则是对比关系。作家通过格列佛和巨人在身量和心胸上的比较，来显示他所代表的英国人及欧洲人的渺小。大人国的国王博学多识、善良仁慈、公正理智，格列佛则被当作一个有趣、无知、头脑有毛病的矮子对待。他对大人国国王庄严地宣讲了一番欧洲政府的各种美德和现代战争的美丽与益处，大人国的国王凛然微笑一下就把他打发了：

> 他［国王］把我擎在手中，轻轻抚摸着我，说了几句话……"根据你自己的叙述和我费了好大劲才从你那里挤出来的回答看来，我只能得出这样的结论：你的同胞中，大多数人都是大自然让它们在地面上爬行的最可憎的害虫中最有害的一类。"

（张健译）

通过上述一系列视角的转换，斯威夫特不但将被观察对象置于一种相对主义的立场中，动摇了绝对论意义上的价值观，也让主体——观察者对自身有了一种全新的理解和认识。像真正的旅行者一样，每次航行中格列佛的心理平衡都受到威胁，他被迫改变他的视角、价值观和关注点，甚至他的道德和生理冲动，直至他的内心平衡恢复。格列佛的身材和智力虽然是固定不变的，但在他与之交往的不同国度的人眼中，却呈现出不同的面貌。他的身体时而变小，时而变大；他对事物的感知时而敏感，时而麻木；他的头脑时而聪明伶俐，时而盲目无知。他时而处在优势地位，居高临下地观察、审视和批评着"他者"，时而处在弱势地位，成为"他者"把玩、细察和嘲弄的对象。

通过《格列佛游记》，作者想告诉读者的是，所有的价值都是相对的，换个说法，即所有的现实都是相对的，是随着观察角度和话语秩序的变化而变化的。通过不断变换的视角和不断变化的经验，斯威夫特不但打破了那种以本土的、已知的、熟悉的对象来描述或表述外来的、未知的、相异的对象的殖民主义认知方式，而且也戏仿和讽刺了主体性的第一人称叙事，显示了一种清醒的反思意识。在《格列佛游记》中，主人公正是在一次又一次的航海历险，一次又一次的跨国交往过程中，走出自我中心和本族中心主义，进入他者的思想和情感，进而抛弃绝对主义思维模式，学会了用相对主义和视角主义哲学来看待世界、看待自我和看待他者。而这也正是旅行给人带来的最大教益。

第三节　欧陆壮游：礼仪与审美之旅

现在，让我们换个话题，从荒岛求生和跨国航海转到相对安全平和的大陆旅行。据西方学者考证，欧洲大陆旅行作为贵族子弟完成其教育的一项措施，起源于都铎王朝时代（1485—1603）。早在亨利八世执政期间，当时的外交官托马斯·怀亚特就从他的意大利之旅中带回一件新奇的纪念品，一种令人兴奋的新诗体"十四行诗"（sonnet，一译商籁体），引发许多诗人竞相模仿创作，最后由天才的莎翁集大成，创立了英语十四行诗中的"莎士比亚体"。1608 年旅行家托马斯·科里亚特花了五个月时间徒步旅行西欧各国，归来后出版了他的游记，描述他一路的见闻和奇遇——从威尼斯的名妓到海德堡的庆祝活动，从枫丹白露宫到斯特拉斯堡的钟楼，无论是伟大的艺术珍品还是小酒馆餐饮的特点，无不一一记录在案，信息量很大，字里行间充满娱乐性。据传是他将餐叉引入英国的，书中写道，在"我造访的任何国家从来没有见过吃饭用刀叉"，而当时意大利富豪们的餐具已经是用黄铜和白银制作了。在描述意大利人是如何遮太阳时，他引用了"伞"（umbrella）这个词，这也使"伞"传入英国，逐渐被人们使用。

1642 年，詹姆斯·豪威尔出版了《外国旅行指南》，被应用了好几年。1670年,理查德·拉塞尔斯在其《意大利航行》一书中发明了"大陆旅行"(Grand Tour,亦可译为"壮游")这个说法,专门用于指称英国人在欧洲大陆,主要是法国和意大利的旅行。这是因为从17世纪60年代起,法国宫廷的礼仪已成为欧洲上流社会的时尚。生活方面的风雅、娱乐、优美的文体、细腻的思想、上流社会的规矩,都是从法国传播出去的。一个拘谨的英国贵族只有在放下酒杯、烟斗,脱下皮袄,离开他"只会打猎和鄙陋的封建生活",到凡尔赛的客厅和书本中去学一套行礼、微笑、说话的艺术,才能确认自己的精英身份,承担起引领社会的责任。正如《大陆旅行》(The Grand Tour)一书的作者托马斯·纽简特所说,大陆旅行旨在"以知识丰富心灵,矫正判断力,驱除教育的偏见,造成优雅的举止,一言以蔽之,造就一个完美的绅士"。

随着中产阶级的兴起,大陆旅行逐渐从贵族精英的文化特权,演变为整个社会趋之若鹜的潮流。法国式时髦通过大陆旅行影响了非都市的英国贵族,这个集团定期造访伦敦,并在出国旅游中寻找快乐。到18世纪的最后30年,大陆旅行的参与者无论在种类和数量上都有了稳步的发展,不再限于贵族阶层中的男性继承人,开始扩展到社会地位不那么高、所受教育不那么好的人群中,甚至妇女和儿童也可以与他们的家人一起出门旅行了。

经典的大陆旅行行程是这样安排的。从伦敦出发,横渡多佛海峡(法国方面称为加莱海峡),进入欧洲大陆。然后坐上预订的马车,直奔巴黎城、凡尔赛和枫丹白露,参观宫廷、沙龙、画廊,用法语聊天,搭讪女士,跳舞,骑马,击剑。然后去日内瓦,在瑞士游览几天。之后到意大利,在佛罗伦萨和威尼斯住上几个月,研习文艺复兴时期的雕塑、绘画等艺术作品,转道罗马参观古典时代的废墟,再到那不勒斯欣赏庞贝古城和维苏威火山。游览完这些景点后，穿过阿尔卑斯山，访问一下德国的柏林等城市，喜欢学术的人还可参观一下慕尼黑或海德堡的大学。再经过荷兰和佛兰德回到英格兰。从这条线路安排不难看出，大陆旅行隐含了财富、奢侈和自由艺术等贵族阶层的品味，对那些刚刚富裕起来、急于向贵族看齐的中产阶层特别具有吸引力。随着大众旅游的兴起，这条线路后来被压缩为18天，被称为"黄金大旅游"（The Golden Grand）。

不过，在实际的旅行中，旅行者的动机、目标和兴趣发生变化乃势所必然。到18世纪末，大陆旅行中隐含的"寓教于乐"的承诺开始解体，变成了"乐逾于教"。年轻的贵族子弟踏上欧陆之旅，不光可以暂时脱离古板的家庭教师的束缚，享受自由自在的游荡之乐，还可以欣赏意大利歌剧和法国时装，结交社会名流，拜访豪门显贵，并在寻访幽暗的修道院和废弃的古堡之外，观赏到阿尔卑斯山壮丽的自然风光。于是，几代人的情感结构和审美观念就在大陆旅行过程中发生了微妙的变化。

我们已经看到，自大航海时代以来，以英国为首的西方旅行文学的主题基本上是冒险、征服、新大陆、原住民、异国情调等，总之，是永不停息的探索，向未知世界的进发。大陆旅行兴盛后，西方人似乎放缓了前进的脚步，开始将探索的目光慢慢转向了周围的自然景物。在阿尔卑斯山上，养尊处优的贵族和中产阶级终于找到了一个安全的阀门，以释放积聚的能量和闲暇时间。那里的森林不再是黑暗而阴沉的，山脉不再是令人生畏的，而是美的另一种呈现形式，深渊、岩洞、峭壁和冰川无不如此。忙于探索、征服和攫取的西方人，在与自然隔膜了几个世纪之后，终于发现，大自然才是自己最亲近的朋友，漫游才能赋予他们以新的激情，用浪漫主义诗人拜伦的诗句表达就是：

高耸的山脉，是他的友人；
翻滚的海浪，是他的家乡；
蔚蓝的天空，明亮而宽广，
激发出激情和漫游的力量。

（杨熙龄 译）

在诗人、作家和画家纷纷出游寻觅自然景观、写下优美诗句的同时，哲学家也在澄心涤虑，试图对这些现象作理论上的解释。1756年，年轻的英国哲学家埃德蒙·伯克发表了他的美学著作《崇高与美》，在借鉴和总结大陆旅行的基础上，提出了一系列重要的现代美学观念，向古典的理性主义美学观点提出了挑战。其实，作为美学概念的"崇高"一词并非伯克的发明，早在公元1世纪，古罗马作家朗吉努斯就写过《论崇高》一书。这部美学著作后来被人遗忘，直到1712年才被翻译成英语。古老的"崇高"概念之所以引起18世纪英国人的浓厚兴趣，主要在于当时的社会文化为它提供了合适的土壤。方兴未艾的旅行热及相应的旅行文学的流行大大拓展了人们的地理和文化视野，丰富的情感体验急欲打破狭隘的古典美学理念，为自己找到新的、合适的话语体系。

我们知道，以古希腊罗马为典范的古典美学以及17世纪在法国出现的新古典主义，一直认为美是对称、平衡与和谐，可以用诸如"黄金分割率"之类的数学公式作出解释。这个观点用于人工的造型艺术无疑是正确的，但用于千变万化的大自然却难以自圆其说了。伯克借助当时旅行者的实际体验，提出了一个新的观点，认为我们对美的体验不是出于智力的判断（例如比例或平衡），而是出于人类本能的反应。人类的本能，简单地说主要有两类，一是自我保存，二是种族繁衍。比如，为什么我们会觉得曲线美？伯克说，优雅的曲线、柔和的轮廓诉诸男性的性欲，正是这种欲望推动着种族繁衍后代。又比如，险峻的峭壁、拍岸的怒涛或空旷的沙漠，它们的美感从何而来？伯克告诉我们，这种美与曲线美是不同的类型，应该叫"崇高"。在遇到崇高美的时候，我们首先产生的是一种"适度的恐惧感"，只有在感觉到自己是安全的时候，也就是满足了自我保存的冲动之后，才会隔着一定的距离来观察和欣赏崇高美，从而释放面对恐怖事物的颤栗感。所以，美与崇高是两种对立的经验，它们是潜藏于理性之下的、人类本能冲动的互补形式。

17、18世纪英国旅行文学中与"崇高"相关的另一个重要的美学词汇是picturesque（如画的、独特的）。据考证，picturesque一词最早出现在文艺复兴时期的意大利，意大利语为pittoresco，意为"以画家的方式"（after the manner of painters）。到17世纪，两位意大利人克劳德·洛兰和萨尔瓦多·罗萨将此风格进一步发展为"理想化"的意大利古典风景画。他们分别代表了古典风景画中"崇高的"和"优美的"两种风格。18世纪后半叶，随着风景水彩画的兴起，英国知识界开始用picturesque一词作为这两个对立概念之间的调停者，将相对柔和的英国风景推向阿尔卑斯山风景中令人心悸的瀑布和峭壁，使其具有了"诗情画意""风景如画""多姿多彩""多样化"等含义。大陆旅行也在很大程度上影响了英国上流社会和精英阶级特有的"品味"。按照一位美学家的说法，品味（乃至英国风格本身）的一个准绳就是风景。18世纪的英国有产者和政治贵族们在国内设计乡村别墅的周边环境时，喜欢参照意大利古典风景绘画风格，将自己在意大利的旅行经历转换成一个看得见风景的客厅。

大陆旅行虽然是贵族的特权，但也不能据此而以为它是很舒适的享受，相反，在当时交通不便的情况下，这是一项非常考验人的、辛苦的活动。想象一下你的马车颠簸在崎岖不平的阿尔卑斯山路上，周围迷雾重重，时而冰雪挡道，手足都被冻僵了。如果是半夜三更，又是下雨天，更加苦不堪言。一位名叫查尔斯·伯尼的英国音乐史家，就有过这样可怕的经历。1772年的某个夜晚，他从阿尔卑斯山山脚下的一个德国小镇出发，试图赶到柏林投宿。

晚上9点前，下了一场瓢泼大雨。伸手不见五指，马车夫迷路了，他从前面的驾驶位上跳下来，想用手摸索道路。但是根本摸不到一辆前行车的辙痕。他只能重新上车，冒险前进，想强行越过七高八低的碎石路和石南丛生的荒野，结果马上受阻，只能停留在原地，一直从11点等到次日黎明6点……雨一直在下，风一直在刮。冷彻入骨，没有比我更惨的了。

(张德明 译)

所以，大陆旅行其实是最昂贵、最奢侈、最自虐的旅行之一。不要说当时，哪怕是当下全民旅游的时代，也远非一般游客消受得起的。但是，去过和没去过真是大不一样。下一节，我们马上就会遇到一位因大陆旅行而一夜成名的诗人。

第四节　拜伦勋爵：流亡成就的大诗人

以"拜伦勋爵"闻名于世的乔治·戈登·拜伦（1788—1824）是现代世界的最后一位自由骑士。出身于伦敦一个古老贵族世家的他，自称为"职业的海盗、业余的诗人"。祖父是一位海军上将，每次出海都会遇上坏天气，因而被称为"坏天气拜伦"。父亲生活放荡，外号"美男子",在将其第二任妻子(即小拜伦的母亲)的嫁妆挥霍一空后另觅新欢,后来死于法国。小拜伦继承了祖先"狂暴的血液",从童年和少年时代起,敏感、好动、自尊和孤傲就伴随着他一起成长。在剑桥大学求学期间,这位未来的民主斗士已经初露锋芒。堂吉诃德式的侠义肝胆和漫游癖,贯穿了他短暂的一生。

19岁那年,拜伦发表了他的第一部诗集《懒散的时光》,遭到当时把持文坛的《爱丁堡评论》的苛评。犹如一头被红布激怒的公牛,他左冲右突,试图通过大陆旅行和写作来证明自己的诗歌天才。1809年6月,拜伦第一次在多佛海滩登上了前往欧洲大陆的船只。他先到葡萄牙、西班牙,漫游欧洲南部,渡过直布罗陀海峡,然后转向东方,经阿尔巴尼亚、土耳其到达希腊雅典。这次游历扩大了他的眼界,加深了他对社会生活的认识。两年后,拜伦回到英国,不久即发表了他在旅途中构思成熟的长诗《恰尔德·哈洛尔德游记》的前二章,结果他"一觉醒来忽然发现自己已经出名了"。之后,他又发表了一部以东方为题材的、富有浪漫色彩的传奇诗《东方叙事诗》,使自己作为一位旅行诗人的名声达到了顶点。伦敦掀起了一股"拜伦热",上流社会的女子全都拜倒在这位年仅20余岁的文学新星脚下。

出名过早总是危险的。成名后的拜伦不久就尝到了苦涩的滋味。在他回国前后,英国爆发了著名的路德运动(捣毁纺纱机运动)。英国政府为了保护资本家的利益,制定了严厉的法案,并逮捕了破坏机器的工人,处以酷刑。1812年2月27日,拜伦首次以世袭贵族身份出席上议院,发表了他的著名的第一次国会演说,替这些被迫害的工人辩护,严厉指斥英国政府的残暴和卑劣。之后他又发表演讲支持爱尔兰独立。可想而知,上流社会自然不能容忍这个本阶级的叛徒。他们利用他的离婚案大做文章,收买黄色小报,肆意诋毁他的人品。四面八方的中伤诽谤使这位大诗人无法在国内立足。他悲愤地说："如果这些谣言是真的，那么我是不适合住在英国了；如果这些谣言是假的，那么英国是不适合我住了。"离开祖国之前，他写下了下列诗句：

本国既没有自由可以争取，
为邻国的自由战斗；
让希腊罗马的荣誉高悬心头，
为这番事业断头。

（张德明 译）

1816年4月25日，拜伦再次在多佛海滩乘船下海，从此永远告别英国，踏上了流亡之途。毁谤的咆哮跟着他漂洋过海，越过阿尔卑斯山，之后才慢慢平息下去。他的诗歌比以前更加风行了，成千上万没有见过他一面的人流着泪，读着他的诗歌。拜伦由瑞士来到意大利，参加了意大利进步人士组成的革命团体"烧炭党人"的秘密活动，计划推翻奥地利的统治。由于叛徒告密，组织被破获，拜伦不得不出逃，在海上漂流了大半年，辗转来到他向往已久的希腊，于1824年1月抵达起义者聚集的中心。希腊人民一致推举这位欧洲知名的民主斗士为游击队总司令。诗人变卖了英国的庄园，将所得款项和历年版税全部捐献给希腊人民，支持希腊人民反抗奥斯曼土耳其帝国的正义战争。最终，他在一次骑马视察部队时感染风寒，一病不起，将自己36岁的年轻生命献给了意大利和希腊的民族解放事业。

法国浪漫派"教母"斯达尔夫人有言："抓住东方，这是作诗的唯一正确道路。"这句话简直就是为拜伦写的。如上所述，这位激进的流亡诗人短暂的一生基本上是由两次东方之旅构成的。东方既为他提供了逃离闭塞的岛国的广阔空间，也成了他最终成就其伟大事业的福地。

从旅行文学的角度看，拜伦的贡献也非同小可。他在其成名作《恰尔德·哈洛尔德游记》中首次创造了诗体的游记这种独一无二的体裁，将冥思与行动、写实与抒情、社会批评与自我审视合为一体。此书既可以作为纯粹的导游手册，方便读者按图索骥，寻访景点，也可以作为旅途的枕边书，适于高吟默诵，反复体味（读英文原版更棒）。不过现代读者更应关注的似乎是，拜伦是如何将他的大陆旅行转化为自我追寻和自我建构之旅的？

中译本标题"恰尔德·哈洛尔德游记"容易使人误解为这只是一部普通的游记，实际上英文原文是"Childe Harold's Pilgrimage"，可直译为"恰尔德·哈洛尔德的朝圣"。可见，东方之旅对拜伦的意义非同一般，具有中世纪朝圣的意味。主角姓名的设计也颇有深意。正式出版前"恰尔德·哈洛尔德"的姓名是恰尔德·拜隆（Childe Biroun），与拜伦本人的姓只有一音之转，暗示了主角与诗人的关系。此外"恰尔德"一词也使我们联想到"孩子"（child）或少年，暗示这个作品隐含了成长主题，主人公的精神在与现实的接触中逐渐成长并丰满起来。

整个游记共分两部，第一部包括第一、二章，诗人讲述了主角哈洛尔德在葡萄牙、西班牙、阿尔巴尼亚和希腊的游历，当时这些国家都处在外族统治和压迫下。西班牙被法国占领，正在进行一场反对拿破仑的斗争；希腊则在奥斯曼土耳其帝国的统治下奄奄一息，酝酿着未来的复国运动。哈洛尔德一路上指点江山、激扬文字，表达自己的政治主张，但始终是个局外人和旁观者，明显带有贵族阶级与生俱来的优越感。诗中着重写的是哈洛尔德的孤独、忧郁和冷漠，这位贵族年纪轻轻就"踏遍了罪恶的迷宫"，厌倦了上流社会的生活方式，认为这个世界上没有人真心爱他，他也不爱任何人；无牵无挂的他打算通

过大陆旅行来放松一下自己疲惫的心灵,解脱心头的苦闷:

> 船儿,船儿带我乘风破浪,
> 横渡那波澜起伏的海洋;
> 随你把我送到哪里,
> 只要不是我的故乡。

(杨熙龄 译)

批评家们认为,哈洛尔德这个形象虽然是拜伦虚构的,却概括了他本人以及当时英国和欧洲大陆进步知识分子的某些思想性格特征:他们既厌倦了贵族上流社会的生活方式,又蔑视正在兴起的冷酷的资本主义文明,同时又脱离民众,看不清前途,于是陷入孤独、忧郁和悲观绝望之中。这种矛盾的心态是19世纪贵族青年中普遍存在的"世纪病"。

长诗的第二部(第三、四章),虚构人物哈洛尔德隐退了,拜伦自己现身说法,开始以第一人称出面讲述和抒情。我们知道,现实中的拜伦此时已经投身于意大利和希腊的民族解放运动,他摆脱了狭小封闭的自我,不再是一个忧郁的流浪者,而成为一个真正的民主斗士。随着旅行—朝圣的深入,他对自我的认识不断加深,视野也从水平移动渐渐过渡到垂直的、向上提升的运动。诗人关注的重点不再像前几章那样,放在猎奇式地描述异国情调、历史遗迹和自然景观上,而是更注重景点本身蕴含的精神价值和启示录般的意义。在比利时的滑铁卢战场遗址,诗人思索着拿破仑这个"最伟大而不是最坏的人物"的命运给人类的启示:个人和人类如何克服野心和狂热对自己的折磨,而像大自然那样"沉醉于自己的创造"中。在卢梭的故地,诗人沉思的是人对荣誉的过度追求而造成的负面影响,认为卢梭"一生跟自己造成的敌人作战",从而让自己的灵魂不得安宁。在洛桑等地,他分别考察了伏尔泰和吉本这两位哲学家和历史学家的性格和文风,尤其是他们最擅长的讽刺,在"激得仇敌咬牙切齿"的同时,也注定了自己"堕入热狂者的地狱"。细加考察,我们不难发现,其实上述四位欧洲名人的个性和风格,在某种程度上投射出了拜伦本人复杂的个性和人格。正是在对他们的观照、评判和冥思中,诗人获得了深刻的启示,对自我中心的价值观有了清醒的认识,而逐渐将关注的重点从历史遗迹和名人故地转移到大自然本身的美景上来。诗人的时空感知模式也逐渐从地面升到了阿尔卑斯山上,从关注人类历史活动的业绩转到欣赏大自然永恒的创造。

> 且不说人类的业绩,而再来读一次
> 大自然写的杰作。并且结束这一章,
> 我以我的幻想哺育了这一些诗,
> 然而已显得太冗长了,近乎荒唐。
> 云块飞向阿尔卑斯山峰,在我头上,
> 但是我一定要穿越过这些云层,
> 我一步步向上攀登,尽情地眺望,
> 要到此山的最高峰,多云雾的部分,
> 在那儿,大地凭着山峰制服了强有力的风云。
>
> (杨熙龄 译)

从第四章开始,诗人将关注的重点转到了人类心灵的创造——意大利的文学、建筑和雕刻。朝圣者的旅行空间从威尼斯、费拉拉等地逐渐转移到罗马,从宗教人类学角度考察,这是一种从世俗空间到神圣空间的过渡,这个过渡的完成以朝圣者最终进入罗马大教堂为标志。

拜伦身穿希腊民族服装的肖像
（本书作者根据油画原作手绘）

惠特曼晚年肖像
（本书作者手绘）

我们追随诗人的脚步走进教堂内部，渐渐感觉到精神的超拔和提升：

> ……
> 走进去：宏伟的气象毫不使你害怕；
> 仿佛爬一座高山，它越来越显得雄峻，
> 你被那伟大而美丽的气概所迷；
> 它越来越宏大，也越来越均匀——
> 博大之中包含着音乐的谐和匀称；
> ……
> 你要集中精神把各部分看个仔细，
> 并控制你的思想，直到你的脑海
> 感受到这宏大整体的雄伟比例；
> 不能一下子感觉无遗，那堂皇的姿态，
> 原来是强有力而缓慢地在你眼前逐步展开。
> ……直到我们的精神终于随着它扩大，
> 扩大到与我们所观瞻的宏大规模不相上下。
>
> （杨熙龄 译）

从空间诗学角度考察，第四章罗马大教堂的穹顶与第三章阿尔卑斯山峰顶之间形成一种微妙的结构性对应，体现了朝圣者的灵魂对精神超拔的渴求。至此，长诗中的两个主人公，虚构的哈洛尔德和现实的拜伦合为一体，诗人从狭隘封闭的"小我"上升为具有世界公民意识和普世情怀的"大我"。全诗结尾，诗人在告别他的影子人物哈洛尔德之前，再次邀请他共赏海景，于是作为永恒时间象征的大海与作为永恒空间象征的大教堂，两个意象合为一体。

在欧洲文学史上，拜伦是为数不多的同时以笔和剑参与反暴政、争自由的思想领袖。他将诗与生活、行走和写作融为一体，让渺小的个体汇入了人类的事业之中，杀死了自己的忧郁和孤独，使自己成为希腊神话中的大地之子安泰式的人物，据说安泰只要将双脚踏在坚实的大地上，就没有敌人能够征服他。拜伦也找到了他的大地母亲，那就是正在为自己的自由和命运奋斗的意大利人民和希腊人民。于是，流亡最终成就了一位大诗人。

第五节 新大陆的自我觉醒之旅

1620 年，102 名英国移民（其中 35 人为清教徒）乘坐"五月花号"横渡大西洋来到马萨诸塞湾，成为第一批登上北美新大陆的殖民者。11 月 11 日，"五月花号"靠岸于鳕鱼角时，船上的 41 名成年男子签署了《"五月花号"公约》。它的签约方式及内容，开创了一个自我管理的社会结构，在王权与神权统治的时代，暗示了许多民主的信念，从而为一个新国家——美利坚合众国——的诞生奠定了核心价值观。尽管如此，北美新大陆的声音直到 19 世纪初才逐渐为欧洲的文人雅士所重视。此前，虽然本土的印第安人曾创造过丰富多彩的民间神话和故事传说，但基本无人知晓，处在自生自灭状态。一直要到独立战争（1775—1783）使美国摆脱英国统治后，北美新大陆的人民才开始意识到发展本土文化和文学的重要性。他们忽然发现，家门口就有这么多风景，不能全让别人来饱眼福，自己也该好好欣赏和享用。

美国超验主义运动的领袖拉尔夫·沃尔多·爱默生在《论自然》和《论自助》等文章中倡导美国人用自己的眼睛、自己的心灵来观察世界，感悟自然，并书写自己的历史：

世间的一切都热衷于书写自己的历史……并非是雪中或大地上的脚印,而是印在纸上的文字,如一张行军路线图,多少会更加持久。大地上满是备忘和签名,每一件东西都为印迹所覆盖。大自然里,这种自动记录无尽无休,而叙述的故事就是那印章。

(王青松 译)

1845年,爱默生的信徒亨利·戴维·梭罗,在28岁这年,以回归自然的生活方式,实践了爱默生的超验主义思想。他徒步到距波士顿康科德镇中心2英里(约3千米)之外的瓦尔登湖畔,自己动手造了一座小木屋,在此独自生活了两年,完成了他的纪实性散文作品《瓦尔登湖》,影响了无数美国人的价值观。时至今日,"瓦尔登"这个词仍具有神奇的魔力,它意指逃离日常的平庸,生活在大自然之中,自由地呼吸和冥想,并倡导一种自给自足的生活。但梭罗并不想摒弃物质文明,只是提醒读者,我们不会利用物质文明;我们在谋生或赶时髦方面浪费了太多的生命,以至于忘了生命的真正价值。他在瓦尔登

波士顿康科德镇郊外重建的梭罗小屋(本书作者摄于2000年)

湖畔把自己的生活简化到最低限度，结果发现他能用 20 美元 1 角 2 分 5 厘来建立一个家，用 27 美分维持一周的生活。他以一年中 6 个星期的时间，去赚足够用一年的生活费用，而剩余下来的 46 个星期则都可以去做他喜欢做的事情：写作和研究大自然。"把一切不属于生命的内容剔除得干净利落，简化成最基本的形式，简单，简单，再简单。"这就是梭罗的生活哲学。

差不多与梭罗同时，浪漫主义诗人沃尔特·惠特曼迈开双腿，沿着横亘北美的黄土大路一路走去，观看展开在他面前的、正在建设中的新国家，唱出了他的《大路之歌》：

> 我轻快地举步踏上了大路，
> 健康，自由，世界在我面前，
> 那在我面前的漫长而棕褐色的道路引向我要去的任何地方。
>
> 从此我不再要求幸福，我自己就是幸福，
> 从此我不再低声哭泣，不再迟疑，不再需要什么，
> 告别了关在屋里的埋怨，图书馆，满腹牢骚的指责，
> 我健壮而满足地走在大路上。
>
> ——《草叶集·大路之歌》
> （赵萝蕤 译）

当代读者读惠特曼的《草叶集》，会有一种"刷屏"的感觉。他的诗句犹如存储在手机中的照片，一张接一张闪过，几乎不加停留，难得闪回一下。这些镜头中有远景、中景、近景，也有特写，乍看杂乱无章，但许多单幅照片拼合在一起，就形成了一幅广角全景图，从中可以看到一个活跃的、新生的合众国，正在生气勃勃地成长和发展中。

诗人友好地、性感地、强迫地对读者说,"我的左手搂着你的腰,我的右手指向陆地上的景物",希望整个世界都能听到美国的歌唱:

我听见美国在歌唱,我听见各种各样的歌,

那些机械工人的歌,每个人都唱着他那理所当然的快乐而又雄伟的歌,

木匠一面衡量着他的木板或房梁,一面唱着他的歌,

泥水匠在准备开始工作或离开工作的时候唱着他的歌,

船夫在他的船上唱着属于他的歌,舱面水手在汽船甲板上唱歌,

鞋匠坐在他的凳子上唱歌,做帽子的人站着唱歌,

伐木者的歌,牵引耕畜的孩子在早晨、午休或日落时走在路上唱的歌,

母亲或年轻的妻子在工作时,或者姑娘在缝纫或洗衣裳的时候甜美地唱着的歌,

每个人都唱着属于他或她而不属于任何其他人的歌,

白天唱着属于白天的歌——晚上这一群体格健壮、友好相处的年轻小伙子,

就放开嗓子唱起他们那雄伟而又悦耳的歌。

——《我听见美国在歌唱》

(邹绛 译)

当代法国哲学家德勒兹认为,惠特曼的诗歌体现了一种真正具有美国特色的、自发的碎片化思维。而在笔者看来,碎片化就是互联网思维模式的雏形,它不是从某个中心向四周放射的树状结构,而是像马铃薯之类的块茎植物根系,向四面八方蔓延,不断处在生发、扩张和互相连接中。永远是素材,变化着,粉碎着,又重新凝为一体;永

远是朦胧的开端,自发的成长,完成整个圆圈后又从头开始;永远是高峰和最后的融合,在纷至沓来的印象、瞬息即逝的形象和意念的流动中,给人以视觉的、听觉的和感觉的冲击力。

在貌似平移的画面背后,惠特曼契入了人的灵魂,包括他本人和美利坚民族的。有批评家认为,1848年的新奥尔良之行对他有很大影响。据说惠特曼在那里结识了一位神秘的女人,获得了特殊的"灵视",能超越时空,看到过去和未来,觉察人们内心的奥秘。他在《草叶集》首版序言中讲到了自己的创作动机:"这是一种感情或野心,想要以文学诗歌的形式,把处在这个时代以及现代美国的重要事实,我自己的肉体、情感、道德、思想以及美感上的个性忠实地表露出来。"

《草叶集》中不断渲染、反复歌咏的一大主题是"自我"。但诗人笔下的这个自我,不同于欧洲早期浪漫主义传统中那种感伤纤弱、自怨自艾的自我,而是一个强健有力,甚至有些粗鲁的自我。在诗人看来,健康的自我应该是灵魂与肉体、头脑与感官和谐发展的,他呼吸着现实的空气,立足于现实的土壤,是一个自主、自强,自己决定自己的命运,自己开辟自己的道路,自己承担自己的责任的自我。

从自我出发,必然会涉及自我与他者,即另一个自我的关系。在诗人看来,每一个自我都息息相通,就像无穷无尽地旋转于苍穹中的星球一样。所以,歌颂自我,也就是歌颂他者;发现自我,描写自我,也就是发现美国,描绘美国;越是充分地探索自己的灵魂,也就越充分地了解了美国,表达了美利坚的灵魂。

> 由于我,许多长久缄默的人发声了;
> 无穷的世代的罪人与奴隶的呼声,
> 疾病和失望者、盗贼和侏儒的呼声,

准备和生长循环不已的呼声,
连接群星之线、子宫和种子的呼声,
被践踏的人要求权力的呼声,
残疾人、无价值的人、愚人、呆子、被蔑视的人的呼声,
空中的云雾、转着粪丸的甲虫的呼声。

通过我而发生的被禁制的呼声,
性的和肉欲的呼声,原来隐在幕后现被我所揭露的呼声,
被我明朗化和纯洁化了的被淫亵的呼声。

我并不将我的手指横压在我的嘴上,
我对于腹部同对于头部和心胸一样地保持高尚,
认为欢媾并不比死更粗恶。

——《自我之歌》

（楚图南 译）

从旅行文学角度考察，惠特曼的最大功绩是把诗歌从艺术殿堂和教科书拉到黄土大路、田间农场、船坞码头、林中小屋中，将文学与生活完全融为一体。他在漫游中写作，在漫游中生活。在认识世界的同时，更深地认识了自我。这样，小我就扩展为大我，自我意识就扩展为民族意识和宇宙意识，自我形象与美利坚民族的形象，与宇宙中生长繁殖的一切有生之物就合而为一了。正是在这种仿佛来自外星球的扩展的视野中，诗人看到了宇宙中生生不息的伟大的创造力，也看到了人在宇宙中所占的位置和应尽的责任，那就是不断以自己的劳作加入宇宙的生命大循环。因此，惠特曼不但歌颂大自然，而且歌颂人类创造的二度自然：城市、电报、印刷机、海底电缆、木屋、斧头、

十字架、偶像、书籍、钱币、邮局……总之，凡是人所创造的一切，在诗人看来都是美的；正是劳动和创造使人成为神圣。从这个意义上说，《草叶集》既是一部诗人身体漫游、心灵不断成长的个人史诗，又是一部美利坚民族形成、发展和繁荣的集体史诗。

《草叶集》本身就是自由生长的例子。"草叶"来自新大陆的泥土和空气，由充满希望的绿色材料织成，它自发地生长和繁殖着，不需要人们的照料和培养，象征着旺盛的生命力。整部诗集是一个独立的有机体，从首版的 12 首到第九版的 383 首，每一版的内容都有所变化。诗人不是加进去一些新写的诗，就是改写其中的一些诗。诗人强调他的诗歌的个性力量，甚至说这不是一部诗集而是一个人。他说："《草叶集》……自始至终是试图把个人，一个有血有肉的人（美国 19 世纪后半叶的那个我自己）自由、饱满、真实地记录下来。在当今的文学中，我还没有发现任何一个使我满意的类似的个人记载。"从体裁和形式上看，诗人打破了传统的英语诗歌格律束缚。整部诗集以拖长的、流畅的、不押韵的诗行和频频插入的土话俚语体现了自由漫游的主题。

《草叶集》的自由之声、自由诗体裁和风格震惊了当时的读者，惹恼了学院派文人。但 20 世纪的美国旅行诗人和小说家却享受着惠特曼给他们开创的语言自由。"垮掉的一代"诗人被称为"惠特曼的野孩子"，他们的领袖金斯堡的无拘无束的"嚎叫"风格明显受到了惠特曼的影响。"垮掉派"小说家凯鲁亚克更是身体力行，一路搭车横穿美洲大陆，写出了一本惊世骇俗的旅行小说《在路上》。可以说，20 世纪的美国诗人和小说家没有一个能够避开惠特曼的巨大背影。

第五讲
大众旅游时代的旅行文学

1825年，第一辆火车头开始在斯托克顿和达林顿之间试运行。之后，火车逐渐取代马车成为穿越英格兰大地的主要交通和运输工具。1837年，年方18岁的维多利亚女王上台执政，开始了长达64年之久的统治（1837—1901）。维多利亚时代被一些历史学家称为堪与伊丽莎白时代媲美的盛世。正是在她统治期间，英国完成了从传统的农业国向工业国的转型，成为"世界工厂"和欧洲最强大的殖民帝国。大不列颠的产品远销世界各地，皇家海军的军舰游弋在地球表面80%以上的海面上，从加勒比海到马来群岛，甚至远东都处在"日不落帝国"强权的威慑下。对大英帝国和英联邦的中产阶级来说，这也意味着几乎整个世界都成为旅游观光的场所了，只要他愿意，爱去哪儿去哪儿。

随着铁路的延伸和旅游条件的改善，乘坐火车观光逐渐成为大英帝国臣民旅行的新时尚。由许多车厢编组而成的列车（train），一夜之间成为马车民主化的象征。1835年时，差不多还有1000万人仍在乘坐马车旅行。仅仅过了10年，就有3000万人乘坐火车旅行了。1860年，主要的铁路网已经开通。到1870年，乘坐火车旅行的人数增加到令人吃惊的3亿3600万。

当拜伦于1816年离开英国时，他乘坐的是价值500英镑的马车，而当时普通英国市民的年收入仅有 100 英镑。他的马车中配备有一张床、一只装有全套刀叉餐具的柜子，还有一个图书室。按照福塞尔的说法，马车显然是一种非平民化甚至是反平民化的交通工具，它笨重、高大、排外、私密和昂贵。约翰·罗斯金曾说过，马车发挥了一种社会支配功能，其庄重性效果让看到它的平民百姓觉得窘迫不安。即便如此，私密而高雅的马车，按现代旅游标准来说，还是非常不舒服的。19 世纪六七十年代火车卧铺车厢的出现，以史无前例的舒适度贬低了马车的特权。19 世纪 80 年代，火车不再中途停靠以便乘客用餐，而是配备了餐车。三等车厢的旅客也能享用"奢侈的"餐桌服务。仅仅过了两代人时间，旅行就发生了一场"舒适革命"（comfort revolution），旅行现在能够满足社会地位上升的想象，而游客下榻的酒店的豪华名称则进一步加强了这种幻想。

铁路为大众旅游提供了机会，也触发了一位名叫托马斯·库克的浸礼会教徒的灵感——将观光客组成团体，既降低了费用，又免除了安排食宿的担忧。1841 年，33 岁的库克第一次尝试组团旅游，租用火车将 570 位主张禁酒者从英国的莱斯特运送到拉夫伯勒的戒酒大会会场，往返行程 11 英里（约 17.7 千米）。不久，他又组织了数次苏格兰高地的组团旅游。到 1864 年，他更进一步把目光瞄准了欧洲市场，竭力推动欧洲大陆组团旅游，其中一次是 1500 人的巴黎游。随着中产阶级对外国文化的爱好不断增加，库克的旅游团队也不断壮大。代表现代工业文明成就的火车头隆隆前进，将中产阶级带入一个标志着进步和速度的铁路时代，也将他们带入一个更少冒险、更多舒适的大众旅游时代。

第一节　美国大众的观光之旅

在维多利亚时代文化氛围的影响下，美国的旅游业也迅速发展起来了。1867年年初，圣路易斯的报纸上刊出一则旅游广告，称其将租用"教友城号"轮船游览地中海和朝拜圣地。当时小有名气的马克·吐温得知这个消息后，马上毛遂自荐，写信给《上加利福尼亚报》，请报社派自己出洋报道这番盛举，获允准。当年6月8日，马克·吐温随同其他65名乘客登上了"教友城号"甲板。在近半年的旅游时间里，他共为该报写了53篇通讯。回国后，他又到处发表演说，讲述这番旅游见闻。在一家出版公司的建议下，他将这些通讯编辑成一本旅游随笔集，冠以"傻子出国记"（又名"新天路历程"）的标题，于1869年正式出版。尽管这本游记定价3.5美元，有点小贵，但销路颇好，前后总共卖出10万本，不久在英国也大量印行。欧洲还出了各种语言的译本。从此，马克·吐温的名字家喻户晓，被称为"当代最杰出的美国幽默作家"。

在当时欧洲人心目中，美国只是一个住满乡巴佬的大农场。"扬基佬"（Yankee）虽然钱袋饱满，但举止粗野，没见过世面，没什么教养。许多美国人也自惭形秽，觉得自己的国家不像欧洲那样历史悠久、文化积淀深厚，但同时也为自己具有旧大陆无法比拟的政治自由和经济成就而感到自豪，甚至自大。马克·吐温深知，他者的偏见固然不必理会，但妄自菲薄或自高自大亦不足取。正确的做法是利用出国旅游机会，借助自己的眼光看看欧洲和东方世界，再回过头来反观自身，消除傲慢和偏见，获得一个比较客观、平和的自我认识。为了幽默一下，他索性将自己和同胞的出游称为"傻子出国记"。这里的"傻子"

原文是 innocents，用作名词，意指那些头脑简单、不谙世事的人；作为形容词，也含有天真、单纯、无辜、无恶意等意思。马克·吐温利用了该词的多义性，把自嘲和他嘲融为一体，写出了一部妙趣横生、又发人沉思的游记。

游记以"傻子"对出国的期待和对国外情况的一无所知开场。作者先拿自己（"我"）开涮，再拿同胞消遣，将登记舱位时的兴奋、开船后晕船的丑态，看到海景后涌上甲板、大呼小叫的场面等一一记录在案。不少从未乘坐过越洋海轮的乘客不知风向，明明船是在顺风开，却天天早上都在祈祷天赐顺风，结果被船长臭骂一顿。小勃鲁吉先生头一回出门，没有时差概念，眼看"船上时间"经常改变，天天对表，不胜其烦，以为自己花了 150 元钱买的新表是水货。直到船长专门把他请去，对他科普了一下时差，他才似懂非懂地出了船长室。"我"在西班牙上岸买羊皮手套，明知尺寸不对，面对美女营业员的一再劝诱，还是为了面子，忍痛付了钱，回来被船友当作笑柄。更搞笑的场面是，一些乘客没有外币兑换常识，到葡萄牙后上岸去吃海鲜大餐，一顿饭下来，要付 217000 雷士。大家面面相觑，都以为被宰了。请客者已经打算宣布破产了，直到店员送来英文账单后才知 1000 葡萄牙币换 1 美元，其实他们总共才花了 21.7 美元。这下子宾主才笑逐颜开，又加菜加点心。读到这里，眼下国内的旅客是否会会心一笑呢？

马克·吐温笔下有两类出国的"傻子"，一类如前所述，是未经世面、不脱天真的可爱的傻子，还有一类是出过一两次国，自以为经过世面，而在同胞面前显摆的"傻子"。比如，乘客当中有位女客谈到，她有一个同乡在巴黎待了八个星期，回到国内，竟将最亲近的知己朋友赫勃叫作"欧—倍尔"先生。不过，她赔了不是，说："啥法子呐——我说惯了法国话，只会讲法国话啦，亲爱的欧倍尔，真该死，又来了！一用惯了法国发音，说啥也去不掉啦！"还有些美国人到了意大利，不出三个月，就当真忘了美国话，到法国也忘了。在外国旅馆里用不三不四的法文登记姓名地址，在衣服钮孔上佩一朵玫瑰，对人敬的是法国式的礼——手伸在脸前挥两下，胸袋中露出贴着外国邮票的信封，蓄两撇八字胡子和一撇山羊胡须，用法式小舌音发音，假装忘掉自己名字的正式读音了。（原来当年美国也有假洋鬼子呢！）

更多的游客是每到一个新国家就换一身当地人的民族服装互相显摆（可惜那时相机尚未普及）。离开亚速尔群岛就披上吓坏人的披风，还用了细齿发梳；从非洲丹吉尔回来，头上就戴上血红血红的圆筒帽，上缀着流苏，活像印第安人后脑勺上的一撮毛。到了伊斯坦布尔，就披上头巾，佩上偃月刀，穿上圆筒马靴，等等。还有些游客在国外自以为是，不顾场合大叫大嚷。

今天进餐厅，我们给一个美国人的举止弄得有点难堪。人家都是安安静静、斯斯文文地在那儿，他却非常粗野地高声谈话，嘻嘻哈哈地放声大笑。他花腔怪调地叫酒，还说什么"老兄，我顿顿饭都少不了酒"（这真是既可怜又可笑的鬼话），说着对四座一一看看，打算博得在座人士流露出赞赏的神色……在当地，无论贵贱，喝酒简直就跟喝水一样普通，他倒居然端这架子！这家伙说："我是个天生自由的太上皇，老兄，我是个美国人，老兄，我也要大家知道这点！"

（陈良廷、徐汝椿 译）

在调侃和讽刺同胞陋习的同时，马克·吐温也用生动幽默的笔触，对所游历地区的风俗习惯和文化氛围进行了描述。在东方，他感叹《圣经·旧约》中的应许之地一片凄凉，名存实亡，徒留一堆圣迹让香客瞻仰怀旧。在欧洲，他看到了原为大西洋航线补给点的亚速尔群岛贫困衰落、乱象环生。在意大利热那亚，他看到了几百年前的巍峨宫殿，现在每幢只剩下一户人家，偶尔从黑屋子里出来一个美女，犹如黑暗中飞出一只洁白的蚕蛾。在法国，他一面赞赏法国街道整洁、花香遍地、国民文明程度高，一面讽刺一个见钱眼开的无良导游"皮厚分格"（Billfinger）先生，由于此人一路夸夸其谈、诱导购物，结果使游客错过了卢浮宫的开放时间。

但是，总的说来，他对欧洲的印象还是不错的，赞美之情溢于言表。他看出了"欧洲生活的一大妙处——安逸"。他在欧洲街上看到的是与美国迥然不同的国民心态和言行举止。

有的带了妻子儿女上啤酒铺，默默坐着，斯文地喝上一两杯啤酒，听听音乐；有的去逛大街，有的赶着马车在大道上兜风；有的趁薄暮时分，聚在张灯结彩的大广场上，看看热闹，闻闻花香，听听军乐队演奏——凡是欧洲城市，在傍晚时分都听得到悠扬的军乐；此外还有些居民，露天坐在茶室酒馆门前，吃吃冷饮，喝喝茶酒，这类水酒淡茶，连孩子喝了都不伤脾胃。他们睡得相当早，也睡得好。他们向来稳重，向来安分，向来愉快、舒畅、乐天知命。在他们当中根本看不到醉鬼。

（陈良廷、徐汝椿 译）

马克·吐温说，欣赏过那份安逸，心里巴不得将这份安逸弄点出口："运到我们国内那逼人疲于奔命的商业区去……在美国，我们终日奔走——那倒无可厚非；但是，等当天事情办完，我们仍在计较个人得失，安排下一天的事务，连上了床，心里还是惦记着生意，原该睡个觉恢复精神，可总是翻来覆去睡不着，一颗心依旧挂在生意经上。这么紧张，害得我们心力交瘁，不是夭折，就是未老先衰，在欧洲人所谓壮年时代，已经成了个不体面的干瘪老头。"

他发现美国游客在欧洲旅行久了，受到周围的宁静气氛和人们的一举一动的感染，心态也慢慢地变得平和起来，开始认识到休闲和旅行对于人生的重要性。

旅行对心存偏见、性情固执、鼠目寸光的人，倒是帖苦口良药，我们国内不少人犯有这类毛病的，绝对需要旅行一趟。终生局处世上一个小角落里，庸庸碌碌地过着日子，对人生和事物决不会有远大、宽宏和有益的看法。

（陈良廷、徐汝椿 译）

马克·吐温可谓大众旅游时代的一位旅行家。所谓旅行家，不一定要如孤云野鹤般独往独来，而是跻身于熙熙攘攘的人群中也能始终保持清醒的头脑，能发人之所未发，见人之所未见，在风景中看到人，把人看作风景。更重要的是，能把自己独立观察和思考的成果形之于文字。通过书写，理清头绪，作为今后生活的镜鉴和启示。

第二节 睁眼看世界的《新大陆游记》

19世纪末和20世纪初，正当马克·吐温和他的同胞们在旧大陆观光旅游时，晚清中国的一些文人、学者、政治家和外交官也开始走出封闭的国门，频频出访西方国家。他们以异域的他者为镜像，比照华夏现状，记述下自己的观感，回国后整理出版。其目的不外乎借游记之名，拓宽读者眼界，启发和引导民众关注中国问题，让古老的农耕民族汇入现代文明的潮流。

1867—1870年，清末改良主义政论家王韬应著名汉学家理雅各之邀漫游西欧，这是中国知识分子第一次对欧洲的实地考察，意义重大。每至一地，他总要"览其山川之诡异，察其民俗之醇漓，识其国势之盛衰，稔其兵力之强弱"，将自己的见闻观感笔录下来，十几年后回香港整理成著名的《漫游随录》。19世纪80年代，"曾门四弟子"之一、桐城派著名作家黎庶昌利用就任驻英、法、德、西使馆参赞之便，五年间写下《西洋杂志》一书，广泛而翔实地介绍了日、德、意、奥、比利时、瑞士等国经济发展、生产方式、政治制度、文化教育、科学技术和风俗民情等，为国人了解西洋各国情况提供了第一手观感资料。1890年，晚清著名外交家薛福成奉命出使欧洲四国，期间写下《出使四国日记》，生动再现了一位晚清士大夫视野下的世界文化风貌以及中西文化碰撞下的士人心态。1898年戊戌变法失败后，康有为开始了"流离异域一十六年，三周大地、遍游四洲，经三十一国，行六十万里，一生不入官，好游成癖"的考察生活，"其考察着重于各国政治风俗，及其历史变迁得失，其次则文物古迹"，写下《欧洲十一国游记》。因篇幅所限，本书对上述游记不能一一展开讨论，这里只选择梁启超的《新大陆游记》作些介绍，以略窥清末风潮和士人心态。

  光绪二十九年（1903）正月廿六日，31岁初度的梁启超（1873—1929）登上了从日本横滨到加拿大的邮轮，开始了他的北美之旅。十年来，为推行他的救国方案和改良主张，他频频奔走于海内外，生日基本都是在舟车劳顿中度过的。此时此刻，面对浩瀚的太平洋，这位不得志的政治家不禁感叹"一事未成已中岁，海云凝望转低迷"。

  梁氏此番出洋是应北美维新会之邀到新大陆游历的，借此机会，他对正值上升时期的美国社会进行了一番全方位的考察，试图寻求可资借鉴的信息和启示。旅美半年期间，他勤于观察，敏于思考，有所感触便记于日记，回国后花了二十天时间，编成《新大陆游记》一书，

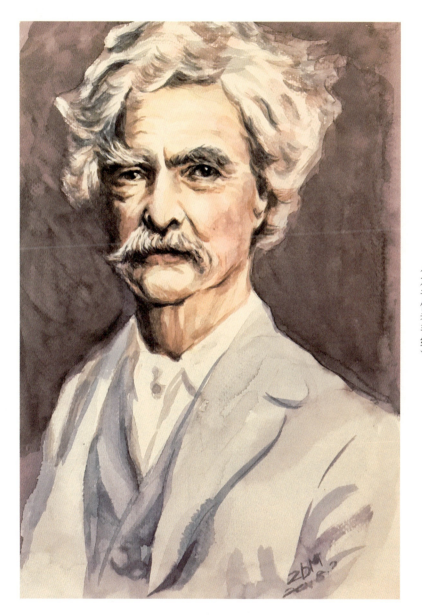

马克·吐温肖像(本书作者手绘)

梁启超肖像
（本书作者手绘）

付梓出版。

要在这部游记中寻找传统美景描写的读者可能会大失所望，因为梁氏在"凡例"中早已声明："中国前此游记，多纪风景之佳奇，或陈宫室之华丽，无关宏旨，徒灾枣梨，本编原稿中亦所不免，今悉删去，无取耗人目力，惟历史上有关系之地特详焉。"那么，他所谓的"宏旨"究竟指的是什么呢？

这就需要回顾一下梁氏在世纪之初写下的《二十世纪太平洋歌》（1900）了，在该诗中，梁启超提出了全新的文明发展观，认为人类文明经历了三个时代：第一纪是"河流文明时代"，由中国、印度、埃及和小亚细亚这四个"古文明祖国"组成。第二纪为"内海文明时代"，由地中海、波罗的海、阿拉伯海和黄海、渤海等周边文明构成。第三纪为"大洋文明时代"，是随着哥伦布发现新大陆出现的。最后，作者充满激情地咏歌道：

吾闻海国民族思想高尚以活泼，吾欲我同胞兮御风以翔，吾欲我同胞兮破浪以扬。

海云极目何茫茫，涛声彻耳逾激昂，鼍腥龙血玄以黄，天黑水黑长夜长。满船沉睡我彷徨，浊酒一斗神飞扬，渔阳三叠魂惨伤，欲语不语怀故乡。纬度东指天尽处，一线微红出扶桑，酒罢诗罢但见寥天一鸟鸣朝阳。

由此可见，启蒙救国是梁氏不变的初心，而考察美洲新大陆以获得借鉴和启示，则是他念兹在兹的宿愿。从这宏旨出发，梁氏的《新大陆游记》自然非同一般，带上了明显的救亡意图和维新理念。

温哥华是梁氏游美途经的第一站。在这里他首先关注了当地华人移民的现状。梁氏列表统计了加拿大华人数量及从业情况，发现华人多以做洗衣工、开杂货铺谋生，境况稍好一点的开赌场，但也只能赚自己的同胞和日本人的钱。经济上的窘迫自不待言，更可悲的还是政治上享受不了平等的待遇。尽管如此，愿意花重金借道加拿大、移民到美国的华人仍然络绎不绝。梁氏不禁叹曰："以祖国数万里膏腴之地，而使我民无所得食，乃至投如许重金以糊口于外，以受他族之牛马奴隶，谁之过欤？"

考察温哥华之后，梁氏乘坐横贯北美大陆的太平洋铁路，翻越落基山，途经渥太华、蒙特利尔，抵达纽约，住了一个月，期间接见同胞、接受采访、发表演说、赶赴宴会，忙得不可开交。梁氏自述想要描写纽约的庞大、壮丽及繁盛，"则目眩于视察，耳疲于听闻，口吃于演述，手穷于摹写"，不知从何说起。但以政治家的敏锐目光，他马上悟出"欲知美国之国情，必于托辣斯。欲知世界之大势，必于托辣斯"的道理。为了让国人理解这个主宰美国经济命脉的巨无霸，梁氏从"托辣斯"原文 trust 说起，道出其原意为"信也"，接着列出 1899 年以来 5 年间美国各公司"托辣斯"资本表，之后分析了"托辣斯"的利弊，列出利 12 条，弊 10 条，最后得出结论，认为"其［托辣斯］势力远驾亚历山大大帝，拿破仑第一而上之者也，二十世纪全世界唯一之主权也"。并进而预言，自今以往，"国内托辣斯进为国际托辣斯，而受害最剧者，必在我中国"。告诫国人不能以隔岸观火的态度对待之，必须对其起源、利害、影响作出评估，拟定对策，并承诺自己将另著一书专门论述"托辣斯"问题。

作为政治家和政论家，梁氏最关心的当然是美国的政治体制及其运作方式。由纽约至华盛顿后，他首先造访了首都的国会山、白宫，震惊于国会大厦的宏丽和总统官邸的素朴，"观此不得不叹羡平民政治质素之风，其所谓平等者真乃实行，而所谓国民公仆者真丝忽不敢自侈也"，认为这才真正体现了民主国之理想。

但梁氏也不是一味对美国的政治体制唱赞歌。在考量了选举制度的运作方式后,他发现美国众、参两院制的实质依旧是少数精英治国,而非一般人想象的大民主。他逐一比较了专制国与自由国的利弊得失,得出结论:"吾游美国,而深叹共和政体,实不如君主立宪者之流弊少而运用灵也!"如此一来,美国共和政体的缺憾反倒成为证明他信奉的君主立宪制更好的例证了。在归途中,他又连续写了四篇《美国政治略评》,对美国政治体制作了鞭辟入里的分析和述评。至今读来,仍有其参考价值。

梁氏的远见卓识不光体现在商业、经济和政治方面,在移民问题上也独具慧眼,认为日益增多的海外移民将是美国将来最大的隐患。他列表分析了移民人口增长和种族构成的变化,发现移入的条顿(即日耳曼)民族占的比例越来越少,而拉丁民族、斯拉夫民族及东方民族越来越多,担心"以今日大势所趋,恐数十年以后,美国将不为条顿人之国土,而变为拉丁人及他种人之国土……吾恐不及百年,而前此殖民时代、独立时代民族之苗裔将屏息于一隅矣"。在他看来,美国立国之元气主要是条顿民族之特质,"使政治上社会上种种权利,全移于条顿以外诸民族之手,则美国犹能为今日之美国乎"?并联系中世纪北欧蛮族南下,最终灭掉罗马帝国的历史而断言,自今以往"美国若有溃虞,其必自此焉矣"。从当今全球化时代的角度来看,梁氏的这番话似有政治不正确之嫌,但他能够在100多年前就预见到美国国内族群冲突问题,其远见卓识不能不令人佩服。

在美国的移民中,梁氏特别分析了犹太人。他发现纽约市政基本上为犹太人所操纵,其他大城市也如此,究其原因"则以其团结力之大,为他种人所莫能及也"。犹太人相扶相导的趋势发展下去,全世界的商业必落入犹太人掌中。由犹太人的团结和势力的强大,梁氏进而感叹当时中国人一盘散沙的现状:"呜呼,[犹太人]以数千年久亡之国,而犹能岿然团成一族,以立于世界上,且占其一部分之大势力焉,则其民族之特色之实力,必有甚强者矣……吾中国今犹号称有国也,而试问一出国门,外人之所以相待者,视犹太为何如?而我国人之日相轧轹相残杀,同舟而胡越,阋室而戈矛者,视今之犹太人,又何其相反耶?"

《新大陆游记》中最值得重视的是梁氏在旧金山期间对华人社群的观察与分析。梁氏认为,"欲观华人之性质在世界上占何等位置,莫如在旧金山。何以故?内地无外人之比较,不足以见我之长短,故在内地不如在外洋"。旧金山华人移民最多,共有二万多人;构成成分也最复杂,有各种公立会馆、慈善团体、商会团体、族制团体、文明团体、秘密会社等。在详细考量了各社团的性质及复杂的相互关系基础上,梁氏提出了中国人的五大优点和四大缺点。

梁氏认为中国人的优点是:一、爱乡心甚盛;二、不肯同化于外人;三、义侠颇重;四、冒险耐苦;五、勤、俭、信。而缺点则是:一、有族民资格而无市民资格;二、有村落思想而无国家思想;三、只能受专制而不能享自由;四、无高尚之目的。真可谓:句句锥心话,拳拳爱国心。

梁氏抵达蒙大拿州的波卡特洛市那天,恰逢保留地中的红种印第安人进城来领取政府提供的免费食物("颁食"),市区道路堵塞,市民争相前来围观。印第安人"其衣皆红绿两色,为种种式样以文其身,各以一木箱负其婴儿。诡形殊状,见所未见"。梁氏因而想到,在白种人殖民之前,北美境内印第安人原住民有三四百万以上。但他在美国游历半年,行程万里,"欲求一遗民之迹不可得见"。因为印第安人都逃往西部深山大泽中去了。他因而想到"若三十年后再游美国,欲见

波士顿普利茅斯的印第安人保留地（本书作者摄于 2000 年）

红印度人之状态，惟索诸于博物院中之绘塑而已。优胜劣败之现象，其酷烈乃至是耶？君子观此，肤粟股粟矣"。令他稍感欣慰的是，海外中国维新会倒是蒸蒸日上，章程齐全，会员众多，资金雄厚，会所建筑也颇具规模。选举总理期间，竞争激烈，各候选人到处游说宣传，"俨然与文明国之政党无异，此诚中国数千年所未有也"。在梁氏心目中，这或许是中国摆脱传统文化中的糟粕，走向现代社会的第一步。但这种描述究竟有多少理想的成分、愿景的期待，也只有他本人心知肚明了。

无论如何，1903 年的北美新大陆之旅对梁启超的影响是极为深远的。梁氏的眼界由此开阔，境界由此提升。他在刚到纽约那天坦言："从内地来者，至香港、上海，眼界辄一变，内地陋矣，不足道矣。至日本，眼界又一变，香港、上海陋矣，不足道矣。渡海至太平洋沿岸，眼界又一变，日本陋矣，不足道矣。更横大陆至美国东方，眼界又一变，太平洋沿岸诸都会陋矣，不足道矣。此殆凡游历者所同知也。"从政治理念上说，北美之旅使他从激烈的"破坏主义"转向平和的改良主义。他开始认识到，在这个优胜劣败的时代，不改造国民性，只是一味地革命、造反，再好的政治体制也无法建立起来，中国人的命运将如红种印第安人那样，成为保留地中被观赏、被施舍之动物。

梁氏游记草成，准备付梓时，曾有友人劝他放弃，说"游野蛮地为游记易，游文明地为游记难"，你在这么短的时间内游这么大的国度，能说出多少独到的见解，还不是为内行人所笑？但梁氏认为，自己的游记虽然只是一得之见，"然容亦有为内地同胞所未及知者"。现在看来，此言不虚。百年以来，梁氏其人其事已成任人评说的过眼云烟，但其《新大陆游记》还是值得游历过，或正在游，或尚未游过北美的旅行者翻阅展读、掩卷沉思的。

第三节　寻觅"地之灵"之旅

1913年，英国小说家D. H. 劳伦斯（1885—1930）携他的妻子弗丽达，开始了他的意大利之旅。关于劳伦斯，中国读者知道得最多的是他写过一部《金瓶梅》式小说《查泰莱夫人的情人》，但其实，他还是个优秀的旅行作家。这位出生于英格兰心脏地带——诺丁汉的矿工的儿子，几乎一辈子处在旅行、逃离或自我放逐中。劳伦斯一生去过无数地方，欧洲的德国、意大利、瑞士和法国，亚洲的锡兰（斯里兰卡），以及澳大利亚和塔希提岛，北美的纽约和墨西哥都留下了他的足迹，但他似乎对意大利情有独钟。劳伦斯总共写了4部游记，其中3

部都与意大利有关,即《意大利的黄昏》《大海与撒丁岛》和《伊特鲁利亚人的灵魂》。我们不禁要问,意大利究竟有什么东西吸引他,促使他一而再、再而三地踏上这片土地,细察之,寻访之,思索之,并书写之?

一些西方评论家认为,第一次世界大战是劳伦斯生命中"决定性的危机",对他来说,这不是一场英雄主义自我牺牲的战争,而是人类依附机器犯下的一桩野蛮的大屠杀罪行。《意大利的黄昏》写于第一次世界大战爆发前的1913年,出版于大战正酣的1916年。劳伦斯开始时想把它起名为"意大利岁月",但他的出版商不喜欢这个标题,认为它既会引起误解,也不够醒目。改用《意大利的黄昏》之后,作家的意图和动机更加明确了。"黄昏"(twilight)一词具有多重含义,不仅指白天与黑夜的过渡,而且也是太阳与月亮,智力与心灵,理性意识与血性意识,现代工业世界与更为原始的情感世界的交融。

旅行家汤姆林森说,劳伦斯是"一个优雅而敏感的感觉器官",对物理性的地域和神秘的灵魂间的关系,似乎有着特别灵敏的感知和意识。"地之灵"(the spirit of place)这个概念,是劳伦斯在《美国文学经典研究》一书中提出的。劳伦斯认为:"每一个大陆都有其伟大的地域之灵。每一国人都被某一特定的地域所吸引。地球上的不同地点放射着不同的生命力、不同的化学气体,不同的星座放射着不同的磁力——你可以任意称呼它。但是地域之灵确是一种伟大的真实。"这种带有神秘的宿命意味的思想,在《意大利的黄昏》中已经初露端倪,只不过其范围尚未从旧大陆扩展到新世界。劳伦斯在意大利追寻的不是一个大洲或一片大陆的灵魂,而是一个更为具体的、有民族性的地之灵。

首篇《跨越群山的十字架》记录了作家从德国慕尼黑穿过奥地利蒂罗尔,徒步行走在通向意大利的皇家大道时一路看到的乡村景观——"一座十字架接着一座十字架带着它们的篷顶渐渐地、朦胧地隐现出来，这些十字架似乎在整个乡村制造了一种新的氛围，一种黑暗，一种在空中的凝重"。在劳伦斯看来，十字架上那些由当地农民自己亲手雕刻的耶稣像，它们那或粗俗或精致的风格，或痛苦或高贵的表情，体现了不同地域的民族特征和文化个性，是构成地之灵的重要内容和核心价值。物理性的地方与精神性的灵魂之间有着某种神秘的联系。"地域的物理面貌与生活于其中，并被其塑造的人们融为一体了。"

共由7章组成的《在加尔达湖上》，是整个游记的核心内容。劳伦斯通过细致入微的观察和描写，刻画出了意大利民族灵魂的两极——白天与夜晚、光明与阴影、本能与理智、感官与精神以及身体与心灵的矛盾与对比。在他看来，年老的纺纱女代表了意大利人感性的、本能的、无意识的一极。作家着意描写了老妇人的纺线动作，那是一种无意识的、出于本能的、不假思索的动作。纺纱女从身体到感官，完全沉浸于自己的劳作中，完全与自然力合为一体了。她几乎不需要费多大力气，本能地就能让自己手指的动作适应于纺车的转动，纺出一梭梭毛线来，甚至注意不到周围的世界和陌生人的存在。劳伦斯说："她似乎就像《创世记》，就像世界的开端，就像第一次清晨。她的眼睛就像天地间的第一个清晨，永远不老。"老妇人代表的这个世界，是与机械主义相对的、前工业时代的遗存，也是一个正在无情的现代化过程中飞快消逝的世界。

与纺纱女形成对照的，是作家从教堂高处向下望到的两位正在散步的僧侣。他们用僧侣特有的一种大而懒散的步子走着，边走边说着悄悄话。除了大而诡秘的步子和靠向一起的头，什么动作也没有。但是，作家感觉到，"他们的谈话有一种渴望。仿佛幽灵般的生物从它们寒冷、隐蔽的地方冒险跑出来一样,他们在荒凉的花园中走来走去,以为没有人能看到他们","他们的谈话中既没有热血也没有精神,只有法律,只是平均的抽象。阳性与阴性乃是无限的。但平均只是中庸。而这两个僧人在公允的路线上踏过来又踏过去"。这里,僧侣的神秘性、精神性、沉思性和无动作性,与纺纱女出于感官的、本能的、忘我的、无意识的动作形成了鲜明的对比。在劳伦斯看来,前者代表了夜晚的灵魂,后者代表了白昼的灵魂,两者合在一起,就构成了意大利的地之灵。但两者的结合是一种理想的状态,在现实中是不可能实现的。

劳伦斯不无沮丧地看到,在机械日益统治世界的时代,旧日的秩序正在意大利急剧地消逝。土地已经废弃,被金钱取而代之;农民正在消逝,被工人取而代之。那么,意大利人还能保持其与生俱来的地之灵,保持那种对肉体的崇拜,对男性生殖力的崇拜吗?在加尔达湖上的一家小酒店里,劳伦斯似乎看到了希望。那些来自荒野、山中的农民、伐木者或烧炭工,在酒酣耳热之际,情不自禁地跳起了舞蹈。随着乐曲的弹奏越来越快,舞蹈的节奏也变得越来越快。"男人仿佛要飞起来,仿佛在用另一种奇妙的交叉节奏的舞蹈包围那些女人,而女人们则飘舞着,浑身抖动着,似乎有一阵微风轻妙地吹拂着,掠过了她们,她们的心灵在风中颤动了、发出了回声;男人们越来越急速、越来越活泼地舞动着双脚和双腿,乐曲达到了一个几乎无法承受的高潮,舞蹈进入了如醉如痴的时刻……"这段描写性意味十足,不禁使人联想到劳伦斯在《查泰莱夫人的情人》等小说中所描写的场面。

《意大利的黄昏》出版后3年,劳伦斯离开英国,以逃避一个对他来说难以忍受的世界。他与妻子弗丽达在佛罗伦萨、罗马、卡普利作了短暂逗留,然后去了西西里,他在陶尔米纳租了一套农舍的顶层。

1921年，他又完成了一部意大利游记：《大海与撒丁岛》。与《意大利的黄昏》相比，《大海与撒丁岛》更具个性化，更有抒情倾向，如诗般的语言融合了拜伦的愤世嫉俗、雪莱的浪漫气质和柯勒律治的想象力，而深层的思考又为它增添了某种理性的光辉。在这部游记中，劳伦斯不仅发展了他的地之灵思想，而且还引入了一个新的元素，这就是海之魂。

去撒丁岛首先要渡海。海，对劳伦斯就像对其他英国人一样，始终有着某种不可名状的吸引力。船，则是旅行文学的核心意象之一。在传统的英国文学作品中，人们往往用换喻手法，用制船的材料"橡木"（oak）来代替船本身。劳伦斯也不例外，但其出新之处在于，他将对木船的赞美与对前工业时代人与自然和谐共存的怀旧感，以及对现代机械主义的批判联系起来了。"这块橡木没有一处不完美、不漂亮。整件作品用木铆钉套接在一起。比焊接在一起的钢铁漂亮得多，也更有生气，焕发着生命力，活生生的古老木头哟，她像血肉一样不会生锈，钢铁永远不会像她那样快活。她十分自如地航行，非常优雅自在地拥抱大海，就像在做一件很自然的事。"

劳伦斯写出了海之魂，也写出了岛之灵。他之所以选择撒丁岛作为他此次旅行的目的地，是因为在他看来，"撒丁岛与别处不同，撒丁岛没有历史，没有年代，没有门第，也不会给人什么东西……无论是罗马人、腓尼基人还是希腊人或阿拉伯人都不曾征服撒丁岛。它处于外围，处于文明圈之外……"远离现代工业文明，远离机械化的生活。尽管"现在它已意大利化了，有了铁路和公共汽车"，"不过不可征服的撒丁岛依旧存在，它躺在这张欧洲文明之网里，尚未被人拖上岸。这张网日益破旧，许多鱼儿正从这张古老的欧洲文明之网里溜出去……也许连撒丁岛也会溜走。那么就去撒丁岛吧"。

在撒丁岛游历时，劳伦斯特别赞赏的是南部港口城市和首府卡利亚里，因为这使他"联想到马耳他——失落于欧洲与非洲之间、不属于任何一洲的马耳他。它不属于任何一洲，也不曾归属于什么地方，对西班牙人、阿拉伯人和腓尼基人而言尤为如此。然而它遗留在时间和历史之外，仿佛从来不曾有过自己的命运，从来没有"。更为重要的是，这个地方具有某种精神，是机械时代试图蹂躏之，践踏之，却始终没有成功的。在卡利亚里，作家观察到了当地农民的精神状态，他们从穿着、外貌到气质都依然保持着传统本色。作者感慨地说："同那些柔声细气的意大利人接触之后再看看裹在马裤里的小腿，轮廓清晰，充满男子气，仍流露出传统的剽悍本色，这真是一件赏心悦目的事情。人们会惊恐不安地意识到欧洲的男人已濒临绝境，只剩下基督式的英雄、崇拜女人的登徒子以及狂暴却又出身低微平凡的混血儿。往昔吃苦耐劳、不屈不挠的男性不见了，其剽悍的特性也归于灭绝，最后几颗火花正在撒丁岛和西班牙熄灭。除了群氓式的无产阶级、凡夫俗子式的芸芸众生以及一颗充满渴求、怀有恶意、自我牺牲式的、有涵养的灵魂之外，我们已一无所有。多么可恨。"

在前往索葛洛的途中，劳伦斯遇见了一群刚刚上车、吵吵嚷嚷的农民，他们穿着古怪、举止粗鲁，自信而充满活力。作家一方面讨厌这些似乎依旧生活在中世纪，没有受到现代文明教化，自我封闭，对外界毫无兴趣的农民，另一方面又觉得，相对于世界大同化、一体化的现代性进程，他们又成为一种对抗同质化和机械化的力量。他注意到，当这些农民下车时，"我们看见了远处高坡上的托那罗村，看见两个女子牵着匹小马来接那满是污垢，身穿黑白衣服的老农民。那是他的两个女儿，穿着鲜艳的玫瑰红和绿色衣服，漂漂亮亮的。男男女女的农民，男的有的穿着黑色衣服，有的穿着深棕色衣服；马裤紧贴在壮实的大腿上；女人身着玫瑰色与白色相间的衣服。小马身上驮着褡裢，开始沿着山路慢慢向上爬去，构成一幅极为优美的剪影，爬向远处山巅上阳光灿烂的托那罗村。这是个大村子，像一个新耶路撒冷一样光芒四射"。当然，这只是作家带着怀旧情绪和乌托邦情结描绘出来的理想共同体，一个远离现代文明的污染，保持了中世纪习俗的"新耶路撒冷"。

仿佛觉得光有撒丁岛的旅行尚不足以抓住意大利民族的整个大灵，劳伦斯在写作并出版了《大海与撒丁岛》7年后，又开始了一场更为诡秘的奥德赛之旅。1927年3月到4月，劳伦斯约上友人布鲁斯特伯爵，在古老的伊特鲁利亚之地展开了考古式追寻。这次，他从地表世界进入了地下世界，其目标不再是活生生的当代人，而是转向了那些已经不会开口说话，却把他们的灵魂写在了坟墓的壁画、雕像和浮雕中的古老的伊特鲁利亚人。伊特鲁利亚人是先于罗马人进入亚平宁半岛的一个农耕民族，他们在公元前11世纪左右登上历史舞台，活动在意大利中部台伯河和阿尔诺河之间的托斯坎尼亚地区，从公元前7世纪到公元前6世纪，曾创造了地中海地区灿烂的农业文明，之后被罗马人所灭，其民族文化也随之销声匿迹。劳伦斯将他实地考察的体验，与他从希腊人和罗马人撰写的历史书中抽绎出来的不多的事实结合起来，发挥自己的想象力，任意驰骋在往昔的岁月中，把自己的生命哲学投射在这些逝者身上，写下了《伊特鲁利亚人的灵魂》。

像前两部意大利游记一样，劳伦斯关注的不是地表的景观，而是地域中蕴含的灵气，一个民族或族群的精神气质。他说："我来过伊特鲁利亚人待过的地方，每次总觉得有种奇怪的宁静感及平和的好奇感……这些巨大的、草绒绒的、带着古代石头围墙的古墓里有种宁静和温和，走上墓中大道，我仍能感觉一种萦绕不去的家庭气氛和幸福感。"但是，更吸引作家的是伊特鲁利亚人那种对生命的热爱和享受："伊特鲁利亚人在他们平易的几个世纪中，如呼吸般自然平易地干着自己的事情，他们让心胸自然而愉快地呼吸，对生活充满了满足感，甚至连坟墓也体现了这一点……对于伊特鲁利亚人，死亡是伴随着珠宝、美酒和伴舞的牧笛声的生命一种愉快的延续，它既非令人心醉神迷的极乐世界，既非一座天堂，亦非苦难的炼狱，它只是美满生活的一种自然延续，一切都与活着的生命、与生活本来一样。"这一点，与劳伦斯本人强调的阳刚的生命哲学十分合拍。

在伊特鲁利亚人的坟墓中，劳伦斯似乎找到了支持自己观点的最有力的证据。在地下坟墓中，"在每位妇女之墓的通道上都有这么一座石室"，"而每位男子之墓的墓道前有一个阴茎石或阴茎崇拜物。由于大墓都是家庭墓，或许它们兼有两者"。劳伦斯借给他带路的男孩之口，对此现象作出了自己的解释，认为前者代表了子宫，用于保障生命，后者代表了阴茎，是用来创造生命的。在伊特鲁利亚人的坟墓中，劳伦斯特别看重塔奎尼亚的彩绘坟墓，在这个墓葬群中，他看到了一幅幅小巧玲珑、欢快灵敏、充满年轻生命才有的冲动的彩绘画——波浪起伏的海面、跃起的海豚、跳入纯蓝的海水中的潜水者，以及急切地尾随他爬上岩石的小男人；然后是靠在宴会床上的满脸胡子的男子，手中举着一枚代表神秘的再生与复活的鸡蛋。在这些画面中，还有一些引人注目的舞蹈画面。一个女子在疯狂而欢快地跳着舞，几乎她身上的每一部分——其柔软的靴子、滚边的斗篷、手臂上的饰物，都在舞蹈，直跳得让人想起一句古老的格言：身体的每一部分、灵魂的每一部分都该知道宗教，都该与神灵保持联系。

劳伦斯认为，伊特鲁利亚人留下来的这些充满活力的彩绘坟墓，体现的是一种生命的宗教，甚至是一种生命的科学、一种宇宙观以及人在宇宙中所处位置的观念，即整个宇宙是个伟大的灵魂，每个人、每个动物、每棵树、每座山和每条小溪都有自己的灵魂，并有自己特有的意识。这种宇宙观和生命观使人能够利用最深的潜能而快乐完满地活着，但现代工业社会和机械文明却反对这种宇宙观，把完整的生命之流降格为单一的机械运动，使人沦为僵死的机械的零部件。

显然，劳伦斯在这里借助自己的想象力，发思古之幽情，表现的是他自己对原始生命力的崇拜，对苍白的现代文明的批判。劳伦斯与他的朋友进入伊特鲁利亚坟墓的地下世界，不是为了逃避现实，而是为了创造性地表达对衰弱的地表世界的不满。

那么，伊特鲁利亚人的灵魂还活着吗？它能超越时空的限制，依然存活于现代意大利人的灵魂中吗？劳伦斯的回答是肯定的——"当你在下午四时许的阳光下坐进邮车、一路晃悠着到达那儿的车站时，你可能会发现，汽车边围着一群健美而漂亮的妇女，正在对她们的老乡说再见，在她们那丰满、黝黑、俊美、快活的脸上，你一定能找到热爱生活的伊特鲁利亚人那沉静的、光彩四溢的影子！有些人脸上有某种程度的希腊式眼眉。但显然还有些生动、温情的脸仍闪烁着伊特鲁利亚人生命力的光彩，以及伴随处女子宫之神秘感的、由阴茎知识而来的成熟感和伴随伊特鲁利亚式的随意而来的美丽！"

通过意大利—撒丁岛—伊特鲁利亚之旅，作为旅行作家的劳伦斯不仅发现了意大利的地之灵、地中海的海之魂和撒丁岛的岛之灵，以及伊特鲁利亚人遗存的生命精神，也重新发现了自己的灵魂。他深情地写道："意大利不仅使我找回了许多、许多我自己的东西，尽管我不知道这是什么东西；它也使我发现了许多早已失去的东西，就像一个复原的奥西里斯。今天早晨，坐在公共汽车里，我意识到人必须回头重新发现自我，只有这样才能成为完整的自我，但除此之外，还应向前迈进。还有未知的、未曾开垦的土地,那里的盐还未失去其咸味。但要涉足这些地方,得先在伟大的过去中完善自我。"

第四节　中国屏风上的风景和印象

差不多在 D. H. 劳伦斯寻觅意大利"地之灵"的同时,1919—1920 年间,英国旅行家和小说家萨默塞特·毛姆正在中国游历。他在这个古老的国度待了四个月,参观了长城、天坛等著名文化景点,拜访了京城的一些官员和学者,还深入到边远乡镇,观察了平民、苦力、农夫和小商贩的日常生活,同时也了解了一些在华经商或传教的西方人的生活状况。最后,他将旅途中记录的印象残片带回英国,作了一番整理修订后,冠以"在中国屏风上"之名正式出版。

屏风无疑是最具中国特色的摆设之一。它既拒绝又吸引,既遮蔽又呈现;既是对空间的分割和隔断,又是不同空间的过渡和连接。屏风上的画往往似有似无,若隐若现,介于明晰与模糊、真实与虚幻之间。毛姆选择这样一个极具东方色彩和神秘美感的物件来为其游记命名,既满足了那些对中国历史和现状一无所知、迫切渴望窥其堂奥的西方读者的猎奇心理,又成功地为自己浮光掠影式的描述预留了自我辩解的空间。"屏风"之名似乎已经暗示了某种不完整、不系统和不确定性,但同时又承诺透过 58 篇长短不一的随笔组成的作品,将读者引进这个神秘的国度,一窥这个古老帝国的自然、地理、文化景观和民族性格。

毛姆来到中国的年代,辛亥革命刚刚成功不久,古老的封建帝国已经垮台,新生的民国正处在内忧外患中。与此形成对照的是,毛姆自己的祖国刚刚经历了第一次世界大战的梦魇,大英帝国惊魂未定,虽然一定程度上还维持着体面的外表,但其威权显然已不复当年。通过游记文学,引入他者视野,给本土文化提供一种参照和镜鉴,向来是英国旅行文学的传统模式和现成套路。从这个意义上说,古老的中华帝国的命运对于现代的大英帝国似乎有着某种启示意义。毛姆对中国的印象和感情中,未始没有一种惺惺相惜的成分在内。那么,毛姆看到的究竟是怎样的一个中国呢?

总的说来,毛姆借助他的生花妙笔,以《在中国屏风上》呈现了一个衰败的古老帝国的形象,给西方读者勾勒出了一幅宏伟与衰弱、高贵与卑贱、美丽与肮脏并存的画面。整个文本中,中国的形象大多是在黄昏或夜晚,借助昏暗的油灯或摇曳不定的灯笼呈现出来的,具有一种神秘而病态的、符合西方想象的"东方美感"。

第一篇《幕启》,画面开头呈现的是一段"年久失修的城墙","古老并有着雉堞的城墙濒于坍塌,看上去就像古画中一座十字军占据的巴勒斯坦城堡"。城里的街道、店铺、细雕花窗格子,"呈现出一种特有的衰败的光华"。最后一个镜头是,"北京轿车似乎载着所有东方的神秘,消失在渐浓的夜色中"。"坍塌""衰败""神秘"和"夜色",这就是毛姆向英国读者传达的他对中国的第一印象。这一印象为全书定下了基调,以后的中国叙事和描述基本上是它的变奏和插曲。

在《天坛》一文中,毛姆描述了庄严、神圣的皇家祭典,但是给他留下更深印象的画面是——"在巨大火炬昏黄的火光下,官员们的朝服发出暗淡的光亮"。光明与阴暗、庄严与衰败的色调形成的强烈对比,在《女主人的客厅》一文中再次出现。作家告诉我们,女主人的客厅是由一座小寺院改建的。"它历经风吹雨打,绿色的琉璃瓦上早已长满野草。雕梁画栋上的朱红底色和描金的飞龙都已褪色,但仍不失

毛姆肖像
（本书作者手绘）

江南山村
（本书作者手绘）

其优美。"

在毛姆笔下，古老的中华帝国从皇家到民间、从自然风景到人文景观都涂上了一层幽暗的色调，京城是如此，边远地区也不例外。黎明前的客店，天尚未亮，"客店的院子里还是黑沉沉的。灯笼忽明忽暗的光线投在苦力身上"。作家走出客店，"灯笼投下一圈淡淡的光亮，一路走来你隐约看见……一片竹林、泛着天光的一方水田，或者大榕树漆黑的影子"。广州的鸦片烟馆中，"灯光昏暗，房间低矮而污浊。房间角落有一盏灯，光线暗淡，照得人影有些可怕。香气弥漫，使整个戏院里充满了奇异的气息"。昏暗肮脏的南方集镇上，住在小阁楼中的那些中国人，店员和顾客，"露出一种愉快的神秘表情，好像在进行什么见不得人的交易"。

在一片衰败的景象中，毛姆竟然发现了神秘的东方美感和中国人的创造力。他在书中引用了他所拜访的中国哲学家辜鸿铭的话，"在中国仍是一个未开化的国家时"，"所有的读书人至少会写几行风雅的诗句"。在《画》中，一位不知名的中国官员，为了打发出差途中的闲暇时光，取出笔砚，顺手在墙壁上画了一幅梅花图。"虽是一挥而就，却游刃有余。我不知是何种好运给了画家这般灵感：鸟儿在枝头雀跃，而梅花娇嫩羞涩。和煦的春风似乎从画中拂面而来，吹进这陋室，而在这一瞬间，你便领悟了永恒的真谛。"

不仅如此，毛姆还发现，在中国不只是文人和官员具有敏锐的审美力和创造力，"你在最贫穷的村子里依然会发现人们乐于装饰，那儿，简朴的门上饰有一幅可爱的雕刻，窗户上的花格构成一种复杂而优美的形状。你很少经过一座桥，不管它在多么偏僻的地方，会看不到一个手艺人的匠心独运"。

上述这些看似漫不经意的印象式描述，其实已经透露出作家的价值评判。毛姆选择了最能表现衰败之美的时刻，以黄昏与阴影，朦胧的夜色与摇晃不定的灯光，贫穷的村落与精致的美感，拼凑出一幅幅具有神秘美感的"中国屏风"上的图案，暗示了这个古老的文明国度昔日的辉煌与前景的渺茫。

西方评论家罗伯特·考尔德认为，"《在中国屏风上》像毛姆的其他作品一样，对人性的兴趣要远过于对风景的描绘"。整体来看，毛姆透过他的"中国屏风"给读者呈现的中国人形象基本处在两极分化中。上层阶级（官员、政客和文人）利用手中的权力贪污腐败，无所不用其极，但又保持着十分高雅的美感和鉴赏力，而下层阶级（农夫、村妇、船工和苦力）则在艰辛和麻木中生活着，已经完全安于自己的命运。两者交织在一起，构成了20世纪初一幅奇特的中国素描。

在《内阁部长》中，毛姆刻画了一个虚伪的中国官员形象。这位官员"表情忧郁"地对他谈起中国的状况，显出一副忧国忧民的样子，但实际上，作家"从一开始就知道他根本就是个恶棍：腐败渎职、寡廉鲜耻、为达目标不择手段。他是一个搜括的高手，通过极其恶劣的手段掠夺了大量财富……中国沦落到他所悲叹的这个地步，他本人也难辞其咎。"然而，在毛姆笔下，这个虚伪、残忍、报复心强、行贿受贿的人，又有着精细入微的美感和高雅的艺术鉴赏力。"当他拿起一只天青色小花瓶时，他的手指微曲，带着一种迷人的温情，忧郁的目光仿佛在轻轻地抚摸，他的双唇微微张开，似乎发出一声充满欲望的叹息。"寥寥数笔，一个"优雅的"中国贪官形象跃然纸上。

毛姆对于中国的上层阶级，基本采用的是讽刺和反讽的手法，揭示其灵魂中丑陋的一面。而对于普通中国人，尤其是下层的苦力、农夫和村妇等，则多用同情的笔调，着力表现他们内在的人性的光辉。

《驮兽》中，观察者—叙述者的笔调有着一个明显的移情过程。

最初，他以纯粹局外人的目光来看待中国苦力，说"当你刚开始看见一个苦力挑着担子走在路上，他在你眼中有一种动人的风采"。不仅如此，在毛姆眼中，这个苦力身上穿的打补丁的破旧的蓝布衣服，也与周围的景色非常相衬，显示了"从湛蓝到青绿直到天空的浅蓝色"等丰富的色调变化。而路上走来的苦力队伍，则"组成了一种宜人的风景"，"看着稻田水中映出的他们急匆匆而过的身影是很有趣的"。从这些描述中不难看出，这里的毛姆与大多数西方旅行家一样，是以一种居高临下的优势视野，在远距离地凝视着中国的普通百姓。

但是，随着叙述的深入，作家的口气渐渐发生了变化，他的情感也从局外人的冷眼旁观转为局内人的设身处地。叙述者与其叙述对象间的距离在慢慢拉近。毛姆注意到，随着天气渐渐热起来，苦力们不得不脱去上衣赤膊行走。这时，医学专业出身的作家"感觉到在他[苦力]肋骨下那颗疲惫不堪的心的跳动，就像你在医院能听到一些心脏病门诊病人的心跳"，"如此情景，你见了会感到一种莫名的难受"。于是，他发出了同情的叹息："他们的劳苦让你心中觉得沉重，你充满怜悯之情却又爱莫能助。""在中国，驮负重担的不是牲畜，而是活生生的人啊！"

在《小城风景》中，作家描述了他看到的一处"风景"，穷人用来遗弃婴儿的婴儿塔。与一般西方旅行家相反，毛姆并没有将弃婴这种行为归结于中国人的残忍，而认为这只是因为他们无力抚养而不得已做出的举动。他动情地说："哦，你设想那些把婴儿带到这儿来的人，母亲或奶奶，接生婆或热心的朋友，他们也都有着人的情感，不忍心将新生儿丢到塔底……"当他在孤儿院中看到一些被西班牙修女收留的弃婴，看到"他们这么小、这么无助"时，不禁"觉得喉咙里一阵哽咽"。

出于人道主义的同情和理解，毛姆既看到了普通中国人生存的痛苦和艰辛，也看到了他们潜藏的自信和活力，似乎想给人一点希望的亮色。在《小伙子》中，作家描述了一个中国年轻人的形象。他的全部家当就是背在肩上的一个蓝色棉布小包。但他"举手投足透出年轻人的快乐和大胆"。他怀着发财的梦想踏上大路，坚定地向他的目的地——城市——走去。"他昂着头，对自己的力量十分自豪。"

从毛姆描述的上述中国人形象看来，毛姆似乎并没有像一些中国学者所说，完全落入"东方主义"的窠臼或殖民主义的偏见，从流行的刻板印象出发来描述中国人的形象。他反对那些在华生活的传教士对中国人的偏见和成见（《恐惧》），也反对那些只从古代典籍中理解中国文化的汉学家的做法（《汉学家》），而是尽可能广泛游历，以一个亲历者的身份，通过自己的眼睛来观察中国，理解中国文化。他说，"心灵的眼睛会使我完全盲目，以至对感官的眼睛所目睹的东西反倒视而不见"。按笔者理解，这里，"心灵的眼睛"是指受意识形态、习惯思维和心理定势影响而形成的优势视野，而"感官的眼睛"则指摒弃了成见和偏见，从自己的亲身体验出发来观察异民族和异文化的那种重感官、重体验的现象学式的态度，只有这样，才能抓住其所游历民族的文化之魂，从而进一步理解普遍人性。

在毛姆的笔下，中国的屏风对于西方人也是一面镜子，照出了那些在中国生活和工作的英国传教士和外交官的虚伪一面。他在书中曾讲述过一个名叫亨德森的人的故事。亨德森刚到上海时，拒坐黄包车，认为车夫亦是人类一分子，如此苦力服务，有违他关于个人尊严的思想。其后因天热，急于赶路，他偶尔尝试这种属于退化之交通工具。一次毛姆见到他时，他正坐着黄包车，车夫拉他拉得大汗淋漓。当黄包车车夫差点错过一个拐弯的地方时，亨德森叫起来——"在街口拐弯,你这个该死的蠢家伙",同时为了使他的话更有分量,他往车夫的屁股上狠狠地踢了一脚。

总的说来,毛姆对中国的印象性书写中,既有对古老帝国的哀叹、惊奇和惋惜,也有对上层人士的反讽、对普通民众的赞美,以及对生活在中国的西方人的揶揄和讽刺。尽管作为一个西方作家,毛姆很难避免"东方主义"的猎奇心理,也难以避开跨文化交流和书写中常有的误解和误读,但从总体来看,毛姆的态度是严肃的,真诚的,他对人性的观察也是细致入微,有时甚至是入木三分的。看似信手拈来、随意拼贴在中国屏风上的片段文字,其实体现了他对主题的有意选择和精心打磨。通过中国书写,毛姆在探索这个古老民族的特性的同时,也在探索普遍人性,在反思一个东方帝国的衰败命运的同时,也在反思另一个风光不再的现代西方帝国的前景,并进而对整个西方文明提出明确的警示。

第五节　永远在路上的旅行

1914年,以奥地利大公斐迪南在萨拉热窝的被刺为导火线,第一次世界大战全面爆发。西方人将工业革命时代发明的最先进的"武器"——飞机、坦克、潜水艇和化学制剂——首次用来对付人类自己。五年之内,一千万生命从大地上永远消失,两千万生命变得残缺不全。在一片饥饿和痛苦的呻吟声中,俄国发生了布尔什维克革命,欧洲分裂为东西方两大阵营。1929年10月29日,"黑色星期二",纽约股市在被投机者炒得火烫之后一泻到底。谣传有大批炒股者在交易所跳楼自杀,好奇者特地来华尔街躲在门洞里,病态地希望看到哪个倒霉鬼从空中跳下来。纽约股市狂跌引发了世界经济大衰退。20世纪30年代，德、意法西斯借机上台，发动了第二次世界大战。这次大战涉及的地域更广、人口更多，使用的杀人手段也更加先进。它在给人类带来空前大灾难的同时，深刻地展露了现代性的危机，也不可避免地对旅行文学产生了深刻的影响。

20世纪40年代末50年代初，一些敏感、好动的美国年轻人对他们所处的疯狂世界率先作出了极端的反应，他们不想再走父辈的路，从而踏上了一条自我启蒙、自我追寻的精神流浪之路。他们不停地旅行，从东部奔向西部，从美国奔向世界各地，沉溺于"原始的幸福"——酗酒、纵欲、吸毒、迷恋禅宗——试图以此类极端的方式惊醒沉迷于物质主义的美国人，冲破传统的伦理和价值观。这批年轻人的领袖是诗人艾伦·金斯堡（1926—1997）。1955年10月的一个夜晚，在旧金山六画廊举行的诗歌朗诵会上，他脱光衬衫，赤膊上阵，朗诵了一首题为"嚎叫"的诗，宣告了"垮掉的一代"（Beat Generation，简称BG）的诞生。在其他场合，他也大声疾呼，多次强调：

我们并不是些机器，也不是些什么客观数字。我们是人，是主观的人，最重要的是我们在感觉——我们活着，而我们的存活就是靠我们自己独特的个体和敏锐的感觉构成。我们的国家就是这样的人的联合体，我们的民主就是要建立一个鼓励个体最大程度发展的社会结构……这是创建美国之父们的传统，这是美国真正的神话，是最受我们爱戴的思想家——梭罗、爱默生和惠特曼——的预言：每个人自身都是一个伟大的宇宙；这就是自由，是美国最伟大的价值。

（邓晓凌 译）

在此背景下，一本惊世骇俗的旅行小说《在路上》应运而生，其作者是同属于"垮掉的一代"的年轻人杰克·凯鲁亚克（1922—1969）。小说的创作过程和表现形式非同寻常，它是作者在其蜗居的纽约公寓中花了二十天时间（从1951年4月2日到22日），用一部旧打字机一口气敲打出来的，小说原稿没有分页，以卷筒打字纸原貌呈现，拉开来共有120英尺（约36.6米）长，仿佛一条微缩的公路，恰与《在路上》的主旨不谋而合。正如小说叙述者萨尔·帕拉迪斯所说："我听到一声新的召唤，眼前是一片新的地平线。我是作家，还年轻，我渴望上路。"

就这样，萨尔·帕拉迪斯心中怀着作家梦，口袋里揣着从退伍救济金中积攒下来的50美元，上路了。他自诩为"我的旅游生活中堪称最伟大的一次经历"，是从搭上一辆后部拖有平板挂车的货车开始的。货厢里躺着约摸六七个小伙子，坐在驾驶位上的是两个长着金黄色头发、来自明尼苏达州的年轻农夫，他们总是乐意把在路上看见的人都搭上车。之后，他搭乘各种各样的车，或新的或旧的，或安全的或危险的（其中有一辆居然是运送炸药的货车！），从纽约一路狂奔到丹佛、旧金山、洛杉矶、堪萨斯，还越过国境线，到过墨西哥。主人公有时候同他的好友狄安·莫里亚蒂在一起，有时候没有；有时候同其他"哥们"结伴而行。这些伙伴的身世、背景、个性各不相同，但他们的追求极为一致。用萨尔的话来说："我与之交往的人只是那些疯狂的人，他们为疯狂而生活，为疯狂而交谈，也疯狂地寻求得到拯救；他们渴望同时拥有一切东西。这些人从不抱怨，出语惊人，总是燃烧、燃烧、燃烧，就像传说中那些闪着蓝色幽光的罗马蜡烛一样。"

一路上，萨尔见识了各种各样的人：流浪汉、醉鬼、货车司机、农场工人、季节收割工、墨西哥姑娘等。他和他们聊天，喝酒，超速驾驶，吃罚单，偷汽油；在下等酒吧听爵士乐，跳舞，吵架，打闹，交朋友；在肮脏的旅馆里谈情做爱，在墨西哥尝试吸大麻；有时蹭饭，有时乞讨，有时打短工赚点小钱，在路上捡烟蒂抽，等等。他们永远生活在当下，从不为明天发愁。

整部小说没有情节，像爵士乐般即兴、偶发、鲜活，没有主旋律，不要对位法①，词语和句子随着滚滚的车轮、燃烧的生命和饱满的日子自然流淌出来，在加州阳光下闪闪发光。富含哲学的金句不是哲学家在书斋中冥思苦想出来的，而是作者用全身肌肤、毛孔和五官感觉出来的，特别接地气，有温度，值得反复咀嚼。

我真不明白倘若落基山有灵魂的话，它此刻在想些什么。我抬头看见短叶松沐浴在月光里，似乎看见老矿工的魂灵在游荡，真是百思不得其解。那天夜晚，落基山脉分水岭以东万籁俱寂，间或只听见飒飒风声，还有我们在山谷里的喧嚷声；而在分水岭另一侧是西部大坡地，这雄奇的高原像蒸汽机船巍然耸立。山势下陷，一直延伸到东科罗拉多沙漠和犹他沙漠；我们这些美国的酒徒发疯般地在这群山的雄伟的一隅愤怒地嚎叫、发泄，整个山峦沉入一团漆黑。我们站在美国的屋脊上，除了嚎叫，我们什么也不想。我猜想——就在这沉沉夜色所笼罩的东方大平原上，一位白发老人手持《圣经》，此刻或许在向我们走过来，说不准他会立刻到我们面前喝令我们安静下来。

（文楚安 译）

小说中某些部分写得美极了，让人非一口气读完不可。比如第一部中讲到的，他和一位墨西哥姑娘的偶遇和短暂恋情。两颗天使般疲

---

① 对位法是一种音乐创作技巧，是在音乐创作中使两条或者更多相互独立的旋律同时发声并且融洽的技术。——编辑注

惫不堪的灵魂，孤独地在洛杉矶的一个角落紧紧依偎，他们发现人世间还存在着这种最亲密、最美好的事。之后两人一起上路。这位名叫特丽的姑娘带他来到她的老家见父母和兄弟，他不敢进门，悄悄走到洒满月光的葡萄园，看到她的五个兄弟正用西班牙语唱歌，调子很美。星星仿佛就在那小小的房顶之上闪烁，连接火炉的烟囱冒出了缕缕青烟，他闻到了豆泥和辣椒的味儿；老头儿因不满特丽的生活现状而咆哮；弟兄们用真假音嗓子在歌唱；母亲没有吭声；孩子们在卧室里咯咯笑。这就是加利福尼亚的一个家庭，他躲在葡萄园里看到了这一切景观。这时他觉得"自己是个百万阔佬，正在美国疯狂的夜晚冒险"。

《在路上》中令人印象最深刻的是萨尔的崇拜者和朋友狄安的形象。无法找到确切的词语来形容这个人的性格，只能说他热情，好动，思想独立，想象力丰富；对音乐和文学有极强的鉴赏力，但从不刻意表现；浑身有使不完的精力，总能想出鬼点子来解决蹭饭、加油或玩乐问题。狄安进过少年教养所，蹲过监牢，结过三次婚，离过两次；曾创下一年中偷车 500 辆的纪录，但他偷车不是为了占有，只是为了试驾好车的性能，或与警察捉迷藏。他有自己的生活哲学，但从不用抽象的语言表达，只是用行动来实践。狄安打开了萨尔的眼界，毁了他的三观，但狄安并不愤世嫉俗，自命清高。既然无法改变美国的资本体制，不想被其碾压，或与之同流合污，那就按照自己认定的生活方式活下去，并尽可能找到更多志同道合的朋友，一起享受每一时刻的欣悦。

这就是典型的"垮掉的一代"的生活方式。这里需要说明一下，汉语将 beat 译成"垮掉"，容易引起负面的联想。其实在英语中，beat 一词除了"垮掉""被使用完""被消耗完""被利用完""精疲力竭"等之外，至少还有两层含义，一是音乐节奏感，二是至善至乐境界

(beatitude)。对于当时反叛主流的年轻人来说,这个词还意味着精神意义上某种赤裸裸的直率和真诚,一种回归到最原始、自然的直觉或时空的感觉。简言之,成为 BG 意味着情愿以一种并不耸人听闻的姿态驱使自己陷入困境。比如,明明可以找个稳当的职业去挣钱买房买车,却偏偏走上自我流放的道路;明明可以买票坐公共汽车,却偏偏要花完口袋里的最后一分钱,站在路边伸出手臂搭便车。之所以这么做,只是因为好玩和刺激。"垮掉的一代"表现的完全是非主流的、局外人的,或者说边缘人的情感,它是偶发性的,个人的,具有幻象性质的。并非每个人都愿意尝试这种永远在路上的生活,但每个人都有权利选择自己认为最好的生活方式,因为生命本身是短暂的、偶发的、富于创造性的、复杂多样的。唯其如此,世界才显得丰富多彩。正如主人公意识到的:

要知道,生命是神圣的,生命中的每时每刻都弥足珍贵。我此刻听见丹佛河和里奥格朗德河如火车头咆哮般的流水奔向山峦。我渴望在更遥远的地方去寻找我的生命之星。

(文楚安译)

凯鲁亚克及其"垮掉的"同伴们生活的年代,美国已从自由竞争时代进入资本垄断阶段。虽然高速公路代替了惠特曼诗中的黄土大路,开车上路代替了双脚迈步,但人的自由度并没有因此而变得更大。作者在《在路上》第一部尾声写道,主人公萨尔在横贯美国大陆八千英里的旅程之后,又回到了时代广场。正值交通高峰期,车流如潮,他那历经长途跋涉、对一切感到陌生好奇的目光,又看到了纽约难以言述的疯狂和混乱。他感叹,成千上万的人为了赚得一个子儿终日奔波,做着狂热的美国梦,掠夺、占有、失去、叹息、死亡,最终无非为在离长岛不远的城市公墓里寻找一块栖身之地。唯有他和他的那帮"狐朋狗友",一次又一次地离家、出走、再回家、再出走,横穿广袤的美洲大陆,以车轮和脚步演绎着属于自己的爵士乐,率性、随意、即性;他们耗尽了最后的精力,也尝试了生命的高峰体验。对他们来说,在路上旅行,已成为家常便饭,他们可以一直这么走下去,走遍整个长岛,前面再没有任何陆地,只有浩瀚的大西洋。

事实上,"垮掉的一代"的影响不久就越过了大西洋。《在路上》出版几年后,一位评论家就说这部小说是凯鲁亚克"最不拘一格、语言最质朴无华却最为重要的一部作品",并预言它将成为"垮掉的一代"的《圣经》。而凯鲁亚克则被公认为"垮掉的一代之王"(英语 The King of Beat Generation,简称 KBG)。20 世纪 50 年代末,"垮掉"成为一种时髦,大批欧洲青年纷纷仿效"垮掉派"的生活方式,吸毒、杂居、爵士乐、摇摆舞、长头发、奇装异服风行一时,引发一场反文化运动——嬉皮士运动。

不过,上述离经叛道的生活方式,如果让一位人类学家来作评价的话,他会耸肩一笑,哈,这不过是美洲原住民中一直存在的青春期"过渡仪式"的现代版而已。村落里的青少年相约结伴而行,暂时远离自己的社群,跋山涉水,隐入丛林深处,用各种方式折磨自己的身体,体验生命的极限,直到精力耗尽、神情恍惚,出现通灵的幻觉或谵妄状态。几个星期或几个月之后精神焕发地回到原来的社群,成为一个男子汉,担负起更多的社会责任和义务。而这种过渡仪式的现代方式则是回来后在报纸上写几篇文章,或接受采访,写畅销书,或在挤满听众的演讲厅公开演讲。最后,这位人类学家可能还会再加一句:"社会对这一类的冒险行为能否带来所谓的理性结果完全漠不关心。他们既不是在从事科学上的新发现,也不是创造诗篇或文学。他们的举动所产生的有形后果非常有限。重要的是他们这样做的过程本身，而非这样做可能有的什么目标。"这个评论有点尖刻，但也不无值得现代人深思之处。事实上，的确有这么一位人类学家，他就是法国人克洛德·列维-斯特劳斯（1908—2009）。上述评论就见于他写的一本趣味盎然的自传《忧郁的热带》。

第六节 一位人类学家的忧郁之旅

差不多在凯鲁亚克和他的"垮掉派"伙伴们一路狂飙、横穿美洲大陆的同时，克洛德·列维-斯特劳斯刚从南美的田野考察地回到巴黎不久，1955年，他出版了回顾自己学术生涯的自传《忧郁的热带》。这本书既是公认的人类学科普读物，也是旅行文学的经典之作，记述了他早年在亚马孙河流域和巴西高地森林寻访几个原始部落的旅行经历和生活体验，通篇文字深入浅出、情趣盎然，证明这位杰出的人类学家既能写严谨、刻板的专业论文，也能写一手蒙田、帕斯卡式富含哲理的美文。

出自人类学家之手的游记，自然不同凡响。何况列维-斯特劳斯还不是一般的人类学家，而是以研究"野性的思维"而著称、创立了结构人类学的大师级人物。全书辟头一句就出人意料："我讨厌旅行，我恨探险家。"此话出自一位宅居者之口尚可理解，但出自一位长年累月穿梭于新旧大陆间的人类学家笔下，就特别令人震惊。那么，这究竟是欲扬先抑的文学修辞，还是作者心路历程的真实写照？

或许，两者兼而有之。因为接下来列维-斯特劳斯马上就开始讲述自己的旅行探险经历了。从书中我们得知，他开始其人类学职业生涯的那个年代，旅游类书籍和影像相当流行，大众旅游借助人类学家的探险成果制造出一个假象，似乎旅游所在地依然保持着被摧残后的原样，能满足观光客的异域想象。但实际上这些原始景观和生活方式大多已被近代西方探险家和殖民者摧毁，文明的多样性已不复存在，整个世界只剩下一种文明，即"大众文明"（mass civilization），就像大批种植的甜菜一样，以后人类每天享用的就只有这么一种植物。列维－斯特劳斯在回顾自己的人类学生涯时痛切地感到：

旅行，那些塞满各种梦幻似的许诺，如魔术一般的箱子，再也无法提供什么未经变造破坏过的宝藏了。一个四处扩伸、兴奋过度的文明，把海洋的沉默击破，再也无法还原了。热带的香料，人类的原始鲜活性，都已被意义可疑的一片忙乱所破坏变质。一片忙乱迫使我们压抑我们的欲望，使我们注定只能取得一些受过污染的回忆。

（王志明 译）

"梦幻似的许诺""一片忙乱""受过污染的回忆"等语词，现在读起来仿佛就是为21世纪的观光客写的，这就是列维－斯特劳斯的预见力和洞察力。不仅如此，作为一名专业的人类学家，列维－斯特劳斯最令人敬佩的地方还在于，他有着深切的人文关怀，能从全球视野出发，对西方文明作清醒、深刻的反思。他看到了近代以来由西方的探险、扩张和殖民所造成的非欧洲地区的衰败和死寂。

目前，波利尼西亚的岛屿被水泥覆盖，变成停靠在南海的航空母舰，整个亚洲渐渐像极了一个破落的、光线阴暗的郊区，非洲到处可以看见临时急促搭盖起来的小城镇，军用与民用飞机在来不及破坏原始森林的原始性以前就着手侵犯其纯真与无邪，在这样的情境下，旅行所能带给我们的所谓逃避，除了让我们面对我们历史里面比较不幸的那一面以外，还能提供些什么呢？我们伟大的西方文明创造这么多我们现在在享受的神奇事物，但在创造出这些神奇事物的同时，也免不了制造出相应的病象出来。西方世界最有名的成就是它所显现出来的秩序与谐和，在其中孕育着一些前所未见的复杂结构，但为了这个秩序与谐和，却不得不排泄出一大堆有毒的副产品，目前正在污染毒害整个地球。我们在世界各地旅行，最先看到的是我们自己的垃圾，丢掷在人类的颜面上。

（王志明 译）

在列维－斯特劳斯看来，亚马孙森林里面的"野蛮人"是感觉敏锐、毫无力量的被牺牲者，他们是被机械化文明捕捉住的可怜的一群，而他作为一个人类学家所能做的，不过是去了解正在毁灭他们的命运的真相。

这真是一个悲剧。他感到自己陷入了一个怪圈。一方面，越来越先进、快捷和便利的交通工具把现代人送到原本遥不可及的地方，在压缩时空的同时，也消除了不同人种和文化之间的差异。面对迅猛发展的科技文明、蜂拥而至的探险家和观光客，每个真正的旅行者都会生出"我来晚了"的感叹。列维－斯特劳斯在书中说，他但愿自己是上一世纪的贝尼埃，是达维尼埃，是曼努西，他希望自己像他们那样旅行，而不是像他现在这样旅行。在同样的意义上，哪一个当代中国的旅游者不希望自己能穿越到宋朝、唐朝，甚至更久远的时代，感受到自己的先辈更多、更原始的"原汁原味"的生活状态？但这种尼采式的"永恒回归"何处才是尽头？

另一方面，列维－斯特劳斯心中明白，无论是从逻辑上还是实际上说，要完全保留原始景观和原始文化都是不可能的。这是因为"不同的人类社会之间交往越困难,就越能减少因为互相接触所带来的互相污染,但也同时使不同社会的人减少互相了解、欣赏对方优点的机会,也就无法知道多样化的意义"。简而言之,60多年前的他,和当下的我们一样,只有两种选择:要么像古代的旅行者那样,有机会亲见种种奇观异象,却看不到那些现象背后的意义,甚至对那些现象深感厌恶加以鄙视;要么就成为现代的旅行者,到处追寻已不存在的真实的种种遗痕。在这两种情况下,我们和他一样都是失败者。

如何在开发和保留、怀旧和逐新、主观臆测和客观观察之间作出恰当评价和保持平衡,无论对人类学家还是旅行家来说都是一个难题。列维-斯特劳斯把自己的回忆录称为"忧郁的热带",其用意或许就在于此。"忧郁"一词首先指的当然是无法排解的情感压抑、晦暗不明的心理能量郁积。西方学者威尔赫姆·韦措尔特在分析论述了历史上对忧郁的各方解读之后,认为这是有创造力的人所必须经历的一种状态:

忧郁就是创造大师在生活中的黑暗时光,只要是进行创作的人,不管他是画家、学者、诗人、哲学家还是政治家,肯定都知道什么是黑暗时光。当一切都开始停滞不前,当他生活中的满足感和快乐的因素都离他而去,当他的怒火冲到耳边,鼓励他应该把那些无所谓的东西扔到一边,让自己变得漠然、让自己尝试接受平庸的安宁时,黑暗时光便已来临。这种心境的外在表现就是所谓的"沉思"。

(朱艳辉、叶桂红译)

对于多次穿越赤道、进入南半球的列维-斯特劳斯来说,忧郁还有更具体的含义,它指的是"郁闷"的赤道无风带,这是任何航海家谈之色变的大地边缘,南北两个半球的分界线,那里无风无浪,帆篷下垂，船只停驶，凝然不动。

赤道无风带上蓝墨水色的天空，郁闷无比的空气，并不仅仅表示赤道已近在眼前。它们也是两个不同的世界开始正面接触的道德气氛之具体表征。

（王志明 译）

500多年之前，哥伦布等航海家和探险家在历尽艰险，终于通过赤道无风带，进入南半球后，发现《圣经》中的伊甸园在他们眼前重现了，那里的原住民像犯下原罪前的亚当、夏娃般天真无邪，赤身裸体，只用几片无花果叶遮蔽私处，以面包树上的果实为食，无忧无虑地生活着，使来自旧大陆的欧洲人艳羡不已。"一整块几乎很少被人类碰过的大陆突然呈现于一群连他们自己的大陆都无法让其满足的贪婪无厌的人面前。"随后便是第二次原罪的开始：欧洲人利用当地原住民的天真和质朴，疯狂地殖民、掠夺和杀戮，使新大陆人口锐减、植被破坏，大地上满目疮痍，变得像旧大陆一样残缺不全。作为一个有良知的欧洲人的后代，列维－斯特劳斯写到这里的时候，未始没有一丝忏悔的意味。而作为一个来自欧洲的人类学家，他的旅行和考察活动在专业旨趣之外，无疑又带上了某种理性的反思和救赎意识。他想尽自己所能抢救失落的世界中的遗物，重建断裂的历史中的一环。

《忧郁的热带》第五、六、七、八部记述了作者在卡都卫欧、波洛洛、南比克瓦拉、吐比克瓦希普四个南美原住民部落中考察的经历和体验，这些原本自由自在生活着的族群在欧洲势力的威逼下，被迫避入越来越深的丛林，退化到半野蛮的状态，在与外界基本隔绝的状态下，被人类学家发现，观察，记录，分类，存档，作为写作专著的资料和演讲的题材。列维－斯特劳斯不无悲哀地叹息道："我们面对的问题是如此的大，手头上的指引大纲是如此微细而不确定，而过去的历史中有那么一大段的时间又被如此无法挽回地抹掉消失，加上我们思索的根据基础又如此不坚固，甚至连最不重要的地理勘察都让研究者深感无法确定，以致徘徊于最谦卑的听天由命与最异想天开的野心勃勃之间；他知道不可或缺的重要证据已经失去，他知道他一切的努力所得的结果最多也仅仅是翻扒一下问题的表面；但话说回来，说不定他会撞见一些奇迹性被保留下来的痕迹证据，把真相照明？"

细读这本旅行书后，读者印象最深的，除了文笔的优雅和观察的敏锐外，应该是作者的洞察力和穿透力。这两种"力"也是一个真正的旅行者所需要的。因为它们能帮助你在心理上（不光在地理上）穿越不同的时间和空间，将散乱无序的文化景观联为一体，看到它们之间的相似处和相异点，领悟到个体与人类、自然与文化、历史与当下的关系。洞察力和穿透力需要天分，也可以通过后天的训练得以培养和加强。列维－斯特劳斯在本书第二部第六节《一个人类学家的成长》中讲到了他的学术训练和传承的三个源头，马克思主义、心理分析和地质学。这几种理论切入视角有所不同，但都力图在现象背后发现本质，从整体联系着手解决问题，它们像三棱镜般聚焦，折射出人类文化现象的光谱变幻。列维－斯特劳斯在晚年回顾自己为何选择以人类学作为自己毕生职业的感悟，值得所有真正的旅行者细读并记取：

人类学家自己是人类的一分子，可是他想从一个非常高远的观点去研究和评断人类，那个观点必须高远到使他可以忽视一个个别社会、个别文明的特殊情境的程度。他生活与工作的情境，使他不得不远离自己的社群一段又一段长久的时间；由于曾经经历过如此全面性、如此突然的环境改变，他染上一种长久不愈的无根性；最后，他没有办法在任何地方觉得适得其所；置身家乡，他在心理上已成为残废。人类学像数学或音乐一样，是极少数真正的召唤（vocations）之一。人可以在自己身上发现这种召唤，即使是从来没有人教过他。

（王志明 译）

第七节 穿越南美的老式火车

读过列维－斯特劳斯的《忧郁的热带》，再翻开保罗·索鲁的《老巴塔哥尼亚快车——从北美到南美的火车之旅》（以下简称《老巴塔哥尼亚快车》）会有一种刚从晨梦中醒来、一时找不到北的"失重感"。尽管该书的标题已将旅行的目的地、途经路线和交通工具说得明明白白，但读过一遍，你依然不知道作者究竟看到了什么，想要对读者说什么。记述的景观满目凄凉，目击的事件鸡零狗碎。更让你困惑的是，这本你读完第一遍还不知其好处究竟何在的游记，居然获得过被称为旅行文学界"诺贝尔奖"的托马斯·库克旅行文学奖（Thomas Cook Travel Book Award）！这个奖项创立于西方旅行文学写作最热门的 1980 年，每年由旅游业内的知名人士、旅行文学出版社和《每日电讯报》共同操办，下属于托马斯·库克旅游集团。我们应该还记得，托马斯·库克是世界上第一家旅行社的创始人，这家以他的名字命名的旅行社运行了 178 年，可惜公司因为经营不善已于 2019 年 9 月关闭，库克奖也早于 2005 年停止颁发。但这并不影响之前它评出的获奖作品的质量和声望。

保罗·索鲁 1941 年出生于美国。大学毕业后，即以旅行和写作为业，游历意大利、非洲，并先后在马拉维、乌干达和新加坡任教。20 世纪70年代早期移居英国伦敦，在英国居住了十余年。目前已返回美国定居，仍旅行不辍。索鲁的旅行文学作品包括《到英国的理由——滨海王国之旅》《火车大巴扎——横贯欧亚的火车之旅》《暗星萨伐旅》《旅行上瘾者》《在中国大地上——搭火车旅行记》等多部，于1989年获得托马斯·库克旅行文学奖。

一位评论者认为，保罗·索鲁是一位"反省'旅行'本身的旅行者"。这个点评颇为精准。

那么，旅行需要反省吗？反省什么？如何反省？细读几遍《老巴塔哥尼亚快车》后，相信你就能得出自己的答案了。

这本非虚构作品从反思旅行与旅行书的反差开始。旅行者都知道，真正的旅行其实包含了许多与旅行本身无关的、枯燥乏味的细节，比如制定攻略，找旅行社，办签证，订机票，去机场或车站、码头，路上可能还会遇到堵车，等等。但一般来说，旅行文学作者不会将上述这些无关紧要的琐事写进自己的游记中，他或她想尽量展现给你的是抵达目的地后最美好动人的一面：异域风情、名胜古迹、民俗歌舞、美酒美食、偶遇或艳遇等等。从这个角度看，其实旅行书带有许多文饰，甚至欺骗的成分。所以索鲁说："旅行文学已变得不足为观。"作者尤其讲到了飞机起飞或降落的那一瞬间自己内心恐惧的感觉。

每当飞机降落时，我的一颗心早悬到了喉咙口。我担心——难道你们不会吗？——下一秒钟大伙儿即将坠机。我一生的片段在眼前迅速闪过，错失与伤感的种种枝节小事，短促地浮现心头。然后，某个声音响起，告诉我请留在座位，直到飞机完全降落。等到飞机抵达停机坪，播音器会放出电影《月亮河》的交响组曲。

（陈朵思、胡洲贤译）

这种记述绝对真实，相信每位旅游者都曾经有过。但旅行作者多半不会将它记入自己的游记，而是会竭力描绘大地逼近时的景观——棋盘般的梯田、积木般的高楼大厦、细线似的道路或闪亮的河流。但索鲁以一个旅行文学作家应有的真诚，打破了这种虚假的镇定，从而缩短了旅行本身和旅行书写之间的距离。

40年前的西方，坐飞机出门旅行已是家常便饭。但索鲁偏偏选择了家门口的地铁通勤车，从波士顿出发去阿根廷的巴塔哥尼亚，一路换乘沿线各种各样的老式火车。可别以为这种做法是出于胆小，或为了省钱，这其实更多出于他对于现代交通工具的认识和反思。不错，飞机能在瞬间穿越巨大的空间，让异域的景观奇迹般突然呈现在游客面前。但这种本雅明式的"震惊"体验，却使我们忽略了周围环境渐变的细节。索鲁说，他宁可像刚刚苏醒过来一般，慢慢认识和确认周围的世界，从熟悉到陌生，到全然不识。

为了真诚记录一次真实的旅行，选择传统的交通工具不但是值得的，而且是必要的。整部游记的结构按照同一路线不同公司、不同招牌的老式火车的行程，自然形成章节。湖岸快车、孤星号、阿兹特克之鹰、莽夫号、单节小火车、大西洋线、太平洋线……就这样，从东到西，再向南，从得克萨斯出境，途经墨西哥、危地马拉、巴拿马、秘鲁、巴西，进入阿根廷，渐渐接近目的地。两个月行程中，季节更替，地貌变换，从城市、平原到沙漠、高原、荒凉的山地；纬度、高度与气温变换，从波士顿的冰天雪地进入南方早春的气息，直至南美夏日灼人的高温。索鲁颇为满意地写道："飞机乘客可以随时搭机前往不同气候之地，然而，对于搭乘南向快车的铁路旅人而言，最大的满足就是一小时又一小时地瞧着气候的更迭，观察其间最细微的变化。到了盖恩斯维尔，树苗、犁田、一些几英寸高的嫩芽映入眼帘。"借此机会，他也对不同国度、不同速度和样式的火车作了尖刻而又不乏幽默的点评：

火车准确地表现出一国的文化：肮脏落后的国家有肮脏落后的火车；自信、有效率的国家，亦可从奔驰铁轨的各色火车看出端倪，譬如日本。印度也有希望，因为人民普遍认为，火车比部分印度人驾驶的牛车更加重要。我还发现，观察餐车更可以一叶知秋（假如没有餐车，这个国家显然已在水准之下）……

老实说，最糟的火车反倒可以饱览最美的风景。第一流的快车（日本的子弹列车、巴黎与戛纳间的"蓝色火车""飞翔的苏格兰人号"）愉快舒适，但也就只有愉快舒适而已了，快捷消弭了旅程的乐趣；而库图科的慢车则能够漫步悠游于美景中。假如枪不离身的检票人员、肮脏的车厢、难受的座位没有把你逼去搭飞机，自马萨诸塞以南，火车将以奇观盛景补偿你。

（陈朵思、胡洲贤 译）

坐老式火车的另一好处是总会偶遇一些陌生人，停靠小站也会碰到一些新鲜事，给旅行平添几分乐趣。比如，刚刚上车不久，作者就因在并非禁烟的车厢内吸烟，而与一名自称素食主义者的女大学生起了一场争辩，并发现其言论的偏激和作秀，她把自我中心主义当作佛教来修行了。此外，他在途中还遇到一个守财奴般的德国游客；一位浓妆艳抹的、自称来墨西哥寻找失踪丈夫（其实是情人或骗子）的美国老妇与他大聊自己的离婚史；一位移民到得克萨斯当饭店保安的退休英国警察，以一口纯正伦敦腔显示了丘吉尔般的权威。还有，他下车闲逛时看到的景象——天主教神父用圣水给豪车（包括车盖、轮胎、引擎等）洗礼；一位走私的列车员擅自将违禁品放在他的卧铺隔间里，以逃避铁路警察的检查；还遇到半路上车来乞讨的盲人和卖唱的年轻人，圣萨尔瓦多的一场足球混战和斗殴，等等。诸如此类的小事在一般游客眼中都是零散、孤立、没意思、不值得记忆的，但都被索鲁写进了他的游记中。笔者斗胆猜测，这种类似"照相现实主义"般的记录背后，其实包含着一个哲学理念，即相信每个琐碎的细节背后都有一个连贯的故事，每个故事背后都有一个完整的世界，包含一套严格的社会规则和生活理念，只不过因为转瞬即逝，而被急于赶路的我们有意无意地忽视和忽略了。

在布宜诺斯艾利斯与博尔赫斯的会面，是索鲁这部游记中人物素描的典范之作。并无前去会见久闻大名的作家时的那种激动和兴奋，以及事后书写时的得意和嘚瑟，整个叙事从容不迫，平静如常：索鲁坐上布宜诺斯艾利斯的地铁，按出版商提供的地址轻易找到了博尔赫斯的家，按响门铃。室内只有一盏昏暗的小灯，公寓其他地方则一片黑暗（盲人不需要灯光）；接着是拖着脚走路的声音和清楚的嘟哝声，主人的出现；两人的随意交谈，话题涉及文学、政治、经济等方面；客人应主人的要求用英语朗读了吉卜林的一首诗。随后两人出门去用餐：

他（博尔赫斯）从客厅的沙发旁拿起拐杖，然后我们出门，搭窄窄的电梯下去，再走出锻铁大门，餐厅就在街角，我看不到，但博尔赫斯知道路，于是就由这位盲人带路。和博尔赫斯走在布宜诺斯艾利斯街上，就像被卡瓦菲斯带领走过亚历山大港，或被吉卜林带领走过拉合尔一样；这城市属于他，而他也曾经参与它的创建。

（陈朵思、胡洲贤 译）

只有在这段不动声色的描述中，我们才隐隐体会到作者对博尔赫斯的崇拜和敬仰之情。游记中也有一些片段记述了途中见到的非常美的风景，比如第十二章《到科隆的巴尔博亚子弹列车》中有这样的记载：

火车就在这片迷雾中停了下来，几分钟内什么也瞧不见。然后，一株阴暗的残干逐渐在雾中成形，它淌出一道橘红色的涓流，继而扩大成一摊水洼，包围并渲染着这株残干，仿佛渗进灰色绷带的伤口。然后，整个残干闪闪发亮，树后一丛青草，林子紧接着也燃成了一片红。没多久，晨曦如红宝石般的火焰在田野上跳动。等到景致呈现出清朗（树桩、乔木、雪堆），火车又重新启动。

（陈朵思、胡洲贤 译）

这段描写现场即视感极强，作者是按照风景渐渐生成，涌现，进入眼帘的顺序记述的，但他没有卖弄学问说，这就叫"现象学的显现"。不过，大多情况下索鲁透过车窗或下车闲逛时看到的南美风光是残破的，衰败的，不漂亮的。但他不粉饰，不批评，也不咒骂谁，只是借助途中游客的对话和闲聊，间接表达对这片殖民势力撤出后留下的荒原的感慨。像一个称职的记者一样，索鲁始终保持了客观、中立、不介入和"无我"的立场。这是一种极其聪明、机智和达观的做法。南美的地理、人种、民族和历史如此复杂多样，一个外来游客岂能下车伊始就哇啦哇啦，乱说一气呢？

游记第二十二章，作者终于抵达终点。景观与预期的不符，甚至完全相反。没有意想中的美丽，依旧是无趣、枯燥和衰败：

这里实在没有什么好说的，没有让我再停留的东西，只有巴塔哥尼亚的自相矛盾：广大的空间，很小很小的那种和山艾树是表亲的花。空无一物本身，是一些无惧无畏的旅人的起点，却是我的终点。我已经来到了巴塔哥尼亚，当我想起自己一开始是从波士顿搭人们乘坐去工作的地铁来的时候，不禁朗声大笑起来。

（陈朵思、胡洲贤 译）

这个笑声意味深长，有自嘲，有反讽，有宇宙洪荒、人生虚妄的感悟，但更多还是轻松的解脱和满足感。总的来说，全书没有言外之意，或象外之旨。巴塔哥尼亚不是象征，也不是隐喻，只是一个真实的存在。作者没有卖弄学问，写出富含哲理的金句，或其他诸如此类高大上的东西。《老巴塔哥尼亚快车》就像真正的老巴塔哥尼亚快车那样，朴素、琐碎、怀旧、老掉牙，总之，有点无趣。但无趣中自有趣味，琐碎中自有脉络，只是需要读者放下成见，沉浸于其中，用心去阅读、体味，并不断反问自己：旅行的意义究竟是在途中，还是终点？旅行者的观察点和注意力应该放在哪里？真正值得记述下来的东西究竟是什么？是外在的景观，内心的律动，抑或介于两者之间的某种状态？

第八节 方兴未艾的行走文学

本讲将以一位年轻的英国旅行作家罗伯特·麦克法伦作结。麦克法伦2002年成为剑桥大学的院士，他研究和教授的科目极广，包括自然写作传统、旅行文学、后现代、原创与抄袭、当代诗歌，包括约翰·拉斯金、威廉·戈尔丁、科马克·麦卡锡和唐·德里罗的研究，等等。2003年出版《壮心如山》[①]，获毛姆文学奖、《卫报》首作奖、《泰

[①] 现有中译本作《心事如山》，不妥，笔者据英文原文改为《壮心如山》。

晤士报》年度青年作家奖。2007年出版《荒野之境》,也在英美收获一众奖项和提名。2012年出版《古道》,获多尔曼旅行文学奖、塞缪尔·约翰逊非虚构文学奖提名等荣誉。2013年获邀担任布克奖评委会主席。麦克法伦还创作了大量专栏、书评,以及书首推荐文章。

一位英国评论家说,"在麦克法伦身上,英国旅行文学找到了一个无比强大的新领军人物",此言不虚。翻开他的"行走文学三部曲"最后一部《古道》,没读上几页,你就会被他的优雅、精准,而又极富想象力的文字所吸引,忍不住一口气读完。书中的每个描述和比喻——无论是对自然的观察,还是对身体感觉和心情的描述,都恰到好处,犹如一位训练有素的护士,摸准静脉,一针下去,马上就抽出一管鲜红的血来。

精准、优雅的文字背后其实有着一个强大的旅行写作传统。与地球上别的民族相比,英国人似乎特别好动,热衷于航海、探险、拓疆、殖民。这或许跟其祖先继承了维京海盗的基因不无关系。对未知空间的探索癖曾造就过一个横跨欧、亚、非、美、大洋洲的庞大帝国,也塑造了英格兰民族整体的文化人格。尽管"日不落帝国"的余晖早已淡入历史,但敢于探索、精于观察、勤于记录和乐于表述的传统却深入每个英国人的骨髓,积淀为整个民族的集体无意识。综观英国文学史,从公元14世纪曼德维尔爵士写下他的著名的《曼德维尔游记》算起,几乎没有哪位英国作家不曾有过长途旅行的经历,不曾写过或真实或虚构,或散文或诗体的游记或历险记。这些作品,或叙述作者本人孤身踏入陌生异域的见闻;或记录同行者的言谈性格和奇闻轶事,感悟朝圣路上的神迹和启示;或见证不同民族和族群的奇风异俗,为其后传教士、旅行家和外交官的进一步探索提供了丰富的第一手资料,其中有些至今依然是大英博物馆的珍品。

与其前辈作家相比,麦克法伦的《古道》一书自有其特色和亮点。作为一个生活在21世纪的当代人,作家将关注的重点放在了自然与自我这两大主题上,将步行视为联结人、地之间独一无二的中介。正如作者在题注中说——"这是一本关于人和地的书:关乎步行作为一种寻访内心世界的方式,关乎我们走过的风景塑造我们的各种微妙方式。"对于生活在全球化时代的人们,这无疑是一个有力的提醒。现代高科技的迅猛发展大规模压缩了时空,给我们带来了空前的便利,但也在某种程度上使我们忘记了存在的本根——脚。从一个城市到另一个城市,我们几乎无须借助步行,便可实现无缝对接,坐飞机到机场,换乘地铁,再换乘公交或出租车到家;到旅游景点,选择方便快捷的自驾游,还可以在后备厢里放上一辆折叠自行车。不知不觉间,我们和大地之间隔了一层坚硬的人工制造物。但我们认为这一切皆理所当然,是文明社会的产物。殊不知,就在脚的功能被遗忘的同时,本真的存在也正在陷入沉沦。

读麦克法伦的第一感觉就是,原来我们还有一个形而下的身体,还有脚——脚底板、脚趾、胫骨、膝盖、肩膀、小腿、大腿、背脊、肋骨、腰椎;它们与我们的血管、神经、大脑紧密相联;它们会起泡,会疼痛、会淤血、会受伤、会断裂、会流血,进而会影响我们的感觉、情绪、情感、思维和判断力。原来,存在并不如笛卡儿所说的只是头脑中的"思",还有身体中的"感",并不是纯粹的理性,而是微妙的感性;"我思故我在"不妨改为"我行故我思"。道路不是"思"出来的,而是"行"出来的。脚印就是写在大地上的文字,一个个道路之名连起来就是一首诗,甚至一部史诗,它叙述的是人类从古至今与大地对抗、妥协、默契、融合的历史。由此,麦克法伦抬高了"脚"的地位,完全颠覆了传统的旅行文学以"头"为主的传统。请看这段告白:

从我的脚跟到脚尖是二十九点七厘米，折合十一点七英寸。这是我步伐的单位，也是我思想的单位。

（王青松 译）

在麦克法伦之前，还没有哪位旅行作家斗胆将自己的脚提到如此高的地位，给予如此强烈的关注。但他以自己的行走体验充分而有力地证明：脚享有这个地位当之无愧。脚给予我们方向感，让我们在胎儿时就在黑暗的子宫中摸索旋转，犹如宇航员在太空中为自己定位；脚给予我们道路，古道就是古人以自己的脚一步步丈量、踏勘出来的；脚给予我们合作精神，每一条路都是人类默契和团队协作的产物。一个人不可能创造出一条道路来。悠远的古道与城市马路、乡村公路、高速公路互相叠加，相交，重合，形成了一张巨大的道路网，而人类的历史就存在于这个网络中，也必将在这个网络上延伸、扩展，并且不断续写、改写或重写自己的历史。

在《古道》中，作家多次强调了他脱下鞋子和袜子，光脚走在古道上，翻越沟壑，攀登悬崖，触摸冰雪、淤泥和沼泽时的感觉和记忆。"对于我曾经赤脚走过的地方，我的记忆如果未必是更佳的话，那至少是和我穿鞋走过的地方是不一样的。我主要能回想起它们的质地、对它们的感受、硬度、平整度和坡度——一处风景给人们触觉上的细节，而这些都经常不经意就溜走了。它们才是持久的无法磨灭的记忆，这些脚注，来自徒步者的肌肤与大地的肌肤的亲密接触……赤脚走路，您能清晰而敏锐地感受到风景给予你的某种意外收获。"从这个意义上说，走"出"去也就是走"进"去，走向大地也就是走向自我，感知风景也就是感知生命。于是，通过形而下的身体感知，被遗忘的存在又回来了。

借助麦克法伦的脚步，我们仿佛第一次睁开眼睛，看到了新鲜的、以往不曾见过的自然景物，恢复了因熟视而忽视、因忽视而麻木的听觉、嗅觉、触觉、味觉、动觉。全书中随处可见意象派诗歌式的句子，精准地描述了景观的样貌及其对感官、心灵的影响：

雪在街灯那圆锥形橙红色光带里落下来，大片的雪花似炉火里的火星一般闪耀。

空气颗粒粗糙，忽隐忽现，仿佛老旧的纪实短片。

赤脚踩在滑溜溜的黏土上很舒服，而每走一步淤泥都会从脚趾缝里挤出来，油腻如同黄油。

（王青松 译）

当思想变成了知觉，景观影响了情感，人的心灵自身的物质也被改变了。作家变得更加达观、强健，活力充沛，知觉敏锐，思维活跃而想象力丰富。全书从追随爱德华·托马斯的伊克尼尔克小道出发，经历了在英格兰觅踪，在苏格兰寻踪，在海外漫游，最终以返回英格兰为终，圆满地画了个句号，犹如一部当代版荷马史诗《奥德赛》。而从书中所涉及的考古学、矿物学、植物学、人类学等多学科知识来看，又好似一部包罗万象的诗性百科全书。作家从描述自己脚的尺寸开始，最后让自己的脚印与另一只史前时代遗留下来的脚印相遇和重合了。"我在那名男子的最后一只脚印那儿停下来，那个五千年前留下的脚印啊，我的道路也停在了他停止的地方。我转过头，顺着自己走来的那行脚印朝南看。太阳再次透过云层斜射下来，忽然间，那些填满了水的脚印变成了一面面镜子，辉映着蓝天、微微颤抖的云朵，还有朝里面观看的那个人。"至此，作家的自我形象与远古人类的形象合为一体，而追踪古道的行程，最终则成了追寻自我起源和本真生命的旅行。

不知不觉间，本书已经用五讲三十节的篇幅与读者一起穿越时光隧道，从 21 世纪追溯到公元前 3000 年，又返回了起点。通过这次文本上的旅行，相信读者对旅行文学的认知已经有所扩展，对于从现实世界向可能世界移动的途径也大体理解了，进而对本书开头给出的有关旅行和旅行文学的两个工作性定义有点不满意了，而这种不满意正是笔者预期中的。现在是拆除第一道脚手架的时候了。但接下来，我们还会遇到比第一道更复杂、更精细，攀爬上去也更费力的脚手架，但一级级攀爬上去，你将会看到更美的旅行文学风景。

下篇

叙事与书写

人是旅行的动物，也是讲故事的动物。我们每个人都有听故事的兴趣，讲故事的愿望，以及讲一个好故事，或讲好一个故事的潜能。旅行文学吸引我们之处正在于，它在给我们讲故事的同时，也在诱惑、撩拨并邀约我们离开（或暂时离开）现实世界，在诗与远方的召唤下，去追寻可能的世界；在追寻可能世界的过程中，认识自我与他者、小宇宙与大宇宙的关系，进而扩展我们生命体验的广度和深度。

不过，旅行文学有一个很容易被人忽略的特点：不管作者写得如何逼真，写出了现场感或即视感，所有的讲述或记录其实都是事实与虚构、当下感知与事后追忆融合的结果。正如我们已经知道的，马可·波罗的东方游历是在回国后讲给他的狱友听的，白图泰的朝觐观感是返乡后应苏丹之命记述下来的，徐霞客的游记大多是他跋涉一天回到客栈休憩后，在忽明忽暗的灯火下写就的。其他旅行作家的文本莫不如此。简言之，像所有的文学一样，旅行文学也为抗拒遗忘而生。记忆或追忆，既是旅行文学的永恒主题，也是旅行叙事的基本手法。一部优秀的旅行文学作品并非即时即刻刺激—反应的文字记录，而必须经过一个或长或短的精神反刍过程才能成形。旅途中，或许有灵光一闪的瞬间、心有灵犀的感通，或恍入天堂的幻觉，但它们只有被整合进一个统一的构思，经过适当的调整、重组和文字的精心打磨后，才能成为一个可供交流的文本。从这个意义上我们不妨说，真正的旅行作家是现代社会的手工艺匠。他是按照传统手工艺品的要求，根据某种精神的深度,来度量他的感性广度,在镂金刻玉般打造作品的过程中重新认识自我,认识世界,并获得再创造的快乐的。正是这一点使旅行文学与一般的游记区分开来,也使上乘之作与平庸之作判然有别。

无论是在日常生活还是在休闲旅行中,我们都不止一次遇到过这种情况,同一件亲历的事,有人讲得栩栩如生,引人入胜,而到了另一个人口中则会变得索然无味,让人哈欠连连。这里的差别既有先天的因素,也是后天有意识的训练和打磨造成的。中国古人虽认为"文无定法",但历朝历代照样有人在编"文章作法"类书籍。现代西方人相信写作是有规律可循、有技法可教的,因而几乎每所大学都开设了创意写作课,请著名作家或诗人驻留本校,以自己的创作经验现身说法。如此看来,写作既可教,又不可教;既需要天分,也需要勤奋,在持续不断的训练中逐渐臻于完美。美国著名剧作家和编剧教练罗伯特·麦基在他写的编剧教程《故事:材质、结构、风格和银幕剧作的原理》中开宗明义,给他的读者写过 8 条提示,其中前 5 条也完全适用于本书,现稍作改动,录之于下,作为旅行写作训练的纲领。

旅行文学教程论述的:

1. 是原理,而不是规则;
2. 是永恒普遍的形式,而不是公式;
3. 是原始模型,而不是陈规俗套;
4. 是一丝不苟,而不是旁门捷径;
5. 是写作的现实,而不是写作的秘诀;

……

以下各讲我们将根据这 5 条纲领的提示,进入对旅行文学的文体、叙事模式、时空结构、风景书写、写作策略等相关原理的探讨。

第六讲
旅行文学的文体和叙事模式

讲故事是一种十分古老的人类活动,但对其进行理论上的总结并提升为一门叙事学,却已经是20世纪的事了。一般来说,某事物方兴未艾时,参与者是无暇对其进行反思的。只有当它行将衰落时,我们才会回眸一瞥,惊叹它昔日曾经有过的辉煌。叙事学的建构也是如此。由于篇幅有限,这里我们不想展开纯学术性讨论,闯入专业术语的丛林中,只从最简单实用的角度切入,解决与旅行叙事相关的三个基本问题:说什么?怎么说?谁来说?即内容、方式和视角。从常识出发,无论我们说什么、怎么说,首先得解决由谁出面说,或以谁的口气说的问题。归结起来,无非是三种口气和人称:我说、你说和他说。对应于这三种口气和人称则有三种不同的叙事角度:第一人称有限视角、第二人称互动视角和第三人称全知视角。由于每个人称和视角各有其长处和短板,旅行作家在构思和讲述旅行故事时,往往又会将它们综合起来加以运用。

无疑,以第一人称"我说"(或"我听说")的口气来讲述自己的旅行经历,是最自然、最亲切和最逼真的。但第一人称讲述有个致命的弱点,即它视角的有限性。既然"我"所讲述的都是亲历的,那么"我"就不能讲"我"没有亲历过的事情,否则就违背了真实性原则,这就极大地限制了故事的广度和深度。纯粹的第一人称还有一个缺点,即容易给人以自恋的感觉。如何补救这些缺憾?让我们从不同的文体类型入手,看看历代的旅行作家是如何解决这个问题的。

第一节 航海史诗:神赐灵感的叙说

航海史诗是旅行文学中最古老的一种体裁,以其题材重大、格调庄严、结构宏伟,充满丰富的隐喻而著称。史诗作者普遍相信,自己只不过是神的代言人,需要神赐灵感才能开始其叙说。

> 请为我叙说,缪斯啊,那位机敏的英雄,
> 在摧毁特洛亚的神圣城堡后又到处漂泊,
> 见识过不少种族的城邦和他们的思想;
> 他在广阔的大海上身受无数的苦难,
> 为保全自己的性命,使同伴们返家园。
> 但他费尽了辛劳,终未能救得同伴,
> 只因为他们亵渎神明,为自己招灾祸:
> 一群愚蠢人,拿高照的赫利奥斯的牛群,
> 饱餐,神明剥夺了他们归返的时光。
> 女神,宙斯的女儿,请随意为我们述说。
>
> (王焕生 译)

这是荷马史诗《奥德赛》的开篇。我们看到,或者不妨说听到,荷马在呼唤宙斯的女儿缪斯赐予他灵感,以完成史诗的讲述。据希腊神话,回忆女神谟涅摩绪涅与宙斯交合九天九夜后生下了九个女儿,她们被统称为缪斯女神,分别掌管历史、天文、音乐、舞蹈、史诗、悲剧和琴歌等领域。可见,回忆与文学从神话时代起就结下了不解之

缘。雅典的哲学家柏拉图甚至认为所有的知识都是前世的回忆，这是后话，此处按下不表。

回到《奥德赛》。这个著名的开头让我们感到，荷马作为一名行吟"歌手"非常谦卑。开讲之前，他先要乞求缪斯女神赐予灵感，仿佛不如此就开不了口。当然，这是古代史诗通用的程式或套语，但其中也包含着古人的智慧。荷马虽然以第一人称单数"我"出面，但他既然借用了女神的名义，就可以把道听途说的一切、别的史诗作者讲述过的片段，乃至整个民族的集体记忆，统统纳入史诗中吟唱出来，从而避免了第一人称视角的有限性，换言之，不是他亲历过的事情也可以堂而皇之地叙说（这一点对一个盲人来说特别重要）。

另外我们还注意到，在古希腊语中，荷马自述的这个"我"是以与格形式出现的。与格是古希腊语的一种语法形式，人称代词跟在关系词后面，相当于英语中的 to whom 或 for whom。简言之，这个"我"是作为女神的倾听者出现的，但女神的声音不是人人都能听到的，只有那些有特殊禀赋的行吟诗人才能听到，并有能力转述。荷马的智慧就在于此，他以自己的谦卑，确认并加强了他所讲述的故事的权威性。而当时的古希腊听众也认可了这种权威。谁能怀疑缪斯女神的叙说呢？所以我们可以说，古代的航海史诗叙说的是一种集体记忆，追求的是一种超越个人见闻的诗性真理，或神性的真实。

近代文艺复兴大兴崇古之风，古希腊罗马的神话和文学典故成为当时诗人和作家写作的标配，旅行文学自然也难以免俗。不少旅行文学作者为了加强文本的神圣性和权威性，运用了类似荷马的神赐灵感叙事模式。如本书上篇中介绍过的葡萄牙民族史诗《卢济塔尼亚人之歌》，开篇不久，诗人卡蒙斯就以"我"的名义呼唤缪斯上场：

哦，我可爱的塔吉忒姊妹
请赐给我烈火般的激情吧，
倘若，你们那欢乐的灵泉
一向赐给我的是平庸诗句。
此刻，请赐给我激越的音调
让我获得慷慨谐咏的风格，
你们的河水受福玻斯所辖，
又何必去羡慕马泉的清冷。

（张维民 译）

尽管当时的葡萄牙是天主教国家，并不信奉古希腊的多神教，但诗人、作家和艺术家在创作时依然沿用了荷马史诗的套路，先要乞求缪斯女神赐予灵感，才能展开自己的叙说。诗中提到的塔吉忒姊妹是特茹河的仙女，卡蒙斯认为她们是给诗人以灵感的缪斯女神。而福玻斯则代指太阳神阿波罗，他从赫耳墨斯处获得七弦琴而成为音乐之神。马泉指的是赫利孔山上的泉水，相传是神骏珀加索斯踏出，具有启发诗人灵感的神效，因而缪斯姊妹喜欢吟唱于马泉边。这样，经过古希腊诸神的一番"加持"，卡蒙斯就让自己的叙说超越了第一人称视角的有限性，具有了荷马、维吉尔般的崇高性和权威性，出口成章便可直达神圣的真理之境。

第二节　航海日志和移民日记：个人叙事

15 世纪大航海时代的开启为航海——旅行写作提供了新的体裁和叙事方式。首先值得一提的是航海日志（blog）。许多现代读者可能不知道,网络时代的"博客"曾是出海远航的标配。按当时的不成文规定,每条船上都必备一本航海日志,船长应在出海航行途中逐日记下天气、航向、风速、洋流,沿途所经岛礁、港口、海岸线的方位和名称(如果没有就创造一个新的),以及月相变化、星辰出没、潮水涨落等天文、水文和地理信息。以惊心动魄的航海经历累积起来的日志和海图,在波云诡谲的洋面上书写出一条条通往可能世界的航路,为后来的航海家提供了宝贵的经验教训,使他们避开风暴、暗礁、海难和死神的光顾。

1625年,英国哲学家弗朗西斯·培根发表了《关于旅行》一文,列出了旅行家在远方异域时必须观看和观察的事物(The things to be seen and observed)的名目:

……在旅行一地时,要注意观察下列事物:政治与外交,法律与实施情况,宗教、教堂与寺庙,城堡、港口与交通,文物与古迹,文化设施如图书馆、学校、会议、演说(如果碰上的話),船舶与舰队,雄伟的建筑与优美的公园,军事设施与兵工厂,经济设施,体育,甚至骑术、剑术、体操,等等,以及剧院、艺术品和工艺品之类。总之,留心观察一切值得长久记忆的事物,并且访问一切能在这些方面给你以新知识的老师或人们。

(何新译)

1665—1666年,英国皇家学会发表了著名的《指导目录》,为旅行家提供了标准的操作规程,要求尽可能以科学、客观的态度记录所观察到的天文、地理和人文景观,把个人感情消解到最低限度。被海水打湿的航海日志提供的应是满满的"干货"。这些指导意见不仅在各种航海文集中不断再版,而且被斯威夫特在《格列佛游记》的每一部分中加以讽刺性模仿。许多大科学家也身体力行,在旅行中写下了日志,为组织起由培根构想的普世的"科学共和国"作出了贡献。公众对旅行尤其是东方旅行的兴趣也反映在当时出版的一些期刊中,如《每月评论》《批评评论》《绅士杂志》《哲学学报》等。所有这些因素加在一起在某种程度上决定了旅行写作的形式、语言和意识形态。诸如此类的目录和调查报告将一切事物,从风土人情到土壤的肥沃性等统统记录入册。简言之,16—17世纪地理学和民族志的描述为旅行文学的发展提供了丰富的资料,反过来,旅行文学也促进了地理学研究和民族志观察的深入。

18世纪末,在库克船长发现了澳大利亚,并在植物湾等地建立了流放犯殖民地之后,成千上万的英国移民踏上了移民船的甲板,热切希望在这个未被开发的新大陆上找到新的生存和发展机遇。当时的海上航行可不像现代人坐邮轮漫游世界那么舒适。旅途艰辛而又漫长。茫茫的大洋、望不到尽头的远方、封闭狭窄的船舱,令人郁郁寡欢;营养不良和败血症时时威胁着生命安全。对于船上那些能断文识字的乘客来说,日志写作(journal writing)就成了漂泊途中唯一的安慰,甚至写作行为本身也成为一种重要的日常仪式。许多移民的日记是在令人感叹的状态下,在黑暗中,在下雨天,在甲板倾斜45度时,在几次晕船之间,有时是在这些情况同时出现时写成的。威廉·金斯敦在1850年的《海上移民手册》中写道:"我特别希望给你这种印象,坚持每天记录当天所发生的事情是很有意义同时又是很有趣的。如果天气非常糟糕,而你的墨水又用光了,那么就用铅笔来写。"

据一些当代学者分析,跨海移民的日志写作通常有两个阶段的表述:开头是宣称无法用语言来形容,接着转而用神圣的话语,用赞美诗、圣歌、《圣经》比喻、《圣经》句法和诸如此类的形式恳求全能者。每当船上的妇女有孩子死去时，总会用上帝的意志来解释。芬妮·戴维斯曾这样描述雷电："我不知道它是如何形成的，我压根儿一点都不怕，但我感到有一个神会平息这场暴风雨，仿佛有人在低语道：'不要怕，我与你们同在；不要惊恐，因为我是你们的神。'"一位名叫安娜·库克的妇女描写了她在海上看到的落日景象："深沉的金色展开在整个天际，带上了明亮的金红。似乎只有《金色的耶路撒冷》这首圣歌才能描写它，说出一点感觉。"翌年，1884年，莎拉·哈里森在5月4日的日记中说："今天大海像一个闪光的大湖……它使我想起上帝宝座下流动的银河，我经常坐在一边，凝视着大海，唱着这首圣歌。"两个不同的妇女，面对她们从甲板上看到的景物时，用了几乎相同的话语策略来描述。

留存下来的移民文本属于旅行文学中的边缘写作。它们虽然数量不多，表述文字粗糙而生动，大多是即时即刻的情绪记录，却为旅行文学提供了大量丰富的第一手资料和真切的个人叙事视角。

第三节　书信和书信体小说：互动叙事

与日志写作并行不悖的，是旅行家、传教士或外交官在旅途中或旅居异国期间写的书信。尽管书信的起源十分古老，但将书信作为私人间交往的重要工具则是近代的发明。古代的书信多用于官方，作为政府文告和社交礼仪的辅助物，极少用于私人间的交往。私人书信的出现与印刷术一样，在极大地提高了人类的交往能力、扩大了其交往范围的同时，也为旅行作家提供了一种与其个人经验相协调的传声筒。

培根在《学术的进展》中论及了书信对文明社会的贡献:

> 如果说船舶的发明是如此伟大,它将财富和商品从一地运送到另一地,让最遥远的地方和人群互相交换他们的产品,那么书信的发明就更加伟大得多,它如同船舶一样穿越了时间的广阔的海洋……

(刘运同 译)

书信的特征是,尽管其作者以第一人称口气"我"叙事,但他或她心目中总有一个特定的倾听对象"你"或"您",换言之,写作者与接收者之间有着特殊的互动关系和交流渠道。当旅行文本以私人信件的形式写作并发表后,读到这些书信的读者,会产生一种设身处地的"代入感",他或她既可以将自己认同于写信人,揣摩其写作动机,又可以认同于收信人,以接受者的心理来读书信。这样,读者就能完全积极、主动地参与到旅行故事的建构与意义的生成中,同时也扩展了自己的身份意识,仿佛自己同时拥有了几个不同的自我。哥伦布发现美洲新大陆后写给伊莎贝拉女王的信件、欧洲传教士们写给国内教会的书信、朝鲜文官崔溥海难余生回国后写下的《漂海录》等,官方色彩较浓。而拜伦勋爵写给他母亲和朋友的书信,以及下面要讲到的蒙太古夫人写给闺蜜的书信等,则私密化程度更高。从叙事角度看,这两种书信均属于互动型叙事。

书信体小说是在书信基础上发展起来的一种新文体,它起源于18世纪的英国,之后传播到整个欧洲,在当时的德国和法国十分盛行,理查逊的《帕美拉》、歌德的《少年维特之烦恼》、卢梭的《新爱洛绮丝》等均为书信体小说的经典之作。在西方文学史乃至文化史上,书信体小说第一次以亲切的口气、私密化的情感和通俗易懂的文字建构起一个记录个人隐私生活的叙事模式,投合了新兴中产阶级的欲望和趣味，在启蒙运动塑造近代西方人格、建构主体性话语的活动中发挥了重要作用。而以旅行为主题的书信体小说则为作者借助"他者"打量本国的社会文化现状，进而对其作出评判提供了一个既新颖又安全的视角，避免了直接描述带来的种种不便和危险。下面分别介绍一位书信作者和书信体小说作者以略见一斑。

蒙太古夫人（1689—1762）是一位非常有才华的英国女子，原名玛丽·皮尔庞特，嫁给了一位名叫爱德华·沃特利·蒙太古的英国国会议员。蒙太古先生后来被任命为英国驻土耳其（当时的奥斯曼帝国）大使，蒙太古夫人随同丈夫前往，旅居两年间（1716—1718）写了几百封信给国内的亲人和闺蜜，描述了她亲眼见到的土耳其社会日常生活和宫廷场景，尤其是穆斯林女性的生活。

18世纪英国女性出海远航还很罕见，而蒙太古夫人去的又是一个古老的东方帝国，无论宗教信仰还是民俗风情都与英国迥然不同，没有一定的勇气和冒险精神根本无法成行。光是女性和东方这两点，蒙太古夫人的书信集就足以勾起欧洲男性读者的阅读兴趣了，何况这些书信又多是女性闺蜜之间的私房话，这就更使其带上了某种独特的魅力。

即便从当下的角度来看，蒙太古夫人也是一位不可多得的巾帼英雄。从信中可以看出，她像男性一样富于探索精神（甚至可以说有过之而无不及），好奇心强，观察仔细，视角独特，文笔自然流畅，琐碎的闲话中自有分明的条理。许多在当时西方人看来新鲜的东西都是在她笔下第一次出现的，比如骆驼。据她本人说，在她之前还没有人描写过，而她则仔细描写了骆驼的毛色、蹒跚的步态，及驼队的联结方式等各种细节。在1717年4月1日给某夫人的信中，她是这样开头的：

现在我进入了一个新的世界,我在这里看到的一切对我来说是一种环境的改变;我以开放的心情写给夫人,希望您至少能从我的信中发现新奇的魅力,而不再批评我写的没有新意。

(张德明 译)

在信中她叙说了不可思议的索菲亚城,它的壮丽和美观;写到了对西方人而言神秘的土耳其浴室。浴室属于一般旅行者无法涉足的后宫场景(seraglio scenes),特别令人向往。出于探索"未知"(这里她有意用了 incognita 这个古奥的拉丁语词)的好奇心,她雇了一辆土耳

法国新古典主义大师安格尔《土耳其浴女》

其马车前往，在那儿待了整整一天。信中先描写了马车的构造、外观的装饰、内部的细节及舒适度等，随后着重讲述了进入土耳其浴室后的观感。首先令她惊讶的是土耳其美女的众多，无论是正在沐浴的上层社会女子，还是在一旁服侍的女仆，个个长得极为漂亮，"我向你保证，英国宫廷中（尽管我相信它是基督教国家中最漂亮的）无法像这里见到这么多美女"。

蒙太古夫人发现这些女子不但面容姣好，身材苗条，而且很有教养。进浴室时"我保持着旅行的习惯，穿着骑装，在她们眼中当然会显得很奇怪。但是她们中没有一个人表示出任何惊异和好奇，而是以尽可能有教养的风度完全接受了我。我知道没有一个欧洲宫廷的夫人会以如此有礼貌的态度来对待一个陌生人。我相信那里总共有 200 位女性，但是没有一个人流露出轻蔑的微笑或讽刺的窃窃私语，在我们的圈子里穿着不得体肯定会受到嘲笑的"。

据她观察，土耳其上层社会女子比欧洲同阶层的女子享有更多的自由。她们可以随意出入咖啡店、公共场所，去见朋友或与情人约会。由于她们出门都穿上黑色的长袍，把全身裹得严严实实的，这样她们走在街上连丈夫也认不出来。蒙太古夫人由此得出结论，"总的来说，我觉得土耳其女性是这个帝国唯一的自由人"。

为了近距离观察土耳其的民俗风情，蒙太古夫人有一次还乔装打扮成当地妇女，用黑袍将自己全身裹得紧紧的，潜入当地的交易市场去考察。一路上她发现当地男性普遍都很尊重女性，碰到狭窄的地段会给她让路，士兵还会给女性开道，这些都让她感到极为新鲜和惊讶。于是她对以前读到过的航海游记颇为不满，在写给不同闺蜜的信中对男性作家写的作品多有揶揄之辞：

因此,你瞧,亲爱的闺蜜,人类社会风尚的差别没有像我们的航海作家让我们相信的那样大。或许加上几个我自己发明的奇风异俗会更有趣;但是那就没有真实性可言了,我相信你也无法接受的。最后我要重复一句,我说的一切都是真的。

(张德明 译)

当然,她也承认,因为她是上流社会女性,能有特殊机会被允许进入一些特殊场所,这是一般男性的航海作家无法做到的。"你或许会惊讶于我写的这些与你喜欢的航海作家写的这么不同,他们就是喜欢说他们不知道的东西。只有特殊人物才能被允许进入上层社会人士的家中,因此他们只能说说外面的事,女人的闺房全在花园后面,用高墙围起来了……"

蒙太古夫人与当时著名的大诗人蒲柏有交往,据说蒲柏倾倒于她的讽刺才华,曾给她写过情书。但后来两人又莫名其妙地交恶了。蒙太古夫人喜欢海外游历,在土耳其逗留几年后,于1718年回到英格兰。后来又去了法国和意大利,最后定居于意大利一个名叫洛韦雷的湖畔小镇,以读小说和写书信消遣度日。据说她弥留之际说的话是:"很有意思。是的,一切都很有意思。"此话用于评价她的书信也完全适用。

差不多在蒙太古夫人与国内的闺蜜频频通信的同时,1721年,巴黎出版了一本题为"波斯人信札"的书信体小说,一时引起轰动。全书据称是两位波斯人游历欧洲,特别是游历法国期间与波斯国内人的通信,信中提到了他们对欧洲的观感和随想,并探讨了东西方文化、宗教、社会、习俗等诸多问题。起先读者以为此书真的出自波斯人之手,后来才知道原来是大名鼎鼎的启蒙作家孟德斯鸠伪托波斯人之名创作的。孟德斯鸠是法国南部一个地方法院的副院长，也是法国四大启蒙作家中最早发表作品，对现存社会体制进行批判的作家。他在《论法的精神》中提出的"三权分立"说，为建构西方社会法制体系奠定了基础。书信体小说《波斯人信札》乍一看似乎是他的游戏之作，但其实是一部游记与政论相结合的小说，全书从构思、写作到出版花费了他十年的业余时间，开了18世纪法国文学中书信体旅行小说的先河，比卢梭的《新爱洛绮丝》早了整整40年，尽管后者在文学史上似乎更出名。

《波斯人信札》全书由161封书信构成，通过一系列虚构人物的书信来往，作家将自己置于游刃有余的"间离"状态中，借此既可对自己国家的弊病评头论足，进行讽刺和评判，又能对异域情调和民俗展开大胆描述，以满足欧洲读者的东方想象。全书表面看来散乱无章，其实隐含了两条叙事主线。第一条线索是讲一位名叫郁斯贝克的波斯贵族的游历，他因不满宫廷的黑暗政治和腐败之风而决定离乡去国，得国王允准后，带上青年黎加，两人一起漫游欧洲诸国，最后辗转到了巴黎。一路上，他们出入咖啡馆、沙龙、歌剧院，结交社会名流，广泛考察当地政治、经济、法律、宗教和风俗民情，同时通过书信与国内亲朋好友和下属保持联系，彼此问候，互通信息。借助这两个外来的波斯人之口，孟德斯鸠对法国国内的诸多社会文化现象进行了描述、评价和讽刺。他揭露了当时法国国王的盲目轻信、刚愎自用和喜欢阿谀奉承，并讽刺了教皇及其宣扬的神学观念，说他们欺骗人们"三等于一（按：即三位一体），面包不是面包，酒不是酒"。并对欧洲基督教的宗教不宽容进行了抨击。他大胆地说："我敢肯定，世界上任何国家，都不像基督教国家那样内战频仍。"

第二条线索，也是最吸引当时欧洲读者（尤其是男性读者）的情节,是主人公郁斯贝克与被他关在"内院"(相当于土耳其的后宫)中的妻妾和阉奴总管的来往信件。在当时的波斯,宗教和法律都允许一夫多妻制,国王的后宫里嫔妃如云,一般贵族也都妻妾成群。郁斯贝克去国之时,在伊斯法罕的法特梅内院留下了一大群妻妾,命令忠于他的黑人阉奴严加看管。起初,他与妻妾们还频传书信,互诉离情别恨、相思盼归之情。然而,年复一年,归期遥遥,主人有国难返,处于流亡状态。久而久之,法特梅内院生变,妻妾们多有越轨行为。郁斯贝克得到阉奴总管来信告发,勃然大怒,命令残酷镇压,激起内院女人们的反抗。其中以罗莎娜的反抗最为坚决、惨烈。她下药毒死了众奴,最后服毒自杀。她在寄给郁斯贝克的绝命书(第161封信)中写道:"不错,我欺骗了你。我勾引了你的阉奴,嘲弄了你的妒忌,把你这可怕的内院变成了寻欢作乐的场所。""你自己在为所欲为之时却有权扼杀我的全部欲望?你想错了,我是生活在奴役之中,但我始终是自由的;我按照自然的法则改造了你的法律,我的思想一直保持着独立。"无疑,这是孟德斯鸠想象中被奴役的东方妇女的一篇独立宣言。

　　上述两条线索仿佛藤蔓般不断生发,互相穿插,形成一种叙事张力,紧紧抓住读者的阅读期待,其间不时点缀一些作家本人的哲理思考或宗教观点,仿佛藤蔓上点缀的花朵、芽苞,使整部小说显得丰富驳杂、摇曳多姿。比如在第59封信中,作家借助与郁斯贝克同行的年轻人黎加从巴黎发出的信,提出了自己对不同宗教的看法,视角独特,心态宽容而达观:

　　我觉得,郁斯贝克,我们对事的评判总是暗暗从自身出发的。黑人把魔鬼画得雪白耀眼,而把他们的神祇画得乌黑如炭;有些民族的爱神乳房垂至大腿。还有，所有偶像崇拜者都赋予他们的神祇一张人的面孔，并把自己的种种追求寄托在它们身上。这一切并不奇怪。有人说得好，如果让三角形的生物来塑造神，它一定会把神造得有三条边。

亲爱的郁斯贝克，目睹一些人趴在一个原子上——即地球上，因为地球只不过是宇宙中一个点——自称为上帝创造的典范，我真不知道，这种极度的夸张和极度的渺小，如何能够协调起来。

（罗国林 译）

此外，作家还运用了类似《一千零一夜》中大故事套小故事的手法，讲了不少其他故事，如"穴居人"故事讲述了一个类似乌托邦的理想国度，"阿费里东与阿斯达黛的故事"讲了一个缠绵悱恻的爱情悲剧，这种旁枝逸出的叙事手法，表面看来游离了主题，实际上反而使整部书信显得更加自然、亲切，足见作家熟稔这类文体的写法，驾驭叙事结构已经游刃有余。

第四节　自传体旅行小说：虚构的个人叙事

随着个人主义的兴起，近代旅行文学中出现了大量以第一人称叙述的游记、自传或回忆录。当时的读者要求旅行作家为他们提供"真实消息"，这里所谓的"真实"不再是荷马时代诗性的真理、神性的真实，而是来自各地的"新闻"（news）。顺便说一下，英语中 news 这个单词正好是由"东南西北"这四个方位词的首字母构成的（只不过顺序为"北东西南"）。现代汉语将这个词翻译成"新"的"见闻"，恰如其分地反映了它的即时性和现场感。另一个与"新闻"相关的新词汇是"小说"（novel）。作为名词，新闻一般指本地发生的即时消息,小说则往往指来自远方异域的奇闻逸事,具有"新异性"和"传奇性",文体上介于中世纪的罗曼司与现代的民族志之间。中文将 novel 一词译为"小说",语出《庄子·外物》:"饰小说以干县令,其于大达亦远矣。"在中国传统文化中,小说一直被认为是"琐屑之言,非道术所在",登不了大雅之堂,这种偏见直到进入 20 世纪后在梁启超等人的大声疾呼下才得以纠正[①],且逐渐成为主流文学叙事模式。

近代西方旅行文学中,将自传体个人叙事模式运用得最充分、最典型的是笛福的《鲁滨孙漂流记》。前面我们已经说过,这部小说初版扉页已经用一个长标题"剧透"了全书内容,亮点和卖点是最后一句"由他本人书写",换言之,作者只不过是个记录者而已。像荷马一样,笛福貌似也很谦卑。只不过,荷马的谦卑是素朴的、真诚的,笛福的谦卑则带上了商人的精明和操作味(别忘了他是袜商出身),目的是博取读者的眼球。从这个角度看,我们只能称之为"伪"个人叙事模式。小说开头不久,主角就自报家门,说自己"母亲娘家姓鲁滨孙,是当地的一家名门望族,因而给我取名叫鲁滨孙·克罗伊茨内。由于英国人一读'克罗伊茨内'这个德国姓,发音就走样,结果大家就叫我们'克罗索',以至连我们自己也这么叫、这么写了"。这里,为了加强小说的可信度,笛福以一种近乎泄露隐私的方式,将"我"的家底全部抖了出来,包括"我"的出身、名字的拼写和读音,以及后面父子俩的倾心对话。"我"想出海远航见世面、发大财,父亲则劝"我"打消这个念头,因为"我们"家本来已经属于殷实的中产阶级,安分守己

---

① 梁启超在 1902 年《论小说与群治之关系》一文中率先提出:"欲新一国之民,不可不先新一国之小说。故欲新道德,必新小说;……欲新政治,必新小说;……欲新人格,必新小说。"

才是上策,等等。

几年之后,笛福的同时代人斯威夫特在他的《格列佛游记》中如法炮制,试图以主角第一人称自述的手法制造出逼真的幻觉,宣称并承诺某种亲历性和逼真性。不过,两者的叙事手法稍有不同。在《鲁滨孙漂流记》中,冒险过程和讲述过程基本上是合一的。而在《格列佛游记》中,叙述者和亲历者分离开来了,叙述者是在事后回忆他的冒险历程。叙述和事件分离的结果是逼真幻觉的打破,出现了双重主人公和双重视角。借用一位当代批评家略显拗口的话来说就是——"斯威夫特这个作者写了关于格列佛这个作者写作格列佛这个角色的故事"。正是这种新的观察世界的视角和方法,使这个文本成了真正意义上的小说。现在读者读到的不仅仅是一个游历故事,还是一个关于这个故事的故事。

自传体个人叙事模式要制造出现场感和逼真性,必须利用第一人称的有限视角,充分调动各种感官,注重细节的描写。有时候,越是容易被人忽略的细节,其所蕴含的意义越丰富;描写得越自然,越能令读者信服。在这方面,笛福显然比斯威夫特略高一筹。按照弗吉尼亚·伍尔芙的说法,奠定近代小说写实传统的笛福一心想让读者把他写的当作"千真万确"的事实,所以才不厌其烦地记录着最细小的事件,记录那些微不足道、无关宏旨的或多余的细节,而这些恰恰是"质朴无华的叙述人的标志,而且成了笛福式讲述的商标。我们几乎不可能发现他在细节描写方面有什么差错"。伍尔芙特别赞赏的是《鲁滨孙漂流记》中主人公在遭遇海难、爬上岸后看见的这个场面:

> 同伴们全都葬身大海,唯我独生,真是不可思议。因为后来我只见到

几顶帽子，以及两只不成双的鞋子在随波逐流。

（郭建中译）

这段文字好在哪里？伍尔芙没有细说。几顶帽子只为说明淹死了几个人吗？不戴帽子的沉没者还有多少？两只不成双的鞋子，显然属于不同的主人，他们现在是头足倒立在水下挣扎呢，还是已经完全沉没于海底了？……人生的无常、命运的偶然，恐惧与颤栗、救赎与恩典，都蕴含在这个细节中了。关键是，笛福告诉我们，这一切都是"我"亲眼所见的，由不得你不信。其实我们知道，笛福本人根本就没有出海远航的经历，整部小说只是他的天才想象力的产物。天才不可学，但可以通过模仿揣摩其门道。在实际旅行中，我们当然不希望自己经历鲁滨孙般的海难余生，但我们是否可以注意下周围的动静、同行者的言行，以及其他无关宏旨的细节，用心记录下来，作为生命体验的一部分呢？

▎第五节　朝圣与航海故事：隐身的个人叙事

本雅明在《讲故事的人》开头曾引用过一句德国老话，"凡远行者必会讲故事"。像所有的民间谚语一样，此话看似简单，却蕴含了丰富的含义。首先，远行者即旅行家往往见多识广，积累了许多故事素材。其次，他会讲故事，也就是说，他懂得讲述的技巧，知道一个故事要如何讲才能吸引人。最后，也是最重要的，讲故事必有一个语境，即有一群围观的听众。这个氛围或语境，就像情节的发展、人物性格的刻画一样，不是可有可无的，而是作品的有机组成部分，其中最根本的是读者（或听众）的阅读期待。阅读期待即他们认为叙述应该是什么样的，在这种叙述中他们想得到什么，等等。在一个故事或一本书出现时，这种连同阅读期待在内的完整性决定了一个作品的结构。我们可以把这种期待理解为一种表述的语境，这种语境围绕文本形成的"前结构"，增加了作品的逼真性。西方旅行文学中，这方面做得最早的是乔叟，做得最好的是康拉德。

我们还记得，乔叟在《坎特伯雷故事集》开头的做法，是先营造出一个讲故事的氛围，他声称本人在伦敦的泰巴客店遇见一队由29人组成的朝圣香客团，他们的目的地是坎特伯雷。大家商定，为了打发长途旅行的时间，每人都要在来回途中讲4个故事。这些来自不同阶层、有着不同生活背景和性格的朝圣者讲的故事，有的平庸，有的粗俗，有的带有传奇性，有的富于道德寓意，正是这种丰富多样、七嘴八舌的声音营造出逼真的氛围。而对于讲故事的人物以及他（她）所讲的故事，乔叟采用了一种"真实的"叙述表现手法。他总是站在中立的位置上，忠实地转述他人的话语，不加干涉，不作点评。这一点作家在"总引"中就有说明：

但首先我要请求各位，不要认为我据实而言，就是不懂礼貌，我讲出他们所用的一字一句，所表现的姿态神情，你们同我一样懂得一个道理，任何人复述旁人所讲的话，他不得不把每个字照样说来，尽量不走样，顾不到原来是如何粗鲁猥亵。

（方重 译）

这种据实而录的手法造成了一种喜剧性氛围。乔叟表面天真，实则老练，任由朝圣客争吵，打闹，自我表现。他不对人物下断言，只是描述其言行；不对故事作道德判断，只是转述其内容。这就打破了高高在上、无所不知的叙述者形象，注意叙述者与听众（读者）之间的交流。从这个意义上我们可以说，乔叟运用的是一种极为古老的叙说方法，具有以听众（读者）为中心的理念。

另一位试图在小说时代恢复讲故事传统的作家是约瑟夫·康拉德（1857—1924）。他是一位入英国籍的波兰贵族后裔，曾在帆船上工作了二十多年，有着丰富的海上生活经验。蒸汽机轮船兴起后，他知道帆船时代结束了，于是告别水手生涯，改行写小说，又成了个很好的故事讲述者。康拉德以写航海冒险小说著称，这些小说虽然多以"我"的口气叙说，但这个"我"经常隐身于听众中，而让一个名叫马洛的水手出面来讲，这就避免了第一人称视角的有限性。小说的叙事结构仿佛随意而为，开头总是漫不经心地营造一个讲故事的氛围，一般是五个人（包括"我"在内的三个退役水手，再加上一个律师、一个会计）围坐在一起，随意喝酒、聊天，或玩多米诺骨牌，然后听马洛讲他的海上冒险故事。小说展开过程中，有时冷不丁插入听众向马洛的提问，或"我"对马洛神态的描写，使营造出来的现场感更加真实可信。马洛这个讲述者在《青春》中首次露面，之后在其他小说中重复出现，到《黑暗深处》（一译《黑暗的心》）塑造完满，而康拉德的叙事艺术也逐渐达到炉火纯青的境地。

《黑暗深处》开头，借助"我"的目光，读者首先看到的是一艘名叫"赖利号"的巡航帆艇归来，随着船只的移动，泰晤士河入海口渐渐进入眼帘，天色渐暗，晚潮涌动，前面说过的五个老友聚集在甲板上，一边玩多米诺骨牌，一边开始听马洛讲故事。这次他讲的是自己在非洲心脏地带刚果刚经历的恐怖故事。康拉德特别提到了马洛讲述故事的独特方式：

海员们的故事都是简单明了的，它的全部意义都包容在一个被砸开的干果壳中。但是马洛这个人（如果把他喜欢讲故事的癖好除外）是很不典型的，对他来说，一个故事的含义，不是像果核一样藏在故事之中，而是包裹在故事之外，让那故事像灼热的光放出雾气一样显示出它的意义来，那情况也很像雾蒙蒙的月晕，只是在月光光谱的照明下才偶尔让人一见。

（黄雨石 译）

无疑，这是一种极为高明的第一人称叙事手法。它从第一人称的有限视角入手，引进第三人称叙事，再让他自己"现身说法"，从而将现场感、逼真性和全知视角融为一体。其实我们知道，马洛不过是作家的代言人，他所讲述的刚果探险经历完全属于康拉德本人。康拉德曾写过一本《刚果日记》，记述了他在这个非洲心脏地带的恐怖经历。小说结尾，马洛讲完故事，康拉德又将故事拉回开头的场景，只是夜色更深了：

马洛停止了，他形象模糊、沉默地单独坐在一边，那样子完全像入定的菩萨。有好一阵，谁也没有动。"退潮早已开始，我们都快错过时间了。"船长忽然说。我抬起头来。远处的海面横堆着一股无边的黑云，那流向世界尽头的安静的河流，在乌云密布的天空之下阴森地流动着——似乎一直要流入无边无际的黑暗深处。

（黄雨石 译）

康拉德的叙事艺术是一种不断突破第一人称有限视角，向全知视角转化的叙事策略，同时又不断回归第一人称视角，营造逼真感和现场氛围的叙事艺术。我们不妨说，这种做法是在小说时代试图恢复讲故事的传统，也是在轮船时代向刚刚逝去的帆船时代致敬。他营造的氛围和讲述的故事，像手工艺品一样精致、古老而现代，似乎蒙着一层暗淡的怀旧之光，值得当下的旅行作者把玩、回味、模仿和借鉴。

第七讲
旅行文学的时空结构

时间和空间是人类感知世界的基本模式,也是包括旅行文学在内的所有文学的基本叙事结构。无论我们去哪里,选择什么交通工具,都必须经历一段或长或短的时间,穿越一片或大或小的空间,并在此过程中,经受生理的和心理的微妙变化或强烈震撼。还记得你第一次坐飞机时的感觉吗?引擎发动,安全带下的身体在轻轻颤抖,突然,你的心一阵悸动,仿佛要跳出喉咙口,耳朵嗡嗡作响,转瞬间飞行器已脱离跑道,收起轮子,爬升到了空中。在一阵兴奋和颤栗中,你望着地面上熟悉的景观不断往后退缩,变小,化为虚无,融入舷窗外的蓝天白云,然后你眯上眼睛,开始想象并期待一个迥异于你栖居的现实世界的可能世界的样子。

▌第一节 日常与旅行:物理时间与心理时间

旅行的吸引力首先在于,它总能承诺给予我们一种另类的时间体验。在日常生活中,我们的时间体验常常是烦闷的、琐碎的、忙乱的、无聊的,朝九晚五,按部就班。置身于其间,我们的生命是被动的、被压榨的和被挤压的,犹如榨汁机中的一个橘子或一只苹果。我们貌似自由,却无法自主,做什么和怎么做,早就由看得见的人,或看不见的体制给规划好了。他者的目光内化为我们内心的焦虑,规训与惩罚仿佛达摩克利斯之剑,高悬在我们头顶,随时可能落下来。

旅行的时间则不同,它是一种可以自由支配的、完全属于你的时间,类似伽达默尔所说的"节日时间"(事实上,我们大多数人的旅行正是安排在节假日期间的)。节日的时间是从日常的烦闷中抽身而出的时间,是纯粹的时间和实现了的时间。绷紧的发条一下子松散,犹如超现实主义画家达利笔下的钟表那样瘫软下来,隐入不可名状的背景中。你忽然发现自己是时间的主人,可以来一场说走就走的旅行。去哪里?怎么去?和谁去?一切全凭自己决定,策划,安排,搞定。

乔·罗森塔尔《国旗插在硫磺岛上》

究竟该如何计算时间,这是一个十分有意思的问题。在日常生活中,目前暂时只能以光学照相机定的快门为标准。自1839年法国舞美工程师达盖尔发明了照相机之后,历史上记载的最短时间据信为1/400秒。1945年2月23日,美联社摄影记者罗森塔尔用1/400秒的快门，拍下了第二次世界大战史上著名的照片——美国海军陆战队士兵登陆硫磺岛，插上美国国旗的那一瞬间。① 最长的时间无疑是我们生存于其中一隅的宇宙本身，科学家们估计它已存在了 137 亿到 145 亿年之间。但无论如何，这些都是物理时间的算法。物理时间是用空间的概念来认识和计算时间的，即把时间看作各个时刻依次延伸的、表现宽度的数量概念，我们钟表上的刻度和指针就是物理时间的表征。

但时间还有另一种计量法，这就是"心理时间"，一个表示各个时刻相互渗透的、与强度和质量相关的概念。这是亨利·柏格森早在 20 世纪初就提出的。这位法国哲学家从他的生命哲学出发，认为生命存在的标志就是意识的绵延。意识像波浪一样不可分割，处在永恒的运动中。"时间的延续不是一个瞬间代替另外一个瞬间，而是过去不断地前进，吞噬着未来，并在前进中不断地充实自己。"我们越是进入意识的深处，"心理时间"的概念就越适用。有时我们会感到时间过得特别慢，比如在候机或等车的时候；有时则会感到过得特别快，比如在与自己的恋人约会期间。法国意识流小说家马塞尔·普鲁斯特在《追忆似水年华》中说："一般地说，离预定的时间越近，我们会感到越长，因为我们会用更小的单位计量时间，或者说因为我们老想着时间。"

旅行的快乐并不完全取决于物理时间的长短，而主要取决于心理时间的快慢。中国古人比现代人聪明，早就发明了诸如"快活""快乐""度日如年"之类的词语，以表征生命对时间的主观体验。"快活"和"快乐"就是表示活得快、活得开心，以至于感觉不到时间的流逝。而"度日如年"就是活得不快乐，感到时间被拉伸、被延长了，所以我们要用各种方式来"打发时间"，来"消磨时间"。英语中说得更绝，

---

① 数码相机快门速度则可达到四百四十万亿分之一秒。

干脆"杀死时间"（kill time）。而旅行及其书写无疑是"杀死时间"的最佳方式之一。当然，愿意享受"山静似太古，日长如小年"的慢生活者也不乏其人。

时间除了有物理的刻度、心理的强度外，还有方向和矢量。如果把时间比作一条无限延伸的直线，旅行者则处在这条线的中间，可以选择是向前行进还是向后倒退。如果是从中心地区旅行到边陲，或从发达国家和地区旅行到欠发达国家和地区，就可能产生时光倒流的感觉；在欣赏了荒凉的美景，体验了贫困而质朴的生活后，油然而生怀旧感和同情心，同时伴随着些许的庆幸和优越感（"幸亏我没生活在那种地方"，或者"幸亏我已经摆脱了那种生活……"）。反过来，如果是从欠发达国家和地区旅行到发达国家和地区，则可能产生一种进入未来世界或梦境的感觉，羡慕、嫉妒（或许还有恨）或许会潜入心头（"要是我能移民定居在那儿……"）。正如列维－斯特劳斯在《忧郁的热带》中所说：

> 旅行不但在空间进行，同时也是时间与社会阶层结构的转变……旅行不仅仅是把我们带往远处，还使我们在社会地位方面上升或降低一些。它使我们的身体交换了空间，同时，不论是更好或更坏，也使我们脱离自己原来的阶级脉络，因此，一个地方的颜色和风味不可能和我们自己面对、经验那些颜色和风味的时候所处是那种预料不到的社会地位。
>
> （王志明 译）

这一点在兑换外币或购物消费时体现得特别明显。看不见的阶级区别变成了可触可摸的货币或实物。还记得马克·吐温《傻子出国记》中的那个场景吗？"我"和船友在葡萄牙上岸大快朵颐，胡吃海饮，结果账单一上来全傻眼了。一顿饭吃了个6位数！不明就里的食客们面面相觑，准备破产的宴请者咬咬牙关，递上口袋中仅有的250美元。谁知等服务生送上翻译成英语的账单，大家定睛一看才知道，原来只花了区区21.7美元，于是哈哈大笑中重新点酒点菜……

物理和心理的时间体验进入旅行文本，就成为把控叙事节奏的一大关键。在音乐中，节奏是低音与高音、长音与短音、间歇与持续之间的交错、起伏和更替。在文本中，节奏则是书写与留白、可说与不可说之间的错综、交叠。现实中发生的事情，可以用不同的方式讲述出来。什么该说，什么不该说，考虑的是内容及效果；什么先说，什么后说，什么多说，什么少说，考虑的则是叙事的节奏。我们可以根据写作意图，调节叙事时间的长短和节奏，将那些感触最多、印象最深，对个人的生命体验特别重要的时刻，尽量延长、尽情描写，而将其余琐碎、无聊的时间一笔带过；也可以打断时间的线性链条，颠倒事情发生的先后顺序，插入回忆、沉思与梦想，以丰富和充实书写的内涵。注意，这整个过程不是在作假，而是在通过书写重新感知自我与世界，追忆那些因行色匆匆而一晃而过的风景，或因阅历不足而不明其意的时刻，进而重新发现自我、发现世界，认识自我、认识世界。

第二节 时空连续体：交通工具与叙事节奏（上）

时间和空间是不可分割的连续体。在实际的旅行中，我们往往习惯于以时间的长度来度量空间的宽度，或者反过来，以空间的宽度来估计时间的长度。问"还有多远"的意思就是"还要多久"，反之亦然。时间的长短不但取决于我们的主观感知，也与我们运用的交通工具有关。我们的双足，我们驯服的马匹，以及我们发明的马车、轮船、火车、汽车和飞机不仅是承载肉身和灵魂的工具，也是度量时间、叙说故事、表达情感和控制节奏的中介。

无疑，以时间为线索，以脚步为节奏而将整个旅程串连起来是最古老、最自然的叙事手法。尽管我们无法考证出屈原的步速与《离骚》的叙事节奏间的关系，但"路漫漫其修远兮，吾将上下而求索"的诗句，已经足以让我们想象出一位披头散发、步履蹒跚、行吟泽畔的诗人形象了。西方哲学和文学中，法国启蒙作家卢梭始终保持着"一个孤独的漫步者"的沉思习惯，在《忏悔录》中他这样写道："当我停下时，我的思想也停了下来。我的大脑只和我的腿脚一起工作。"丹麦哲学家克尔恺郭尔甚至给出了具体数据，认为心灵按照每小时3英里（约4.8千米）的步速运行才能发挥最佳效能。在行走的问题上，尼采一贯绝对，"只有那些来自徒步行走的思想才算有价值"。他曾在日内瓦湖、尼斯周边和意大利山区日行7至10小时，并说随性的行走可以使他写下的文字更流畅柔顺，而登高则有助于开阔思想。维特根斯坦在挪威偏远峡湾小径徒步后，解决了关于象征主义探索真理作用的关键问题。他还生造了一个德语词用来表示思想与行走间不可分割的关系——"Denkbewegungen"，可勉强译作"思想行动""思想路径"或"思想之路"。旅行文学中将这个想法表现得淋漓尽致的，无疑是当代英国行走文学家麦克法伦，本书上篇已有论及，此处不再赘述。

以交通工具在空间中的移动来表明时间的流逝，控制叙事的节奏和张力，是不少旅行作家喜用的手法。船，向来是旅行文学的核心意象之一。我们在前文提及，在传统的英国文学作品中，人们往往喜欢用换喻手法，以制船的材料"橡木"（oak）来指称船。而中国人则习惯用船上最鲜明的标志物"帆"来指称船。D. H. 劳伦斯在他的意大利游记之一《大海与撒丁岛》中，曾满怀诗情地写下对船的赞美：

船体缓缓抬起以及它慢慢向前滑动时产生了一种使我快活得心怦怦跳动的东西。那就是自由的姿态。感受它欠起身来又慢慢滑向前方,再倾听海浪拍击船身的声音,就像在空中、在大自然的空间里骑着一匹有魔力的马狂奔。啊,上帝啊,船身这有节奏的缓缓上下摆动和像是从它鼻孔里发出的鼻息似的海浪声,这对于放荡不羁的灵魂是何等的慰藉!我终于自由了,在缓缓飘动的风风雨雨中踏着轻捷的节拍向外飞去。啊,上帝啊,摆脱所有封闭生活的羁绊是多么好啊!那是人与人之间的紧张状态造成的恐惧,也是机器的强制作用带来的人心灵的彻底迷乱。……啊,上帝啊,自由,自由,这是最本质的自由。我打心眼里渴望这次航行一直延续下去,希望大海无边无际,这样我便可以永远飘浮在这晃动、震颤、总是波涛起伏的海面上,只要时光永驻。我希望前方没有终点,而且自己不用回头,甚至不必回头望一眼。

(袁洪庚、苗正民译)

这是身处汽船时代的作家对帆船时代的深情回眸,也是这位"血与性"的生命哲学倡导者对机器时代的深刻批判和反思。整段文字节奏如海浪般起伏不定,又如船身般上下、左右、前后晃动,与整篇游记的自由主题达成默契。

火车进入旅行文学是19世纪后期的事情。在维多利亚时代的小说中,我们首次看到了这个以快速和"进步"为特征的机器怪物对人类命运的干预。伊丽莎白·盖斯凯尔的名著《玛丽·巴顿》中有这样一段描写:此前还从未乘过火车的女主人公玛丽,为了寻找一名证人,以帮助自己的恋人洗脱莫须有的罪名,孤身一人登上了从曼彻斯特开往利物浦的列车。刚刚来到站台,"眼前的景象让她一下子愣住了:铁路四周全是急匆匆的人群和车辆;嘈杂的吆喝声夹杂着铃声和喇叭声,加上火车飕飕驶入站台时的呼啸声，使她陷入了困惑和迷乱"。

火车的出现不仅打乱了传统的乡村生活节奏，也给生活在铁路沿线的人们带来了机器无情、人生无常的感觉。在狄更斯的《董贝父子》中，经历丧子之痛的董贝先生，面对疾驰而过的火车，感到它简直就是死神的化身：

火车像旋风似的向前奔驰，嘲笑那年轻生命的迅疾的进程。那生命被稳步地、无情地带到了它那早已注定的终点。有一种力量迫使它自己在它那钢铁的道路——它自己的道路——上前进，不顾一切大路小路，穿过每个障碍物的中心，把各个阶级、各种年龄和地位的活人统统拖走。那力量是一种得意洋洋的怪物，死神。

它去了，发出尖叫、咆哮和格格声，离开城市，穿过人们的居住区，使大街上响起一片嗡嗡声，然后一闪而出，进入牧场，只一会儿又钻到潮湿的泥地下面，在黑暗凝重的空气中隆隆前进，再冒出来，到了十分明亮开阔的灿烂阳光中。它去了，发出尖叫、咆哮和格格声，穿过田野，穿过树林，穿过小麦，穿过干草，穿过白垩，穿过山冈，穿过泥土，穿过岩石。两旁的景物似乎近得可以抓住似的，这些景物老是飞离旅客，一个骗人的远景老是慢慢在他心里移动，就像在那不屈服的怪物——死神的道路上一样。

（祝庆英 译）

一个个主句、从句、分句、动名词，长长短短，错落有致，像火车轮子般串连起来，互相摩擦着，碰撞着，挤压着，传递着叙事的节奏和张力，表达了作家面对这个带来新的时空体验的新事物的惶恐感。

善于标新立异的法国人，甚至尝试着在封闭的车厢内做文学实验。

20世纪新小说派主将布托尔在《变》中,将小说的旅行时空压缩在一节城际列车车厢中。主人公从旅行开始到结束都没有离开过这节车厢,他的思绪和情欲随着车轮震动的节奏,在巴黎—罗马—巴黎,情人—妻子—情人间不断往返,传达出一种完全属于现代人的时空感和爱情观。

小说一开头,主人公"你"坐上了从巴黎去罗马的城际列车,打算偷偷去和生活在罗马的情人约会。"你"的生活中有两个女人。一个是共同生活了二十年、熟悉得不能再熟悉的女人,妻子塞西尔。另一个是只有过几次交往,因尚不完全熟悉而带有几分陌生感的女人,情人昂里埃特。"你"打算与巴黎女人分手,与罗马女人结合。"你"为罗马女人在巴黎找了一份工作,然后去罗马告诉她这一好消息。然而,正是在巴黎开往罗马的途中,"你"的思想逐渐变了。女人与城市一样,因熟悉而疏离,而厌倦;因厌倦而想分离,想摆脱。城市与女人一样,因距离而产生美感,因美感而产生吸引力,于是想缩短距离,永远厮守在一起。然而,一旦距离消失,原先有吸引力的对象不也就会令人厌倦了?这是一个现实世界与可能世界间互相转化的悖论,永恒的矛盾与无法摆脱的困境。于是,最终,"你"放弃了原先的打算,决定"使这两座城市保持它们实际上的地理位置",也就是说,使这两个女人保持她们在他的情感中的位置。取而代之的,是写一本书。关于这两个城市、这两个女人的书。关于"你"的身体从一个车站越过途中景物而到达另一车站,在这段物理运动中产生的精神上的运动的书。于是,身体在封闭空间中的不动中之动、情感在心理时间中的动中之不动,最后归结为文本在时空中逐渐成形的运动。于是,我们就有了一本独特的旅行小说《变》。

与《变》相映成趣的,是日本作家川端康成著名的中篇小说《雪国》。小说通过主人公岛村三次从东京到雪国和驹子交往的故事,以敏锐的感受和高超的叙事技巧,表现了主人公的内心世界。作品开始不久即以两面镜子作跳板,把岛村引入回想世界,他从夕阳映照下的火车玻璃窗中偶然窥见叶子的脸庞,引出对驹子的回忆,故事的序幕由此揭开。

黄昏的景色在镜后移动着。也就是说,镜面映现的虚像与镜后的实物好像电影里的叠影一样在晃动。出场人物和背景没有任何联系。而且人物是一种透明的幻象,景物则是在夜霭中的朦胧暗流,两者消融在一起,描绘出一个超脱人世的象征的世界。特别是当山野里的灯火映照在姑娘的脸上时,那种无法形容的美,使岛村的心都几乎为之颤动。

在遥远的山巅上空,还淡淡地残留着晚霞的余晖。透过车窗玻璃看见的景物轮廓,退到远方,却没有消逝,但已经黯然失色了。尽管火车继续往前奔驰,在他看来,山野那平凡的姿态越是显得更加平凡了。由于什么东西都不十分惹他注目,他内心反而好像隐隐地存在着一股巨大的感情激流。这自然是由于镜中浮现出姑娘的脸的缘故。只有身影映在窗玻璃上的部分,遮住了窗外的暮景,然而,景色却在姑娘的轮廓周围不断地移动,使人觉得姑娘的脸也像是透明的。是不是真的透明呢?这是一种错觉。因为从姑娘面影后面不停地掠过的暮景,仿佛是从她脸的前面流过。定睛一看,却又扑朔迷离。车厢里也不太明亮。窗玻璃上的映像不像真的镜子那样清晰了。反光没有了。这使岛村看入了神,他渐渐地忘却了镜子的存在,只觉得姑娘好像漂浮在流逝的暮景之中。

(叶渭渠 译)

在这段文字中,时间仿佛凝固了,空间仿佛浓缩了,车窗外流逝的暮景与玻璃中映照出的人脸形成多重对比——虚与实,动与静,人与自然之美,作者的情感和欲望就在这种对比中生发出来,流溢着,撩拨着读者的心。在虚幻、哀愁和颓废的基调上,读者与作者一起进入空灵虚无的东方艺术至境。

第三节 时空连续体:交通工具与叙事节奏(下)

1896年6月4日,亨利·福特将一辆手推车车架装在四个自行车轮子上,开上了底特律大街,世界上第一辆汽车由此诞生。7年后,他以自己的姓氏为品牌,创建了福特汽车公司,提出了"制造人人都买得起的汽车"的口号。从此,原本属于少数特权阶层的汽车从热气腾腾的流水线上下来,逐渐成为普通百姓拥有的最方便、快捷和个人化的交通工具。随着高速公路和与之配套的一系列附属设施(加油站、汽车旅馆等)的建造,出行变得越来越方便,滚滚的车轮和高鸣的车笛给20世纪欧美国家旅行文学带来了新的主题和叙事节奏。我们还记得,凯鲁亚克的小说《在路上》曾为读者建构过美利坚这个"车轮上的国家"的典型形象。书中的主人公一路搭乘不同大小、品牌的车辆,与不同的车主和陌生乘客同行,驰骋在广袤的美洲腹地上。快速的叙事节奏、大起大落的情感张力、层出不穷的偶然事件和见闻随感,代表了第二次世界大战后崇拜力与速度的美国精神。

差不多一代人之后,另一位美国旅行作家索鲁的《老巴塔哥尼亚快车》对20世纪崇拜的力与速度作出了深刻的反思。主人公从通勤地铁开始,接驳上各色陈旧过时的老式火车,慢腾腾地开向被遗弃和遗忘的过去,一面观察封闭车厢内同行乘客的言行举止,一面欣赏车窗外被遗弃的前殖民地的荒凉风景,在怀旧和追寻的二重奏中,反思旅行本身和旅行写作的意义。

自美国的莱特兄弟于1903年发明飞机后，人类又获得了一种全新的交通工具及相应的空间感知模式。一个崭新的、在陆地和海洋之外的维度被征服了，从此，旅行文学中的时空模式就有了列维-斯特劳斯所说的"五个维度"，即在时间和阶级之外加上了空间本身的三个维度，衡量时空的各种标准和尺度也随之发生了变化。与此同时，与飞行相关的空间（机场、酒店等）也给旅行文学带来了新的叙事节奏和浪漫背景。

法国作家安德烈·莫洛亚的短篇小说《在中途换飞机的时候》，将故事发生的时空背景设置在机场与酒店转换的空间中。小说以一位韶华已逝的法国夫人回忆年轻时代的一场浪漫邂逅开始。当年这位美丽的寡妇爱上了一个美国人，打算远渡重洋，从巴黎飞到纽约去和他结婚。飞机途经伦敦中转时出了点故障，旅客需要在机场滞留一个晚上。她的英语不太好，是一位同行的英国男子告诉她的。这位男子风度翩翩，看上去很有艺术气质。他对她说，与其在机场提供的酒店无聊地住一夜，不如做点有趣的事。他是个大提琴调琴师，正好趁夜深人静去几个教堂调琴，之后顺便在机场附近他的家里吃点宵夜，问她是否愿意一同前往。明知与一个陌生男子夜游并非明智之举，但不知怎么，她竟糊里糊涂地上了他的车。

接下来，她一路跟着他，和他进入几家教堂，感受了"从彩色玻璃射进来的月光，以及超凡入圣的音乐""像是痛苦的灵魂在滔滔不绝地倾诉，接着是上天的劝解，抚慰着一切"。之后再跟着他到他家里，在吃他做的可口宵夜的同时，互相交换对爱情、婚姻和生命的看法。不知不觉中，她把头靠在他的膝盖上，把自己的灵魂完全托付给了他，只要他愿意，甚至一生也可以。然而，什么也没发生。他说自己是个独身主义者,既不想麻烦自己,也不想打扰别人。天亮了,转机的时候到了。这位名叫彼得的男子深深地拥抱了她一下,再次带她上车去了机场。他,重新登上了去纽约的飞机。而她,经过一夜的聊天和反思,决定不去纽约结婚了。她给美国的男友发去一封简短决绝的电报,然后改签了返回巴黎的飞机。

在汉语中,机场的"转机"与人生的"转机"读音和书写完全相同,正好为莫洛亚的小说做了一个极妙的注脚,也使我们联想到英国作家阿兰·德波顿在《旅行的艺术》中的一段文字:

飞机的起飞为我们的心灵带来愉悦,因为飞机迅疾的上升是实现人生转机的极佳象征。飞机展呈的力量能激励我们联想到人生中类似的、决定性的转机;它让我们想象自己终有一天能奋力攀升,摆脱现实中赫然迫近的人生困厄。

(南治国 等译)

如此,每一代人的命运就在不同交通工具带来的不同时空结构中悄然发生了变化。优秀的旅行作家以不同的叙事方式和节奏记录了人类感知模式的变化,也为有志于从事旅行写作的理想读者提供了新的思路和范例。

需要说明的是,上述叙事节奏之间不是一个否定另一个,或一个替代另一个的关系,而是互相整合、补充、协调和配合的。犹如在现实的旅行中经常发生的那样,我们用自己的双脚徒步走到门口,坐上预约的出租车到机场,进入候机大厅。飞到目的地之后,换乘当地公交或出租车到达预定的酒店,之后再是徒步旅行或搭乘其他交通工具,甚至会尝试坐一下马车或驴车,或骑几圈骆驼,重新回味一下早已逝去的慢生活,作为对都市快节奏的报复性补偿。在这整个过程中,时空在不断转换，速度和距离在发生变化，景观在眼前移动，感官在作出反应和调整。上述这些可观察到的外部变化、可体验到的内心感受，都有权进入旅行文学，并成为叙事节奏的有机组成部分。

第四节　旅行中的"非场所"和阈限空间

旅途中，我们经常进入车站、码头、机场、加油站、咖啡馆、度假村等封闭或半封闭的空间，自愿地或被迫地作短暂逗留，暂时安放一下我们的肉身和灵魂。相对于我们居住的私人住所，这些公共空间很难给出清晰的归属性，被当代一些理论家称为"空间的非场所"（non-place of space）和"阈限空间"（liminal space）。那么，这些空间对作为旅行者的我们的心理将会产生什么影响，进而对旅行文学的写作又将起到什么作用？让我们先大致了解一下这两个概念。

非场所是相对于场所而言的，生态批评学者布伊尔认为，"场所是被赋予了意义的空间"，是"感受到的价值的中心"，"是被看见、被听到、被闻到、被想象、被爱、被恨、被惧怕、被尊敬的……我的居所是'我的场所'而不是'我的空间'，与在不熟悉的酒店客房的感觉不同。场所给人丰富的联想，而空间的联想则是稀少的"。简言之，非场所与场所相反，是一个被抽空了意义的空间，其特点是过渡性、临时性和偶遇性。它是横亘在旅行目的地之前必须光顾的地点和必须穿越的空间，是乡村与城市、中小城市与大都市之间的中介，是途中加油、休憩的临时落脚点，是陆地与海洋、大地与天空的转换站。旅行者与这些非场所的交集是被迫的、无奈的和暂时的，一般是匆匆一瞥便抽身离去，不会产生亲切感（除非曾发生过某种刻骨铭心的感情纠葛）。

就其整体而言，非场所的环境是干净、整洁、明亮、安静，甚至赏心悦目的（当然这取决于其所在地区或国家的物质条件和文明程度），但你决不会愿意永久待在那里。回到安德烈·莫洛亚《在中途换飞机的时候》，作家曾借女主人之口问过读者：

你喜欢机场吗？我有种说不上来的感触。比火车站要干净、时新得多，格调颇像医院的手术室。陌生的噪音，通过广播，声音有点异样，不大容易听明白，召唤着一批又一批的旅客奔赴奇方异域。透过落地长窗，看着庞大的飞机升降起落，好像舞台上的布景，不像是现实生活，然而不无美感。

（罗新璋 译）

的确，"舞台上的布景"是对机场这类非场所最精准的描述。进入这个空间的旅客，几乎人人行色匆匆，关注的只是自己的行程动态、航班消息，不会（也无暇）对周围的人产生兴趣。在这类非场所中，"大隐隐于市"这个中国术语有了新的阐释。因为每个人的身份都是隐匿的、流动的，偶然的交往也是一次性的（"对不起，能让我先托运行李吗？我的航班快要起飞了"）。虽然在出入境的时候你得出示护照，验明正身，但一旦办完所有手续，你就摆脱了身份之累，成为一个自由的肉身，可以将昨日的烦恼统统抛在脑后，悠闲地欣赏南来北往，各种肤色、面容和表情的乘客，尽情地体验一种"失去身份的被动性快感和扮演某种角色的主动性快乐"。

随着后现代性向超现代性的发展，时间、空间和个体日益过剩，机场已经不满足于自己作为城市附属设施的边缘地位，它像章鱼一样正在伸展肢体，竭力扩展自己的领地，试图将商场、餐厅、画廊、博物馆、健身房、美发厅、酒店、酒吧和花园全都吸纳进自己的势力范围,成为一种超大型、超时空的综合体。正如 2018 年诺贝尔文学奖获得者、波兰小说家奥尔加·托卡尔丘克在她的《云游》一书中所描述的:

> 机场不仅仅是旅行中的交通枢纽,而且是一种特殊类别的城邦:地理位置稳定不变,但城民在流动。机场都是"机场共和国",是全球机场联合国的成员,虽然它们在联合国还没有一席之地,但那只是时间问题。它们是系统化的绝佳范例,证明了:内部政治斗争的重要性远远低于它们和联合国其他成员之间的密切关系——因为只有这种密切关系才能赋予它们存在的理由。重社交外向型系统的范例,每一张机票都陈述了章程,每一个人的登机牌就是城民身份的唯一凭证。
>
> (于是译)

与非场所相应的是"阈限空间"这个概念。"阈限"一词来自拉丁文"limen",指"有间隙性的或者模棱两可的状态",犹如站在某建筑物的门槛前举步不定。门槛的作用是对空间的划分。有了门槛就有了内外之别,亲疏之分。门槛之外的空间,貌似无限、无主、无序,你可以不受约束地随意活动;门槛之内的空间,则是有限的、有主的、有序的。踏入一道门槛,就表明你进入了一个领地或禁地,你必须按照这个空间的设计者和管理者的意图行事。当然你也可以选择不进入,或进入之后再退出。

如果说机场是非场所,那么出入境口则是阈限空间。这是国与国之间的门槛。一旦过了这道门槛,办完各种手续,你就成了一个既不属于此处也不属于彼处,或既属于此处又属于彼处的"阈限人物"。简单地说,你的肉身还在此处,而你的身份像你的灵魂一样,已经飘荡在云中了。假如你的航班误点(这是常有的事),你就得在这种不确定的、尴尬的身份状态中生存若干个小时（这取决于天气和运气）。这种生存状态不算很极端，但也颇不寻常，值得你静坐半刻，反思并回答那三个既现实又古老的哲学命题——我是谁？我从哪里来？我到何处去？记述这些陌生的感觉，应该比描写那些早已审美疲劳的景观更有意思。

与机场相对的度假村或假日酒店是另一种类型的非场所空间。一个富丽堂皇的假日酒店，大得就像一个世界，一个小宇宙，里面有着曲折的迷宫、不见尽头的长廊、大大小小的客房、过道、镜廊、餐厅、巴洛克式的装饰物、楼梯、柱子、飘窗、露台，还有各种供人享乐的设施：健身房、弹子房、赌场、棋牌室……衣冠楚楚的人们在这里玩多米诺骨牌，比射击，喝酒，聊天，总之，上层社会应有的一切尽在其中。但人们的面部表情僵硬，双目茫然，精神空虚、无聊、乏味，行动犹如木偶，声音机械而平直，仿佛是从留声机中放出来的。

上述场景是法国新小说大师罗伯-格里耶在《去年在马里安巴》中呈现的，开了新小说家描述后现代非场所空间的先河。这是一部电影小说，可直接拿来拍摄的分镜头剧本。后来由新浪潮电影导演阿兰·雷奈执导并拍摄，该电影被誉为新小说与新浪潮的完美结合，获1961年威尼斯国际电影节金狮奖。

梦幻般的题材，梦幻般的叙事手法，需要调动你所有的想象力来阅读：画面、色彩、气氛、音乐……内心的张力，冲动和欲望，犹如一只只猛兽，静静地伏在草丛里，等待猎物的出现。

丈夫 M 带着妻子 A 住在马里安巴，每天过着高雅而无聊的生活。我们不知道女人的内心世界如何，只看到丈夫去游乐场所后，她独自一人在房间里读书，梳头，洗澡，或去花园散步，徜徉。

一个陌生的男子 X 来到她身边，自称与她相识。并说，一年前，在同样的时间、地点、情景中,他和她曾有过一段浪漫史,之后,她害怕了,退缩了,要求分手,但承诺一年后再与他相会,私奔。现在,他应约前来了。

但 A 不认识 X,不记得他们之间发生过任何浪漫史。她非常惊恐,害怕,抗拒着 X 的温柔的纠缠,但内心深处又希望这是真的。因为,她的确已经厌倦了眼下的生活,何不将错就错,顺水推舟呢?

内心的张力反映在行动上,画面不断闪回,在过去与未来,想象与回忆,梦幻与现实之间。一会儿,画面回到一年前,X 与 A 在一起散步,X 用手指轻轻抚弄 A 的脸;一会儿,场景又闪回到现在,X 试图进入 A 的房间,遭到 A 的拒绝;一会儿,在 A 的房间门框上,出现了 A 的丈夫 M 的身影,他似乎已有所怀疑或警觉,但找不到什么证据,走了。不久,同一个房间门框上,出现了 X 的身影,他进来再次提醒她,去年此时,就在这里,他们有过一段缠绵史。与此同时,酒店里的其他人继续着自己无聊的生活,打牌,射击,玩多米诺骨牌,饮酒,聊天。

时近子夜。A 终于下了决心,坐在大堂前厅里,面容茫然若失,莫非她在等待他? X 按时前来了。他们没有互相说话,甚至避开对方的目光,然而,并没有犹豫不决的神情。传来子夜报时的第一声,A 没有动弹,听到第二声,她才拿起手提包,迈开步子。于是他们出门了。他们去了哪儿,谁也不知道。

小说中三个主角,"没有姓名,没有往事,他们之间没有联系,而只通过他们自己的姿态、他们自己的声音、他们自己的出场、他们自己的想象建立关系"。他们是谁?身份背景如何?我们一无所知。陌生的男子和优雅的女子究竟是否相识,一年前是否真的有过承诺?这一点并不重要。重要的是,两人的关系道出了现代人情感的不确定性——既渴望真情、向往自由，又无法摆脱现实社会的各种诱惑和约束。马里安巴，或诸如此类的度假酒店，就是我们这个不完美的世界的象征："在这个封闭的、令人窒息的天地里，人和物好像都是某种魔力的受害者，就好像在梦中被一种无法抵御的诱惑所驱使，企图改变一下这种驾驭或设法逃跑都是枉费心机的"。而 X 之所以成功地实施了他的诱惑，就在于"他为她设计了一个过去、一个未来和一种自由"，他用自己的想象，用自己的语言为她创造了一种现实。他的语言具有催眠般的效果，缓慢、自信而执着：

我再一次沿着这些走廊向前走，走了多少天，走了多少月，走了多少年，来与您会面……在这些墙与墙之间没有办法停止，没有办法休息……（稍停。）今晚我将动身……带您……跟我一起……

……您不能再在这里继续生活下去了，在这座充满逼真的饰品的建筑里，在镜子和圆柱之间，在自动关闭的门旁，在过分宽阔的楼梯上……在这个始终敞开的房间里……

……您已经穿好外出的衣服，开始一个人在一间过厅或前厅里等着他，这里是到您的套房的必经之地……出于某种迷信，您要求我让您等到子夜……我不知道您希望还是不希望他来，我一时甚至想到您已对他什么都承认了，并且约定了他来找您的时间……或者您只是想也许我不会来吧。

（沈志明 译）

静场许久之后，画外音接着响起：

X 的声音：我按时来了。

X 的执着，他内心的自信终于使 A 相信，他们之间的确有过一段浪漫史，的确有过一份承诺，于是他获得了胜利。在子夜的钟声响起的时候，他终于带着他心爱的女人离开了这个令人窒息的现实世界，走向自己的理想的可能世界，一个不受人间琐事干扰、不受时空限制的纯精神的世界。摄影机在后退，而旅馆越来越远，却好像又慢慢变大似的。钟声延续着，一个男人带着他心爱的女人迷失在静静的黑夜里，渐渐淡出画面。

第五节　失落的时空与失落的世界（上）

很多情况下，我们去机场、车站、码头或旅馆等后现代非场所空间，只是暂时中转一下，目的是进入更原始、更本真的时间和空间，追寻那些失落于历史尘埃中的人类遗迹、隐身于大自然中的残破的物质符号——中国的万里长城、埃及的金字塔、古希腊的帕特农神庙、印度丛林深处的佛像或吴哥窟中"神秘的高棉微笑"等。它们可能一度是（有些至今还是）地球表面最醒目的标志，积聚了巨大的物质和心理能量；是历代法老、国王、君主、皇帝的骄傲，寄托了坚定的永生信念；它们像一个个黑洞，在时间中成形，也在时间中坍塌，既吞噬了过去的一切，又激发了当代游客的跨文化想象力。

对原始文化的迷恋和对失落世界的追寻，一直是诗人、文学家和哲学家们热衷表现的主题。我们还记得，魏晋的陶潜在《桃花源记》中追溯过一个因避战乱遁入山林，以致"不知有汉，无论魏晋"的失落的理想社会。16世纪法国散文作家蒙田曾在他的《随感录》中赞美过接近自然的野蛮人幸福而有德行的生活。18世纪英国诗人蒲柏羡慕"无教养"的印第安人；法国的卢梭则断言，人性本善，但后来堕落了，恶德败行是国家、教会、法律、制度的产物，只有返回自然，以

"高贵的野蛮人"为榜样,道德才能获得新生。

19世纪以来地质学、考古学和人类学的兴起,为当时的人们打开了一个又一个失落在时空深处的文明世界。一些伟大的学者和探险家,从欧洲来到中东,又转道至中美洲,发现了传说中失落已久的文明。1870年德国人海因里希·施里曼发掘了荷马史诗中的特洛伊古城,发现了大量金、银、琥珀和青铜宝藏,其中有传说中纯金打制的阿喀琉斯的头盔;1822年法国学者商博良成功破译了埃及象形文字,将他多年的研究成果提交给法兰西科

德国考古学家施里曼发掘的阿喀琉斯头盔(复制品)(本书作者摄于加拿大安大略省博物馆,2018年)

学院;1899年德国人科尔德韦经15年努力挖出了巴比伦城,辨认出了《圣经》中提到的巴别塔的塔基;1922年英国人霍华德·卡特开启了图坦卡蒙传奇般的墓室,发现了金字塔内蕴藏的数不清的奇珍异宝……一系列新的考古发现令当时的人们兴奋不已,也促进了旅游业的兴盛,并给旅行文学注入了新的文化元素。

差不多在考古学家们挥动沉重的十字镐挖开地面,试图唤醒远古亡灵的同时,一些浪漫主义诗人和作家也各以其轻盈的鹅毛笔,展开了对失落的文明世界的探寻。塞缪尔·柯勒律治在大麻刺激下写出了《忽必烈汗》,梦见自己进入了大漠深处,见到了这位横扫欧亚大陆的东方君主的宏伟宫殿;后因一位不速之客的到访而中断了创作,使该诗成为世界文学史中最著名的精神"烂尾楼"。约翰·济慈写下了他的

不朽的《希腊古瓮颂》，将一只出土的希腊花瓶比作一位宁静的新娘，历经沉默的岁月后，依旧保持着童贞；借助雕刻在她身上的画面，讲述了一个个如花的故事。拜伦勋爵则身体力行，漂洋过海到黎凡特地区寻觅心中的圣地，最终将年轻的生命献给了那个他"哀其不幸，怒其不争"的希腊民族。与拜伦惺惺相惜的另一位英年早逝的大诗人珀西·比希·雪莱也喜爱长途旅行，并深深地着迷于各种各样的旅行文学作品，自己也动手写作游记和诗歌作品。他的旅行散文包括旅行日记、笔记片段，以及一批漂亮的很少被人引用的旅行信件。他的以旅行为主题的诗歌突出描写了一些完全被异国情调和异域风光迷住的抒情主人公。

对原始文化的迷恋和对失落世界的追寻，在 19 世纪下半叶英国新浪漫派作家如斯蒂文森、赖德·哈格德等人的创作中达到极致。斯蒂文森是一个浪迹天涯的诗人和小说家。曾到过南太平洋群岛，希望那里的阳光和海水能治愈他的肺结核，但结果还是死在了萨摩亚。他的小说成名作是为青少年读者写的《金银岛》，这是一部扣人心弦的航海惊险小说。哈格德给南非总督当过六年秘书，有着丰富的海外殖民地生活经历。他的探险罗曼司大多以非洲为背景，情节曲折、氛围逼真、描述生动，书页中间往往会插入几张伪造的寻宝路线图（有时还带血迹），令读者产生惊悚感。这类作品算不上严格意义上的小说（novel），更准确地说，应该称为罗曼司或幻想传奇（fantasy），从中可以发现荷马史诗、《圣经·旧约》、古希腊罗马神话、早期英国传奇、南非民族史诗的影子，涵盖了言情、神怪、历险、成长等基本情节元素。

非洲的历史曾经是一片空白，被神秘的面纱遮掩。1868 年，这个面纱的一角被一位名叫亚当·伦德斯的猎人掀起，他在狩猎过程中偶然发现了非洲大津巴布韦遗址，但并未引起考古学家的注意。三年后，德国地质学家卡尔·毛赫寻访到此地，断定这个遗址明显就是《圣经》里所说的奥菲尔，山上的卫城无疑是仿照摩利亚山上的所罗门王的庙宇建造的，而山谷中的内城肯定是抄袭示巴女王公元前10世纪在耶路撒冷时曾住过的宫殿式样。于是新的历史篇章被翻开了。关于非洲历史与文明的猜测引发了考古学家和历史学家的巨大兴趣。在文学界，哈格德敏锐地把握了这一趋势，他将当时的考古发现与文学创作紧密联系起来，运用自己的想象力，试图证明失落的非洲文明与欧洲文明之间存在着亲缘关系。

哈格德的探险系列包括《所罗门王的宝石矿》（一译《所罗门王的宝藏》）、《阿兰·夸特曼》《她》和《阿霞或她的归来》等，这些作品都以一位名叫阿兰·夸特曼的英国绅士作主角，他被非洲荒原的浩大与神秘，以及那些无法用科学解释的巫术、魔法所吸引，带领他的同伴多次深入非洲内陆探险，不经意间找到了几处失落的文明，发现了富可敌国的财富与钻石。在《湖的宝藏》中，夸特曼说：

> 大象不是促使我到达非洲内陆的主要诱惑，因为象牙没有什么用处，而且凭借一己之力，我不可能将数量众多的象牙运输出来。是对于新鲜事物的好奇心，是发现那未知世界的欲望，让我全然不顾死亡的阴影……尽管这个世界上的其他地方也非常精彩，但是没有一个国家能和非洲相媲美，永恒不变的中国不行，古老的印度也无法与之相比，这些国家多少已经被人们所了解，而非洲总的来说，从一开始到现在都不为人所知……非洲内陆分散着数不清的部落、种族，部落之间相互隔绝，很少走动，几乎不知道彼此的存在。每个部落都有自己独特的语言、风俗、传统，信仰、崇拜着不同的神灵，有些还保存着巴比伦时代的星星崇拜以及古代埃及的宗教。

（王荣译）

在哈格德看来，理想的英国人应该是探索者，历险家，他们勇于切断现有的社会关系，从家庭和工作的束缚中解脱出来，恢复成一名自由人。但自由的行动并非全然漫无目的的游荡，很多时候又与责任和义务相连。例如，在《所罗门王的宝石矿》中，夸特曼和他的同伴原本计划找回同行的亨利爵士的弟弟，却在不经意中卷入了库坤纳国的内战，在危难关头，这些英国绅士勇敢出手，以匡扶正义为己任，帮助温勃帕夺取了原本属于他的合法王位。在此过程中，他们冒着如火的太阳，忍受着极度的干渴和疲劳，攀登由火山熔岩凝成的陡坡，穿越希巴山峰之间的连绵峭壁，抵达无任何生物迹象的雪峰之巅……生理和心理都达到了极限，差一点成为大山的陪葬者，终于找到了寻宝图的绘制者约瑟·西菲特里所提到的山洞，在那里发现了300年前葡萄牙历险者西菲特里的尸体。这是令作品主人公们最恐惧的一个夜晚："事情已经隔了近十代人的光景，就是坐在我们面前的这个死人，亲手写了那封信，把我们引到这里来了……他那孤独而痛苦的死亡，如今就要降临到我们的头上。"

在这些作品中，作家邀约读者（尤其是青少年读者）追随主人公的脚步，一起进入失落的文明世界，通过探险和寻宝汲取新的精神能量和生命活力，从萎靡的状态中振奋起来。而借助笔下的旅行者穿越时空，作家也对人性的本源和文明的意义作了深层次的探索。沉迷于其中，我们似乎感到进化的时钟停止了，人类从起源直到现今为止的全部意义谱系被清晰呈现出来了，这些意义尚存在于失落的时空和失落的文明中，只有通过在时间轴中的逆向追溯才能被发现。而哈格德笔下的人物旅行的作用，则相当于科幻作家威尔斯笔下的时间机器。通过这个机器，主人公们不仅穿越了巨大的空间，从文明化的英国来到蛮荒的非洲，而且穿越了绵长的时间，从现代社会返回到了祖先的原始世界——消逝已久的传统农业社会。这个社会有其自身的文明体系和价值标准，迥异于主人公所在的现代工业社会和欧洲文明。

第六节 失落的时空与失落的世界（下）

进入 20 世纪后，欧美现代主义作家对非主流的、原始文化的迷恋更加强烈，兴趣范围也更加广泛，这是有深刻的社会和文化原因的。两次世界大战摧毁了西方文化赖以生存的物质基础和精神支柱，进步的文明史观被启示论的、以危机为中心的历史循环论所代替。德国历史学家斯宾格勒在其《西方的没落》一书中以有机体的生长、凋落比拟文明的周期性节律，把世界历史看成一幅无止境地形成、发展和变化的图景，一幅有机形式惊人地盈亏相继的图景。"其中每一种文化都以原始的力量同它的土生土壤联系着；每一种文化都把自己的影像印在它的材料，即它的人类身上；每一种文化各有自己的观念，自己的情欲，自己的生活、愿望和感情，自己的死亡。这里是丰富多彩，闪耀着光辉，充盈着运动的。"

在 D. H. 劳伦斯、海明威等作家创作的一系列以异域空间为背景的旅行小说中，20 世纪西方人对原始文明的追寻主题得到了完满的体现。D.H. 劳伦斯在他的中篇小说《骑马出走的女人》中给我们讲了这样一个故事：主人公"她"，一个欧罗巴白种女人，厌倦了南美殖民地富有而寂寞的中产阶级生活，抛弃了她的矿场主丈夫，独自一人离家出走，连续骑行数天，进入了深山密林，传说那里居住着一个印第安部落奇尔朱人。在"她"抵达目的地后，印第安长老通过一位懂英语的原住民翻译，和这位白种女人展开了一场对话：

"他说,你为什么要离开自己的家,离开白人居住的地方?你是不是想要把白人的上帝带到奇尔朱人这儿来?"

"不是,"她愣头愣脑地说,"我自己也是从白人的上帝那儿走开的。我来寻找奇尔朱人的上帝。"

……问她的话是:"白种女人来寻找奇尔朱人的神,是不是因为她对自己的上帝感到厌倦了?"

"对了,她正是这样。她对白种人的上帝感到厌倦了,"她回答说,……她愿意侍奉奇尔朱人的神。

(叶扬 译)

这段对话意味深长,道出了许多现代主义作家的心声。按照一位劳伦斯专家的观点,骑马出走的女人的旅行,反映的是劳伦斯本人对欧洲物质主义文明的想象性逃离和对异文化的追寻,而小说中女主人公心甘情愿将自己的身体奉献给印第安人的太阳神,反映的则是"我们的意识的死亡"。小说中,女主人公被印第安长老收留后,服用了后者给她的草药,便在幸福的迷醉状态中沉沉睡去。她感到自己的感官成百倍扩展了,万物都在向她诉说着自己的奥秘,邀请她的融入;每天黎明她甚至能听见地球转动时发出的嘎吱声……颐养半年后,某个清晨她被带到了一座高山上的巨石前,赤身裸体,面朝东方,脚下是载歌载舞的狂欢人群。在岁末最短暂的阳光终于掠过岩壁,射进石洞的那一神圣时刻,她伸出洁白柔嫩的脖子,坦然迎受了祭司向她举起的燧石刀……

劳伦斯以原始主义对抗现代文明的做法虽然有点过头,但他对现代性导致的人性扭曲、人与大自然关系疏离的批判态度,却是值得生活在当下的人们思考的。

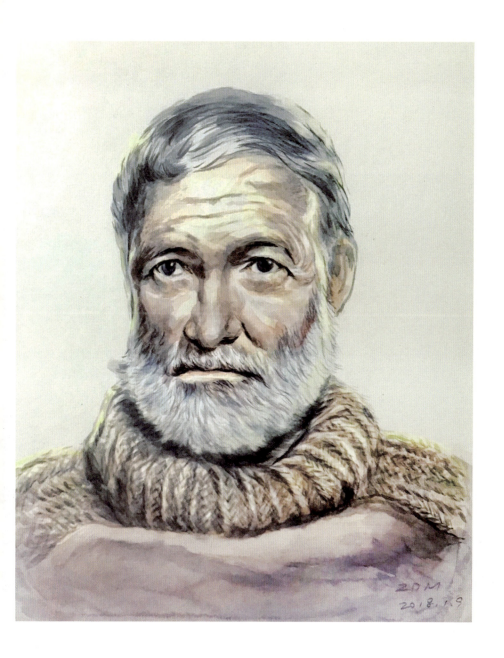

海明威肖像
（本书作者手绘）

沙漠驼影

（本书作者手绘）

"硬汉"海明威对异国情调的爱好,可以追溯到他早年在密歇根湖畔的橡树园小镇、印第安人营地边的生活经历。"在海明威看来,印第安人意味着在瓦隆湖畔度过的无忧无虑的少年时代,户外的自由生活,没有压抑的、开放的性行为,不管这一切是真实的还是想象的。"在小说《两代父子》中,已经38岁的尼克带儿子离开热闹的城市去打飞鸟,回忆起从前在家乡度过的美好时光,当年"那里的树林还挺茂密,而且都还是原始林,树干都长到老高才分出枝桠来,你在林子里走,脚下尽是一片褐色的松软的松针,干干净净"。跨过架着独木桥的林中小溪,穿过树林,是一片牧场,再转过一条蜿蜒曲折的沙土小径,进入山上的青松林,就到了印第安人营地。最令他难以忘怀的是,他和印第安姑娘特萝迪在印第安人营地后面的青松林里获得的第一次性经验:

那种不安,那种亲热,那种甜蜜,那种滋润,那种温存,那种体贴,那种刺激?那种无限圆满、无限完美的境界,那种没有穷尽的、永远没有穷尽的、永远永远也不会有穷尽的境界?可是这些突然一下子都结束了,眼看一只大鸟就像暮色苍茫中的猫头鹰一样飞走了——只是树林子里还是一派天光,留下了许多松针还粘在肚子上。真是刻骨难忘啊……

(蔡慧 译)

海明威还先后两次去非洲,写出了记录非洲狩猎经历的《非洲的青山》和《曙光示真》。在这两部狩猎纪实作品中,海明威不仅记述了自己的非洲狩猎经历,还向当地的猎人学习非洲的狩猎知识,熟稔当地的狩猎之道。在《非洲的青山》中,海明威如是写道:

我热爱这个地区,我有一种在家里的感觉,如果某人对他的出生地以外的一个地方有一种如在家里的感觉,这就是他注定该去的地方。

(张建平 译)

为什么当代旅行作家热衷于寻求和描述那些失落在遥远时空中的异质文明?为什么许多文明人愿意生活(或暂时生活)在被认为是"野蛮人"的所在,"反认他乡是故乡"?一个可能的答案是,这是对日益平庸和乏味的现代社会作出的心理反弹。城市文明不但异化了人与自然的关系,也使人与自我、与他人、与社会的关系日益疏离化。白天,它把人推上高速公路,塞进私家车,送进流水线或关进写字楼;夜晚,它又把人抛回蜂窝般密集而又沙漠般荒凉的标准化公寓。这样,正如法国象征派诗人瓦雷里早在19世纪就指出的,"住在大城市中心的居民已经退化到野蛮状态中去了——就是说,他们都是孤零零的。那种由于生存需要而保存着的依赖他人的感觉逐渐被社会机器主义磨平了"。这种机器主义的每一点进展都排除掉某种行为和情感的方式。

作为现代文明之"充电器"和"安全阀"的旅行,其功能之一便是帮助城市居民舒缓日益加剧的生存焦虑,治愈因疏离感和孤独感带来的精神抑郁。当世界变得越来越平,丰富多样的人性变得越来越单一、趋同和萎靡不振时,对奇崛、差异和刺激的追求就满足了人的深层渴望。在一些旅行者眼中,相隔时空越是遥远、行程越是艰苦、文化和地理景观反差越是巨大的旅行,越能提供持续的生理和心理能量,激活潜伏在灵魂深处那头永不安分、渴望刺激和行动的小兽。这就是为何当下许多公司要定期组织员工在荒郊野地创办训练营,推出拓展课程,而一些大企业、大公司的CEO们则热衷于作自虐性的长途旅行(或徒步穿越沙漠无人区,或奋力攀登珠峰、乞力马扎罗山)的根本原因。对此类现象作"仇富"式社会学解释无济于事,认真对待和深刻反思才是真正的旅行作家应有的态度。

第八讲
旅行文学的风景书写

由失落的文明过渡到自然风景，是旅行文学书写的题中应有之义。不过在讨论这个主题前，我们须先问自己两个简单的、但也容易被忽视的问题。第一，风景何时成为风景？换言之，它是向来如此，还是后来被建构起来的？与此相关的第二个问题是，作为旅行者，我们感兴趣的究竟是风景本身，还是对风景的描述？我们是被风景本身所吸引，还是因看了相关图像或文字后慕名而去的？换言之，没有被描绘过、记述过，没有进入相机或文字的风景是否也是风景？

▌ 第一节 原生态与景观学

无疑，对原生态的迷恋是促使旅行家出行的根本冲动之一。所谓的原生态，从环境的角度看，意味着未被人类开发，未受文明"污染"的自然状态，从人性的角度看，则意味着还保留着"人之初，性本善"的单纯和质朴。我们还记得，陶渊明在他的《桃花源记》中曾讲过一个令人惆怅的故事。一名渔人缘溪而行，无意间穿过一个狭窄的山洞，发现了一个隐蔽在桃源深处的原生态村落。可惜的是，尽管这名渔人见证了它梦境般的纯朴和美丽，并在返程路上做了路标，但再次寻访时还是落空了。挪用一句古老的西哲名言，"人不能两次踏入同一条河流",这个渔人也不能两次踏入同一个村落。那么,陶渊明是在讲述一个怀旧的寓言吗?是在借此寓言阐述老子的道家思想吗?

既然生活在魏晋时代(距今已有约 1600—1800 年)的陶渊明想返回原生态环境已经可望而不可即,那么,要退回到什么年代(假如真有时间机器)我们才可以像浮士德那样说:"你真美啊,请停一下!"但凭常识和理性我们都知道,这是不可能的。世代如落叶,沧海变桑田,人事有更替,村落会搬迁,地震、泥石流会改变地形地貌,将千年古城埋入地底或水下……所谓的原生态永远只存在于旅行家的梦想中。或许,我们需要一个理论支点,才能避免这种不断倒退的"永恒回归"。

1906 年,德国地理学家奥托·施吕特尔在慕尼黑大学的就职演说中提出了"景观学"这个概念。他认为,地理学家首先看到的是地球表面可以通过感官感受到的事物,而这种感受的总和就是地理景观。他运用历史地理学的方法来分析地理景观,首先定义出他所命名的"原始景观",即没有受到人类活动大规模改变的地理景观,然后追溯原始景观向文化景观转变的一系列过程。之后,美国地理学家 C. O. 索尔发展了景观学的思想,在其专著《景观的形态》中,他主张用实际观察到的地面景色来研究地理特征,通过文化景观来研究文化地理。"文化景观"是人类在地表活动的产物,指的是包括自然风光、田野、建筑、村落、道路、厂矿、城市、交通工具,以及人和服饰等在内构成的文化现象复合体,它反映了文化体系的特征和某个地区的地理特征。

如果觉得上述理论概念过于抽象,让我们来读一首被归于唐代杜牧名下的小诗《江南春》,感受一下地理景观和文化景观互相渗透、彼此穿插的情形。

千里莺啼绿映红,

水村山郭酒旗风。

南朝四百八十寺,

多少楼台烟雨中。

在这首 28 个字的绝句中，诗人将季节的轮回、气象的更新、自然风光和人类活动的产物全都融入其中了。山中有城郭，水边有村庄，沿途有花开鸟鸣，小酒肆的旗幡在风中招展（或许还有茶楼和饭店飘出来的香味），寺庙在风雨中若隐若现，构成了一幅集山水、民居、民俗和宗教建筑等在内的和谐图景。全诗仿佛一组组蒙太奇镜头，只有和谐的色彩、叠加的画面，以及风声、雨声和鸟鸣声的连续颤动。作者躲在背后什么也没说，但一切已尽在不言中。王国维在《人间词话》中曾提出"有我之境"与"无我之境"之分，认为"有我之境，以我观物，故物皆著我之色彩；无我之境，以物观物，不知何者为我，何者为物"。从景观学的角度来读《江南春》，可以认为这首小诗表现的既是"有我"（"我"作为人类）的人文景观，又是"无我"的地理景观。

但如果仅止于此，我们对文化景观的理解就还是肤浅的。一个真正的旅行家看到上述景观后，肯定不会满足于选几个角度、拍几张照片就离开，他还会迈步于其中，观察远山近水、周边环境与村舍、建筑和民俗风情的关系。他可能还会拉住一位当地人，问他几个问题，比如：他们的祖先是从何处迁徙过来的？村落是何时形成的？城郭是何时建造的？其规模发生过什么变化？他还会要求这个当地人带他走街串巷，踏进小酒肆中，要一壶当地出产的土酒，坐在河边的窗口，一边观景品酒，一边察看食客们小口啜酒或大口豪饮的样子，听他们的低声细语或高谈阔论。离开酒肆之后，他还会跨进某个寺庙，打量它的形制结构和菩萨、罗汉造像，如果可能的话再与住持或小僧交谈几句，了解一下这个寺庙的来由和规模。最后，他才心满意足地离开这个地方，把上述这一切写入自己的游记中，分享给亲朋好友。

初步了解了地理景观和文化景观的基本情形后，就可以进入具体分析了。为了讨论方便起见，我们从众多的旅行文学作品中抽绎出几组地理—文化景观，分为河流、山脉、岛海、荒野和日常等五个系列，从中选择一些典范的文本片段作为分析个案。当然，这并非科学意义上的严格分类，只是人文意义上的经验性描述，逻辑上难免会有重叠之处，细节上的疏漏也在所难免。希望读者按图索骥，借此阅读更多的旅行文学作品，并能吸取其精华，举一反三，用之于自己的旅行写作实践。

第二节 河流景观：多重隐喻和象征

大河是人类文明的发源地。黑格尔说，精神的太阳从东方升起。文明的曙光首先出现在河系发达、土壤肥沃、便于耕作和易于生存的亚洲大陆。大约5000年前，在幼发拉底河、底格里斯河、尼罗河、印度河、黄河和长江流域先后产生了人类最早的文明，也出现了与大河相关的旅行文学雏形。我们还记得，两河流域和尼罗河畔分别诞生过两部以穿越生死为主题的作品，英雄史诗《吉尔伽美什》和"下界旅行指南"《亡灵书》，代表了人类生命意识的觉醒，以及对永生的渴望和追寻。

在中国古代旅行文学中，孕育了华夏民族的黄河与长江（通称为

"江河"），一直是诗人、哲学家和旅行者吟唱的对象。埃及人把尼罗河作为神来敬奉，中国民间则把江河作为龙来崇拜。像传说中的龙一样，江河总是喜怒无常，任性妄为，时而润泽人间、带来福祉，时而给沿岸造成灾殃和祸害。奔腾不息的咆哮能激发人的活力，静静的流逝则能促使人对时间和生命进行反思（"逝者如斯夫"）。江河是俗世生活的见证，也是悲情宣泄的对象。黄河岸边筏工唱出的悠长悲凉的西北民谣，长江水道上纤夫喊出的撕心裂肺的号子，常令外来的旅行者惊骇不已。

《川江号子》（佚名拍摄，约 20 世纪初）

我们还记得，20 世纪初英国作家毛姆曾来中国旅行，从北到南走马观花，留下一部印象式游记《在中国屏风上》。其中一篇《江中号子》描述了他在长江上听到的纤夫号子。作家从人道主义的悲悯心出发，对中国底层民众不屈不挠的生存意志发出了由衷的赞美和叹息：

> 那是与汹涌波涛战斗的号子。我不知道该如何形容这号子努力要表述的东西，我想它表述的是绷紧的心弦、撕裂的肌肉和人类战胜无情的自然力量的不屈不挠的精神……他们的号子是痛苦的呻吟，是绝望的叹息，是

揪心的呼喊。这声音几乎不是人发出的,那是灵魂在无边苦海中的有节奏的呼号,它的最后一个音符是人性最沉痛的啜泣。

(唐建清 译)

如今的旅行者已经看不到这种惊心动魄的情景了。李白笔下"啼不住"的猿声早已绝迹,险恶的滩头和奇崛的礁石大多已被炸除,三峡大坝掩映在青山绿水间,以总装机容量达到2250万千瓦的水力发电站源源不断地向全国电网输送着电力。平静如镜的水面上唯有游船喷出的白浪和鸥鸟盘旋的黑影。昔日的船工号子被今日游客在甲板上指点江山、追光逐影的喧闹声所代替。不必为此惋惜,更不必为此感伤。江山代有风景出,各领风骚数百年。旅行作家要做的是,在可见之景与已逝之景之间找到一个恰当的联结点,将追忆、怀旧与梦想融为一体,写出有趣味和深度的旅行作品来。借助外国旅行者的眼睛,我们对这一点或许可以看得更加清楚。

1996年,一位来自美国密苏里州、中文名字叫何伟(英文名为Peter Hessler)的年轻人坐慢船,从重庆顺流而下,来到乌江边的一个小城,以出产榨菜著名的涪陵,在当地一所师范专科学校当了两年的英语教师。任教期间,他利用业余时间到处走访、观察和记录,回国后出版了一部写实的旅行作品《江城》。他很年轻,现今也不过五十出头。与许多西方媒体记者不同,何伟的书写态度介于同情与关怀之间,诚恳、谦逊,不乏中国传统的温良恭俭让之风。他所看到的20世纪90年代的中国正处于转型期,何伟敏锐地把握住了机会,仔细地观察和记录了每日每时在身边发生着的变化。学校给他安排居住的公寓,位于一座小山丘的六层楼上,能俯视长江上游右岸的支流,古称黔江的乌江。在他眼中,"这是一条美丽的河,激越而清澈透明的水流从贵州省的崇山峻岭中自南向北而来。乌江的对岸就是涪陵的主城区，山坡上到处都是方块样的钢筋水泥建筑"。新来乍到的何伟首先注意到的是这个城市弄出的声音，这是不同于毛姆笔下江中号子的嘈杂声：

在最初的一段日子里，涪陵对我来说主要意味着各种声音。这是一座十分喧闹的城市，各种噪音也都是我以往没有听到过的——建筑工地上传来钢钎有规律的丁当声，以及岩石在铁锤下的崩裂声：大部分活计仍用手工完成的地方才会有这种声音。我也是第一次住在靠近江河的地方，听着船只发出的各种声音，在峡谷中来回飘荡。

（李雪顺 译）

除了拆建的噪声外，还有清晨飘游到他公寓里的槌球声，那是公园里晨练的人们发出的——包括轻柔的敲击声，落在硬土上的脚步声，轻轻的拍掌声和笑声，显示人们玩得不慌不忙。何伟觉得这声音是最能抚慰他的神经的，他经常坐在阳台上听槌球声的背景音，还有不连贯的蝉鸣与乌江上传来的杂音。

窄窄的河谷上回荡着船只的汽笛声，发动机噼啪作响，搏击江流，驳船上不时传来丁丁当当的敲击声，那是工人们正把河沙卸到停在岸边的马达轰鸣的卡车上。从我的公寓看出去一英里远的地方，乌江消融在长江浑黄的激流中，不时可以听到从长江上传来的孤零零的汽笛声。

（李雪顺 译）

读者可能会问，上述这些描述是否太平常，缺乏美感？也许。但对于一个真正的旅行作家来说，美感是个贫乏的词，第一感觉才是最重要的。既然我们已经知道，景观是人与地理的历史性磨合，精神与物质不断碰撞的结果，就没有必要执着地追寻过往的风景，而应仔细观察眼前所见的一切，并将其记载下来。说不定（其实完全有可能），你的记录会成为难得的历史见证，后人艳羡和仿效的对象。

现在让我们从亚洲转到其他地区。近代以来，随着美洲的发现和非洲的开发，更多的大河（密西西比河、刚果河等）进入了旅行家的视野；与此同时，流经欧洲帝国大都市的河流，伦敦的泰晤士河、巴黎的塞纳河、圣彼得堡的涅瓦河等等，也引起了旅行作家的兴趣，成为诗歌、小说、散文的书写对象和文学隐喻。

在马克·吐温的《哈克贝利·芬历险记》中，我们看到了密西西比河壮阔的景观与小说主角追求自由主题的完美结合。一条大河、一个白人小孩和一个黑人男子，三者都有一个自由的灵魂。哈克不愿受文明规矩的约束而离家出走，吉姆不愿当奴隶而想逃到已废除黑奴制的自由州，两人在密西西比河中的一个小岛上相遇，想办法弄到了一只木筏，无拘无束地漂流在河上。一路上，星星在他们头顶闪耀，河水在身边哗哗流淌，时而飘来路过船只上水手粗犷的歌声。在经典的文学中，水作为原型性的象征，一般具有两方面的含义：作为生命的活水，具有再生或复活的力量；作为洗涤的物质，具有净化人的灵魂的力量。而木筏（或船只）的作用则类似子宫，是一个与世隔绝的安全所在。漂流在水中的木筏，犹如在母体中被羊水包围着的婴儿，享受着原始的幸福。小说中，与这种略带浪漫色彩的自然风光描写形成对比的，是大河沿岸小镇的衰败鄙陋、居民的愚昧贫困。这里有械斗，有欺诈和江湖骗子。河上世界与岸上世界形成鲜明对比，体现了自然与社会、文明与野蛮、自由与约束等多重隐喻和主题。而少年主人公就在这种种复杂多变的环境中追寻着自己的自由，最终完成了自己的成长仪式。

游船中看到的涅瓦河（本书作者摄于 2018 年）

奔腾不息的大河既可以代表自由的灵魂，也可以成为净化灵魂、提升信仰的引导者。在陀思妥耶夫斯基的名作《罪与罚》中，大学生拉斯柯尔尼科夫为贫穷所困，屈从了流行的超人哲学，谋杀了一位放高利贷的老太婆和她的妹妹，且没被人发现。但这种侥幸的"成功"并没有给他带来期望中的欣喜，反而带给他无止境的心理折磨。尽管他毁灭了罪证，藏匿了赃物，依旧热病发作，噩梦不断。一天清晨，他神情恍惚地踱到了涅瓦河边：

天空没有一丝云彩，河水几乎是浅蓝色的，在涅瓦河里，这是很少见的。大教堂的圆顶光彩夺目，不论从哪个角度看这个圆顶，都没有像站在这儿离钟楼二十来步路的桥上看得清楚；透过洁净的空气，连它的每种装饰都可以看得清清楚楚……一个不安的、模模糊糊的念头现在完全占据了他的心灵。他站着，久久地、目光定定地望着远方……现在他觉得，一切往事、以前的各种想法、以前的各种问题、以前的各种论题、以前的各种印象和那片景色,还有他本人和一切的一切……在下边的一个深渊里,在脚底下约略可见的地方隐没了。他觉得,他似乎腾空而起飞往什么地方去了,而一切东西都在他的视野里消失了……他觉得,这当儿他仿佛拿了一把剪刀,把自己跟一切人和一切往事截然剪断了……

(岳麟 译)

  在涅瓦河水的"洗涤"和女友索尼娅的灵魂感召下,拉斯柯尔尼科夫在经历了痛苦的心理折磨和自我反省后,终于突破了残忍的食人理论的重压,走进警局自首,被判流放西伯利亚,最后在流放地获得了道德的新生。

  进入旅行文学作家视野的另一条著名的大河是非洲的刚果河。这要拜波兰裔英国小说家康拉德所赐,正是他的中篇小说《黑暗深处》让人们认识了这条神秘、野性而又富有魅力的大河。《黑暗深处》被认为是英语文学中最伟大的中篇小说之一。它在表层讲述了一个梦幻般的非洲内陆的冒险故事,但其深层则是一个人走进他自己内心的象征之旅。小说标题具有双重含义,它既指西方人心目中没有被文明化的、原始的"黑暗深处"——非洲丛林和生活于其中的原住民("土著"),也指"文明"的欧洲殖民者在殖民和征服过程中,肆无忌惮暴露出来的"黑暗的心",即被文明化的制度和道德压抑的恶本能。

  像康拉德别的航海小说一样,《黑暗深处》的故事从马洛与几个退休海员在泰晤士河畔的闲聊开始。真正的故事则发生在刚果河上,它是泰晤士河的对立面。泰晤士河是一条已被文明驯服的河流,度过了生机勃勃的野性时代,如今已经光荣"退休",享受着落日下晚潮的抚慰。而刚果河,用非洲作家阿契贝的话来说,"注定不会成为一条光荣退休的河。它没有提供过服务,不能享受养老金。我们被告知,这条河将继续奔流,一直上溯到鸿蒙未分的源头"。

　　小说中,我们跟随马洛踏上一艘汽船,一路鸣笛进入非洲的心脏地带。汽船标志了18世纪以来欧洲工业革命的成就,也是西方科技、商业和军事三位一体征服未知世界的主要工具。汽船通过压缩时间而征服了空间,又通过征服空间而压缩了时间。沿着刚果河溯流而上的汽笛声打破了古老的非洲大陆的宁静,预示了一个大规模空间改造时代的到来。马洛上岸后看到的是自然空间日益萎缩和耗尽,原住民日益贫困和衰亡的景象——铁路在修建,矿山在开发,不断传来爆炸声,土地裂开,山石飞溅,未完成的铁轨和机器碎片被抛在路边。原本神秘的非洲大陆在欧洲帝国的征服和开发下正在逐渐失去它的原始魅力。

　　不过,空间的衰败只是作家关注的一个方面,小说探讨的另一个更重要的方面是对人性"返祖"的恐惧。通过马洛的非洲之旅,我们听到了一个骇人的故事。一个名叫库尔茨的殖民者负责非洲大陆深处的一个贸易站,常年独自生活在刚果河边的密林中。他具有鲁滨孙般的坚忍性格,不怕吃苦,敢于冒险。然而,面对着在社会组织与武器装备方面都远远落后于西方人的原住民,他没有了道德的约束,内心深藏的恶本能急剧膨胀。他凭借手中的火枪肆意妄为,杀戮原住民,掠夺象牙,在累累白骨上建立了一个奴隶王国。他陶醉于自己用暴力主宰的权势,甚至不愿再回到文明社会中去了。可是,在执掌漫无止境的权力时,库尔茨也从自身见证了人性的极端堕落,见证了人心中最黑暗的深渊。这深渊是如此黑暗,以至于连他自己都感到了恐怖。库尔茨临终前著名的喊叫"太可怕了!太可怕了!"可以理解为既是他对自己,也是对西方殖民者内心黑暗的恐惧反应。

如何解决因帝国的扩张、科技的发展、世界的祛魅化而带来的文明与野蛮、进步与退化的悖论，无疑是康拉德在《黑暗深处》中给他的同时代人，也给后人提出的一个值得反思的问题。1979年，美国著名导演科波拉以《黑暗深处》为底本，拍摄了《现代启示录》，将故事场景从刚果河转移到了湄南河上，呈现了越战期间美国特种兵库尔茨从西点军校优等生堕落为杀人狂魔的全过程，借此对人性黑暗深处的贪婪、疯狂和卑劣进行了深刻反思，进一步扩展了康拉德小说的启示录般的意义。

第三节　山脉景观：性别化与科学化

山脉无疑是地表上最醒目的景观之一。在汉语中，山与水这两个词往往连用，并称为"山水"，成为风景的代名词，反映了中国传统以阴阳为核心的宇宙观。山，以其刚健、稳固、高大、呈上升趋势而属阳；水，则以其阴柔、低洼、不稳定、呈下降趋势而属阴。《诗经》中不少篇章常以"山有××，隰有××"起兴，暗合易经转化之道。这种基本的二元对立结构后来逐渐普泛化和精致化，最终成为特殊的观察、思维和表达方式。中国古代描写山水的诗文数不胜数，《诗经》中的山水篇章、魏晋的《水经注》、浙东唐诗之路上的作品、明代徐霞客的游记等，无疑是悠久的旅行书写传统中最亮眼的几个节点。由于本书上篇已有相关描述，此处不再展开，还是像鲁迅所说的"别求新声于异邦"，尽量多介绍一些国外的旅行文学作品，作为攻玉的"他山之石"吧。

公元4—5世纪之间，印度出现了一部以旅行为主题的抒情长诗

《云使》(意为"云的使者"),作者是杰出的诗人和戏剧家迦梨陀娑。全诗写一位名叫药叉的小神因失职而被流放到南方的罗摩山,远离自己北方的家乡。在六月雨季来临的时候,印度洋温暖的季风携带大朵的雨云,自南向北掠过南亚次大陆。于是,聪明的药叉就把自己对妻子的思念托付给一片雨云,让飘移的云朵代他诉说衷肠。这可算得上是另一种意义上的"云游"了。全诗分"前云"和"后云"两个部分。"前云"主要告诉云朵应走的道路,通过药叉之口,描绘了南亚次大陆的风光,山山水水都饱含了诗人的柔情蜜意:

> 云啊!现在请听我告诉你应走的路程,
> 然后再倾听我所托带的悦耳的音讯;
> 旅途疲倦时你就在山峰顶上歇歇脚,
> 消瘦时便把江河中的清水来饮一饮。
> ……
> 前面蚁垤峰头出现了一道彩虹,
> 仿佛是种种珠光宝气交相辉映;
> 你的黑色身躯将由它得到无穷美丽,
> 像牧童装的毗湿奴戴上闪光的孔雀翎。
>
> 不懂挤眉弄眼而眼光充满爱意的农妇
> 凝神望你,因为庄稼要靠你收成;
> 请升上玛罗高原的刚耕过的芬芳田野,
> 稍转向西,再以轻快的步伐向北前进。
> ……

(金克木 译)

"后云"部分写云朵飘移到药叉的家乡阿罗迦城的情景。诗人着力渲染了阿罗迦城的壮丽以及生活在那里的女子的美丽和多情,然后引出自己妻子的美丽形象,想象她一定因为思念自己而面容憔悴,于是嘱咐雨云"用你的水滴所冰过的凉风把她唤醒,/还有新鲜的茉莉花苞来使她精神焕发",然后用雷声作语言来转述自己要对她说的喁喁情话。

《云使》的语言风格既华美又自然,全诗用了"缓进调"的格律,每节四行17个音节,用长而缓慢的节奏,表现乌云满含水分、雷声电光的气氛,同时借助云朵飘移的路线,呈现了南亚次大陆的地理风貌和人文景观。从这首诗中可见,地形、地貌和地域性在孕育诗歌或故事中起到了多么重要的作用,同时也展示出不同民族的思维方式和抒情手法是如何受地理景观影响的。

在《云使》的时代,人类干预自然的能力还很弱,只能将自己的欲望和愿景投射于山水间。随着人类征服自然能力的增强和审美观念的提升,原本令人望而生畏、充满各种神怪故事和魔法传说的地理景观,渐渐进入旅行家的视野。险峻的高山,幽深的峡谷,千奇百怪的溶洞、深渊和地下河,以及嶙峋的怪石、危乎高哉的悬崖峭壁等,成为人类独特的征服对象和审美客体,进而发展为集自然与文化、宗教与世俗、审美与崇拜于一体的人文景观,而原本"无性"或"中性"的地形地貌也大多被色情化和性别化了。阴湿的溪谷成了女阴的隐喻,耸立的石笋成了男根的象征,高耸的双峰被比拟为女性的乳房,进入溶洞或暗河的惊恐探险,在释放了男性荷尔蒙的同时,又暗示了两性交合或返回子宫的可能性,等等。在印度和中国等东方国家,诸如此类的地理景观及相关的文化隐喻至今还随处可见,可以视为人类原始本能在自然景物上的无意识投射。

张掖的七彩丹霞

（本书作者手绘）

卡斯帕·大卫·弗里德里希《雾海上的漫游者》

相比之下，西方近现代旅行文学中对地理——文化景观的描述和建构，则带上了更自觉而强烈的性意识。如前所述，15世纪大航海时代的开启，以及接踵而至的殖民化进程，大大拓展了近代欧洲人的视野和旅行空间。当怀着各种动机的探险家、传教士和旅行家从旧大陆来到新大陆，见到了具有异国情调的陌生风景时，他们对之作出的反应首先就是占有、征服和殖民。由于早期的探险家基本以男子为主体，这种占有欲转换到旅行文本中，使其从一开始就明显带上了男性气概和色情化倾向。1585—1588年间，罗利爵士受命于英国女王伊丽莎白一世，对现今佛罗里达州以北的地区展开了探索。他把北美洲大西洋沿岸（从南卡罗来纳州到缅因州）地区命名为弗吉尼亚（Virginia），以向那位为了国家民族利益而誓不结婚的"童贞女王"（Virgin Queen of England）表示敬意，同时也暗示了弗吉尼亚既是一位尚未被男性征服过的处女（virgin），也是一块有待男性开发的处女地（virgin land）。如所周知，英语中"丈夫"（husband）一词，用作动词有"耕种、栽培"之意，用作名词有"农夫"（husbandman, farmer）之意，这样，男性与女性、丈夫与妻子、农夫与土地的主次关系和征服关系就一目了然了。

1693年，英国经验主义哲学家洛克在《教育漫话》中，用色情化的隐喻描述了当时方兴未艾的异域旅行和探险活动：

> 要研究人性（human nature），一个旅行家就必须将他的旅程扩大到欧洲以外。他必须去北美，去好望角，趁她还赤身裸体、一丝不挂时把她抓住。然后他就可以仔细考察她是如何困难地穿上法律和习俗的束腰外衣，把自己套在其中，约束自己，扣上扣子，如同在中国和日本那样。或者，再扩展，将她的身材放大，用更宽松、飘逸的热情的袍子，像在阿拉伯人

和萨拉森人中间那样。最后,她颤动在早已磨损的权谋和政府的暴怒中,差不多已经准备赤裸裸地返回荒野,像在非洲的地中海海岸那样。

(张德明 译)

这里,未知世界被形容为尚未被征服或认识的女性,而探索者和征服者则是一位欧洲的男性旅行家,其动作或想象性的动作中充满了性暴力倾向。

上述这种对未开发土地的色情化和女性化描述倾向,在19世纪后期的探险罗曼司中臻于极致。在前述"罗曼司之王"哈格德的作品中,作家对非洲地理空间的描写具有明显的性别标记。胸部(breast)、乳头(nipple)、子宫(womb)等是频繁出现的字眼,男性则经常处于坠落的状态,坠入河流、洞穴或废弃的矿井中。《所罗门王的宝石矿》中,夸特曼一行探险家第一次看到希巴山峰时,惊叹不已,无法抗拒其散发的女性魅力:

> 在朝霞的辉映下,离我们不到四十或五十英里之处闪现出洁白如银的希巴乳房山顶。它的左右连接蜿蜒数百英里的苏里曼山脉。我坐在这儿,真想描绘一番眼前这壮丽景色……两峰相距不过十二英里,中间是一带悬崖峭壁。两峰状如女人的乳房,山下是一片宿雾晨霭,缥缈如蒙纱酣睡的美人。乳房二山横亘面前,恰如一座巍峨的大门。两山山脚从平原上缓缓升起。从远处看,坡度十分平缓圆滑,顶部则是积雪的峰巅,犹如女人的乳头。

(常政、曼真译)

面对这位洁白如银的"美人",夸特曼自称产生了一种"阳痿"(impotent)的感觉,以至于连记忆都变得模糊了。由于云雾的遮没,希巴乳房山总是若隐若现,逃离男性的凝视,但又似乎总在诱惑、勾引着白人男性,与后者玩起了捉迷藏的游戏。其中的暧昧情愫清晰可见,原始的地理景观成了白人男性急不可耐占有和征服的对象。

在同一系列的小说《她》中,作家让以夸特曼为首的三个英国男子进入了布满沼泽、水渠与洞穴的神秘所在,去寻找一个名叫阿霞的女子。阿霞居住的洞穴叫作 Kor,来源于希腊语 Kore,意为年轻姑娘,而它的发音近似于英语中的 core(中心)。一语双关,暗示了阿霞所在的地方既是世界的中心,也是女性身体的中心。于是这场非洲探险就成了男性在女性身体内部的一次探险之旅。Kor 拥有各种幽深曲折的洞穴、迷宫和通道,夸特曼们必须手脚并用,缓慢爬行才能勉强通过,犹如婴儿重回母亲怀抱。最后他们终于爬到生命火柱的洞穴,进入被称为"世界子宫"的中心。

不过,色情化和女性化的探险罗曼司只是西方旅行风景书写的一个方面,与此并行不悖的是科学化和客观化倾向。1735 年欧洲发生了两件新的、影响深远的大事。其一是瑞典自然科学家卡尔·林奈出版了他的《自然系统》,为这个星球上欧洲人已知的或未知的所有植物,提出了一个分类体系。其二是欧洲启动了第一次国际性的科学考察活动,其目的是一劳永逸地测定地球表面的形状。这两件大事,以及它们在时间上的巧合,说明欧洲知识精英们在理解自身及其与世界其他部分的关系上发生了重大的变化。

一位西方旅行文学专家认为,在林奈之后,旅行和旅行写作再也不同于以往了。到 18 世纪后半叶,不管考察的动机最初是否是科学的,或旅行者是否是一个科学家,博物学都在其中发挥了作用。收集标本,建立档案,命名新的物种,确认已知的物种,成为旅行和旅行写作的标准主题。在 19 世纪,地质学成了非常受欢迎的学科,地质旅游成为一个颇有发展前景的行业。地质学的教授给游客做讲座，提供指南，使他们能够获得足够的知识，来识别在欧洲高山上邂逅的所有常见水晶和火山岩的成分。同时他们也鼓励人们到户外去，到高山险崖去，去见识比虚构更精彩的奇观。这样，旅行文学对地理景观的描述就出现了一种新的倾向，即尽可能以客观、精准的文字，不加修饰、不动感情地将眼前的风景描述下来，以保留大自然的原貌和历史演化的真相。达尔文的旅行日志、列维–斯特劳斯的自传体回忆录等，无疑是这方面的典范之作。

1831年12月，22岁的达尔文以博物学家的身份，登上了英国皇家海军"小猎犬号"甲板，从普利茅斯港起碇，开始了为期五年的环球旅行。按照麦克法伦的说法，"小猎犬号"是世界上最早的时间漫游轮船之一，也是科幻片《星舰雄心》的原型。旅途中，达尔文考察过火山，经历过地震，并采集了大量动植物标本和化石，逐渐萌生了生物进化的思想。在他记载此次科考的旅行日志《"小猎犬号"航海记》中，达尔文的目光既在空间旅行，也在时间内部漫游。读者不但可以追随达尔文的足迹，一起登上暴雨击打中的火地岛峰顶，或进入巴塔哥尼亚的银色沙漠，还可以来回穿梭于新近发现的远古的地质学时代。达尔文的旅行日志像他的科学论著一样，观察细致，描述客观，用词准确生动，字里行间充满了惊人的空间想象力和历史洞察力。现从英文版《"小猎犬号"航海记》中选译一则相对短小但完整的日记，略见一斑。

10月1日。我们在月光下起程，拂晓抵达特塞罗河，这条河也叫萨拉迪约河，倒也名副其实，因为水是咸的。① 我在这里待了大半天，找动物化

---

① 萨拉迪约河（River Saladillo），saladillo 在西班牙语中是"咸的"之意。——编辑注

石。除了一块完整的箭齿兽兽牙外，还有许多散乱的骨头。我发现了两具彼此挨着的巨大骨架，在巴拉那河岸垂直峭壁的衬托下特别显眼。但是它们几乎已经完全朽烂了，我只取了一颗巨大的白齿的一些碎片；但这些碎片已足以证明这些遗物属于一头乳齿象，或许与那些之前活动在高地秘鲁地区安第斯山脉中的动物是同类物种，当时此类动物的数量必然十分庞大。那几个用独木舟带我过去的当地人说，他们早就知道这些骨架，但一直好奇它们是怎么到那儿的。势必有一种理论让他们得出结论，乳齿象像兔鼠一样，原先是一种挖掘动物！傍晚，我们骑马到了另一个台地，穿过另外一条名叫蒙赫河的咸水溪流，携带着从潘帕斯草原冲刷下来的沉淀物。

（张德明 译）

第四节　岛海景观：仙乡追寻与异国情调

　　岛屿和海洋是旅行文学中频频出现的景观，值得好好研讨一番。在中国传统文化中，岛屿多与仙境相关，留下了大量的神话传说。位于渤海之滨的山东蓬莱海面上，春夏秋三季经常出现"海市蜃楼"。古人认为蜃乃蛟龙之属，能吐气而成楼台城郭，又说海市是海上神仙的住所，位置处在"虚无缥缈间"。宋朝沈括在《梦溪笔谈》中这样写道："登州海中时有云气，如宫室、台观、城堞、人物、车马、冠盖，历历可见。"

　　目前所知史籍中最早记载"海市蜃楼"传说的是《史记》。据司马迁在《秦始皇本纪》和《淮南衡山列传》中的记载，秦始皇二十八年（前219），术士徐市（通称徐福）上书说海上有蓬莱、方丈、瀛洲三座仙山，上有神仙居焉。希求长生不老的秦始皇于是派徐市率领童男童女数千人,并备足了三年的粮食、衣履、药品和耕具入海求仙。但徐市首次出海数年并未找到仙山,二度出海来到"平原广泽"(可能是日本九州岛),便停下来自立为王("止王不来"),教当地人农耕、捕鱼、捕鲸和沥纸的方法,从此一去不复返。那么,这三座海上仙山究竟在何处?《史记·封禅书》语焉不详,只说是在渤海中。而平原广泽在何处,更是无法切实考证。无论如何,这个传说已经成为中日韩文化交流的一段佳话,以及多学科专家研究的对象。此处按下不表。

中国古代旅行文学中描述岛海的作品,当以曹操的《观沧海》为最早,文学性也最强。

> 东临碣石,以观沧海。
> 水何澹澹,山岛竦峙。
> 树木丛生,百草丰茂。
> 秋风萧瑟,洪波涌起。
> 日月之行,若出其中。
> 星汉灿烂,若出其里。
> 幸甚至哉,歌以咏志。

曹操虽是一位雄才大略的将军,但面对苍茫的大海,也只是站在岸边观望和感慨,并未产生驾舟入海、一探究竟的念头,这就应了中国的一句成语"望洋兴叹",反映了大陆型地理文化环境中培育出来的农耕民族心态。不过,从旅行文学的风景书写来看,《观沧海》这首诗还是非常值得称道的。诗人的视野超越了眼见之物,自我意识扩展到整个宇宙,将季节的嬗递、景物的变化和日月星辰的运行全都联结起来,宏阔的境界与四言歌行体的庄重节奏甚为合拍,一字一顿,铿锵有力,不愧为"建安风骨"的典范之作。

我们还记得，明朝曾组织过一次大规模的海上远航活动，郑和率领的宝船队远航至西太平洋和印度洋，到访过不少沿海岛国。但由于当时的中国总的来说是"一个内向和非竞争性的国家"（黄仁宇语），朝廷最终还是选择了闭关自守的海禁国策，错过了成为海上强国的机遇，也给中国旅行文学史留下了缺失和遗憾。

海使人恐惧，也令人向往。黑格尔在《历史哲学》中说："海给了我们茫茫无定、浩浩无际和渺渺无限的观念；人类在大海的无限里感到他自己的无限的时候，他们就被激起了勇气，要去超越那有限的一切。大海邀请人类从事征服，从事掠夺，但是同时也鼓励人类追求利润，从事商业。"有意思的是，在中文和一些西方语言中，海都是女性的或阴性的。《说文解字》对"海"字的解释是："海，天池也。以纳百川者。从水，每声。"古文字学中"每"与"母"相通，从文化哲学意义上可以认为"母"既表声也表义。生命来自海洋。海像母亲一样，具有伟大的包孕力和强大的生产力，蕴藏着无限丰富的可能性。阴性的海有待于阳刚的男性去征服，冒险，播撒生命的种子。世界海洋文化中有一个普遍的风俗，就是不许女人出海打鱼，说是会带来厄运。出海是男人的事，女性只能待在家中，等待男人归来，就像《奥德赛》中的佩涅洛佩一样。对海洋民族来说，所谓的男子气概，就表现在对海的征服上。靠什么征服？由此进入岛海景观的另一个要素——船。

如果说人和海分别代表了海洋文化的主体和客体，那么，船就是介体。人对海的征服是凭借船这个介于自然与人工之间的中介来完成的。从原始的独木舟、木筏，到后来的木桨船、三桅船，再到近代的蒸汽机船，现代的远洋货轮、核潜艇、航空母舰等，都是人在生存和发展这两大动机的驱动下，向海索取，与海这个自然要素结合后的产物。从空间诗学角度看,船是一个独特的空间。漂流或航行在海上的船,是一个既流动又固定,既封闭又开放,既确定又不确定的空间。借用人类学家维克多·特纳的观点,我们可以说,船是一个阈限空间,处在生与死、陆地与海洋、此在与彼在之间。一位西方学者说,"水手总是居住在定居社会的边缘","希腊人不知道该把他们算作活人还是死人"。这在古代航海技术不发达、人类应付自然的能力相对弱小的情况下完全可以理解。但即便是在今天,我们也不能完全放心地说,人类凭借其所制造的大型舰艇,就完全能够征服海洋了。泰坦尼克号这个巨无霸的沉没说明,与海相比,人还是非常弱小的。在欧洲海洋帝国中,与船相关的旅行文学中总会出现海难余生和荒岛叙事,如本书上篇讲到的《鲁滨孙漂流记》等作品,后来形成了一个包括小说、电影、电视、游戏和真人秀在内的传统。

海洋文化景观的形成和发展离不开岛屿,岛屿是个特殊的文化—地理空间,它将人与自然、大陆与海洋联结起来。人类在海上的活动,从造船、捕鱼,到冒险、旅游,大都是以岛屿这个特殊的空间为跳板才得以完成的。航海活动大都以岛屿为起点,又以岛屿为归宿——不管是发现了新的岛屿,还是回归原先的岛屿。岛屿接纳海外归来的游子,又目送他们开启新的航程。离开了岛屿,海边的居民就失去了生存的依托。历史地来看,创造了西方文明的几个重要民族,如古代的希腊民族、近代的盎格鲁-撒克逊民族等,都是岛国民族。岛国民族由于生存空间的狭窄和生活资源的匮乏,很早就有了发达的商业意识和殖民意识。希腊在公元前8世纪到前6世纪的大希腊时代,把地中海变成了自己的内海。正如雅典哲学家柏拉图说:"我们环绕着大海而居,如同青蛙环绕着水塘。"爱琴海就像一个大水塘,而散布在其周围的希腊各城邦则犹如一群青蛙,此起彼伏,呱呱叫唤。近代以来,建立海上霸权的,先是葡萄牙、西班牙、荷兰等沿海国家,接着是以盎格鲁-撒克逊民族为主体的英国。它用了600年时间,完成了从传统的农业国到现代工业国的转型,从一个偏于欧洲西北一隅的岛国,发展为一个横跨欧、亚、非、美、大洋洲五大洲,领土面积超过母国100倍的世界帝国。

将上述人、海、船、岛四大要素联结起来,就形成了一个地理和文化景观系统。这四大要素之间的不同关联和结合,形成了人与环境的互动,产生了不同的海洋文化类型,进而为现代性的展开奠定了基本模式。

在西方现代性展开的进程中,岛屿还承担着一种特殊的文化叙事功能。美国学者格雷格·德宁指出,岛屿与其说是物理的,更不如说是文化的:它是一个文化的世界,一种精神的建构,只能通过一片海滩,一种划分了此与彼、我们与他们、好与坏、熟悉与陌生的世界的文化界线,才能接近。在越过海滩的时候,每个航海者都带来了某种新的东西,并制造了某种新的东西。因此,海滩"既是开端也是终结"。德宁甚至认为,整个欧洲的扩张就是以岛屿和海滩为条件的,"欧洲人发现,世界只是一片大洋,其所有的大陆全是岛屿。所有的部分通过海峡和航道相连。它们包围了这个世界"。于是,岛屿就成为联结欧洲与美洲、地中海与大西洋、旧世界与新世界、殖民者与原住民的场所。与此同时,岛屿也为那些试图逃离拥挤、喧嚣的都市的人们,打开了一个又一个蔚蓝色窗口,显示了"生活在别处"的可能性前景。

6月8日晚上,在经历了63天的航行、63天焦虑不安的期盼后,我们窥见了奇异的火光,闪动于波光粼粼的海面上。苍茫的暮色中,一个锯齿形的黑色锥体渐行渐远,我们转向莫雷阿岛,让塔希提岛浮现在我们眼前。数小时后,天亮了,我们轻轻地靠拢暗礁,进入航道,安全地将锚抛在了锚地。

(张德明 译)

这是法国画家保罗·高更写的塔希提手记的开头,书名为"诺阿诺阿",用的是塔希提当地土语中的词汇,意为"香啊香啊"。塔希提这个漂浮在南太平洋上的小岛是1767年由英国上尉塞缪尔·沃利斯首次发现的。翌年,法国探险家布干维尔也踏上了塔希提岛,他把此岛描述为"高尚的野蛮人"和"维纳斯般的女人"一起居住的人间天堂。之后这个陌生的小岛在欧洲渐渐变得非常有名,陆续吸引了麦尔维尔、斯蒂文森和高更等著名的作家和艺术家。

从1891年到1893年,高更远离都市尘嚣,在这片色香味俱全的土地上待了两年,摆脱了自己的烦恼、郁闷和焦虑,尽情享受着异国情调给予他的欣喜与快乐。"南纬17度,夜夜都是美的……北纬47度,巴黎,我相信,椰子树已不存在,声音也不再悦耳动听……"阳光跟着太平洋上吹来的风一同到来,海水的颜色由幽深到澄清层次丰富。岛上的湖泊颜色明丽,土地闪烁着"流金与阳光的欢乐",马缨丹、木槿、芒果树、面包树、诺丽树、鳄梨树、露兜树、香蕉树、木瓜树等各种热带树木肆意生长。更为重要的是,当地原住民性情温和,塔希提少女能歌善舞、热情顺从,时时点燃着艺术家的激情和灵感。在塔希提期间,高更坠入爱河,在享受异国少女柔情的同时,创作了大量以岛民生活及宗教救赎为题材的作品,代表作有:单纯美与原始美的典范《两位塔希提妇女》,色彩运用的典范《我们朝拜马利亚》,以及融入当地宗教和自我反思的史诗级作品《我们从哪里来?我们是谁?

我们往哪里去？》。

当然，高更并非旅行家和专业作家，《诺阿诺阿》的书写风格更像他的油画，画面简洁，色彩明丽，笔触粗犷，唯其如此，使读者尤为感动：

清晨。

在靠近海岸的地方，我看到了一艘独木舟，里面有个半裸的女人。岸上有个男子，也是赤身裸体。男子旁边是一棵死去的椰子树，枯叶垂缩着，活像一只拖着金色尾巴的巨大鹦鹉，爪子上抓着一大捧椰子。男子以协调的姿势，用双手挥动一把沉重的斧子，在银色的天空中形成一道蓝色的印记，在下面的死树上留下一道红色的伤口，日积月累的热情在此伤口上瞬间爆发，穿越几个世纪后还会重生。

……

黄昏。

我倚在海滩上点燃一支香烟。太阳很快从海平面上沉落，隐没了我右手边的莫雷阿岛。光勾勒出了嶙峋的山影，暗黑的天空在紫罗兰色的映衬下显得格外奇异。看上去像古战场上的棱堡。

（张德明 译）

而使许多专业作家为之动容的，更是高更特立独行的生活方式。1919年，著名的旅行小说家毛姆以高更的生平为原型，写下了长篇小说《月亮和六便士》，讲了一个名叫思特里克兰德的艺术家的故事：有一天他突然离家出走，抛弃了他昨天还赖以为生的一切，置文明社会的议论纷纷于不顾，孤身一人来到了塔希提岛。书中的叙述者"我"通过与艺术家本人及他的妻子和朋友的多次晤面和交谈，及研究他的绘画作品，渐渐进入了艺术家的灵魂世界：

思特里克兰德已经把那一直束缚着的桎梏打碎了。他并没有像俗话所说的"寻找到自己",而是寻找到一个新的灵魂,一个具有意料不到的巨大力量的灵魂。这幅画之所以能显示出这样强烈、这样独特的个性,并不只是因为它那极为大胆的简单的线条,不只是因为它的处理方法(尽管那肉体被画得带有一种强烈的、几乎可以说是奇妙的欲情),也不只是因为它给人的实体感,使你几乎奇异地感觉到那肉体的重量,而且还因为它有一种纯精神的性质,一种使你感到不安、感到新奇的精神,把你的幻想引向前所未经的路途,把你带到一个朦胧空虚的境界,那里为探索新奇的神秘只有永恒的星辰在照耀,你感到自己的灵魂一无牵挂,正经历着各种恐怖和冒险。

(傅惟慈 译)

毛姆的作品深刻揭示了个性、天才与现实社会的矛盾,其原始主义倾向与劳伦斯的血性意识遥相呼应。小说在看似幽默随意的叙述中透露一股惊心动魄的力量,并有着一种残忍的意味。英国著名作家弗吉尼亚·伍尔芙评论说:"读《月亮和六便士》就像一头撞在了高耸的冰山上,令平庸的日常生活彻底解体!"

诚然,无论是高更本人的手记还是毛姆虚构的小说,都不免将塔希提这个小岛过于美化和理想化了。而高更的墓地、他居住过的房子,连同随处可见的以他的画作为主题的纪念品,则成了当代文化拜物教的有机组成部分。但不可否认,上述两部作品中的主人公对生命意义的追寻和探索,既扩展了旅行文学的可能性空间,又丰富和深化了它的题材、主题和叙事风格。两个文本都促使我们掩卷沉思,此生此世,你究竟想要的是什么?是可望而不可即、必须举头仰望的"月亮"?还是尘世上许多人为之竞折腰的"六便士"(或"五斗米")?什么时候,你才能下定决心,通过一次刻骨铭心的旅行,来一个柏拉图所说的"灵魂的转身"?

第五节 荒野景观:静修、拓殖与"棕色语法"

荒野是包括荒原、沼泽、峡谷、冰山、极地、戈壁沙漠和原始森林等地形地貌在内的,几乎没有被人类干扰过的原生态景观的统称,它使我们联想到的画面不外乎:荒无人烟的原野,丛生的茅草和荆棘,出没于沙丘的饿狼,水禽和蛇觅食的湿地,多彩的丹霞地貌或嶙峋的喀斯特地貌,魔鬼般张牙舞爪的胡杨林,盘旋在铅色天空中的乌鸦,以及抛散在野地里的兽骨或无主坟茔。

在《说文解字》中,"野"的原义是"郊外","荒"的原义是不毛之地("芜"),基本是关于空间状况的中性描述。但语义的历史性变迁,让这两个词逐渐带上了贬义。于是,未经人驯养的动物,未经人工种植培养的植物,不驯服、不受拘束的人,不正常、不合礼制的举动等,统统被归入了"野"这个词中,引申出粗鲁、粗野、野蛮、不文雅等形容词。而未经开垦的土地、遥不可及的地方("八荒")则成为"荒"的代名词。"荒野"遂成为令人恐惧的地理空间和文化隐喻。

英语中 wild(野性)这个词,据加里·斯奈德考证,就像一只灰狐一路小跑而去,穿过森林,钻入灌木丛,时隐时现。近观,犹见其身影为"wild",但一旦遁入树林,再见到时,它却变成了"wyld";从古诺尔斯语的 villr 和古条顿语的 wilthijaz,则可追溯到前条顿语的 ghweltijos,其意是"寂静的""荒野的",或许还有"树木繁茂的"(wald,德语词,森林)之意;它还可能与另一些词有潜在的关联,如

will（欲望），拉丁语 silva（森林，野蛮），印欧语词根 ghwer，即拉丁语 ferus（野生的，凶猛的）的根词。

尽管无论是在汉语还是在英文中，"野性"一词经常引发负面的联想，但荒野之境始终有着人类无法抗拒的魅力。在一些人心目中，荒野既是危机四伏的空间，又是充满原始力量的场所。它时刻挑战着人的生存能力，又不断激发着人的创造力。真正的探险家会选择孤身一人深入荒野，在自虐式的徒步旅行中体悟生命意识；拓荒者会向荒野索取生存资源，收获自食其力的快乐和自信；修行者会在远离人寰的无边静寂里闭关静坐，聆听神秘的启示，从拂晓前的至暗时刻窥见光明之流的奔涌，甚至从点缀在大地上的无主坟茔中看出永生的希望。

如所周知，在汉传或藏传佛教以及道教传统中，许多高僧和道士都是在荒野之境闭关静坐，苦修得道，进而设坛讲经、广揽信众并化缘建寺的。"面壁十年"几乎成了真正的修行者的标配。而唐代高僧玄奘独自一人从长安出发，入荒野大漠，经西域诸国，历五年艰辛，终于抵达印度那烂陀寺取回真经的故事更是家喻户晓，由此生发出明代吴承恩的长篇神话小说《西游记》。

在犹太—基督教传统中，荒野历来是考验和得道之地。据统计，"荒野"（wilderness）一词在《旧约》中共出现了245次，《新约》中共出现了35次。《出埃及记》中，摩西在荒野燃烧的荆棘丛中，惊恐地听到了耶和华的声音；在认清并领受了自己的使命后，带领以色列人穿越西奈沙漠进入了迦南地。《新约》中耶稣在荒野中经受了四十天的诱惑与考验，终于摆脱了魔鬼的纠缠，走向人间传播福音。荒野也是圣者的修炼场所。圣奥古斯丁在非洲沙漠中静修十四年，写出了他的《忏悔录》，成为中世纪最著名的圣者之一。

在近现代中外旅行文学经典中，我们能读到许多穿越荒野之境的文本。1660 年，一位名叫约翰·班扬的补锅匠因拒不信奉国教，被英国政府投入监狱。传说他在牢中构思了他的《天路历程》。这部以朝圣为主题的寓言小说描写了一个名叫"基督徒"的人做的梦，表现了他对自己的灵魂感到的深切焦虑。梦中的他离开家人和朋友踏上了去天国的旅程。他从故乡"毁灭的城市"逃出，一路上历尽艰险：从"绝望的泥潭"中脱身，摆脱了"名利场"的诱惑，爬过"困难山"，跨过"安逸平原"，来到流着黑水的"死亡河"畔，最后终于到达"天国的城市"。虽然这是个寓言故事，但情节丰富，悬念十足，描述的各色人等也真实可信。此书出版后，立刻得到英国大批不信奉国教的新教徒的喜爱。从旅行文学的角度看，班扬的独创性在于构筑了一个超凡的梦幻框架，将基督徒内心的朝圣外化为一个介于现实和超现实之间的地理空间，使不可见的内心世界变为可见、可触摸的，让无法度量的灵魂历险转化成可以度量的空间距离，将个人的精神性成长"物化"为空间的扩展和超拔。无论是作为一个宗教寓言，还是作为一部生动的小说，《天路历程》直到 21 世纪都享有盛誉。

在鲁迅写于 1925 年的诗剧《过客》中，我们看到了一位类似天路客的求索者形象。他不知道自己叫什么，从哪里来，往哪里去，他漫无目的地向我们走来，又漫无目的地消失于我们眼前。作家给这位面容枯槁、信念坚定的中年男子设置的场景是：

东，是几株杂树和瓦砾；西，是荒凉破败的丛葬；其间有一条似路非路的痕迹。一间小土屋向这痕迹开着一扇门；门侧有一段枯树根。

破败不堪的景象、不死不活的氛围、似通非通的路径，恰与当时作家悲凉、寂寞的心境相合。借主人公与路边一户人家的问答，鲁迅道尽了"没一处没有名目，没一处没有地主，没一处没有驱逐和牢笼，没一处没有皮面的笑容,没一处没有眶外的眼泪"的人间真相。剧本结尾,过客谢绝了世故的老翁和天真的女孩的劝阻,"即刻昂了头,奋然向西走去",走进了广漠无边的"野地"。

荒野既能使人开悟得道,重新发现自我,也会激活人的原始本能和欲望,重归野蛮的兽性。这种对比鲜明的悖论,我们在康拉德的《黑暗深处》中见识过,在杰克·伦敦的"北方故事"系列中又再次相遇。杰克·伦敦是19世纪后期美国重要的现实主义作家。年轻时曾到阿拉斯加淘金,历尽艰辛,除得了坏血病外,一无所获。独特的经历、刻苦的自学和广泛的阅读形成了他庞杂的思想,他将马克思的阶级斗争学说、达尔文的进化论和尼采的超人哲学熔于一炉,写进了他的小说中。杰克·伦敦公认的代表作之一是属于"北方故事"的中篇小说《荒野的呼唤》(一译《野性的呼唤》)。小说讲述的是一条名叫巴克的狗的旅行故事。巴克在淘金热中被主人出卖,从温暖的美国南方来到阿拉斯加的冰天雪地中,曾经养尊处优的宠物狗从此就成了一条毫无尊严的拉雪橇的工具狗。在荒野严酷的生存斗争中,"他"(作家有意用第三人称"他",而不是用指物的"它"来称呼这条狗)的"狼性"也被一点一点唤醒了。他忍饥挨冻,学会了撒野、打架、偷窃狗粮,尝到了撕咬同伴的快感和被同伴撕咬、自舔伤口的血腥味……他经常听到狼的嗥叫,一声声自由的呼唤,那对于他是一种几乎不可抗拒的诱惑,仅仅是出于对救过他的命的主人的爱,他才没有向那呼唤奔去。后来,他在一次和鹿的追逐后回到营地时,发觉他的主人已经为一群土人所杀害。在悲痛和愤怒的疯狂中,他勇猛地扑向那一群正在兴高采烈地跳舞的凶手,将他们一个一个地撕成碎片……最后,在人的世界里已无可留恋,他终于走进了狼群,同那些野性的兄弟们并肩在雪原上自由奔驰,口中吼着一支原始的年轻世界的歌,那是狼群的歌。

当漫漫冬夜降临时,狼群追赶着猎物来到低一点的山谷,在惨白的月光和朦胧的北极光下,能够看到他那超出狼群的硕大身躯跃动着,率领狼群疾驰。他亮开嗓子,高声唱着一首早年的原始世界的歌,那是狼群之歌。

(胡春兰译)

小说描写的是穿越荒野、回归野性的狗,但作家对它们的生活、习性是那样熟悉,以至于化身为自己笔下的那些狗,设身处地地想象着、体验着它们的思想感情,刻画出它们各自的性格和内心活动。而读者则通过作者的体验而感悟着这些狗的思想感情。这样,这部小说就不仅是以一幅北方淘金的生活风俗画吸引读者的兴趣,而且是以巴克这条狗的命运搅动着读者的感情,促使他们思考人性与兽性、自然与社会、文明与野蛮等各种复杂的关系。

进入20世纪后期,随着环境的恶化、人类危机意识的增强,欧美旅行文学中的荒野景观书写发生了明显的转向,从近代以来强调探险、征服和拓殖的主题,逐渐过渡到主张人与荒野和平共处、和谐生存的生态主题。

1990年,美国著名诗人、散文家、翻译家、禅宗信徒和环保主义者加里·斯奈德出版了他的散文集《禅定荒野》,对荒野和自然与文明的相互作用,以及其他与人类生存环境有关的众多议题进行了深刻的反思与论述,使该书成为当代旅行文学中涉及生态主题的一个重要文本。诗人年轻时当过伐木工,又是登山协会会员、"垮掉派"诗歌的成员,足迹遍及北美、日本、尼泊尔等地,为少数团体和小众人群开办工作坊,讲授一些有关野生世界的规则、知识和技能。与此同时,他也翻译过中国诗僧寒山的诗歌,对东方尤其是日本禅宗有着自己独特的研究心得。在《禅定荒野》中,斯奈德通过追溯自然、荒野、文化等词汇的由来和变迁，考察欧洲历史上私人牧场、公共绿地与荒野的法律划分，并联系北美印第安人的生活方式和价值观，对荒野与文明、人与自然的关系作了深刻反思。他强调指出：

荒野——常常被所谓的"文明"思想家视为野蛮和混乱而加以排斥，可实际上它不偏不倚、始终如一、近乎完美地合乎规则且自由自在。

荒野展示了地球上动物、植物以及包括我们人类自身在内的丰富多彩的生活，呈现出暴风雨、狂风、宁静春晨的景致。对我们赖以生存的世界来说，这是一个真实的写照。

（陈登、谭琼琳 译）

不仅如此，他还倡导一种身体力行的实践，即修行，来改变人们的观念，促进生态环境的保护，主张现代人应遵守当地原住民的"棕色语法"，从动物的角度理解野生世界那残忍野蛮而又井然有序的原始状态，与自然界的动植物订立"契约"（compact），以建立一种全新的、互相依存和休戚与共的伙伴关系。

一个人背井离乡，开始探寻一片危机四伏的原始荒野。在这片荒野中野兽成群，到处都是满怀敌意的陌生生物。这种与他者（异类群体）的相遇经历，从里到外均要求一个人放弃舒适安宁，忍受饥寒，并且选择饥不择食。或许你再也见不到故乡，孤独就是你的面包。或许你的尸骨某天会出现在某个河堤的泥泞里。然而，荒野给予你自由、扩展和释放的天地。你可以无拘无束、轻松自在、片刻疯狂。在这里，荒野打破禁忌、濒临放纵、教导谦卑。走出去——忍饥挨饿——独自高歌——跨越物种区域而开怀畅谈——祈祷——感恩——回家。

（陈登、谭琼琳 译）

无独有偶，2007年，剑桥学者罗伯特·麦克法伦继《壮心如山》之后，又推出了《荒野之境》，完成了他"松散的行走文学三部曲"的第二部。在这部旅行书中，麦克法伦记录了他寻访英伦三岛最后的荒野的旅途。从苏格兰的拉斯海角到多塞特的"陷路"，从诺福克的风暴海滩到埃塞克斯的盐碱滩和河口，从兰诺克的大沼地到奔宁山脉，到处留下了他徒步行走的足迹。他日间攀援、行走、游泳，入夜则露宿于荒野之上、密林之中、峭壁之巅。他说：

我需要荒野，这感觉始终如此强烈……去到某个遥远的地方，那里人迹罕至，会有明亮清晰的星光，会有从四面八方吹拂而至的风。

我想象大风吹过所有这些地方，以及其他相似的地方：这些被道路、房屋、栅栏、购物中心、街灯和城市互相分隔开的地方，但它们会因为这风中的野性而超越时空地联系在一起。我们都是些支离破碎之人，我想，但荒野可以使我们回复本性。

（姜向明、郭汪韬略 译）

麦克法伦的旅途紧密地交织着他对人与自然、过去与现在、历史与未来的思考。在书中，他写到了荒野的不可抗拒的生命力。不列颠和爱尔兰的沼地至今依旧是荒野之境。无数现代人冲破都市的樊笼，进入另一个领域：槽谷和草地围出的迷宫，麦穗在石与石之间摇动，云母砂在溪底的阳光中闪烁如银色火焰。跟随麦克法伦的脚步，我们踏上荒野纵横交错的古道，经历了一场场天路历程般的梦境，见证了一个个惊心动魄的冒险故事，感受了不同的鸟类、哺乳动物、树木——雪兔、猎鹰、山毛榉、乌鸦等，按照荒野通行的"自身法则"生存着，既自由竞争，又和谐共处，形成一幅井然有序的荒野生态图景。

正如评论家威尔·塞尔夫所说,《荒野之境》是另一种野性的呼唤,是"一声柔美吟咏的野性呼唤,都市的囚徒都会被蛊惑想要逃离"。通过这个优美的行走文本,麦克法伦唤醒了蛰伏在城市中的人们心中一种陌生而美丽的野性,以及这种野性对于人类生死攸关的重要性。他希望通过这本书让更多的读者"萌生新的行为形式、新的道德意识,以及对于自然世界更为强烈的关切"。麦克法伦在《荒野之境》中提出的人类应遵守荒野"自身法则"的理念,与斯奈德通过《禅定荒野》倡导的"棕色语法"遥相呼应,既为当代旅行者提供了新的思考维度,也为旅行文学中的荒野书写提供了最佳写作范例。

第六节 日常景观:诗意地栖居

本讲描述的最后一个系列,也是最容易被当代旅行者忽略的,即日常生活景观。由于大多数旅行者出游的目的本来就是摆脱日常的烦闷,追寻某种更令人心悸、奇异或刺激的景观,对旅途中或旅居地的日常生活视而不见,自然在所难免。但一个真正的旅行者从踏上旅途的那一天起,就应时刻关注周围发生的一切,即便是在常人看来毫无美感的所在,也能发现诗意的闪光。

让我们从拥挤、喧嚣的地铁开始。设想一下你背着行囊,拎着旅行箱,奋力从裹挟你的人潮中夺身而出,直奔出口处。突然眼前一亮,黑压压的人群中出现了几张明丽的脸,一闪而过,随即消失于暗影中。你会想到这个场景中有什么诗意吗?

一位美国诗人的回答是:有!他的全名叫埃兹拉·庞德,其敏锐的目光堪比摄像头,而其洞察力则堪比地质勘探钻头,穿透地表空

间,从人类世界进入更深邃的地底。于是就有了下面这首小诗《地铁车站》:

这几张脸在人群中幻景般闪现;
湿漉漉的黑树枝上花瓣数点。

(飞白译)

两个分句各自独立。两个不相干的意象瞬间碰撞、叠加在一起,产生了新的意义。一个是肉眼看到的混乱现实,一个是心灵之眼洞穿的时空。借助这首诗,我们似乎从地铁进入了更深的地底,嗅到了潮湿的泥土味,看到了从黑色的树根中生发出来的树枝、绽开的亮白花瓣,意识到了地表行走的人与地下植物的一体性,上升与下降、生命与死亡无穷轮回的可能性。于是,事物存在的本真状态被揭示了。日常中的诗意产生了。

现在,让我们走出地铁,继续预定的旅程。不妨再设想一下,作为旅行者的你,来自某个有着丰富旅游资源的城市,比如杭州或北京,但你厌倦了朝九晚五的生活,希望释放一下积压的荷尔蒙,来到某个偏远的边城或山村度假观光。而世世代代生于斯、长于斯的人们,却很想到你所在的城市去走一走,看一看。于是,旅行者(traveler)和当地人(travelee)就成了一对互相艳羡对方的难兄难弟。他的日常成了你的诗意,你所逃避的正是他所向往的。此情此景又让我们想到了一首小诗,作者是诗人卞之琳:

你站在桥上看风景,
看风景的人在楼上看你。
明月装饰了你的窗子,
你装饰了别人的梦。

继续旅程。大多数情况下，我们来到某个边城或山村只是临时过渡一下，住上一两宿，吃个当地美食，目的是借此进入更令人心悸或刺激的风景所在地，某座名山、某个湖泊或某片草原……殊不知，当地的日常生活也是景观的组成部分，而且是很重要的一部分。不妨温习一下本讲开头的景观含义。景观是人与自然互动的产物。地形地貌一直在影响和塑造着人，包括人的肉体与灵魂，而人也始终在以自己的方式，缓慢而坚韧地改造着地形地貌。高山险坡被开垦成平整的梯田，散乱的溪水被筑坝截流建成水库，如一面明镜嵌入群山，将蓝天白云摄入其中；山村依山环水，民居的形制结构（从西南的吊脚楼到北方的四合院）适应当地的气候条件建造，并逐渐形成相应的民俗风情……这些都是"诗意地栖居"的典范，理应成为真正的旅行作者关注、考察和书写的对象。

关于"诗意地栖居"值得在此多说两句。眼下这个诗句已经进入了房地产开发商的视野，成为其广告宣传的一个元素。一些不明就里的中产阶级趋之若鹜，争相购置打着"风景优美""山明水秀"招牌的排屋、别墅或单元楼。但可曾想过什么叫"诗意地栖居"？

"诗意地栖居"当然并不排斥在"如画的风景"里拥有一席之地，但它的含义首先是，而且主要是一种生活的态度。这个诗句的原创者是19世纪的德国诗人荷尔德林，生前默默无闻，死在精神病院，直到20世纪被他的同胞、著名哲学家海德格尔发现，并从存在论意义上加以阐发，这个诗句才流行开来。20世纪八九十年代，一个受过大学本科以上教育的人，若是在聊天时不嵌入一两句"诗意地栖居"，简直就没有资格谈恋爱。但大多数人只背得出后半句，而不知道前半句。其实，荷尔德林全句是这样的：

人,充满劳绩,却又诗意地栖居在大地上。

诗人的意思非常明确,人,首先必须劳作,并创造业绩,然后才有资格谈得上诗意地栖居,从没有诗意的日常生活中找出诗意来。在荷尔德林的诗中,经常出现这样的场景:一年将尽,临近圣诞,屋外大雪纷飞,透过紧闭的门窗,可以看到室内炉火熊熊,餐具已经擦得锃亮,一一摆好,点燃的蜡烛熠熠跳动着,等待外出亲人的归来和神恩的降临……

让后来的诗人、哲学家和读者们感动的就是如此简单而质朴的场景。这里有绵长的传统、脉脉的亲情,有渴望与等待,敬畏与颤栗,祷告与祈求。其实这些场面和情感,对于一直生活在乡土中国的先辈和一些上了年纪的读者来说,都并不陌生。只是久居于都市,忙碌于生存竞争,我们渐渐遗忘了存在的本原,以致只能通过每天的"刷屏"来刷出存在感。许多游客甚至在偏远的山村或乡下度假,也只是换了个地方继续城里的无聊,看看手机,发发微信。

要改变这种状态,必须让自己尽可能地从局外人变成局内人,从旅游者变成旅行者。一个真正的旅行者不为观光猎奇而旅游,而是为求真知、扩见闻、丰富生命体验而旅行,会对眼前的一切始终保持好奇心,并积极主动地同他下榻的民宿主人搭讪,聊天,了解他一家的生活现状。他会请求主人不要给他安排特别的餐食,而是主人吃什么,他也吃什么。比如他到西藏旅行,会住在藏民家里,要求早餐吃青稞面团,而不是吃主人特意为他准备的牛奶面包。晚上,他会走进主人家明亮的厅堂,在征得主人同意之后,与其全家人其乐融融地围坐在一起,敞开心扉,主动向他们介绍自己是谁,从哪里来,到哪里去。同时也会在尊重主人隐私的前提下,向主人询问一些他们生活和家庭的细节问题。在闲聊的同时,他还会不时走动一下,随意看看屋内的装饰、家具和挂在墙上的照片。他甚至还会在征得主人同意的前提下,轻轻抚摸一下摆放在橱柜中的古旧器皿,想象它们与主人休戚与共、互相磨合的关系,询问一下它们的年代,进而勾起主人一段温馨的回忆。天色不早,他告别主人准备洗洗睡了,进房间不久,忽然唯一的一只白炽灯泡灭了。他打开手电,走出屋外,才发现原来整个村子都停电了。于是他抬头仰望,看见了满天的星斗。在惊异莫名之余,想到了康德的名言:头顶的星空和内心的道德律令……

如果你能做到像他那样,那么恭喜你,你已经从局外的旅游者成为一个沉浸式的旅行者了(下一讲有详述)。也就是说,你已经踏入"诗意地栖居"的门槛了。接下来要做的工作就是将你的这些观感变成文字,让它成为一个可圈可点、具有某种"诗性"(不一定就是分行的诗歌)的旅行文学文本。

第九讲
旅行文学的写作策略

开始旅行之前，我们一般会先做个"攻略"。同样，开始旅行写作之前，我们也得先考虑一下写作"策略"。在英语中，这两个词其实是同一个，即strategy，带有某种军事意味。仔细想想，倒也的确很像。首先，你得像一个指挥官那样，坐在作战室里打开地图，确定本次旅行的主攻方向。海外游还是国内游？如果是国内游，那么是东北还是西南？具体锁定哪几个地方？其次，你得盘点一下你的"战略物资"：银行卡里有多少闲钱？准备玩几天？路线如何规划才最合理且合算？再次，几个人去？如何与"友军"接头？等等。同样，在写作之前，我们也得先"复盘"一下走过的路线，翻出旅途中拍摄的照片或随手写下的观感（相当于查看库存物资），然后开始谋篇布局，在脑海中形成一个大致的写作方案。不过，切记：地图不是领土，沙盘不是战场。实际写作中情况千变万化，见过的人、遇过的事、读过的书，突发的灵感、深层的回忆、不可思议的想象，都会随时跳出来，打乱你原先的构想，吁请你将它们写入文本中。创造性写作的乐趣和烦恼就在这里。一方面你得随机应变，对原先方案作些微调，如船顺应波浪、车顺应路况一般，另一方面又须牢牢把握大方向和主动权，不让它们坏了你的大计，干扰了你的作战方略。

关于写作步骤，不妨听听瓦尔特·本雅明在《单向街》中提出过的"三段论"：

写出一篇好散文要经过三个步骤：谱曲时候的音乐阶段，建造时候的建筑阶段，以及编织时候的纺织阶段。

（陈永国 等译）

让我们对这段话稍作些解释和阐发。写作之前，你首先得完全"放空"自己，让无形的思绪如音乐般，无目标，无方向，无具体线路，随意飘浮，发散开去，不要打扰和刻意限制它。唯其如此，积淀在意识深层的感觉、印象、回忆和愿景等才能活跃起来，慢慢浮出水面。然后，进入第二阶段，像鲁滨孙从沉船中打捞起各种杂物那样，将这些意识碎片打捞上来备用。按其材质和规格，分门别类，挑选，比画，形成大致的写作思路，搭建一个大致的框架结构。最后，也是最重要的一个阶段，将上述材料精心编织起来。注意，本雅明在此处用了"编织"一词，可谓恰到好处。一篇文章就是一个文本（text），一个用词语编织起来的物件（texture）。写作过程就是编织过程。巧合的是，在中世纪拉丁文中，旅行者必备的世界地图（mappa mundi）一词，原意是"世界之布"。作为一个旅行作者，你的工作就是在这张地图上将属于自己的足迹和花纹编织上去，就像奥德修斯的妻子佩涅洛佩那样，整天坐在织布机前，白天织，晚上拆，或晚上织，白天拆，同时经历兴奋、沮丧、自信、不安、自我怀疑等种种心理的，乃至身体的折磨（比如因久坐而造成颈椎或腰椎疼）。就在你感觉力不胜任，差点要放弃的时候，突然，文章自动成形了。一切都那么完整，甚至可以说是完美。每一个词语都妥妥地待在它们应该待的位置上，每一个隐喻都恰如其分表达了你想表达的意思。于是，一股说不清、道不明的爽劲油然而生，让你产生打了一场胜仗的感觉。现在辛苦的指挥官可以离开作战室去冲个热水澡，放松一下紧绷的神经了。

当然，上述三阶段不是简单的递进关系，而是一个不断迂回往返的螺旋式过程，中间有许多技术性细节，需精准把握，反复操习，方能成功。下面让我们来具体看一下。

第一节　尊重第一感觉

罗伯特·麦基曾提出过一个口号："向陈词滥调宣战。"他指出，"现在也许是有史以来，对有志于当一名作家的人要求最严苛的时代"。原因显而易见，因为读者受教育的程度普遍提高了，识文断字和舞文弄墨的人越来越多了，"口味"自然也越来越挑剔了。如今你要是在写作中，不绞尽脑汁想出几个段子或金句嵌入其中，就别想吸引读者的眼球。那么你将怎样创造出读者没有读过的东西，从哪儿找到一个真正原创的感人故事，才能赢得这场针对陈词滥调的战争呢？

答案其实也不难：尊重自己的第一感觉。因为在这个用词语编织的文本世界里，我们是以抽象的语言符号为中介，来传递信息、交流情感和交换思想的。但这个中介像货币一样，经千百年重复使用，已磨损得面目全非，虽然人人都在使用它，但大家心中都明白，"想说的"和"说出来的"之间有很长一段距离。理性属于公共，感觉属于个人。尤其是第一感觉或第一印象，在交给词语表达之前，依旧清新，生动，鲜活。但第一感觉也是最容易溜走的，一不小心就滑入俗套，沦为陈词滥调。所以，一旦在旅行中遇到了某个令你触动的场景，或人、事、物（比如民居中的小摆设）时，应该马上把它记下来，画下来，或用手机拍下来。旅途中一时没有机会，也应将其牢牢记在脑海中，回到住处再补。目的只有一个，最大限度地逼近事物的本真面貌，将现场感和即视感描述出来，犹如康拉德在《"水仙号"上的黑家伙》中所说:"我试图通过词语的力量想完成的任务就是,让你听到,让你感到——总之,一句话,让你看到。如此而已,没有别的。"

从前面我们对他的几部航海小说的分析中可以看出,康拉德是实现了自己的承诺的。

那么如何做到尊重第一感觉呢?其实说难也不难,在面对美景时少用"情景交融""心潮澎湃""山明水秀"之类的陈词滥调和四字成语,尽量多用简单的名词、动词,少用形容词、副词、连词等,坚持从视觉、听觉、触觉、嗅觉等着手,把旅途中真正触动你、感动你的东西记录下来。哪怕有错别字、病句等语言问题也暂时搁置起来。如果觉得学名家高手太难,令人望而生畏,不妨看看初出茅庐的年轻人写的游记,因为他们的感觉尚未迟钝,话语依旧新鲜。笔者手头有一本游记打印稿,没有正式出版过,是一位学生送的。标题是"20岁的礼物",副标题为"记我的09新藏之旅",作者署名"吴几",借此机会推荐一下。

2009年,刚满20岁的他,忽然觉得在大学里生活久了,逐渐失去了社会参考物,"需要一次足以使我的心脏剧烈震颤的经历,我想抖掉上面积下的灰尘,让它能够更加有力而干脆地跳动"。于是,这位有着遗传性癫痫病的年轻人,说服了担心的父母,把挑战自我、追寻自我和发现自我,作为自己送给自己的20岁的礼物。他从老家山东坐火车到乌鲁木齐,然后独自一人骑车上路,穿越戈壁沙漠,经塔里木盆地到和田,左转到叶城,上了219国道,也就是通常所说的新藏公路。整个行程中他总共骑行了4000余公里,翻越了十几座平均海拔超过4500米的高山,一路上经历了无数的艰难险阻,承受了体力、心理和意志的极限考验,几乎到达崩溃的边缘。他孤独过,绝望过,迷惘过,一个人坐在公路桥下的涵洞里痛哭过。他也曾想过放弃,坐车回家,但最终，这位年轻人还是战胜了自我怀疑和怯懦的心理，坚持下来了，经 50 多天的骑行，终于完成了独行侠般的奥德赛之旅。《20 岁的礼物》就是这次自我放逐的精神之旅的真实记录。

回顾一下本书前面说过的旅游者和旅行者（或虚假旅行和真实旅行）的差异。前者大多是通过相机镜头来观看风景、凝视他者的，其目的只是为日后聊天、吹牛积累资料而已，而后者则是通过空间的转移来全方位地体验生命、拥抱生命。显然，这名年轻的大二学生不是一个旅游者，而是一个旅行者。他可能没有好的相机，但他拥有上天赋予他的敏锐目光；他可能囊中羞涩，但精神富有，头脑清醒，灵魂纯净。一路上，他从来没有停止过思考，无时无刻不在体验生命、感悟生命，反思生命的意义和价值，并逐日将这些体验、感悟和反思记录下来了。他自己说，他的文字"没有那么阳光轻快"。可是笔者一路读下来，觉得他的文字鲜活、有力、朴实、大气，充满了内在的张力，没有一点矫揉造作的成分，远胜于时下流行的网络写手炮制的文化垃圾。

以下这一段记录的是他刚刚踏上旅途的第一感觉和印象：

我就像个刚由茧里艰难地钻出来的飞蛾，这里的世界是多么不同啊，看到什么新奇的都恨不得扑上去。这里的阳光是那么的热烈，这里的风是那么的狂烈，这里的一切给我的刺激都是那么的强烈。（7 月 12 日）

穿过达坂城的风力电厂，他由视觉、观感过渡到对宇宙的沉思：

……眼力所见全是浩瀚戈壁，无数石块静静地躺着，也不言语，仿佛在等候期待着下一次的剧烈的地壳运动将它们带到另一世界去，那里也许有海洋，有冰川，或者有森林，谁知道呢？（7 月 12 日）

随着旅行的深入，作者由对宇宙的沉思深入到对自我与他人、与社会的追寻和思索：

走啊走，戈壁上出现了一根孤独竖立的电线杆，难道它不知道，不管立得多么直多么坚固，离开伙伴它就一无是处了吗？可是就有人知道还偏偏要这样。一个人活着是为了社会还是为了自己？有人说这个问题本身就有问题，我不知道。这个社会太堕落了吗？如果不是，那么我将继续我的发掘；如果是，那么至少证明它曾经美过，我将去改变它，用我的一点点力。（7月17日）

没有大话、空话、套话，一切文字都从感觉出发，从自己的眼睛、鼻子、耳朵和灵魂出发，因而他说出的话，都是那些躲在书房里的作家或网络写手无法臆想、无从虚构的，都带上了他自己独特的观察、思索和个性化印记，如同他的指纹。

今天路边胡杨树陆续出现，比起照片上的更加真实。树叶的形状是规整的，树干上的皮不知脱落了多少次。但是胡杨啊，你还能回去吗？千万年来你感受了各种苦楚，你在这条路上已经走得太远了，再要你去热爱那种江南水乡恐怕不太可能，你的心是否已经坚硬如石？我现在已经无法回去了，我捡起了许多，有好的，有坏的，我也在慢慢抛洒我的天性，我的生命，并且再也拾不回来。（7月19日）

就这样，这位年轻人以50多天的骑行、2000元左右的食宿费，实实在在地体验了一把大学校园以外的生活。但就是这个体验已经足以使他领悟了许多，懂事了许多，成熟了许多。他告诉自己，也告诉我们，世界本身是广阔无边的，生活本身是丰富多彩的，有着无数种可能性。生命的成长就是一个不断探索、不断追寻和不断超越自我的过程。

……老远听见有鸟叫声，那不是歌唱而是呼喊。走近了才发现是一只黑色的小鸟在地上学习飞翔，它努力跑着，张开翅膀，想飞起来，可仍是摔倒。叫了几声，翅膀用力支撑起身体，继续自己的起飞练习。在这样的深山里，一只小鸟向我展示了生命的原初。鸟儿不是生下来就会飞的，必须经过一个极其痛苦的过程。（8月24日）

青春的迷惘、成长的烦恼和成熟的困惑，借助路边的电线杆、胡杨树、学飞的小鸟等抒发出来，没有矫情，没有做作，既贴切又深刻。当然，单纯从写作技巧的角度看，你也可以说这本游记文笔有点稚嫩，许多地方还可以进一步完善，等等，但更多的是值得初学者，甚至专业旅行作者学习和借鉴的地方，尤其是作者的勇气、意志和毅力，值得当下不少沉溺于网络游戏的90后、00后学习。如果你有足够的意愿和意志，不妨利用节假日呼朋唤友，来一趟说走就走的长途骑行。短短的一个假期给你提供的刻骨铭心的体验，会远胜于几年，甚至十几年浑浑噩噩、按部就班的生活。更为重要的是，通过不断地自我放逐、自我追寻，或许你终于会弄明白：你是谁？你从哪里来？你将往何处去？你此生想要的究竟是什么？

第二节 运用陌生化手法

"陌生化"这个词对有些读者可能会有点陌生，但顾名思义理解也不会太难，就是换一个角度，或换一种方式，来观看或描述原本熟悉的东西。让我们先来读一段文字：

巴克不看报,要不然他会知道有麻烦了;不光他自己,从皮吉特海峡到圣迭戈,海边每一条身强力壮、长着暖暖和和长毛的狗,都要遭难了。这都是因为人在北极的黑暗中找到了一种黄黄的金属,是因为轮船和运输公司正在大吹大擂这项发现。成千上万的男人正一窝蜂似的往北方奔呢。这些人需要狗,他们要肌肉结实能卖苦力、毛皮密实能挡风寒的大狗。

(胡春兰 译)

这是前面介绍过的杰克·伦敦的中篇小说《荒野的呼唤》的开头。乍读下来令人摸不着头脑。"巴克"是谁,他为什么不看报,是个文盲吗?"黄黄的金属"是什么东西,为什么会吸引这么多人往北方奔?继续往下读,我们明白了,原来巴克是一条狗,作者是从狗的角度来写人的。

再读到下面一段,我们就能理解文中巴克的感觉了:

刚踏上冰冷的舱面,巴克的爪子就陷在软乎乎、好像泥一样的白东西里面。他打个喷嚏,跳了开去。更多的白东西还在半空中往下落。他抖开一些,身上却又沾了很多。他好奇地闻闻,又伸出舌头舔了舔。这东西有点像火,刚一入口,马上就没了。他有点纳闷,又试了试,还是一样。旁边的人哄笑起来,他不好意思,又不知道怎么回事,因为这是他第一次看到雪。

(胡春兰 译)

这里作者故意先不说出"雪"这个名词,只写了狗对雪的感觉,触觉的、视觉的、嗅觉的,甚至味觉的。这就是陌生化手法的运用,避开了写作俗套,给人以生动、新鲜的印象。除了狗之外,还可以从牛、马、猫等动物的角度切入,借它们的感官来感知自然现象,讲述人的世界。另外,从孩子的目光来看待成人社会也是一个很好的角度,比如张艺谋早年有部电影《摇啊摇，摇到外婆桥》，开头的场景是乡村少年水生来上海滩投靠六叔，但他不知道六叔其实是在黑社会混饭吃的，两人刚下火车进旅馆就遭遇了一场黑帮内讧。影片没有直接呈现激烈的打斗场面，而是通过孩子的视角让观众来感知这整个过程。少年出于本能躲进墙角，透过门缝，只见昏暗的灯光下，楼梯在剧烈颤抖，嘎吱作响，人影在晃动、交叠，中间夹杂着怒骂、叫嚷、撕打声和哭喊声。然后导演给出一个特写镜头：水生惊恐的眼神。

　　为什么要这样写或这样拍，其好处在哪里？这就需要引进陌生化理论了。1917年，苏联文艺理论家什克洛夫斯基发表了《艺术作为手法》一文，将日常语言与诗歌（文学）语言的差异作了比较，在此基础上提出了"陌生化"（一译"奇特化"）[①]这个独特的诗学概念。什克洛夫斯基告诉我们，在日常生活中我们是根据最大限度的节约原则来运用语言的。比如，远远看到一棵树的影子和一个人影，我们马上就会认定，这里有一棵树，树下有一个男子。在这个认知过程中，我们舍弃了具体的感觉过程，直接识别出了事物，并用语言为其命名了。为了达到认知和交流的目的，这么做当然不能说有错。但其实这里隐含着一个危险，即以概念代替感觉、以词语代替事物。长此以往，我们的感觉就麻木了，不知不觉会以一种自动化或习惯化的状态来对待周围的事物，心不在焉，视而不见，听而不闻，食而不知其味。我们和事物的关系，就像一对老夫老妻，再也没有当年谈恋爱时的新鲜感，许多人的生命就在这种状态中，慢慢走向终点。拯救者在哪里？文学

[①] 据查，俄语остранение这个词的英译有两种，一是"defamiliarization"（"陌生化"），二是"making strange"（"使变得奇特"），其基本含义用钱钟书先生的话来说，"使熟者生"。也有人认为此词按俄语原意以译为"奇特化"较为可取。

和艺术。什克洛夫斯基强调指出：

> 正是为了恢复对生活的体验，感觉到事物的存在，为了使石头成其为石头，才存在所谓的艺术。

（刘宗次 译）

艺术的技巧就是使对象"陌生化"，增加认知难度，延长知觉过程。艺术通过多种手段使对象摆脱了知觉的自动化，使我们仿佛第一次才看到它。再回顾一下前面举的两个例子，它们其实都起到了延长知觉过程的作用。刚被人带上阿拉斯加的狗无法理解人对金子的贪欲，也不知道什么是雪。刚被六叔带进上海滩的少年不明白成人世界里的爱恨情仇，所以他们眼中所见、耳中所闻、鼻子所嗅或口中所尝的只有奇异的感觉或恐怖的场面。如此一来，作家和导演就迫使读者和观众以一种陌生化的目光来重新打量事物，感受事物，从而摆脱了自动化和习惯化的感知方式。

众所周知，旅行的目的本来就是逃离熟悉得不能再熟悉的世界，去追寻陌生的异域风光或异国情调。但如果我们不改变原有的生活态度和感知方式，不张开全身的每个毛孔扑向事物，感知世界，而是任由事物从眼前一一自动滑过，那么陌生的即刻就会变成熟悉的，新鲜的马上就会转化为陈旧的，所谓的"审美疲劳"就是这样产生的。因此，运用陌生化手法写作，不仅仅是为了让自己的文章更吸引人，而首先是为了锐化我们的感觉，使我们不再安于舒适的麻木状态，其次才是促使我们向陈词滥调开战，学会如何从新的角度，用打磨过的锐利文字表达出我们的真实感觉。按照18世纪英国哲学家贝克莱的说法，"存在即被感知"，所谓的事物不过是"感觉的复合"。比如，我们手中摸到一个圆而光滑的东西，眼睛看到了它的红，鼻子嗅到了它的香，舌尖尝到了它的甜，我们将这一连串感觉复合起来，给出一个名词：苹果。所以，他最终的推论就是，事物（苹果）并不存在，只是思维经过抽象后给出的一个概念。当然，这种观点过于极端，被斥为主观唯心主义，但仔细考量，不乏令人深思之处，稍有点佛教常识的中国读者马上就会联想到《心经》中的类似教导——"五蕴皆空……色不异空，空不异色，色即是空，空即是色"。

总的说来，陌生化手法用于旅行文学的写作，主要在以下两个层次发挥作用。从语言层次上说，利用陌生化手法使语言变困难，有意造成障碍，能让感知过程、追忆过程和写作过程"三位一体"地发生作用，这样一来，读者在阅读过程中就能还原现场感，仿佛与作者（或其笔下的主人公）一起经历了同样的旅行体验。中国古典诗歌和小说也经常运用陌生化手法，只不过我们习焉而不察罢了。比如《红楼梦》第六回"刘姥姥一进荣国府"就是借刘姥姥这个下层人浏览大观园，使这个上层社会人士熟悉的空间和物件陌生化了。以下这段引文讲的是刘姥姥进荣国府后，坐在客堂间里等候主人（凤姐）下楼时的感觉。

刘姥姥只听见咯当咯当的响声，大有似乎打箩柜筛面的一般，不免东瞧西望的。忽见堂屋中柱子上挂着一个匣子，底下又坠着一个秤砣般一物，却不住的乱幌。刘姥姥心中想着："这是什么爱物儿？有甚用呢？"正呆时，只听得当的一声，又若金钟铜磬一般，不防倒唬的一展眼。接着又是一连八九下。方欲问时，只见小丫头子们齐乱跑，说："奶奶下来了。"

眼下不少人已经习惯了用手机看时间，有些年轻人甚至可能没见过挂钟，看到上面这段文字一时也会摸不着头脑。要知道在明清时代，挂钟是来自西洋的稀罕之物，不要说寻常百姓，就是许多大户人家的人也没见过。只有像荣宁两府这样的"钟鸣鼎食之家、诗礼簪缨之族"才有财力购置。这里曹雪芹故意不说出钟的名字，而是以一个从乡下来到城里的老太婆的感觉，对荣国府中这个人们习焉而不察的事物进行了描述，使读者仿佛第一次看到它、听到它一样，从而摆脱了自动化和习惯化，延长了对钟的感知过程，产生了"陌生化"效果。与此同时，通过挂钟这个物件，又写出了荣国府低调的奢华，可谓一箭双雕。

在内容层次上说，陌生化手法有意挑战传统的已被接受的观念和思想，从不同角度进行描述，使习以为常的事物变得反常。这里再举一个《红楼梦》中的例子，第四十一回"刘姥姥醉卧怡红院"写刘姥姥喝醉后恍恍惚惚地摸进了宝玉的卧房。

刘姥姥掀帘进去，抬头一看，只见四面墙壁玲珑剔透，琴剑瓶炉皆贴在墙上，锦笼纱罩，金彩珠光，连地下踩的砖，皆是碧绿凿花，竟越发把眼花了，找门出去，那里有门？左一架书，右一架屏。刚从屏后得了一个门转去，只见他亲家母也从外面迎了进来。刘姥姥诧异，忙问道："你想是见我这几日没家去，亏你找我来。那一位姑娘带你进来的？"他亲家只是笑，不还言。刘姥姥笑道："你好没见世面，见这园里的花好，你就没死活戴了一头。"他亲家也不答。便心下忽然想起："常听大富贵人家有一种穿衣镜，这别是我在镜子里头呢罢？"说毕伸手一摸，再细一看，可不是，四面雕空紫檀板壁将镜子嵌在中间。

和挂钟一样，对18世纪的中国人来说，玻璃镜也是罕见之物。我们知道，长期以来中国女子一直是坐在铜镜前梳妆打扮的。北朝民歌《木兰诗》中云"当窗理云鬓，对镜帖花黄"，这里所说的"镜"指的是铜镜。但铜镜反光效果不好，过一段时间镜面上就会生绿锈，斑斑驳驳，模糊了映像，必须重新打磨一下，因此当时有磨镜匠这个职业，专门帮人磨镜。世界上第一面玻璃镜，是在"玻璃王国"威尼斯诞生的。1508年，意大利威尼斯的玻璃工匠达尔卡罗兄弟研制成功了实用的玻璃镜子。先把锡箔贴在玻璃面上，然后倒上水银，让玻璃上形成一层薄薄的锡与水银的合金（称为"锡汞齐"），照出来的影像特别清晰。他们发明的镜子轰动了欧洲，成为一种非常时髦的物件。欧洲的王公贵族、阔佬显要们都争先恐后地去抢购镜子。据说法国王后玛丽·德·美第奇结婚的时候，威尼斯国王送了一面小小的玻璃镜作为贺礼。这在当时要算是非常珍贵的礼物了，其价值竟高达15万法郎！明清时代玻璃镜都是从欧洲进口的，价格自然不菲。可以想见，怡红院，一个贵族少男的私密套房，居然能用玻璃镜来作装饰，这该有多么奢华和时髦！而曹雪芹借助刘姥姥的陌生化目光，让200多年前的读者一步步感知了玻璃镜的映像效果，其手法又是多么的前卫！

在日常聊天时，我们常常会以"刘姥姥进大观园"这句话来嘲笑别人没见过世面的样子，但在实际旅行和游记写作中，我们倒应该向刘姥姥学习，以乡下人进城的态度，全方位、全身心地投入对事物的体验中，永远保持好奇心和新鲜感，不怕出丑；最大限度地锐化感觉，逼近真实，尽量延长感知过程，让熟悉的变成陌生的，已知的变成未知的，进而更真切地体验生命，扩展意识，发现自我和发现世界。

第三节 还原现场氛围

氛围是看不见、摸不着，但又能确实感觉到的东西。旅行中，小到几个人围坐在民居中喝茶聊天，中到景区的喧哗和骚动，大到高山飞瀑或宁静海滩的落日,都有一种古人所说的"气象"(可不是天气预报)在焉。而这种"气象"只有亲历现场的人才能感受到,很难用照片或视频再现。那么,如何用文学手段将其描述出来,让亲历者有重返现场之感,未亲历者产生如在现场之幻觉呢?让我们先来看一段文字:

  白河便是历史上知名的酉水。白河到沅陵与沅水汇流后,便略显浑浊,有出山泉水的意思。若溯流而上,则三丈五丈的深潭清澈见底。深潭中为白日所映照,河底小小白石子,有花纹的玛瑙石子,全看得明明白白。水中游鱼来去,皆如浮在空气里。两岸多高山,山中多可以造纸的细竹,长年作深翠颜色,逼人眼目。近水人家多在桃杏花里,春天时只需注意,凡有桃花处必可沽酒。夏天则晒晾在日光下耀目的紫花布衣裤,可以作为人家所在的旗帜。秋冬来时,房屋在悬崖上的,滨水的,无不朗然入目,黄泥的墙,乌黑的瓦,位置却永远那么妥帖,且与四周环境极其调和,使人得到的印象非常愉快。

  这是沈从文在20世纪30年代写的《湘行散记》中的一个片段。如所周知,这位中国现代文学史上著名的乡土作家是湘西人,早年参加地方部队,辗转湘渝黔边境,但一直挂念着家乡的山山水水。十余年后回到家乡,包了一只小船重游故地。这段素朴而斑斓的文字,写出了白河、沅水一带的"气象":河水的浑浊与深潭的清澈,是空间与色彩的对比;日光映照下卵石与游鱼的形态,是静与动的互补;翠绿的竹林与粉白的桃杏,映衬着近水的民居,点缀黄泥的墙、乌黑的瓦、晾晒的紫花布衣裤,以及隐隐传来的酒香,形成了一幅色香味俱全、自然与人文交杂的风景。通篇文字有平面,有景深,有广角,有特写,还有四季风物的变化,所谓的氛围就是由这种全方位、多感官参与的描写构成的。相信每个旅行爱好者读到这样的文字都会心向往之，愿意溯源而上或顺流而下，按图索骥，畅游一番。

氛围不光是山水风景，还必须有人的活动和情感介入才有意味，才能动人。再引一段同一部游记里《鸭窠围的夜》中的文字。时值严冬，下了一场小雪，又停了，更觉天气之冷。"我"包的小船，一路过来找不到避风雪的地方，只能与许多别的船一起泊在河岸边。水手们草草吃完粗劣的饭菜后，钻进冷湿的被筒睡下了。"我"走到船头眺望了一阵。邻近船上有一名水手不甘寂寞，吸了一阵子烟后，点着一截废缆绳当火把，摸黑上岸到吊脚楼吃"荤烟"（找妓女的隐语）去了。

河面静静的，木筏上火光小了，船上的灯光已很少了，远近一切只能藉着水面微光看出个大略情形。另外一处的吊脚楼上，又有了妇人唱小曲的声音，灯光摇摇不定，且有猜拳声音。我估计那些灯光同声音所在处，不是木筏上的簰头在取乐，就是水手们小商人在喝酒。妇人手指上说不定还戴了从常德府为水手特别捎来的镀金戒指，一面唱曲一面把那只手理着鬓角，多动人的一幅画图！我认识他们的哀乐，这一切我也有份。看他们在那里把每个日子打发下去，也是眼泪也是笑，离我虽那么远，同时又与我那么相近。这正同读一篇描写西伯利亚方面的农人生活动人作品一样，使人掩卷引起无言的哀戚。我如今只用想象去领味这些人生活的表面姿态，却用过去一分经验，接触着了这种人的灵魂。

沅水边的吊脚楼，不过是湘西常见的苗族民居，有了妇人和水手，就能在逶迤的河边，形成一道拙朴本色又天然灵动的文学风景。八十多年过去了，文中描述的河流或许早已改道，吊脚楼大概早已朽烂，女人和水手，甚至作家本人也早已消失在历史的尘埃中，但我们依然能够感觉到字里行间有一种直击人心的力量，因为作家不光描述了画面和声音,还将自己的整个灵魂都渗透进去了。于是,整个氛围就罩上了一层神秘的"灵氛"。

"灵氛"(aura)是德国著名的文化史家和文艺理论家瓦尔特·本雅明独创的一个诗性概念,其原义是指物体散发出的看不见的气息,或其周围环绕的光晕,引申为氛围、气氛等。中文译成"灵氛",是因为考虑到本雅明在用这个词时赋予它的某种古老的、神秘的意义。正如当代美国新马克思主义批评家詹明信所说:"对于本雅明,灵氛在它仍然滞留的现代世界上,是人类学者称为原始社会中的那种'神圣的'事物的对等词;它之于事物世界……正如'超凡'(charisma)之于人类世界。"

灵氛是优秀的旅行文学作品之魂,它与其产生的语境(context)之间有着不可分割的关系,这个语境本身鲜活生动,独一无二,且不可复制。比如敦煌的洞穴壁画,对当时的供奉人和画匠来说,不仅再现了他们心中膜拜的菩萨形象,而且传达出一种令人敬畏和信仰的灵氛。一旦把壁画从洞穴中剥离下来,转移到大英博物馆中,它的灵氛就消失了。同理,一座吊脚楼,建筑在沅水边,它就处在湘西那个独特的语境中。对水手来说,它是一个释放欲望、寄托情感的场所,也是他心中膜拜的妇人居住的神龛,在朦胧的烟水中,笼罩着原始而神秘的灵氛。对居住在吊脚楼上的妇人来说,它是一个卑微的谋生场所,也是宣泄压抑的感情、倾诉满腔哀怨的话语空间。他与她虽然只是底层男女之间钱与性的交易,但也有着某种真情的流露和相濡以沫的成分。但吊脚楼(或诸如此类的建筑),一旦被现代旅游开发商看中买下,拆卸,离开原生地,运进某个景区,重新组装起来,环绕在它周围的灵氛也就消失了。

为什么湘西的山水、船只、水手和吊脚楼,在沈从文笔下会显得那么动人？不仅因为作者将自己的情感和灵魂都渗透其中了，还因为他始终自觉地与其描述对象之间保持着某种若即若离、刚好能产生朦胧美感的距离，这是"灵氛"这个概念的另一层含义。正是这个间距让作家获得了自由，在参与和介入、敬畏和亲近之间，保持了适度的张力和弹性。作家只是在心理上拥有它，并没有在物质上占有它。他以目光串起看似随机的景观，以游子的心去契合那些卑微的灵魂，用质朴的文字去描述它们的诉求和渴望，最终给我们留下了一份珍贵的历史记忆，一个美丽的传说。

关于美的欣赏，英国文化批评家罗斯金曾得出过五条主要结论，值得在此转述一下：第一，美是由许多复杂因素组合而成，对人的心理和视觉产生冲击；第二，人类有一种与生俱来的倾向，就是对美作出反应并且渴望拥有它；第三，这种渴望拥有的欲望有比较低级的表现形式，包括买纪念品和地毯的渴望、将一个人的名字刻在柱子上的渴望和拍照的渴望；第四，只有一种办法可以正确地拥有美，那就是通过理解美，并通过使我们敏感于那些促成美的因素（心理上的和视觉上的）而达到对美的拥有；第五，追求这种敏锐理解的最有效的方式就是通过艺术，通过写作或绘画来描绘美丽的地方，而不考虑我们是否具有这样的才华。前三条，相信每个人都做得到。后两条，只有某些人能够做到。那么，你想成为前者还是后者？是像吃快餐般地消费旅游景点，还是且行且观赏，用自己的哪怕不具有多少文学性的文字，或不具有多少艺术性的笔触，将那些有灵氛的美景记录下来，使之成为自己灵魂中的财富？

第四节 道德想象：共情能力与代入感

氛围和灵氛的概念，把我们带入道德想象问题。在很长一段时间里，人们普遍认为旅行作家的观察、感知和记录应该越客观越好，尽量不要掺杂想象之类主观的东西，因为想象是一种心灵运作，它会干扰感官的活动，最终妨害事物真相的呈现。这种照相式的思维方式现已被证明为大谬不然。心理学家们指出，想象是任何创造性活动的基础和核心，不光是文学创作需要想象力，甚至自然科学中的发明创造也不例外。爱因斯坦说，他很少"靠语言思考"。他的能力很大程度上不在于他的数学计算能力，而在于"将效果、结果和可能性形象化"。对他来说，"形象化"是由可以随意复制和组合的意象构成的。在一个著名的想象实验中，爱因斯坦想象自己以每秒186000英里（约299338千米）的速度与一束光线并行，这个实践彻底颠覆了我们关于时间和空间的概念。另一个著名的例子是被称为"DNA之父"的詹姆斯·沃森，他说自己是在梦中灵光一现，窥见DNA螺旋结构的。

美国诗人华莱士·史蒂文斯说，想象就是要创造一个世界，要赋予"生活至高的虚构，舍此便无法感知生活"。这就印证了19世纪英国著名的教育家纽曼主教在《大学的理念》中提出过的观点，想象的文学能使"心灵的秘密得见光明，灵魂的伤痛得以疏解，深藏的悲痛得以释放，同情得以传达，经验得以记录，智慧得以永存"。因此，想象首先是一个涉及参与感和代入感，培养共情能力的道德问题。

早在两千多年前，孔子就曾经为他的伦理哲学中的关键词——"仁"——下过一个定义："仁者，二人也。"短短的五个字包含了道德想象的全部真理："仁"至少涉及两个人的关系，或以两个人的关系为基本出发点。真正有道德的人必然也是一个具有想象力的人，他能跳出狭窄的自我圈子，想象这个世界上除我之外还有别的人存在。"仁"的真谛就是承认这个想象中的他者的存在，并把这个他者作为像自己一样的主体来看待，设身处地地为对方着想，进而达到"己所不欲，勿施于人"的道德境界。

无独有偶，阿拉伯神秘主义哲学家马丁·布伯在《我与你》中提出了与孔子非常接近的思想，即建立在想象基础上的他者意识。按照他的说法，鸿蒙初开，人说出的第一个词是"我"，第二个是"你"。由于"你"的出现照见了"我"，让"我"获得了存在感，于是"我"认识到："你"就是"我"，"我"应该把"你"当作"我"来对待。当人说出第三个词"他"或"它"时，人与人的关系已经隔膜了。只有把"他"或"它"视为"你"，才能恢复原初的和谐。此话虽然说得有点神秘，其实不难在日常生活中找到印证。比方，三个人在一起时，如果你只与其中的某个人说话，就冷落了在场的第三个人；如果再当着这个人面称其为"他"，就会显得很不礼貌。

旅行的一大好处就在于，它能让我们有机会走出封闭的自我，进入别人的思想和情感之中，将"他"转化为"你"，进而将"你"转化为"我"，最终让分离的"我""你""他"三者融为一体。身居大城市的人不知道小村落中重复单调的生活，小镇的居民也无法想象大都市里多姿多彩的人生。无论是实地的旅行，还是文本中的旅行，都能填补这个空缺，培养我们进入别人内心及其情境中的能力，在角色和身份的不断转换中，更深刻地理解自我与他人和世界的关系，进而扩展我们的视野和胸襟，更完满地体验生命，享受人生。

1849年10月底，28岁的福楼拜和他的朋友杜康从巴黎乘船到马赛，从那里换乘一艘去亚历山大的邮轮，开始了前往埃及的旅程。那是他从少年时代就梦寐以求的目的地,充满神秘魔力的东方。当船上别的游客都在看沿途风光的时候,福楼拜对甲板上的一位女士突然产生了强烈的好奇心。他像一个有"窥视癖"的人那样,偷偷记下了她的身材、风姿,以及装饰打扮的种种细节,包括她的草帽、衣裙、手套和倚栏观景的样子。之后在他的埃及旅行手记中展开丰富的想象,坦露了自己的心迹:

> 我常有一种冲动,想为我所遇上的人编故事,强烈的好奇心迫使我想知道他们过的是怎样一种生活。我想知道他们的职业,他们的国籍,他们的姓名;我想知道他们此时此刻在想些什么,他们生活中有何遗憾,他们的期求又是什么;我还想知道他们曾有过怎样的恋情,而现在他们的梦想又是指向何方……如果碰巧遇上的是一位女士(特别是年轻的女士),这种好奇心的驱动力就会变得尤为强烈。老实说,你迫不及待地想看到她赤裸时的样子,想听到她的倾心告白。你会想尽办法打听她从哪里来,又将到哪里去,为什么她现在身处此地而非他方,你的眼光不停地在她身上游走,脑子里想象着自己同她坠入情网,认定她非常痴情。你想象她的卧室,还有许许多多和她相关的事情……直至她下床时在卧室里穿的旧拖鞋……

(南治国 等译)

这种与他者换位的道德想象力,正是一个优秀作家必备的基本素质。也正是这种素质,使福楼拜后来在发表那部引起争议的小说《包法利夫人》时,对某些诋毁他的媒体公开宣称"我就是包法利夫人",并说在写到女主人公爱玛服毒自杀的那一刻,他感觉自己的舌头上也有了一丝苦味。

想象既能让我们进入他者的生活世界,产生共情感和代入感,也能让我们与熟悉的自我换位。法国象征派诗人兰波曾写过一首题为"Je est un autre"的诗。在这个标题中他故意犯了个语法错误：把法语第一人称代词后面的系动词 suis，改成第三人称代词后面的系动词 est。于是，原本确定无疑的"我"就有了成为"他"的可能。1871 年夏，兰波创作了长诗《醉舟》，在某种程度上实现了自我换位的梦想。在这首诗中，他想象自己成了一只失控的小舟，因舵手被红种人绑架而脱离了正常航道，从此就无牵无挂地随意漂流，浸入了大海的诗中。写这首诗时，这位 17 岁的少年诗人还没有见过大海，但是凭借狂放不羁的想象力，他描画出了他心目中的大海，其波澜壮阔的景象和奇幻诡异的意象至今无人能出其右。

……
我熟悉在电光下开裂的天空，
狂浪、激流、龙卷风；我熟悉黄昏
和像一群白鸽般振奋的黎明，
我还见过人们只能幻想的奇景！

我见过夕阳，被神秘的恐怖染黑，
闪耀着长长的紫色的凝辉，
照着海浪向远方滚滚的微颤，
像照着古代戏剧里的合唱队！

我梦见绿的夜，在眩目的白雪中
一个吻缓缓地涨上大海的眼睛，
闻所未闻的液汁的循环，
磷光歌唱家的黄与蓝的觉醒！
……

（飞白译）

福楼拜和兰波的创作经历说明:"根本上塑造人对现实看法的官能是想象,而不是批判的理智,或者理性,直观现实的能力则是个人道德品格的功能。"(欧文·白璧德语)在这方面,旅行中的想象,或想象中的旅行无疑起到了十分重要的作用,它们能打破感官和视野的局限,在主体和客体间随意转换,让个人在想象的延伸中,从不同的角度全面地审视自己,并能从黑暗的无意识区域发掘出梦和幻觉,像巫师作法一般,召唤出奇异的现实,或创造出神秘的境界。

第五节 空间想象:微缩、放大和聚焦

如前所述,想象力的核心是建立在共情基础上的道德,犹如大树的根,其分枝则是空间想象和时间想象,它们从上下左右伸出触角,在各自的维度里摸索广阔的世界,与此同时又不断生长、发展和丰富着自己。空间想象有三种方式,微缩、放大和聚焦,方式各异,目标一致,即将广阔的世界纳入头脑或文本中,玩弄于股掌间,以传达出"万物皆备于我"的感觉。

无论对专业的或业余的旅行者来说,地图都是空间想象的出发点,出门之前,我们往往会先查看一下地图,在上面点点画画,或自己动手画一张路线图,标出途经的城市和景点。地图为我们提供了世界的微缩模型,让我们能够在想象中把握它,在心理上控制它,甚至征服它。从这个意义上我们不妨说,地图先于空间而存在,而不是相反。

写下一系列航海罗曼司的康拉德从小喜欢看地图。长时间注视地图带来的发现体验,让他痴迷上了地理学,并因此而遭到同学室友的嘲笑。但正是这种痴迷改写了他的整个人生。地图让他先成了一名出

色的水手，之后又变身为一名出色的小说家，在世界文学史尤其是旅行文学史上占据了重要的地位。在《黑暗深处》开头，康拉德借主人公马洛之口，讲到了他小时候第一次在非洲地图上看到刚果河时的感想：

……那里有一条河很特别，一条非常大的河，你在地图上可以看到，像一条尚未伸展开的大蛇，头放在海里，身子曲曲折折安静地躺在一大片土地上，尾巴却消失在大陆深处。我在一家店铺的窗口的地图上一看见它，就让它迷住了，像蛇迷住了小鸟——一只愚蠢的小鸟。

（黄雨石 译）

正是这张非洲地图后来把主人公一路带进充满原始魔力的刚果河边，见证了殖民者在开发非洲丛林时的兽性和虚伪，并发现了一种可怕的真理，即自己与丛林中的野蛮人有着割不断的关系，如尼采在《善恶的彼岸》所说，"当你凝视深渊的时候，深渊也在凝视你"，甚至完全被它同化。

在旅行文学方兴未艾的近代英国，真实的和虚构的地图几乎成了游记、日志、探险罗曼司的标配。莫尔的《乌托邦》、班扬的《天路历程》、斯威夫特的《格列佛游记》和哈格德的《所罗门王的宝石矿》等，都插入了伪造的地图，作家将自己虚构的世界图像微缩在文本中，对其展开描述或评判，以激发读者的想象力和行动力。这就印证了法国现象学家巴什拉在《空间诗学》中提出的一个重要观点："空间呼唤行动，而行动之先，是想象力在运作。"

微缩和放大是空间想象的两个互补维度。前者将世界浓缩在股掌中，以便从整体上把握和审视；后者则将世界的某个部分变形和放大，反映了对未知事物的惶恐和不安。这方面最好的例证，除了前面介绍过的斯威夫特的《格列佛游记》，还有刘易斯·卡罗尔的《爱丽丝梦游仙境》。可爱的英国小女孩爱丽丝在百般无聊之际，发现了一只揣着怀表、会说话的白兔。她在追赶它的时候不慎掉进了一个兔子洞，由此坠入了神奇的地下世界。在这个世界里，喝一口水就能缩得如同老鼠大小，吃一块蛋糕又会变成巨人，同一块蘑菇吃右边就会变矮，吃其左边则又长高。在这个世界里，似乎所有吃的东西都有点古怪。主人公在这个奇幻得近于疯狂的世界中不断探险，不断有新的发现，并且不断诘问自己"我是谁"，终于成长为一个"大"姑娘。最后醒来，发现原来这一切不过是梦境。

这种近乎荒诞的描述，其实在我们自己的旅行经验中不难得到印证。比如当我们旅行到某个发展中国家，或国内的某个边陲地带、穷乡僻壤，与相对贫困的当地人打交道时，我们的自我认知可能会不由自主地膨胀起来，仿佛一夜间成了亿万富翁，可以随意消费，颐指气使，像乱抛垃圾那样发泄情绪了。而在置身于名山大川、浩瀚荒漠或碧海沧溟时，我们又会瞬间觉得自己渺小、卑微，像一滴水、一粒沙或一片草叶那样，情不自禁想起帕斯卡在《沉思录》（一译《思想录》）中说过的那段话：

当我想到……我占有的这个小小的空间正要被无垠的空间吞噬，然而对无垠的空间，我一无所知，连这空间也不知道我的存在，这个念头让我惊恐，我也惊讶于自己出现在此空间而非彼空间：我有什么理由出现在此地而非彼地，有什么理由出现在此时而非彼时？是谁让我置身于此？

（南治国 等译）

聚焦是空间想象的第三个维度。在阿根廷著名诗人、作家和评论家博尔赫斯笔下，微缩、放大和聚焦的想象功能被运用到了极致。在

《阿莱夫》中，他以生花妙笔给我们描述了一个玲珑剔透、自我映射的水晶球阿莱夫，它的直径虽然只有两三厘米大，但宇宙空间都包罗其中，体积没有按比例缩小。每个人都可以从中看到世界万物和自我形象。每一件事物（比如说镜子玻璃）都是无穷的事物，因为从宇宙的任何角度都可清楚地看到。整篇文字既是现实的映射，又似梦境般虚幻，将人类的空间想象力发挥到随心所欲、无所不包的境地。

我看到浩瀚的海洋、黎明和黄昏，看到美洲的人群、一座黑金字塔中心一张银光闪闪的蜘蛛网，看到一个残破的迷宫（那是伦敦），看到无数眼睛像照镜子似的近看着我，看到世界上所有的镜子，但没有一面能反映出我，我在索莱尔街一幢房子的后院看到三十年前在弗赖本顿街一幢房子的前厅看到的一模一样的细砖地，我看到一串串的葡萄、白雪、烟叶、金属矿脉、蒸汽，看到隆起的赤道沙漠和每一颗沙粒，我在因弗内斯看到一个永远忘不了的女人，看到一头秀发、颀长的身体、乳癌，看到人行道上以前有株树的地方现在是一圈干土，我看到阿德罗格的一个庄园，看到菲莱蒙荷兰公司印行的普林尼《自然史》初版的英译本，同时看到每一页的每一个字母（我小时候常常纳闷，一本书合上后字母怎么不会混淆，过一宿后为什么不消失）……看到我自己暗红的血的循环，我看到爱的关联和死的变化，我看到阿莱夫，从各个角度在阿莱夫之中看到世界，在世界中再一次看到阿莱夫，在阿莱夫中看到世界，我看到我的脸和脏腑，看到你的脸，我觉得眩晕，我哭了，因为我亲眼看到了那个名字屡屡被人们盗用，但无人正视的秘密的、假设的东西：难以理解的宇宙。

（王永年 译）

从空间想象的角度看，中国传统文学和艺术对旅行文学的一大贡献，是发明了"散点透视"法，能让观者在移步换景中获得审美的自由和创造的快乐。如所周知，中国传统山水画的呈现方式是利用卷轴，将大千世界纳于尺幅之中，让微缩、放大和聚焦三者融为一体。欣赏者可以像真正的旅行者那样，缓缓展开画轴，随意漫游在山水间；既可从大处着眼，审视整体结构，又可从局部入手，考察细节描绘，在慢品细赏中感觉气韵生动，领悟主体与客体、人与宇宙的关系。近年英国一家博物馆用 3D 技术还原了一幅中国山水画，观众可以足不出户，随镜头的转动漫游其中，领略中国山水之美。

与山水画同理，中国传统的山水诗能在短短的四个或八个句子中，将自然界的山光水色浓缩于其中。一首诗等于一个太极、一个小宇宙，可谓以小见大、曲尽其妙矣。细读王维的一首七律《终南山》。据学者叶维廉的观点，这首诗是以"全面视境"写成的，共写到了六个瞬间，犹如电影中的蒙太奇手法：

太乙近天都（远看，仰视——瞬间一）

连山到海隅（远看，仰视——瞬间二）

白云回望合（从山中走出来时回头看——瞬间三）

青霭入看无（走向山时看——瞬间四）

分野中峰变（在最高峰时看，俯瞰——瞬间五）

阴晴众壑殊（同时在山前山后看，或高空俯视——瞬间六）

欲投人宿处

隔水问樵夫（下山后，同时亦含山与附近环境的关系）

以上所举的例子都是中外大诗人、大作家的典范之作，不免让人产生"仰之弥高，钻之弥坚，瞻之在前，忽焉在后"的喟叹。诚然，创造性的想象力需要天分，但也可以通过有意识的训练得以加强，因为想象力和观察力一样，本来就是造物主预先内置于人体中的"程序"，所需要的只是激活它，并不断使其处于活跃状态而已。儿童以沙土筑城堡、用积木搭房子、与玩偶做游戏是空间想象与角色想象的预演。成人练打坐，习冥想，"精骛八极，心游万仞"（陆机《文赋》），既是修身养性的不二法门，也是拓展思维和想象空间的最好训练。

第六节 时间想象：前瞻、后顾与折叠

时间想象是人类特有的禀赋。动物永远活在当下。它们从不前瞻，后顾，伤感，怀旧，只凭本能觅食，营巢，求偶，争斗，因此它们没有苦恼，不会焦虑，或得抑郁症，因此也不需要用旅行来释放情绪、舒缓心理。人的荣耀和烦恼就在于，人有想象和重构时间的能力，能将一个个无意义的瞬间纳入有意义的线性秩序中，在追忆过去或瞻望未来中，创造自己的故事和历史。

旅行让我们暂时摆脱线性时间的缠绕，享受动物般生活在当下的快乐。而旅行写作则迫使我们在返家后安静下来，在不断前瞻后顾的往返运动中，打开无数叠合在大脑皮层深处的瞬间印象，重新发现或创造出属于自己的意义，而这种意义多半是我们在旅行的当下也未必意识到的朦胧感觉，只有在书写过程中才慢慢清晰起来并最终成形。

前瞻是旅行者想象时间的未来维度，其最简单的表现形式为旅行攻略、每日行程、餐饮安排和景点描述等。但旅行写作如果满足于此，就等于将自己降格为中学生抄写作业，本子上虽然写得密密麻麻，却没有一个字是属于自己的。要将旅行攻略上升为一个合格的文学文本，

还必须调动所有的感觉、想象、记忆和愿景。比如可以追问一下自己：当初为什么会选择去那个地方？那儿究竟有什么东西吸引了你？你想借此行抛弃什么？你希望从它那里得到什么？将诸如此类的思考穿插在写作中，你的旅行文本就有了某种文学性。读一下19世纪俄罗斯诗人莱蒙托夫的名诗《帆》或许会有所启发。

> 在大海的蒙蒙青雾中
> 一叶孤帆闪着白光……
> 它在远方寻求什么？
> 它把什么遗弃在故乡？
>
> 风声急急，浪花涌起，
> 桅杆弯着腰声声喘息……
> 啊，——它既不是寻求幸福，
> 也不是在把幸福逃避！
>
> 帆下，水流比蓝天清亮，
> 帆上，一线金色的阳光……
> 而叛逆的帆呼唤着风暴，
> 仿佛唯有风暴中才有安详！

（飞白译）

对于一个生活在21世纪的旅行者来说，不知道这首诗的沉重背景，不了解诗人的叛逆性格和悲惨结局也无伤大雅，因为经典的文学总会穿越时空，激发我们的共情心和代入感。莱蒙托夫诗中传达出的那种对远方的向往与渴求、犹豫与割舍、叛逆与安详并存的张力，以及断然与过去诀别的勇气，至今依然能够打动我们，是因为它写出了每个人或多或少会有的生存境遇。

　　一般说来，前瞻是力量、成长、成熟和自我表现的时间想象，它可以将当下思想的种子播撒在未来的土壤中，因此更多属于年轻人。后顾则是从现在伸延到过去，重返过去好时光（甚至回到出生之前）的时间想象，因此更多属于老年人。但同一个人也完全可能将两种时间想象合而为一。正如泰戈尔所说，人就像一棵树，向天空的枝条伸展得越充分，向地底的根也就扎得越深。旅行中，我们每个人都拖着自己的行李箱，其中层层叠放着换洗衣服和梳洗用品，也都拖带着一个属于自己的小世界，储藏着曾经的小悲伤、小确幸，以及对未来的期待和梦想。返家后，你会打开行李箱，整理衣物，扔掉无用的东西，抚摸和品尝一下购买的土特产。同理，你也应放空大脑，整理思绪，检点一下丢弃的心理垃圾和获得的精神礼品，追忆纷至沓来的印象碎片，将其编织成一个有意义的文本，从这面你自己制造的镜子里重新发现自己。

　　20世纪初流行欧美的意识流小说，打乱了时间的线性秩序，将当下的感觉、前瞻和后顾的想象合为一体，写出了更逼真的存在感。普鲁斯特的《追忆似水年华》可谓这方面的典范之作，这部长达七卷的长篇小说虽非实地旅行的描述，却忠实记录了贯穿主人公一生的时间之旅，中间穿插朦胧的童年记忆、琐碎的生活细节和中年之后瞬间顿悟的诸多意象。全书以"我"这个叙述者为主体，将其所见所闻、所感所想融为一体，呈现在读者面前的不仅仅是一个多姿多态的外部世界，更是一个多姿多态的内部世界，一个自我追求、自我探索、自我认识的漫长过程。一般认为，第一卷中的著名细节"小玛德莱娜"点心是开启这部小说的钥匙。

……带着点心渣的那一勺茶碰到我的上颚,顿时使我浑身一震,我注意到我身上发生了非同小可的变化。一种舒坦的快感传遍全身,我感到超尘脱俗,却不知出自何因。我只觉得人生一世,荣辱得失都清淡如水,背时遭劫亦无甚大碍,所谓人生短促,不过是一时幻觉;那情形好比恋爱发生的作用,它以一种可贵的精神充实了我。也许,这感觉并非来自外界,它本来就是我自己。我不再感到平庸、猥琐、凡俗。这股强烈的快感是从哪里涌出来的?我感到它同茶水和点心的滋味有关,但它又远远超出滋味,肯定同味觉的性质不一样。那么,它从何而来?又意味着什么?哪里才能领受到它?

(李恒基 译)

这里,我们看到的是一个以个人主观的感觉记忆为轴心而旋转的时间想象。一个又一个零碎的记忆片段,从浸泡着小玛德莱娜点心的茶杯中脱颖而出,将整个世界囊括于其中。追忆成为主人公生命的根基,存在的连续性标志。整部小说中,叙述者的生命由一连串小玛德莱娜点心般、细腻而温暖的回忆构成。现时的感受引出往事的回忆,追回一段逝去的时间——脚踩在斯万家高低不平的石阶上,使他重新找到了青年时代踩踏过的威尼斯圣马可教堂台阶的感觉;手摸到仆人递来的浆过的餐巾,蓦然使他回想起海滨浴场上用过的同样粗硬的毛巾,勾出一段已逝的爱情;斯万家的门铃声引他回想起贡布雷老家花园的铃声,带回一段童年往事……

这种在时间想象引导下展开的意识流,非常类似于精神病患者在心理医生指导下,躺在安乐椅上,闭上双目展开的自由联想法。众所周知,这种方法的创始人是弗洛伊德。这位奥地利精神分析大师告诉我们,任何东西——从一个梦境、一次口误或口吃、一片叶子的颜色,到一张皮的触感——都可以用来将一个人的自我认同感加以戏剧化和具象化。因为，这一类东西可以把我们言行中盲目的模糊印记加以象征化，揭示我们被无意识压抑的真正欲望。它们表面上杂乱无章的凑合，其实构成了我们生活的基调。

在这一点上，普鲁斯特与弗洛伊德可谓是殊途同归。通过独特的"追忆"方式，普鲁斯特想告诉我们的是，生活，我们所过的生活其实是由一些小得不能再小的、纯个体化的感觉及其回忆构成的，"这一切回忆重重叠叠，堆在一起……有些回忆是老的回忆，有些是由一杯茶的香味勾引起来的比较靠后的回忆，有些则是我从别人那里听来的别人的回忆，其中当然还有'裂缝'，有名副其实的'断层'，至少有类似表明某些岩石、某些花纹石的不同起源、不同年代、不同结构的纹理和驳杂的色斑"。但无论如何，这些属于个人"精神旅行箱"中的私密收藏，会一直跟随我们前行，直到人生旅途的终点。

折叠是对前瞻和后顾这两种时间想象的综合。在实地旅行中，我们造访的旅行空间往往是多重时间折叠的产物。城里和郊外，古庙、教堂与现代建筑比邻而居，犬牙交错。核心景区中，死的和活的缠绕在一起，花草树木在憧憬繁盛的夏日，古迹废墟在怀念曾经的辉煌，形成过去与未来、生长与寂灭的张力。一系列快速剪接的瞬间印象，犹如电影中的蒙太奇，在浓缩与扩展，快进、渐隐或淡出中，不断激发着我们前瞻与后顾的时间想象。

去过柬埔寨吴哥的旅行者，当对塔普伦神庙内的奇观留下深刻印象。此庙乃阇耶跋摩七世国王于公元1186年所建之寺院。历经800多年沧桑，寺院内外的墙门、佛塔和佛像早已被卡波克树缠绕得面目全非，崩塌残破。卡波克树又叫蛇树，枝叶高得让人看上去头晕目眩，根系则像巨蟒般到处盘旋，无孔不入，墙缝里、石基下、柱廊间，到处留下了它们盘根错节的身影，其毁灭力之大堪比地震。人类建造的

神庙、钢架与蛇树（本书作者摄于柬埔寨塔普伦神庙，2018年）

千年寺庙，貌似固若金汤，却在绿色生命的缠绕下，轰然倒塌。面对自然之力，人造的钢架结构对这些终将倾覆的廊柱的支撑，显得尤为脆弱和可笑。柔软与坚硬的较量，韧性与刚性的搏力，最终以前者战胜后者为结局。诸如此类自然庙堂所显现的神迹和哲理，是时间想象的最佳场所。只是旅途中我们总是行色匆匆，对任何景点都来不及细嚼慢品，结果白白错过和浪费了上苍赐予的精神赠礼。

时间想象还有一种更大的尺度，那就是地质学家所用的地质时间。它不用我们熟悉的分秒、时日、月份和年岁来计量，而是用"宙""代""纪"和"世"为单位来表述地球时间。旅行作家一旦掌握了这种想象和计量时间的方法，当能使他或她的作品上升到宙斯般的高度，俯瞰脚下摸爬滚打的芸芸众生。1831年，达尔文跨上马背，前往安第斯山区的穷乡僻壤作长途旅行。当他从地质学的角度观赏展开在他眼前的实际景色时，他想象的更多的是看不见的美妙景色——大量曾经存在过的、被冰雪覆盖的群峰和山脉，以及大量曾经存在过的，体形庞大、行动迟缓的恐龙、猛犸象和剑齿龙，但是，由于地质学的

"奇妙力量"，现如今这一切已不复存在，被折叠进山脉的褶皱、岩石的斑痕和化石的纹路中了，只在荒野中散落一些惨白的骨架和恐龙蛋碎片，供运气好的古生物学家捡到，作为进一步研究的标本。达尔文的旅行日记中有着大量诸如此类的记载，但他从不发中国文人式"思古之幽情"。的确，与这些大尺度的时间相比，人，包括人的业迹、足迹和遗迹又算得了什么？

第七节　修辞与细节的处理

旅行文学写作策略中，最后，但并非最不重要的一项是修辞及细节的处理。说到修辞，我们最先想到的大概是《周易》中的那句话"修辞立其诚"。汉语中"诚"有两个基本义，一是信，二是真。从写作角度看，信是作者的主观意图，真是作品呈现的客观事实。但这两者均非某种赤裸裸的实体，必须借助口头的或书面的语言才能显示出来。如何以最佳方式，由信而达真，由真而见信？孔子说"言之无文，行而不远"。这里的"文"指的就是文饰和文采，即修饰文辞的意思。可见，在中国古人心目中，真诚与修辞这两者并不矛盾，而是对立的统一。完美的思想只有以完美的方式表达出来，才能给人留下深刻印象，才有可能被广泛传播乃至成为经典。我们的大脑不是储存信息的硬盘，而是无数脑细胞之间偶发性的联结、阻断和再联结的运动场。写作不是从硬盘中提取信息的简单操作，而是思想与语言齐头并进，情感与文辞互相促发，不断拓展和深化的创新过程。在这过程中，包括修辞在内的修改起着十分重要的作用。海明威说，"任何文章的初稿都是狗屎"。真正优秀的作品都是精心写作、反复修改的结果，既有原创性的思想（"作"），又经得起咀嚼和回味（"品"）。

修辞可分为两类，一为消极修辞，二为积极修辞。消极修辞的目的是把文章写得明白、清楚，不让它有含混不清的地方，具体表现为意义明确、次序通顺、词句平稳、安排妥帖；积极修辞则力求把文章写得生动、形象，使其产生更动人的效果，需要运用譬喻、借代、夸张、折绕、排比等多种修辞格。许多初学者往往好高骛远，觉得消极修辞过于简单，都是基础性的东西，于是直接跳到积极修辞，大量运用修辞格把文章写得花里胡哨，以为这就是"文采斐然"，但实际效果往往适得其反，让蔓生的藤条缠死了大树的主干。其实，写作的最高境界是亚里士多德所说的"言如常人，思若智者"。这当然很难企及，但应作为写作者追求的目标。

写好文章的第一步是先问自己三个最基本的问题。第一，我究竟想说些什么？或有什么可以说、值得说的东西？第二，我将对什么样的人说？在明确了写作意图和写作对象之后，再问第三个问题：用什么样的文体、句式和词语，才能把我的想法说清楚，且打动人？本书并非专门讲修辞的教材，只从旅行文学角度出发，结合具体文本，讲几条原则性的纲领。

首先，多呈现，少讲述。与其他类型的写作一样，旅行写作的动机是诚，目标是真。但旅行写作也有其特殊之处，因为所涉及的内容大都是在运动中发生的，所以一定要写出运动感、节奏感和即视感，以及使读者产生身临其境的代入感。要做到这一点，除了前文所说的观察、想象外，在遣字造句时还要讲究修辞策略。多呈现的意思是指，用具体生动的文字让画面自己说话，作者跟着画面移动的节奏走，而不是相反。少讲述的意思是指，不要指指点点，空发议论，而是将自己的感悟或思绪融入画面中，自然表露出来。试举一例：

初八日　昧爽饭，索酒而酌，为浴泉计。遂由村后越坡西下，则温泉在望矣。坞中蒸气氤氲，随流东下，田畦间郁然四起也。半里，入围垣之户，则一泓中贮，有亭覆其上，两旁复砖甃两池夹之。北有榭三楹，水从其下来，中开一孔，方径尺，可掬而盥也。遂解衣就中池浴。初下，其热烁肤，较之前浴时觉甚烈。既而温调适体，殊胜弥勒之太凉，而清冽亦过之。浴罢，由垣后东向半里，出大道。是日碧天如濯，明旭晶然，腾翠微而出，浩波映其下，对之觉尘襟荡涤，如在冰壶玉鉴中。

　　以上这个片段选自《徐霞客游记》，写的是他在云南某地泡温泉的感觉。文章开头交代了时间后，作者没有抽象地说自己如何期待泡温泉，只说吃完早饭后，又向主人要了酒喝（显然是为了发散），这个画面既是实情的记录，也是心理的投射，为下文埋下了伏笔。接着作者一路走去，且行且观景，非常具体地写了出门后的方向，远望温泉时看到的蒸气氤氲，近观温泉所在地时见到的建筑格局。然后非常自然地将笔触伸到了泡温泉的感觉，从初入水时体感的不适应，到调温后慢慢适应的整个过程，一一道来，把读者的感官撩拨得痒痒的。最后写到浴罢出门后看到的天光波影，画面骤然开阔，感悟油然产生。整篇文章从头到尾没有抽象的讲述。作者都是在用文字呈现画面，用画面带动节奏，让读者跟着作者移步换景，感同身受，仿佛与作者一起亲临现场，微醺后踏入浴池大爽了一把。

　　其次，少用形容词、副词，多用名词和动词。用名词时少用抽象的大词，努力找到事物的具体名称。动词的运用也一样，越具体越好。笔者年轻时听到过的一个笑话可作为反面例子。一个刚从城里来农村的年轻人看到一头驴闯进庄稼地里啃小麦了，可是这个年轻人既不认识驴，也不认识小麦，情急之下，他只好冲着村口大喊："不好啦，动物吃植物啦！"写作中，我们要避免的就是出现这种大词。不过，很多情况下，我们用抽象的大词不是出于无知，而是相反，因为知道得太多。一见到某个事物，马上认定它是什么，给它一个抽象名词，而忽视了它的具体细节。所以，在写作时，一定要注意这一点。在写驴时不光要避免把驴写成动物，而且要避免把它写成驴，可以从远远嗅到驴的气味写起，描述出它进入感官的全过程，包括它的毛色、步态、眼神、叫唤声，甚至散落在地上的驴粪蛋子等种种具体的细节。

修辞不光要做"加法"，而且也要做"减法"。这方面最好的例子是海明威。一位评论家说，海明威扛着斧头走进语言森林，把一切繁枝败叶都砍掉了，只露出光秃秃的树干。"每一个字都打击你，好像它们是刚从小河里捞出来的石子。"海明威强调"客观描写"，坚持从视觉、触觉等着手，避开作家直接抒发个人情感。比如《老人与海》，通篇采用的是几乎不带感情色彩的语言，越是描写惊心动魄的搏斗场面，叙述的语言就越客观、冷峻、简洁。这种被称为"冰山风格"的修辞手法，其实从一个侧面反映了作家对读者的尊重，即相信读者的智力、判断力和想象力，足以在作者留白的空间中，自行填补被省略掉的词语和场景。另外，在句法运用上，尽量少用结构复杂的长句，将修饰性的定语拆解下来，改写成一个个简单、通俗易懂的短句，让读者一点一点地吸收，这也是作家心中有读者的表现。

再次，根据情感表达的需要，适当运用明喻、暗喻、借代、重复、排比等修辞格。譬喻类修辞格已经被用滥了，一定要谨慎使用，除非你有刚出炉的新鲜面包般的联想。麦克法伦的《古道》中有不少运用譬喻的好例子，可供借鉴：

雪在街灯那圆锥形橙红色光带里落下来，大片的雪花似炉火里的火星一般闪耀。

空气颗粒粗糙，忽隐忽现，仿佛老旧的纪实短片。

隧道带领我们穿过天气分水岭，进入一个新世界，就像从一张旧的黑白照片进入了柯达彩色照片里。

我们沿着回形针一样的公路继续前进……

（王青松 译）

这些比喻既贴切自然，又极富现代气息，貌似信手拈来，其实是长期观察、想象和训练的产物，再加上那么一点现场突发的灵感。用一位评论家的话说，麦克法伦的《古道》"读起来就如同散文体的《奥德赛》中散落了许多意象派诗歌"（约翰·凯里语）。

除了比喻外，重复和排比也是重要的修辞手段，虽然它们大多被用于演讲以加强语调和气势，但散文和游记中如运用得当，也能收到很好的效果。举一个大家都熟悉的例子。鲁迅的著名散文《秋夜》开头一句是：

在我的后园，可以看见墙外有两株树，一株是枣树，还有一株也是枣树。

那么，我们是否可以把上述句子改写为"在我的后园，可以看见墙外有两株枣树"呢？当然可以。因为光从句子提供的信息来看，这两种写法的意思是一样的。但从修辞的角度看，两种写法的效果明显不同，读者对它们的反应也大不一样。在读前半句的时候，我们会很自然地想，既然文中说墙外有两株树，一株是枣树，那么另一株肯定是别的树。但接着往下读，我们原先的意义期待被打破了，园子里没有别的东西，除了枣树，还是枣树。联系上下文细加体会，一种莫名的孤寂感就出来了。这就是修辞的力量。换个角度看，这其实也是以画面带动节奏的写法，作家的孤寂感是在目光的移动和树影的呈现中慢慢产生的。

美国小说家雷蒙德·卡佛虽然不是旅行作家，但在运用修辞上是个老手，值得学习和借鉴。他写过一个短篇小说《家门口就有这么多的水》。小说讲的是一群男人周末休假出去钓鱼，头天傍晚在河边发现了一具赤裸的女孩尸体。那么他们当时的反应如何呢？有人说应该马上报警，有人犹豫不决，说出来玩一趟不容易，反正人早已死了，等两天休假结束回城后再报警也不迟。最后大家达成一致，该干什么还干什么。于是我们看到了以下的场景：

第二天早晨，他们烧了早饭，喝了咖啡，又喝了威士忌，然后分头去钓鱼。那天晚上，他们烧了鱼和土豆，喝了咖啡和威士忌，然后带着用过的锅碗瓢盆去河边，在靠近女孩的地方洗刷起来。

……

第二天早晨他们很晚才起来，喝了威士忌，钓了一小会儿鱼，收了帐篷，卷起睡袋，收拾好东西就往外走……

（小二 译）

看似平淡无奇的日常生活描述，其实隐含着作家的深意。卡佛在这里用了重复和排比手法，有意把动词"烧（了）""喝（了）"及名词"咖啡""威士忌"等同样的词语，重复了好几遍，连续两天描述的活动内容几乎完全相同。如此一来，这些男人的冷漠和自私就不言自明了。这种修辞法也符合前面说的第一条纲领，即以画面替代讲述并带动节奏。

最后讲一下细节问题。早在19世纪末，约翰·罗斯金就为人们如此少地注意到细节而感到痛苦，为现代旅游者的盲目和匆忙感到痛惜，尤其是那些得意于自己在一周时间内乘火车游遍欧洲的人。他说:"如果我们在旅行时,能放弃每小时走100英里,而是从从容容地行进,我们或许会变得更健康、快乐或明智些。世界之大,远超过我们的眼界可以容纳的范围,不管人们走得多慢;走得再快,他们也不会看到更多。真正珍贵的东西是所思和所见,不是速度。子弹飞得太快并不是好事;一个人,如果他的确是个人,走慢点也并无害处;因为他的辉煌根本不在于行走,而在于亲身体验。"

罗斯金还建议,不管有没有艺术天赋,每个人都应该尝试着在旅行中画画或记日记,以锻炼自己对细节的观察力,加强感觉的敏锐度。他本人就是这么做的。他说尽管自己的绘画水平只停留在中学阶段,实在见不得人,但每次出门还是不忘带上速写本。其实,在他那个时代,相机已经发明。罗斯金开头也对摄影产生过热情,但后来逐渐察觉到,摄影给它的大多数使用者带来了严峻的问题:使用者们不是把摄影作为积极而有意识的观察的一种补充,相反,他们将它作为一种替代物,以为只要有一张照片,自己就把握了世界的一部分,长此以往,感觉渐渐迟钝,惰性慢慢滋长,习惯成自然,懒得观察和思考了。

其实,19世纪相机还是平民无法拥有的奢侈品,它既昂贵又笨重,不像眼下人手一部智能手机,随时随地都可以拍照、存储,同步分享上网。那么,罗斯金的告诫对21世纪的旅行者还有意义吗?生活在当下的我们,如何理解影像和文字各自的长处和短板,以便在写作中正确处理好两者的关系,让它们各自发挥出最佳功能?这就把我们引入下一讲的话题。

第十讲
旅行文学的深度拓展

说到"深度"这个词,许多读者马上就会想到眼下时兴的"深度游"。但深度游与"深度"游之间不能简单画等号。深度游通常意味着消费档次的提高,稀缺旅游资源的获得;深度拓展则更多指的是感知和意识水平的提升,对自我、他人和世界的理解的深入。换言之,能否让自己的写作真正向深度拓展,并不取决于你的消费能力,而在很大程度上与你的感知、想象和共情能力有关。以下几节的讨论,当使我们对旅行文学中"深度"一词的理解更为明晰。让我们先接续上节话题,从摄影和照片谈起。

第一节 摄影与写作:互补的可能

据说,目前全球每年拍摄的照片超过2500亿张,而且这个数字还在不断增长。随着数码相机和智能手机的普及,大众对"有图有真相"的信念也越来越坚定。海德格尔曾经担忧过的"世界图像"时代已然成为现实。如今,大多游客主要是通过取景框,而不是通过肉眼,来观察、感知和记录世界的。看到美景,我们的第一反应是立马取出相机或手机,选一个好的角度,将其拍摄下来,而这个好角度,基本是导游或旅行指南建议的。结果,每个人手持的是自己的相机,拍出来的风景却千篇一律。美学上的平庸化尚且不论,关键是,完整的世界碎片化了,立体的景观扁平化了,多维的感官单一化了。古典的审美态度("相看两不厌,唯有敬亭山")已然成为往事,被现代人在追光掠影中猎取某物和炫耀"收藏"的快感所取代。

不可否认,好的摄影作品的确有某种直击人心的力量,有时一张照片胜过千言万语。但可别忘了,图像始终是沉默的,无法独立表述自己。照片一旦脱离情景,必须有一定的话语或文字(哪怕是一个标题、一串标明拍摄时间的阿拉伯数字)作引导,指示意义的方向,才能达到交流感情、分享经验的目的。20世纪70年代罗兰·巴特在《明室——摄影纵横谈》(一译《明室:摄影札记》)中提出过的观点,至今仍值得我们深思:

严格地说,照片拍到的是拍摄对象身上散发出来的放射性物质。那里有个真实的物体,辐射从那个物体散发出来,触及站在这里的我;传递时间的长短不重要。那个已经消失了的物体的照片触及我,如同一颗星发出的光在一段时间之后才触及我一样。一种脐带式的联系连接着被拍摄的物体和我的目光:光线尽管触摸不到,在这里确系一个物质环境,是一层皮,是一层我和被拍摄的男女共享的皮。

(赵克非 译)

为了说明上述观点,巴特在书中还特意引用了一张刺杀林肯总统的凶手刘易斯·佩恩行刑前的照片,并对照片中的主角作了如下评论:"他已经死了,他就要死了。"拍摄的彼时彼刻,现实中的刘易斯还没死去,正要死去,但照片里的刘易斯已经被光杀死,成了一个影像。

简而言之,照片描述的是光与影,是光流溢在人体表皮或物体表面的影子、反射到镜头中成的像。它描述的是被拍摄对象瞬间的存在,而这个瞬间一旦被定格，被拍摄对象就立刻死去，变成一张胶片（或一串数码）。摄影的长处和短处都在这里。从旅行者的角度看，照片是某个主体"到此一游"的见证，但它的功能基本到此为止。因为它只是物理之光，不是精神之光，更不是灵魂之光。当然，观者也可以从被拍摄对象的回眸中，看出彼时彼刻他或她的心情，但也仅此而已。再说，心情和音容笑貌一样，是需要阐释的。阐释则需要话语，需要文字。正是在这一点上，文字呈现了比照片更为深刻的特质。文字具有穿透力，它既可描述对象表面呈现的光影，也可烛幽其内部散发的灵魂之光。而照片则始终是第二位的，依附性的，有待于解释、说明和描述的。只有借助词语，它才能开口说话，它记录的画面才有可能转化为真理。从这个意义上我们可以说，是词语让照片"道成肉身"的，或者，干脆直接用英语表述为"the Word made flash"。这里，flash 是照片的肉身（flesh），即摄影器材在瞬间抓取的光，而 Word 才是赋予其意义的灵魂。词语能使照片摆脱哑默的状态，从具象转化为抽象，从偶然上升到必然，进而具备了跨时空交流的普遍性品格。

不妨让我们设想，徐霞客没有写下 60 多万字的游记，只给我们留下了他拍摄的 6 万多张（姑且以 10 个字算一张照片）没有标注年代、没有任何文字说明的照片。假如这些照片成功地逃脱了残酷的时间之手，至今保存完好，那么，我们能否借助（比方说）1 万张广角镜头、1 万张特写镜头，再加上 4 万张近景、中景或远景照片，拼凑出一部 17 世纪中国山水旅行指南？答案不言而明。但这么说并非是在否定摄影的功能，只是想辨清摄影和写作这两种不同的书写方式（前者以光影，后者以文字）各自的界限，进而找到两者互补的可能途径。

摄影的主要优点在于，能在一个画面中同时呈现不同物体的感性表象，而文字只能通过线性的描述来逐步呈现这个过程。关于这一点，

18世纪德国批评家莱辛在《拉奥孔——论诗与画的界限》中,曾作过分析和论证。特洛伊战争后期,希腊人因久攻不下而假装撤退,在海滩上留下一匹巨大的木马,内藏勇士。特洛伊人不知是计,欲将木马作为战利品拉进城内。拉奥孔是特洛伊的祭司,认清这是希腊人的诡计,告诫国人不要这么做。由于他泄露了神意而引起神的愤怒,神派出两条毒蛇将他和他的两个儿子缠死。这个著名的神话故事后来进入史诗和雕塑等领域,成为诗人、艺术家热衷的创作题材。莱辛以此为例,分析了诗与画的界限。按照他的说法,雕塑抓住了一个最富蕴含性的时刻,通过呈现拉奥孔一家三口被蛇缠身的痛苦表情,让观者想象画面之外发生的故事;而史诗则借助连续性的词语,描述了整个事件发生和展开的全过程。莱辛的结论是,画是空间艺术,诗是时间艺术。两者各有短长,不可互相替代。将莱辛的上述观点移用到旅行写作上,作者可以通过描写或讲述,补充照片自身无法说明的内容,让平面的照片具有历史的纵深感和象征意义。

《拉奥孔》(阿格桑德罗斯等创作,约公元前1世纪,现藏梵蒂冈美术馆)

摄影的另一长处是,它能拉近远方的物体,放大局部的细节，凝固运动的瞬间，仿佛成倍甚至几十倍地扩展了我们的视觉功能，使我们能更切近地看清事物的状态：老鹰俯冲时的凌厉眼神、青蛙跳起吞食苍蝇时的优雅姿态、雨滴从荷叶上滚落时凝成的团团晶露。但摄影无法让我们的灵魂钻进一只蜜蜂、一朵花蕊，从它们的角度来思考人与自然的关系，无法让我们的思想穿透粗糙的树皮，进入白皙的树芯，窥见年轮在季节的催动下一圈圈形成的过程。但文学能做到这一点。比如，在美国生态文学家奥尔多·利奥波德的散文《沙乡年鉴》中，我们读到了这样优美的文字：

一棵特别的橡树正在我的壁炉里熊熊燃烧，它曾经生长在那条通往沙丘的旧移民道路的边上。我曾经抚摸和仔细打量过这棵树，直径有三十英寸。它有八十圈年轮……

这棵橡树没被大平原吞没，而且因此可以贮存八十年的六月阳光，一想到这儿，是很感亲切的。就是这些阳光，现在正通过我的斧子和锯子释放出来，在经历了八十次大风雪之后，温暖着我的木屋和灵魂。从我的烟囱里冒出的每一缕青烟，都在向众人证明，阳光并没有白白地照耀。

（侯文蕙译）

随着线性文字的逻辑推演，作家想象他的锯子返回到"历史长河的顺方向"；又倒溯了许多年，向树干外面那较远的一边锯过去。终于，在这棵巨大的树干上出现了一阵颤动，锯缝突然变宽，锯子被迅速抽出来，拉锯者们向后面的安全地跳去，大家拍着手欢呼着："倒啦！"橡树歪斜着，吱吱嘎嘎地响着，终于伴随着震撼大地的轰隆声栽倒，横卧在那条曾赋予它生命的移民道路上。

上引片段的字里行间，有对造物主的感恩，有对人的生命与自然生命关系的思考，有激动人心的锯树场面，有对默默奉献人间的橡树的敬意……这一系列复杂的、穿越时空的思想，显然是最高明的摄影师都无法呈现出来的。

摄影的另一弱项在于，它无法呈现事物发生和形成，以及我们感知现实的全过程。无论在日常生活还是旅行观光中，现实永远处在生成和变化中，旭日在上升，海潮在涌动，风暴在呼啸，金属在闪光，天上的云影在移动，脸上的表情在变化……摄影为我们抓住了现场的某个瞬间，将其定格为永恒，却失落了下一个瞬间，让其逃脱了视野。而肉眼则能观察到这一系列变化，并借助生动的文字描述整个过程，还原其中的各种细节。如果可能的话，还可以通过追忆和反思弥补图像的不足。海德格尔对荷兰画家梵高的名作《农鞋》的阐释，可谓这方面的典型例证。

从鞋具磨损的内部那黑洞洞的敞口中，凝聚着劳动步履的艰辛。这硬邦邦、沉甸甸的破旧农鞋里，聚积着那寒风料峭中迈动在一望无际的永远单调的田垄上的步履的坚韧和滞缓。皮制农鞋上粘着湿润而肥沃的泥土。暮色降临，这双鞋在田野小径上踽踽而行。在这鞋具里，回响着大地无声的召唤，显示着大地对成熟谷物的宁静馈赠，表征着大地在冬闲的荒芜田野里朦胧的冬眠。这器具浸透着对面包的稳靠性无怨无艾的焦虑，以及那战胜了贫困的无言喜悦，隐含着分娩阵痛时的哆嗦，死亡逼近时的颤栗。这器具属于大地，它在农妇的世界里得到保存。正是由于这种保存的归属关系，器具本身才得以出现而自持。

（刘小枫 等译）

在这段如诗般优美的文字中，海德格尔借助想象和哲思，将梵高的静物画抒情化、情节化和戏剧化了。他叙述了一个普通农妇艰辛的个人史，鞋子对于她的生存的意义，以及器具与大地，无意义的物质与有意义的世界之间的冲突，从而把一幅平面的油画，转化为立体的、具有历史纵深感和存在论意义的内心图景，进一步拓展了梵高作品的意义和影响力。许多游客去荷兰旅游的目的之一，就是想亲眼看一下海德格尔解读过的那幅梵高的名画，可能的话还想站在它旁边合个影。

关于摄影，最后必须警觉的一点是，相机和手机在为我们带来方便的同时，也在不知不觉培养着我们的依赖心理和懒惰习惯。当按快门成为我们的本能反应时，对美景的真正感觉就消失了。当视觉成为审美判断的唯一标准时，我们的听觉、嗅觉和触觉等就慢慢迟钝了。照片虽能呈现"疏影横斜水清浅"的画面，但它毕竟无法传达出"暗香浮动月黄昏"的韵味。为了更好地记录当下和保存记忆，除了不断提高摄影水平外，我们还应在文学书写和思维训练上下点功夫。不必奢望自己成为海德格尔，看到一幅好画或好照片，即能洋洋洒洒写出一大篇既接地气又具哲理的文字。但做到下面这一点应该还是不难的：全面开放感官，慢慢摒弃顺手拍习惯；在精心摄下美景的同时，用心记下现场可见的画面之外不可见的信息，气味、声息、音响、触觉和氛围等，在日后温暖的回忆中将整个过程和细节转化为生动的文字，让自己的观光提升为真正意义上的深度游。

第二节 沉浸式与观光式：心态的调整

波兰作家奥尔加·托卡尔丘克在《云游》中讲过一个"七年之旅"的故事。她在火车上偶遇一个年轻人，他穿一件优雅的黑色长上衣，拎着一只硬邦邦的公文包，有点像收纳成套餐具的花式手提箱。他不无自豪地对作家说:"我们每年旅行一次,自打我们结婚已有七年了。"他有成千上万张照片,都规整好了。法国南部、突尼斯、土耳其、意大利、克里特岛、克罗地亚,甚至还有斯堪的纳维亚呢。他说他们通常会把照片看上好几遍:第一遍和家人看,接着和同事们看,接着和朋友们看,之后,照片就会被妥妥地塞进塑料封皮相册,俨如收进侦探的保险箱的物证,证明他们曾经去过那里。最后,他总结说:"我见过的东西,现在都是我的了。"说完突然回过神来,伸出手掌拍了一下大腿。

这个年轻人的言行促使托卡尔丘克不禁陷入了沉思。她在心中默默地向他,其实也是向自己和读者提出了一个问题——"他有没有想过:'我们去过那里'究竟有什么意义?"

如果我们旅行只是为了向别人证明自己去过许多地方,或炫耀自己有时间和钱财周游世界、消费景点,如果我们旅行只是为了观光猎奇,只看导游手册上描述的重要景点,对周围发生的一切视而不见,那么这种旅行的意义真的不大。反过来,如果我们是出于求真知、扩见闻的目的而踏上旅途的,能始终保持强烈的好奇心,随时随地放下身段与当地人打成一片,并将一路上的见闻和感悟用心记录下来,那么就称得上是真正的旅行家,即沉浸式旅行家(immersive traveler)了。

"沉浸式"(immersive)是个外来词,也可翻译成下沉式,最初来自教育领域,主要用于外语学习,指的是一种全新的教育理念和学习方式,即沉浸式学习(immersive learning)。它鼓励并要求学习某门外语的学生进入说该母语的国家,入住一个当地人家庭,与他们一起生活一段时间(半个月或半年),完全沉浸在真实的语言环境中,在日常饮食起居、购物逛街中学习并掌握这门语言,而不是像传统的教学模式那样,让学生坐在封闭的语音室中,通过不断背单词、听录音、做习题等来强化语言记忆。因为从根本上说,任何一门语言都不仅是语音、单词和语法的集合,它还包括一整套浸透在日常生活中的文化、世界观和思维方式,而这只能在完全真实的语言环境中才能习得、理解并掌握。

"沉浸式"目前已被应用到社会学和艺术学许多领域,包括戏剧、游戏和社区服务等。将这个理念和方法移用到旅行文学领域,就是要求旅行者不再满足于走马观花、浮光掠影,而是完全沉下心来,沉浸于当地的氛围中;不再以一个局外人和观光客(outside tourist)的态度来看待当地人,而是放低身段,摒弃居高临下的优势视角,尽可能以当地人的目光和思维方式,来理解当地的风土人情,并完全沉浸于其中,从而消除可能的误解和误读,达成真诚的沟通,并在此过程中获得求知的快乐。德波顿在《旅行的艺术》一书中曾告诫说:

> 旅行的一个危险是,我们还没有积累和具备所需要的接受能力就迫不及待地去观光,而造成时机错误。正如缺乏一条链子将珠子串成项链一样,我们所接受的新讯息会变得毫无价值,并且散乱无章。
>
> (南治国 等译)

德波顿这里所说的足够的"接受能力",除了指旅行前充分收集信息、了解相关的背景外,更意味着做好心理上和思维方式上的准备。在这一点上,英国现代小说家福斯特写作《印度之行》的过程,给我们提供了很好的例证。与当时其他的英国旅行家和小说家相比,福斯特对印度既有"入于其内"又有"出乎其外"的观察经验,同时又具备了自觉的跨文化交往意识。福斯特与印度的结缘始于20世纪初。1906年,他在剑桥大学认识了一位聪明而富有魅力的印度青年马苏德,当时后者正在剑桥学习,需要找一位导师。福斯特先当了他的导师,之后又成了他的朋友。马苏德改变了福斯特的生活，使印度成了他梦牵魂萦的对象。1912年，福斯特急切地踏上了去印度拜访马苏德的旅程，与他同行的还有剑桥的一些朋友。但福斯特不是像一般英国旅游者那样去"看"(see)印度，而是竭力"去了解印度人"(get to know Indians)。由于他与马苏德的特殊关系，福斯特以一种比大多数旅行者更为个人化的方式进入了印度。他沉迷于印度的风景，从阿里格尔到德里的城市，再到埃洛拉和巴拉加山的洞穴（后来成为《印度之行》中马拉巴山洞的原型），无不留下了他的脚印。他观看了印度舞女表演(nautch)，参加了一次伊斯兰教徒的婚礼，还会见了当地的一些信徒、查塔普尔的土邦主等。为了尽可能成为一个印度人，他有时还穿上印度服装，缠上"紫色加金色"的包头布。他还学会了品尝印度食物，而谢绝了当地人提供给他的英国食品。尽管如此，当他在一年后结束印度之旅时，他感到他还是没有真正理解印度，无法从整体上描述或把握它的含混性和矛盾性。他的首次印度之旅只是进一步激发了他重访印度，并书写它的欲望。

1914年第一次世界大战爆发，随之而来的是旧秩序的瓦解和既有价值的颠覆。面对欧洲劫后余生的残迹、英国国内加剧的阶级冲突，以及殖民地人民日益增长的不满情绪，福斯特迫切渴望着"去英国以外寻求一个把这种种混乱集结起来的支点，通过小说将英国的现状置于由帝国主义创造的全球语境的中心，与他所处的特定时代条件联结起来"。1921年，福斯特怀着急切的心情重访了印度。这次是受印度中部城市海德拉巴当地土邦主德沃斯之邀，担任其临时秘书。福斯特很快同意并接受了。这个职位既给他提供了近距离观察印度社会文化的机会，也给他带来了多重交织的文化身份，使得他能比大多数非印度人更近距离地"看"印度人。同时也让他能有机会获得新的素材，并有充裕的时间完成他的印度小说。三年后,他完成了长篇小说《印度之行》,以自己在印度各地旅行的经历为基础,对跨文化旅行和沟通问题提出了自己的看法。

说到这里,必须联系一下福斯特对"旅行者"这个概念的理解。在发表于 1903 年 8 月的短篇小说《一个恐慌的故事》中,福斯特对"旅行者"(traveler)和"旅游者"(tourist)这两个概念作了区分。在他看来,前者指的是身体和心灵都能进入旅行之地的,而后者则是身体进入而心灵没有进入的。福斯特警告说,并不是所有人都能从旅行走向自我实现(self-actualization);有些人永远是旅游者,永远成不了旅行者。在《印度之行》中,福斯特刻画了两个从英国来到印度旅行的女性,进一步说明、印证和发展了他的这个想法。

摩尔夫人是福斯特心目中真正的旅行者,而不是一般意义上的旅游者。她是一个带有神秘主义色彩的基督教人道主义者。她来印度不仅是为了看看这个古老神秘的东方大国,更是为了印证基督教人道主义的信念。在印度逗留期间,她努力克服大英帝国的傲慢和殖民主义的偏见,以平等的态度与当地人交往,以宽容的心态理解和对待异民族的文化习俗。在抵达印度的当天晚上,她就去拜访了一家清真寺,并尊重习俗,先脱了鞋子,再踏进门槛。尽管一开始她的行为使当时正在祈祷的当地医生阿齐兹产生了误解,但通过她真诚的解释,误解不久就得以消除,两人成了心灵相契的朋友。这种超越种族、文化和信仰的个人友谊,正是作家所竭力提倡和赞赏的。总的说来,摩尔夫人的印度之行,既为她在当地工作的儿子和其他殖民官员引进了一个新的、看待异文化的态度和立场,也为缓和殖民者与当地居民之间的紧张关系作出了积极的贡献。

换个角度看,摩尔夫人的印度之行,也是一次自我探索之旅。到印度不久,她就面临了一场精神危机。昌德拉普尔闷热的气候和单调的风景,当地印度社会的活力与无序,以及马拉巴山洞内神秘的回声,所有这一切既让她兴奋,也使她震惊,更使她产生了幻觉,从而加重了她的精神危机。她没有意识到,这种空无或虚空的状态正是从"小我"(阿特曼)进入到"大我"(梵)的必由之途。可惜的是,摩尔夫人没有能够通过这场精神考验,完成她的灵魂的更新,只能带着遗憾和失望,离开了这个她既深爱着又无法理解的神秘国度。尽管如此,摩尔夫人的仁慈、平和与宽广的胸怀得到了以阿齐兹医生为首的当地人的肯定,她营造的友好气氛弥散在昌德拉普尔,成为一种无形的精神力量,在一定程度上消解了不同种族和文化之间的猜疑与不信任。从生物学层面来说,摩尔夫人的印度之行是一个从生到死的旅行,但从精神层面来看,这是一个从死到生、从狭窄的小我扩展到普世的大我的"内心朝圣"之旅。

小说中与摩尔夫人一起来到印度的阿德拉小姐是一个纯粹的旅游者。她的旅游既出于现实的动机,又带有某种猎奇成分。她想通过印度之行决定自己的婚姻大事,同时又想满足看看"真正的印度"的好奇心。但她始终带着居高临下的心态,这注定了她不可能成为真正的旅行者,只能远远地望着她的猎奇对象,而无法靠近它。她所看到的印度"永远像一种壁缘饰带,绝对不是印度的灵魂"。另一方面,阿德拉想看看印度的愿望似乎又倒退到了探险时代。她对罗曼司的渴求中回荡着以往时代男性探索者的声音,他们侵入肥沃的"阴性"的土地,以便为大英帝国带来果实。但帝国探险时代已经结束,空间已经被规划和文明化,以往的冒险之地已经变成旅游景点。由于阿德拉缺乏摩尔夫人般开放的心态和博爱的胸怀,始终没能消除对印度人的偏见,在当地人阿齐兹好心给她安排的马拉巴山洞之行中,她在恍惚中产生了被性侵的幻觉，跌跌撞撞逃下山去，将阿齐兹告上法庭，结果引发了一场英国殖民者与当地人的文化冲突。总之，印度之行没有给她带来任何精神上的提升，只是给她带来了羞辱和愧恨。最后，她是带着失败、不满足和沮丧的心情离开印度的。

《印度之行》是一部丰富、复杂的作品，限于本书题旨无法充分展开，这里只能就沉浸式和观光式这两种不同的旅行者心态作一些描述。以下我们换个视角，运用人类学的方法再深入讨论一下这个话题。

第三节 深描法：眨眼与斗鸡

旅行中我们总会抓住机会，力求看到一些迥异于自己的文化习俗，获得某种特殊的身心体验和快感，如蒙古人的赛马、西班牙人的斗牛、巴厘人的斗鸡之类。如何描述这些激动人心的场面、惊心动魄的争斗，记录参与者的英姿、围观者的狂热、多姿多彩的民族服饰，以及相应的文化习俗？举起相机抓拍当然是首选。但前面我们已经说过，照片或视频只能记录瞬间的光影、色彩和动态，无法进入人的灵魂。只有文字的介入才能补充画面的不足，深化我们对这些文化习俗的认识和理解。但并非所有的文字都具有同样的深度。没有观念和思维方式的更新，文学的描述也完全可能是浮光掠影的。这里介绍一下美国人类学家克利福德·格尔茨发明的"深描法"，供有志于写出深度游记的读者借鉴。

要掌握深描法的精髓，首先得了解一下"文化"这个概念。在人类学界，"文化"这个词至少已经有两百种以上的定义了。随着学科的发展，这个数字还在增加。不同流派的文化人类学家都试图用自己的

藏家民居

(本书作者手绘)

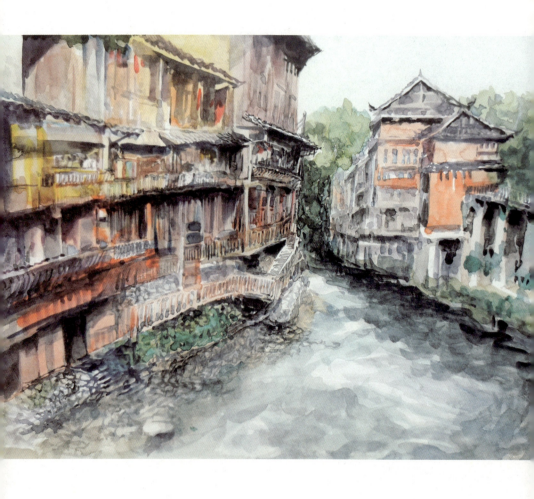

贵州民居

（本书作者手绘）

方式对文化重新加以定义。格尔茨也提出了自己独特的观点。在《文化的解释》一书中他说，文化是人类自己编织的意义之网。每一种文化都是这张意义之网上的网眼。这张意义之网不是简单的、静止的，而是既精巧，又复杂，且千变万化的。关键的一点是，每一种文化之网的意义是内在的，只有生活于其中的人们才明白，并自觉按照某种"潜规则"来行事，但他们对这种意义和规则的理解是一代代传承下来的，只知道应该怎么做，不知道为何要这么做，这就是中国古人所说的日用而不知，习焉而不察。外来的旅行者进入这种文化，要想与当地人充分沟通，首先得从他们的内视角出发，才能理解这种文化，而理解的前提是描述。所谓的"深描"（thick description，一译厚描），就是对某种文化现象进行仔细观察和反复描述，在这个过程中不断加深对它的理解，并对它作出逼近于真实的解释。深描法不同于以往其他一些人类学家的做法，比如前面讲到过的列维－斯特劳斯，他是力求在丰富复杂的文化现象中概括出某种简单的结构模式，而格尔茨的做法恰好相反，他是竭力在貌似简单的日常现象中描述出丰富复杂的文化意义。打个比方，前者用的是抽丝剥茧法，后者用的是涂描敷彩法，但两者殊途同归，都是为了更好地在不同文化间达成沟通和理解。

那么究竟什么是深描法呢？格尔茨曾举过一个生动的例子，眨眼。假如你到某地旅行，发现有个当地人对你眨眼。那么你如何理解这个动作的含义？至少可以作出三种不同的描述。第一种可能是，他或她被迎面吹来的风沙迷了眼，本能地想通过眨眼分泌泪水让沙子流出来。但还有第二种可能，这个当地人对你有点意思，在给你频频递送秋波呢！第三种可能，他或她只是在给你旁边或身后的某个当地人挤眉弄眼，传递信息，而你正好夹在他们中间（可不要自作多情呵）！除了这三种解释外，第四种解释也并非不可能，即在当地文化中，眨眼有着某种特别的意义，而这个意义是你这个外来人不得而知的。单从生物学意义来看，上述四种眨眼都一样，只是眼皮的抽动。只有通过层层描述和解释，才能弄清楚眨眼者的真实意图，发现其背后的文化意义。如此一来，某个看似简单的文化现象就有了某种深度或厚度，所以深描也可以翻译成厚描。

在《文化的解释》中，格尔茨特辟一章《深层游戏：关于巴厘岛斗鸡的记述》，专门对巴厘岛人独特的文化活动——斗鸡展开了深描。在一般外来者眼中，斗鸡无非是当地人的一种娱乐活动，再加点仪式成分而已。但格尔茨不满足于这种"浅描"。为了弄清楚斗鸡具有的文化意义，必须先获得当地人的内视角。为此，他和他的妻子在巴厘岛的村子里租了一间屋子住下来，想融入当地文化，让村民们认可自己。但开始一段时间当地人根本无视他们的存在，只当他们是空气，见面就避开，打招呼也不理，令他们非常沮丧。直到有一次，他们与当地人一起看斗鸡和聚赌的时候，忽然警察来了（因为斗鸡是禁止赌博的）。当地人马上作鸟兽散，格尔茨两口子也跟在他们后面一起奔逃。经历这件事后，当地人才完全把他们当自己人看待了，格尔茨问他们这是为什么，他们回答说，因为你们没有像有些外国人那样，一出事就向警察掏出护照表明自己的真实身份。随后的事情就好办了。他们完全与当地人打成一片，零距离观察了57次斗鸡，逐渐理解了这种活动背后深层的文化意义。

按照格尔茨的描述，斗鸡可以作为一个文化文本来观察，一次斗鸡就是一次"有焦点的聚集"（focused gathering）——一群人全神贯注于一个共同的活动中，并且按照这个活动的流程相互关联起来。斗鸡首先给人以冒险的刺激、失败的绝望和胜利的欢欣。但格尔茨认为，这些说法不过是皮毛之见。斗鸡这个活动所传达的并不仅仅是冒险令人兴奋、失败叫人沮丧或胜利使人高兴这些情感表现的废话,它本身就是使社会得以建构、个体得以汇聚的情感的例证。

当地人在斗鸡中学到的,是作为社团中的一员必须具备的文化气质,男性气概。他们表面上斗的是鸡,其实斗的是人,鸡不过是鸡主人的人格的象征。鸡的不屈不挠、奋力拼搏象征了鸡主人内在的男性气概。相反,如果鸡在争斗过程中畏畏缩缩、战战兢兢,则反映了鸡主人的怯懦和无能。所以每个参与者为求取胜,不惜花重金购置好的公鸡,给它买来精细的米粒,打造锐利的距铁,涂上鲜艳的色彩,并在出征前给鸡举行庄重的仪式。对巴厘人来说,在斗鸡中,钱不算一回事,关键是这种活动背后涉及的道德寓意。格尔茨因而看出,在任何文化中,给生命以意义是人类存在的主要目的和首要条件,对意义的获得比补偿经济代价更为重要。

通过进一步考察,格尔茨还发现,场上的斗鸡只是这种活动的一个方面,另一个重要的方面是场下围观的人群为斗鸡而展开的赌博,其中有一系列复杂的操作、计算赌注的方法和规则,涉及当事人所处的社会等级、地位和身份。权力的威严、财富的炫耀、不同势力的结盟和不同社团的明争暗斗,是通过斗鸡这个活动得以显露和激活,最终又在貌似公正的裁判后得以平衡的。鸡是鸡主人的人格的代理者,是其心理形态的动物性反映,而斗鸡则是社会母体(social matrix)的模拟,即各种互相穿插、重叠、高度共同化的群体——村落、亲属群体、水利团体、寺庙机构、"种姓"等复杂系统的模拟,而热衷于斗鸡的当地人就生活在这个系统中。

从这样的社会语境出发,格尔茨认为,一场斗鸡既是兽性仇恨的一次剧烈波动,象征自我之间的模拟战斗,又是一次地位权势的形式化模仿,此外还有把这些不同的现实集中起来的艺术力量。斗鸡令人焦虑不安的原因不是它的物质影响，而是它将自尊与人格联系起来，将人格与公鸡联系起来，又将公鸡与毁灭联系起来，它给想象的现实带来一个巴厘人能够经验到的维度，而在平时这些维度是被掩盖起来的。

在文章结论中，格尔茨借用了另一位人类学家的话，一次斗鸡就是一次"地位和血的洗礼"。斗鸡仅仅对鸡来说是"真正的现实"，因为它们不得不通过抖动翅膀、跳动腿脚、伸出尖喙、啄食对方来赢得自己的生命——得胜的鸡会被哺以精米奖励，敷以草药疗伤，而斗败的鸡则会被撕成碎片，扔给围观的人们。但斗鸡并不会杀死任何人或阉割任何人，也不会使任何人降低到动物的地位，它也不会改变人们之间现有的等级关系或再造等级关系，它甚至不会以任何有效的方式重新分配收益，而只是确认、巩固和强化了这种等级关系和分配方式。

在格尔茨看来，对具有不同气质和习惯的其他人而言，斗鸡所做的正如《李尔王》和《罪与罚》所做的一样，它把握住了死亡、男性气概、激情、自尊、失败、善行、机遇这样一些主题，并把它们排列成一个封闭的序列，通过凸显它们根本性的差别来表现它们。斗鸡赋予这些主题一个意义结构，一个能够历史地意识到的结构，从而使它们成为一个可见的、有形的、能够把握的意义。作为一个形象，一种虚构，一个模型和隐喻，斗鸡是一种表达的工具。它的功能既不是减缓社会的激情，也不是增强它们（尽管通过玩火的方式对这两方面都稍有影响），而是以羽毛、血、人群和金钱为媒介来展现它们。

通过格尔茨这一系列的"深描"，原先在观光客眼中不过是娱乐、游戏或仪式的斗鸡，就成了"这样一些由人自己编织的意义之网"。这就是深描的功能和文化解释的魅力。从旅行文学角度看，格尔茨以斗鸡为例证对巴厘岛文化的解释能开拓我们的思路,使我们联想到其他文化中类似的游戏活动背后的文化意义。比如在中国文化中,鸡也有着丰富的象征意义和尊贵地位。鸡在古代被称为"德禽"。《韩诗外传》归纳了鸡的五德"文、武、勇、仁、信",释曰:戴冠为文,趾突为武,好斗为勇,呼食为仁,守时为信。乾隆年间出版过一本《鸡谱》,全书凡51篇,约14000字,是一部有关饲养斗鸡的专门著作,详细论述了斗鸡外貌的鉴定、良种的选配繁育以及斗鸡的饲养管理和疾病防治等。《论冠第二》中有这样的论述:

> 冠者乃一身之仪,不可不察也。鸡之最要者,惟冠与眸子耳。第一等三梁冠,喜敦厚,中梁微高,三梁无蕊,皮肉苍固,视之昂然如峰之耸者,佳。如三梁低陷,皮肉嫩薄,前后不分高下无势者,无用。

纪念海明威诞生 100 周年的文化衫
(本书作者购于海明威故居,1999 年)

西南有些少数民族,如傣族,至今还保持着斗鸡的传统,从驯养斗鸡的方法(接翅、选鸡、洗鸡和按摩等)到精彩的现场比赛一应俱全,现在还与时俱进地建立了相关网站,提供图片和文字信息,供"鸡友"浏览。西方文化中类似斗鸡的文化活动,当以西班牙的斗牛最为著名,也最残酷。海明威的《午后之死》和《危险夏日》是公认的两本关于西班牙斗牛的著名小说,均以他本人在西班牙旅居期间观察到的斗牛为题材。为了写作这两本斗牛作品,他先后到西班牙观看了300多场斗牛,目睹过几千头公牛的刺杀,尔后才完成了这两部在斗牛迷眼中的斗牛"圣经"。在《午后之死》中，海明威对斗牛作了极为详尽且十分有趣的介绍，并从斗牛引申开去，论及了他对死亡的深刻见解。他指出斗牛是一种雕塑，更是一种"绝无仅有的艺术家处于生命危险之中的艺术"。全书在正文20章之后，还汇集了大量与斗牛相关的资料，包括术语释义汇编，评论员对整个西班牙斗牛的看法，美国斗牛士锡尼·富兰克林的简评，西班牙、法国、墨西哥以及中南美洲平时比较常见的斗牛日等，简直就是一本斗牛百科全书。海明威对斗牛的描述与格尔茨对斗鸡的深描有异曲同工之妙。限于本书题旨和篇幅，此处不再展开。

第四节 "完全诗化"：在感悟与象征间

旅行文学深度拓展的另一个重要维度是诗性。所谓深度，既有向下的开掘，也有向上的超拔。如果把文化比作一座金字塔，其庞大的基座是物质生活，依次上升为器物、制度、文明礼仪等，塔尖则是诗性的文学。塔尖的高度，标明了地基的深度。如前所述，人类学家主要是通过深描和阐释，来发现日常文化现象背后的意义的，而诗人则是通过瞬间的感悟和私密化记忆的互相触发，来达成个人经验的升华的。前者揭示了旅行文学的深度和厚度，后者则为它提升了高度，削尖了锐度，并磨砺了纯度。

1797年，歌德在意大利旅行期间给他的忘年交席勒写了一封信，信中谈到了那些还没有"完全诗化"的对象激起他的某种诗绪。他说："因此，我精确地观察此对象，它们产生了一种效果，使我惊奇地看到它们实际上具有象征性。"在他心目中，所谓象征性就是显示出真理内容与物质内容之间不可分离和必然的联结。信中接着写道:"随着旅行的继续,注意力并不是落在那些奇异景观上,而是落在有意义的东西上,最终为自己也为别人得到很多收获。现在还在这里,我想尽量记下象征性的东西,尤其是我第一次在异国土地上的所见所闻。要做到这一点,必须从熟悉的国土和地区拿走劫掠到的东西;不想走遍所有的地方,只是想深入每一个地方和场合,直到它们完全属于自己。"

那么,什么是"有意义的东西"?什么情况下才能让某些地方和场合"完全属于自己"呢?让我们先来读一首歌德的名作《浪游者的夜歌》,看看他本人是如何身体力行的。

一切峰顶上
一片宁静,
一切树梢上
感不到
一丝微风;
林中鸟群已沉默。
稍等,片刻,
你也将安静。

(飞白译)

这首诗很短小,总共才 8 行,错落有致,德语原文音韵效果极佳,尾音仿佛灵魂出窍的叹息声,如海涅所说,它"有一种不可思议的、无法言传的魔力。那和谐的诗句像一个温柔的情人一样缠住你的心,用它的思想吻你,用它的词句拥抱你"。查有关资料,其实这首小诗并非一气呵成,而是至少修改了两到三次才定稿的。写初稿的时候,歌德时年 32 岁,一次去伊尔默瑙近郊打猎,住在猎人小木屋里。夜半披衣出门，眼望四围，群峰静立，耳听八方，万籁俱寂，灵魂有所触动，便随手用木炭在板壁上写下了几行诗。50年以后，82岁的歌德最后一次登山，踏进这间小木屋。壁上字迹犹在，只是归来不再少年。诗人不禁掩面而泣，匆匆下山。当年朦胧的感觉如今都成了人生的象征。"浪游者"的激情早已远去，"狂飙突进"的理想失落在魏玛宫廷的应酬中，浮士德式的追寻也将到终点。歌德感到自己不久也将如山、如风、如鸟群般安静。青年时代的感悟至此"完全诗化"，《浪游者的夜歌》至此终于定稿。差不多一年后，1832年3月22日，歌德溘然长逝。他的私人秘书艾克曼在次日见到了主人的遗容："仰面平卧，像一个睡眠者静静地躺着，他那无比高贵的面庞上的表情深邃、安详、坚毅、强有力的前额仿佛仍在思索。"

"完全诗化"貌似神秘，其实只是灵魂中发生的一种"化学反应"。关于这一点，可以参考司汤达在《十九世纪的爱情》中有关爱情的妙论。他说，真正的爱情是一种化学反应的结晶。在乌拉尔山区，人们经常会将一束树枝放入盐矿深处，过几天再取出时会发现，黑色的枝条上布满了一颗颗亮晶晶的盐粒。"完全诗化"的过程就与此类似。

在这方面，与歌德同时代的威廉·华兹华斯给我们提供了另一个例证。1790年秋，华兹华斯踏上了阿尔卑斯之旅，在给他妹妹多萝茜的信里，他讲述了他目睹的大自然美景给他带来的快乐。此后几十年，这些美好的体验进入他的记忆，成为他一生的慰藉，他以感恩之心，写下了下述诗句表达自己的感情：

在我们的生命中有若干个凝固的时间点
卓越超群、瑰伟壮丽
让我们在困顿之时为之一振

并且弥漫于我们全身,让我们不断爬升
当我们身居高处时,激发我们爬得更高
当我们摔倒时,又鼓舞我们重新站起

(南治国 等译)

我们不禁要问,华兹华斯真的"摔倒"过吗?他是如何重新站起来,且站得更高的?这里需要宕开一笔,稍稍讲一下他的经历。诗人早年就读于剑桥大学,1789年法国大革命爆发,19岁的他被激发起青春的荷尔蒙,像当时的许多年轻人一样渡过多佛海滩,踏上法兰西大地作徒步漫游,一度还参加了法国国民自卫军。但革命后的"红色恐怖"和断头台马上使他的理想破灭,他抛弃了他的法国情人,匆匆逃出动乱中的巴黎,回到了熟悉的英格兰。经过长达五年的迷惘、痛苦和求索后,他终于在英国西北部的格拉斯米尔湖区找到了灵魂的避难所,隐居在一家名叫"鸽舍"的农家客栈中,一面修复受重创的心灵,一面致力于诗歌创作,晚年终成正果,被封为桂冠诗人。其诗句"生活平凡,思想崇高"(plain living and high thinking)已成为牛津大学基布尔学院的格言。

1802年4月15日上午11点,华兹华斯同他的妹妹多萝茜一起外出游玩,在阿尔斯沃特湖西岸发现了一些水仙花。他灵感勃发,写下了一首小诗。

我孤独地漫游,像一朵云
在山丘和谷地上飘荡,
忽然间我看见一群
金色的水仙花迎春开放,
在树荫下,在湖水边,

迎着微风起舞翩翩。

连绵不绝,如繁星灿烂,
在银河里闪闪发光,
它们沿着湖湾的边缘
延伸成无穷无尽的一行;
我一眼看见了一万朵,
在欢舞之中起伏颠簸。

粼粼波光也在跳着舞,
水仙的欢欣却胜过水波;
与这样快活的伴侣为伍,
诗人怎能不满心欢乐!
我久久凝望,却想象不到
这奇景赋予我多少财宝——

每当我躺在床上不眠,
或心神空茫,或默默沉思,
它们常在心灵中闪现,
那是孤独之中的福祉;
于是我的心便涨满幸福,
和水仙一同翩翩起舞。

(飞白 译)

这是一首名副其实的"云游"诗。诗人想象自己成了一朵云,上下飞升,左右盘旋,深入细致地观察着一簇簇盛开的黄水仙,让自己孤独的灵魂完全融入风中摇颤着的花朵中。戏仿一下庄子梦蝶的故事,此时的诗人已经"不知威廉之梦为水仙与,水仙之梦为威廉与"。不仅如此,诗人还将水仙轻盈的舞姿与湖面的粼粼波光、银河中的点点繁星连缀起来,形成一幅无限时空里的宇宙全息图,这就超越了一次性曝光的照片,让这个瞬间"完全诗化"了,使它成了孤独时的慰藉、灵魂中的珍宝和与之共舞的伴侣。

需要说明的是,诗化不等于美化,不等于将丑的东西掩盖起来,视而不见,听而不闻。准确地说,诗化是指强化表现力,在瞬间的感悟中,将丰富散乱的经验凝聚起来,纳入简洁的词语或叙事框架中,让读者在阅读过程中还原这些经验,生发出某种既类似于又迥异于原诗作者的感悟,进而达成超越时空的情感和心灵的沟通。

迷路,或择路,是旅行中经常发生的事情。如何在诗中描述这种经验,并将其提升到某种象征性高度?现代美国诗人弗罗斯特的名诗《未选择的路》是这个主题的典范之作,想必读者已经耳熟能详了。这里讨论他的另一首以旅行为主题的小诗,《雪夜林中小驻》:

> 这林子的主人我想我认识,
> 他家的屋子就坐落在村里。
> 他不会看见我停留在此处,
> 望着他家被雪覆盖的林子。
>
> 我的小马想必觉得很奇怪,
> 为何停在树林和冰湖之间,
> 此处前不着村、后不着店,
> 又是一年中最黑暗的夜晚。

它摇一摇拴在颈上的响铃，
好像在问我是否出了差错。
四下里听不见另外的声音，
唯有微风轻拂和雪花飘落。

这林子可爱，黑暗而深邃。
但我许下了诺言不能违背，
还要走好多里路才能安睡，
还要走好多里路才能安睡。

（张德明 译）

　　弗罗斯特的这首小诗写得极为朴素，用韵考究，但不刻意为之，仿佛自然天成。诗中描述的经历普通得不能再普通，但细读又让人觉得意味深长，似乎具有某种更深邃的象征意义。雪夜，诗人骑马赶路，经过一片树林。驻足停留了一会儿，听飒飒风声和雪花飘落，然后继续前行。那么，这段旅行经历中究竟有什么值得写的，可以称为"诗"的东西呢？答案在诗中的每个词语、每个句子、每个韵脚和节奏中。为了便于分析，笔者在翻译时尽可能保留了英文原诗的语序、句型和押韵方式。

　　诗一开头就令我们觉得有点奇怪。诗人为何要将第一个句子倒装？正常的语序应该是"我想我认识这林子的主人"，但诗人将它写成了"这林子的主人我想我认识"①。修辞的常识告诉我们，文学作品（尤其是诗）中每个词语的选择和位置都不是偶然为之，而有作者的深意在焉。在这个句子中，诗人通过语序的颠倒，将"谁家的"（Whose）这个物主代词放到了最醒目的位置，一下子就吸引了读者的注意力。

---

① 原诗为：Whose woods these are I think I know。——编辑注

接下来的诗句中又出现了另外两个物主代词["他家的"（屋子）、"他家的"（林子）]。试想一下，假设我们在旅行中误入了别人的领地，是否也会问一下自己，这是谁家的林子呢？幸亏是雪夜，主人住在村子里，不会看到外来的闯入者，否则就会有点麻烦。

众所周知，欧美国家信奉"占有性的个人主义"（possessive individualism），尤其重视人权、物权等一切与所有权有关的东西。弗罗斯特作为一个生活在现实中的人，自然不能免俗。诗歌第一节中的"我"还是一个社会人，他以"社会自我"的方式思考，关注的是作为世俗人的权利、义务等诸如此类的东西。可是，接下来的两节中，诗人开始对这个"社会自我"产生了怀疑。"我的"（小马）（又一个物主代词）轻轻甩头摇动铃铛，似乎在提醒主人，有没有搞错啊？因为小马像它的祖先那样早已被人驯化了，它凭本能知道它是属于人的，停息的地方应该是马厩，而不应该是这个前不着村、后不着店的地方。小马的铃铛犹如警钟，提醒了诗人，隐身在"社会自我"背后的"真实自我"渐渐觉醒，开始思考一些最基本的问题：无声飘落的雪花属于谁的财产？轻轻吹拂的风又归谁所有？此时此刻，是谁在这安静的雪夜，欣赏着冰冻的湖水、神秘的美景？这不禁使我们想到苏轼的散文名篇《临皋闲题》中的名句——"江山风月，本无常主，闲者便是主人"。

但弗罗斯特毕竟是基督教文化熏陶出来的诗人，他的思考似乎比苏轼更深了一层。诗的最后一节，死亡意识随着黑夜悄悄潜入了诗人灵魂，"向死而生"的观念油然而生。诗人感悟到，美景虽然令人流连忘返，但作为一个社会人，他还有一些诺言要去履行和兑现。只有在走完余下的旅程后，他才能安详地入眠，无疑，这里的睡眠就是死的隐喻。如此一来，贯穿全诗的"社会自我"和"真实自我"的冲突，死亡意识和"工作伦理"之间的张力，就在雪夜旅途中生发，又在驻马反思时达成了和解。朴素的、形而下的旅行经验，至此上升到"完全诗化"的形而上境界。

上文提及的三位近现代欧美国家的诗人，通过歌德式的"深入每一个地方和场合，直到它们完全属于自己"，将日常的旅行生活"完全诗化"了。那么中国的情况如何？在当代中国诗人中，我们发现了一位集企业家、诗人和登山家三种身份于一身，将自己的旅行生活"完全诗化"的诗人骆英。2011年，他出版了一部独特的诗集《7+2登山日记》，以诗的方式逐日记录了他从2005年2月16日首次登上乞力马扎罗峰顶，到2011年4月13日登上北极点，6年间登上世界七大峰和南北两极期间所经历的复杂多变的情感和思绪。这部诗集甫一问世即引起评论家的注目和诗歌爱好者的好评，因为迄今为止，还没有一位诗人登上过8000米以上的高峰，在空气稀薄地带释放过诗意。骆英抛开了纷纭的俗虑，摆脱了各种眩目的社会角色，在极端的生存状态中与赤裸的自我对话，与死去的相识和不相识的登山队友对话，与永恒而无情的大自然对话。诗人不但忠实地记录了跋涉的艰辛与疲累，登顶前夜的恐惧与颤栗，诵经与默祷，并且毫不避讳地记下自己在面临生死抉择时的犹豫与毅然，放弃与坚持，以及登顶的兴奋和平静，下山的痛苦和回归营地的感恩，等等。

诗人将极端气候条件下的极限生存体验"完全诗化"了。诗人在飞行途中写，在酒店房间里写，在风雪掩埋的帐篷里写，在珠峰一号大本营等待出发时写，在四号突击营地写，在海拔8000米的登顶途中写，在走向世界之巅的雪夜里写。每一个登顶时刻都有诗在场，每一行诗都是一个脚步，每一个脚步都踩得坚实、缓慢而自信，最终通向峰顶或极点。

雪夜 我走向世界之巅

在世纪的黑暗中一步步上升

冰川在远山中被怪鸟撕裂

我慢慢地走 背着沉重的灵魂

仰望黑色坚硬的巨影

我不断地报出我的名字

然后我的名字被我踩在脚下

每踩一次就上升一步

这就是踏上人类顶峰的过程

走一万步就有一万种痛苦

雪夜所有的痛苦又被冻硬

后来 在灵魂失踪时我依然行进

也许它向冰下的难友带去了什么口信

在我登上顶峰时它不听我的呼唤

我想它已在难友的睡袋里睡着了

这首诗题为"登顶之夜",其中冷峻的白描、零度写作的风格,显然是非亲历者很难领会的。主人公在登顶途中不断呼唤自己名字,以免在缺氧的昏睡中死去。此情此景,不由得令我们想起古埃及《亡灵书》中的颂诗《牢记本名,勿昧前因》(见本书上篇第一讲第一节),虽然两首诗的用意和旨趣完全不同,但其所表现的人类感情高度一致,即对三个关乎身份的古老而常新的哲学问题的追寻:我是谁?我从哪里来?我到何处去?无须斗胆猜测即可知晓,构想这首诗的彼时彼刻,主人公已经处在人的生理极限,徘徊在意识模糊的边缘,或许不久就会完全失去意识。恍兮惚兮中,他似乎胆怯了,但眼前已无退路,只能一遍又一遍地默念自己的名字，一步一步地前行。以这种古老而简单的方式，诗人不断地感觉着自我，确认着自我，并掌控着自己的灵魂，甚至不无幽默地想到它可能已在难友的睡袋里睡着了，而悖论的是，正是这种"灵魂出窍"的感悟证明他还活着，且还能展开海德格尔式的"诗、语言与思"的思考。

这部由 300 多首诗构成的旅行日记，必须作为一个整体来读，才能理解其极地气候般多变的风格和冰山雪莲般纯净的思绪，限于本讲主旨和篇幅无法展开，需要指出的还有一点，在这部诗集中，诗人不但将险象环生的登山探险"完全诗化"和象征化了，而且还对旅行本身展开了深刻的反思。在 2009 年 12 月 24 日（平安夜），诗人一口气写下了五首《人为什么远行》，其中有这样的诗句：

远行 其实是我跟着影子走
你看看 在荒凉中走的虚无

远行 是一种与这个时代区别的决定
远行 是一个人与世界相对立的途径

我们不禁要问，作为一个成功的企业家和知名诗人，骆英为什么要通过环游世界的探险远行来"与这个时代区别"？为什么要以远行作为"一个人与世界相对立的途径"？这就自然把我们引入下一节主题。

第五节　旅行的"迷思"与反思

汉语中"迷思"一词译自希腊文的"神话"（myth），音义兼顾，意指某种令人着迷的思想、观念或意识形态。生活在当下的我们，虽然早已脱离初民的蒙昧，不会再相信奥林波斯山上的诸神掌管着人类命运、决定每条生命线的长短之类的神话，但在许多事情上还依然保持着神话思维方式，甚至还不断编造出新的神话来迷惑、安慰或欺骗自己。比如，相信有权就有真理，有钱就有幸福，"血拼"（shopping）能缓解压力，瘦身美容能永葆青春魅力，等等。诸如此类的观念，其实都是权力和资本打造出来的"迷思"，其目的是给粗鄙的欲望罩上一层神圣的光环。如果你不愿迷失于芸芸众生中，想做"一棵会思考的芦苇"，就必须对这些迷思进行反思。反思的意思不是翻来覆去、左思右想，而是返回自身，诉诸理性，不断质疑那些因被视为理所当然，而处之泰然的观念、思想或意识形态。

那么，旅行是否也是一种迷思，也需要对其进行反思？答案是肯定的。就像任何事物都有其两面性一样，旅行也不例外。一方面，旅行可以作为自我启蒙，作为对庸常生活的超拔和升华，可以拯救迷失的灵魂，质疑现有的生活方式，发现新的可能性，等等。但另一方面，旅行也可能掩盖了一些东西，美化或神化了一些东西，让我们误把逃避视为潇洒，猎奇视为浪漫，消费景点视为融入自然……诗和远方真能治愈孤独、焦虑和抑郁吗？"世界这么大，我想去看看"，但看了以后还准备回家过日子不？

捷克作家米兰·昆德拉在《生活在别处》的开头曾讲过一个故事。一名捷克人去移民局申请移民签证，移民局的官员问他去哪儿，他说哪儿都行。于是，官员给了他一个地球仪，让他自己挑。他把地球仪缓缓地转了几个圈，然后问那个官员："你们还有没有别的地球仪？"这个问题幽默而又痛楚，超越了一般的空间想象，值得真正的旅行作家反思。

十余年前，杭州的《都市快报》上刊登过这样一个真实的故事。

一位女士非常激动地打电话给报社,说是从自家窗口望出去看到了海市蜃楼,隐隐可见雷峰塔,希望记者上她家瞧一瞧。但第二天,她又打电话给报社说不好意思,昨天她看到的不是海市蜃楼,真的就是雷峰塔,因为她家就住在西湖边,从自家窗口望出去,的确能够看到,只是十几年来早出晚归,一直没有发现,才闹了这么一个笑话。

上述两个故事一虚一实,情节虽然不同,主人公面临的人生困境却高度一致。前者走遍世界,找不到一个安身之处;后者住在旅游胜地,日日面对美景却一直视而不见。这让我们不由想起美国当代女诗人伊丽莎白·毕肖普对旅行迷思作出的反思、质疑和自我诘问。

无论从诗人的生平还是创作来讲,毕肖普都有这个资格。她早年从父亲那里继承了一笔遗产,大半辈子不必为谋生操心,后期获得的多种奖项也常为她提供意外的旅行机会。23岁大学毕业后不久,毕肖普就在纽约文学圈里崭露头角。但她选择了游离于美国的主流社会,一生不是在旅行,便是在旅居中。1951年,布利马大学颁给她一笔旅游经费,于是她坐船前往南美环游,同年11月抵达巴西圣图斯港。由于邂逅了日后成为她女友的巴西建筑家萝塔,原定不到两周的旅行计划不觉延长为18年,萝塔也成为毕肖普一生相伴最久的恋人。晚年返回马萨诸塞州,住在波士顿,任教于哈佛大学,直到1979年溘然长逝。

毕肖普的诗集《唯有孤独恒常如新》的中译者在序言中写道:"可以说,毕肖普是在诗歌领域对'旅行迷思'发起全面反思的第一人。"的确如此。旅行塑造并改写了毕肖普的一生,也给她的诗歌创作打上了深刻的烙印。从她出版的一些诗集标题中即可看出,诗人终生着迷的是旅行和地理学,以及对这两者的反思。1946出版的成名作《北方·南方》,明示旅行的方向;1965年获普利策奖的诗集《旅行的问题》,直奔旅行主题;1976年在英国出版的诗集《地理学Ⅲ》,则涉及了旅行的知识装备。那么,在诗人心目中,旅行应该是什么样的呢?

> 我们的旅行应当是这样:
> 庄严,可被雕刻。
> 世界七大奇观已看厌
> 一种熟稔感,但其他景观
> 数不胜数,同样悲伤和静谧,
> 于我们却是陌生。
> ……
>
> (包慧怡 译)

旅行不是轻松、开心的吗?如何"庄严",怎么"雕刻"?诗人是在故弄玄虚,强作姿态,还是在委婉地提醒我们要珍惜生命,严肃认真地对待旅行?在看厌了世界七大奇观,产生审美疲劳后,还应关注一下别样的陌生景观?它们虽然并不出名,但照样饱含人类的情感和记忆,在悲伤和静谧中默默存在着,值得我们放慢脚步,细品慢赏。

对地图的质疑是毕肖普旅行反思的出发点。一般旅行者不会注意到的细节,被诗人的想象刻意放大了。地图上的海洋比陆地更为安逸,因为我们见到的只是白纸上展开的一片蔚蓝,暂时忘记了它还有凶险的一面。波浪的形状变成了陆地上的等高线,一圈又一圈地美丽地缠绕着,掩盖了七高八低的沟壑山梁。为了让地图的画面保持简洁,不致眼花缭乱,制图学家利用了拓扑学成果,只考虑物体间的位置关系而不考虑它们的形状和大小,如此一来,复杂多样的事物在地图中就被简化为连续的几何图形了,而原本丰富的色彩也只剩下了寥寥几种。

于是毕肖普不禁连连发问:"国家的颜色分配好了是否可以重选?""最能表示水域特征的色彩是什么?"在她眼里,"地图的着色应比历史学家更为精细"。这些吹毛求疵的要求其实是在提醒读者,地图只是抽象的符号文本,不是具体的国土或风景,两者不能混为一谈。犹如在日常和旅行中,我们不能把人简化为某几种血型、星座、人格类型或心理模式,而忽视了人性的复杂性和多样性。

对于具体的地形地貌,毕肖普也有着自己独到的观察和冷静的反思。一些批评家发现,她喜欢描写的风景都有一个相似的特点:靠近大海。在她的作品中,我们既能看到白天"波光粼粼的金刚石一样的海"(《不盲信者》),也能欣赏夜晚"慢慢地隆起仿佛在思忖着涌出地面"的海(《鱼屋》);既能望见"像大油一样咝咝作响"的卡勃·弗雷欧海滩,也能细察那"歪歪扭扭的木盒子放在桩子上的"杜克斯勃瑞码头。正如莫奈的油画被认为"创造了"伦敦之雾一样,毕肖普的诗也塑造了大海多变的性格和神秘的魅力。

不过,最能体现诗人独特的审美眼光的,是她笔下的海岬、沙滩、岛屿、港湾、码头等景观,它们既是海与陆的交界点,也是人与自然的接触地带,具有纯粹的海景所不具备的多样性和杂色美。在《海湾》一诗中,诗人不仅看到了"退潮期浅而透明的海水",而且注意到了一系列正忙于谋生的鸟类和人类活动的细节——像尖嘴锄般闯入空气的鹈鹕、黑白两色的战斗鸟、挂起来晾干的蓝灰色鲨鱼尾、从最近一次的风暴中抢救回来的小白船,以及正在码头末端工作的挖泥机,等等。这些看似杂乱的,混合了自然的和人工的细节,往往是一般观光客视而不见,或不屑一顾的,却是生活在海陆边缘的生物(包括人在内)最基本的谋生方式。旅行对人生的启示,它的庄严或可雕刻之处,就体现在这些不起眼的细节中。

嘟。嘟。挖泥机开走了，

带起一阵慢慢下坠的泥灰。

所有参差的活动继续着

杂乱而令人愉快。

（马永波 译）

毕肖普在旅行中质疑旅行，也诘问作为旅行者的自己。在 1965 年出版的诗集《旅行的问题》中，她借助一位旅行者的笔记这样写道：

可是缺乏想象力使我们来到

想象中的地方，而不是待在家中？

或者帕斯卡关于安静地坐在房间里的话

也并非全然正确？

洲、城、国、社会：

选择永远不广，永远不自由。

这里或者那里……不。我们是否本该待在家中

无论家在何处？

（包慧怡 译）

诗中提到的帕斯卡是 17 世纪法国哲学家，他曾说过："所有人类的不幸都来源于一件事情，那即是不懂得如何安静地待在房间里。"帕斯卡的这句话，似乎在呼应比他早一百年的另一位法国哲学家蒙田的观点。蒙田在他的《随感录》中曾写过这样一段文字："知道如何正确享受我们的存在，这是绝对的完美和真正的神圣。由于我们不懂如何利用我们自己的环境，于是只好另寻其他的；由于我们不知我们内心的风景，于是只好到身外去寻找。但是踩高跷毫无用处，因为我们还得

用腿走路。即使在人世最高的王位上,我们还得以自己的臀部端坐。"

后来的研究表明,其实,蒙田并非完全是一位隐居的哲学家,他也曾走出自家塔楼顶层的圆形书房,去瑞士、德国和意大利等地旅行过,历时一年零五个月之多。但他在《随感录》中对这段旅行只字不提。1770年,尚斯拉德的教堂的一位神父在搜集佩里戈尔地区的历史资料时,意外发现一份书稿,疑是蒙田的旅行日记。在获得蒙田城堡的新主人同意后,他把手稿带走作了深入研究,再到巴黎请教了几位专家,结果一致认定旅行日记确是蒙田的手迹。最后,这部手稿经专家校勘、注释后,冠以"意大利之旅"之名正式出版。那么,问题就来了,蒙田为何不愿意出版这部手稿,而要将它藏之阁楼呢?蒙田游记的编译者马振骋认为,从这部书稿随意的文字和流露的真性情来看,它最初是写给自己看的。蒙田若有意要出版这部日记,完全有时间整理修饰,后人的发现和出版未免有违哲学家的本意。但笔者斗胆猜测,还存在另外一种可能,蒙田之所以不愿修改和出版他的旅行日记,是因为游记中的描述与他在《随感录》中倡导的蛰居思想有所抵牾。

帕斯卡和蒙田对旅行的反思,使我们想到另一位法国奇人的故事。1790年春天,一位名叫塞维尔·德·梅伊斯特的法国贵族军官,因为卷入一起决斗事件而被惩罚:法官判决他在租住的房间里软禁42天。因为不能像往常那样在夜晚与朋友饮酒、赌牌,和意大利女郎调情,德·梅伊斯特决定把自己的房间当成一个微缩世界,进行一次环绕他的卧室的旅行。他后来将这番探索写成一本书,起名为"我的卧室之旅"。显然,这番游历让这位27岁的年轻人感到非常满意。8年后,德·梅伊斯特又进行了第二次室内旅行。这一次他彻夜在房间里游荡,并且"冒险"走到了远至窗台的位置,后来他将他的"游记"命名为"卧室夜游"。我们不禁好奇,德·梅伊斯特在自家卧室的两次旅行,究竟出于什么动机？最终又收获了什么心得？

"游记"作者的哥哥，政治理论家约瑟夫·德·梅伊斯特，代他的弟弟解答了这个疑问。在介绍《我的卧室之旅》这本书时，约瑟夫强调，他的弟弟的目的并不是在讽刺过去那些伟大的旅行家、航海家和探险家——麦哲伦、杜雷克、安森和库克等英雄般的经历。"他们毫无疑问都很杰出。"约瑟夫写道。但他认为他的弟弟发现了一种更实际的旅行之道，让那些像他们一样缺乏勇气或财力不足的人也能一圆旅行梦。

而塞维尔本人则是这么解释自己的动机的："在我之前，有数百万人不敢去旅行，还有一些人不能去旅行，而更多的人甚至想都没有想过去旅行。现在，他们都可以模仿我。"因为，"即使最懒惰的人在出发寻找快乐之前也将不会有任何借口犹豫不决，因为这样做既不费钱也不费力"。他尤其向穷人和那些害怕风暴、强盗和险峻悬崖的人推荐室内旅行。其方法是，先换上一件轻而薄的睡衣，然后沿着沙发慢慢向前移动，关键是不能着急，要像第一次看见新鲜事物那样，看待自己的家具、书籍、收藏和日常用品等，用心观察它们的形状、质地、用料、做工等细节，追忆购买它们的时间、地点和相关轶事，然后慢慢将自己的身体移动到窗口，看看对面建筑物射出的灯光，想象那些看不见的人们的生活，或抬头仰望满天星斗，想象天堂里可能有的幻景，等等。

上述旅行故事被好几位作家引用过。当代作家德波顿在《旅行的艺术》一书中说，这位 18 世纪法国奇人的文字虽然东拉西扯，经常离题，但总体上看，"德·梅伊斯特的作品来源于一种深厚而具有暗示性的洞察力：即我们从旅行中获取的乐趣或许更多地取决于我们旅行时的心境，而不是我们旅行的目的地本身。如果我们可以将一种游山玩水的心境带入我们自己的居所，那么我们或许会发现，这些地方的有趣程度不亚于洪堡的南美之旅中所经过的高山和蝴蝶漫舞的丛林"。

如此一来，我们对旅行迷思的反思就又深了一层。无疑，对独处的渴望和走出去的冲动是人性的两极，犹如鸟的双翼，缺一不可。从20世纪的毕肖普追溯到16世纪的蒙田（或许还可以追溯得更远），欧美作家和诗人对旅行迷思的反思已经汇成一个强大的传统，各种风格的诗歌、散文、小说和哲学论辩融会贯通，互相激荡，既鼓励人们走出家门，走向广阔的世界，也不排斥离群索居，自得其乐。关键是，要始终保持自由的灵魂、敏锐的感受力和强烈的好奇心。真正的旅行者，应该像罗素那样，让自己终生被三种激情所支配，即"对爱的渴望、对知识的探索和对人类苦难的难以忍受的怜悯"。而真正的旅行作家，除了具备上述三种激情外，还应始终保持对母语的敬畏，对写作的挚爱，以及古代工匠般打磨作品的耐心、毅力和追求完美的精神。

结语　永远在路上

行文至此,我们对旅行文学的探讨也将画上一个句号,似乎是应该做出结论的时候了。做结论则意味着概括和凝缩,将完整、丰富的文本意义,抽象成几个干巴巴的句子。只有真正的作者和理想的读者知道,这其实是一个不可能,也没必要完成的任务。说到这里,先讲一个真实的故事。

2014年8月14日,江南一个夏日的下午,2001年诺贝尔文学奖得主、特立尼达和多巴哥小说家奈保尔应邀来到杭州图书馆报告厅,就"文学与生活"这个主题,与当地作家和喜欢他的读者展开了一场对谈。82岁高龄的奈保尔是由两位工作人员推着轮椅上台的,夫人纳迪拉陪坐在他右手边,协助中文翻译对现场提问作出回应。大概是因为刚经历了长途飞行,奈保尔略显疲惫,但宝刀不老,思维敏捷,话虽不多,却句句显个性。

观众席里有位女士举手起立,问道:"奈保尔先生,我很喜欢您的《大河湾》。不过,你在小说开头写的那段话有点费解,能否请您解释一下是什么意思?"接着,她读出了英文原文,翻译成中文就是:"世界如其所是。人微不足道。人听任自己微不足道。人在这世界上没有位置。"

奈保尔四两拨千斤,答道:"我的意思在全书的每一个单词,每一个句子,每一个章节中。"

全场鼓掌，笑声四起。女士只好尴尬地点点头，一脸茫然地坐下。

尽管几家当地报社全程跟踪采访了这场对谈，但在事后发表的报道中，上述问答被有意无意地忽略了。这未免有点可惜。其实这个问答很有意思，反映了东西方在思维、阅读和书写习惯上的差异。这位女士的困惑完全可以理解。像大多数应试教育孵化出来的中国人一样，他（她）们总以为从一篇文章或一本书中可以概括出段落大意、中心思想。奈保尔虽然是印度婆罗门后裔，但他的移民背景及后来接受的教育方式则完全是英国式的，他并不认为文学和人生可以概括成几条干巴巴的标准答案，而是主张在书页的翻动、目光的追踪和脑神经细胞的活跃中，慢慢体会和感悟其完整的意义。从旅行文学角度看，读一本书就像踏上一条古道，每一个脚步都值得踩实，每一次呼吸、每一次肌肉的张弛都有其不可取代的意义。路上的碎石和野草，过眼的云烟和天光，风的吹拂，鸟的鸣叫，甚至虫蚁的爬动和蚊蝇的飞舞，都值得关注，因为它们是景观，也是文本，是细节，也是词语，有看不见的手为它们设定的路径、规定的语法和修辞。

诚然，从结构上讲，一本书应该有个结论才算完整。但其实，一本真正有创意的书不应该，也不可能将这个任务完全交给最后的结论，而应该是在行文过程中不断提出问题，解决问题，并逐步将问题引向深入，让意义衍生出来，发散开去。而理想的读者则应跟着作者的思路，做同样的事情，并在此过程中不断调整自己的视角，得出自己的结论，进而将其转化为某种创新思维或应用技能。如此，方为真正意义上的学习。像雏鸟一样，在每日展翅"习习于飞"的过程中，掌握飞翔的本领，得到"学而时习之"的自信和快乐，而不是把自己的大脑变成一个储存器，只会提取、复述和背诵已知的信息，而不会爆发头脑风暴，迸发思想火花，创造出新的理念和新的知识。

无疑，旅行文学是所有文学中最具可读性和创造性的文类之一。它既古老，又年轻，既能提供历史、地理和人文知识，又能激发求知欲和好奇心，丰富和扩展想象力，加深对自我和对世界的理解，从而更完满地享受人生。旅行文学时时提醒我们，世界并非按部就班，如己所愿，一日三餐，荤素搭配，营养齐全。世界有时可能只有半块压缩饼干，一壶开水，却要你支撑半天，徒步五个小时，只为看一座神圣的雪山。世界也并非理所当然，向你承诺永不停电，一天二十四小时供应热水。相反，世界有时是满身臭汗，只能等自己焐干，或用冷水洗澡、洗脸。世界有时只有一根蜡烛或一支手电，照亮黑暗，走上木板危危、楼梯颤颤的吊脚楼，六七个人挤一个通铺间。旅行文学还告诉我们，世界并非瓷砖洁白，马桶有盖。世界有时只有一个蹲坑，却有十几个人在同时等待，排放内急，臭气冲天。世界有时并非十分友好，总有些陌生人蛮不讲理，霸占座位，连一壶开水都要与你争抢，等等。但世界原本如此，且一直如其本然，自在运转，丝毫不会理会你的牢骚和抱怨，你只能在行走中学会行走，在交往中学会交往，慢慢调整自我与他人、与世界的关系。

旅行写作也是所有写作中最具挑战性的写作之一，像旅行本身那样，时而刺激，时而乏味，时而令人郁闷，时而令人兴奋。因为它必须像走钢丝一般，在实录与虚构、道路与行走、书写与反思中保持平衡。读者要求它既能写出风土人情的特色，又能表现如同自己指纹般独一无二的风格。作者必须兼具细致入微的观察力和天马行空的想象力。他或她笔下的自然—人文景观，既要体现出纯属个人的亲历感，又必须上升到某种普遍性，涉及某个更大的主题，让读者在享受阅读的同时，领悟到某种更深广的、启示录般的意义，包括玄学的、政治的、心理的、艺术的、宗教的或伦理的等等。比如，从观赏斗鸡或斗牛中看出潜藏的民族性和社会结构，或在雪夜迷途时悟出社会自我与真实自我的冲突，等等。

如果一定要为本书做一个结论，上述这些文字勉强可以算作其中的一部分，但并非全部。因为一本讲述旅行的书，就像一次真正的旅行，没有结论，无法概括，只有多样的感知、丰富的体验和如鱼饮水般的领悟。前人的路虽可借鉴，但脚步永远是自己的，且必须一步步走；经典的范本就在眼前，只能用心揣摩，方可去其糟粕、得其精华。意义永远在途中，在阅读和行走、反思和写作中，它会渐渐显现自己，但决不会和盘托出。而旅行及其写作的魅力也正在于此。因为人之所以为人，就是他始终对一切充满好奇心。正是这种好奇心促使他走出非洲丛林，踏上迁徙之途，最终让自己的足迹遍布这个星球的地表。太初有道，同时有言，亦有奇。道路、词语和好奇心（way, word, wonder）三位一体，构成了旅行和文本的世界（world）。我们中的每一个人，你，我，他或她，都属于这个世界，行走于这个世界，受惠于这个世界，并各自在以自己的方式和姿态，参与对这个世界的建构、解构和再建构。与奈保尔所说的相反，尽管世界如其所是，人微不足道，但人不会听任自己微不足道。人在这世界上都想占有自己的位置，创造属于自己的故事和意义。尽管每个人终将化为土、水、气、火，但在临终时回顾一生，都应该并可以像凯旋的恺撒大帝那样，以三个 V 字开头的单词，不动声色地告诉罗马元老院的元老们：Veni. Vidi. Vici.

我来了。我看见了。我战胜了。

阅读书目

《吉尔伽美什》，赵乐甡译，辽宁人民出版社，2015.

《杨绛译文集（全三卷）：〈堂吉诃德〉〈吉尔·布拉斯〉〈小癞子〉》，杨绛译，译林出版社，1994.

《印度古诗选》，金克木选译，湖南人民出版社，1984.

阿兰·德波顿：《旅行的艺术》，南治国、彭俊豪、何世原译，上海译文出版社，2012.

阿兰·罗伯-格里耶：《去年在马里安巴》，沈志明译，译林出版社，2007.

艾田蒲：《中国之欧洲》，许钧、钱林森译，河南人民出版社，1992.

奥尔多·利奥波德：《沙乡年鉴》，侯文蕙译，商务印书馆，2016.

奥尔加·托卡尔丘克：《云游》，于是译，四川人民出版社，2019.

拜伦：《恰尔德·哈洛尔德游记》，杨熙龄译，上海译文出版社，1990.

保罗·索鲁：《老巴塔哥尼亚快车——从北美到南美的火车之旅》，陈朵思、胡洲贤译，黄山书社，2011.

彼得·弗兰科潘：《丝绸之路：一部全新的世界史》，邵旭东、孙芳译，浙江大学出版社，2016.

彼得·海斯勒：《江城》，李雪顺译，上海译文出版社，2012.

C. 施米特：《陆地与海洋——古今之"法"变》，林国基、周敏译，华东师范大学出版社，2006.

川端康成：《雪国 古都 千只鹤》，叶渭渠、唐月梅译，译林出版社，1996.

崔溥：《崔溥漂海录校注》，朴元熇校注，上海书店出版社，2013.

D. H. 劳伦斯：《大海与撒丁岛》，袁洪庚、苗正民译，中国文联出版公司，1997.

D. H. 劳伦斯：《伊特鲁利亚人的灵魂》，何悦敏译，新星出版社，2006.

D. H. 劳伦斯：《意大利的黄昏》，文朴译，中国文联出版公司，1997.

丹尼尔·笛福:《鲁滨孙飘流记》,郭建中译,译林出版社,1996.

哈格德:《所罗门王的宝石矿》,常政、曼真译,春风文艺出版社,1982.

海明威:《非洲的青山》,张建平译,上海译文出版社,2019.

海明威:《海明威短篇小说全集(上册)》,陈良廷等译,上海译文出版社,1995.

豪尔赫·路易斯·博尔赫斯:《阿莱夫》,王永年译,上海译文出版社,2015.

荷马:《荷马史诗·奥德赛》,王焕生译,人民文学出版社,1997.

黄仁宇:《中国大历史》,生活·读书·新知三联书店,1997.

惠特曼:《草叶集》,赵萝蕤译,上海译文出版社,1991.

加里·斯奈德:《禅定荒野》,陈登、谭琼琳译,广西师范大学出版社,2014.

杰克·凯鲁亚克:《在路上》,文楚安译,漓江出版社,2001.

杰克·伦敦:《荒野的呼唤》,胡春兰、赵苏苏译,人民文学出版社,2004.

雷蒙德·卡佛:《当我们谈论爱情时我们在谈论什么》,小二译,译林出版社,2010.

梁启超:《梁启超全集》(第四卷·新大陆游记),北京出版社,1999.

列维-斯特劳斯:《忧郁的热带》,王志明译,生活·读书·新知三联书店,2000.

路易斯·德·卡蒙斯:《卢济塔尼亚人之歌》,张维民译,四川文艺出版社,2000.

罗伯特·麦基:《故事:材质、结构、风格和银幕剧作的原理》,周铁东译,天津人民出版社,2014.

罗伯特·麦克法伦:《古道》,王青松译,上海译文出版社,2014.

罗伯特·麦克法伦:《荒野之境》,姜向明、郭汪韬略译,上海译文出版社,2015.

罗兰·巴特:《明室——摄影纵横谈》,赵克非译,文化艺术出版社,2003.

马可·波罗口述、鲁思梯谦笔录:《马可·波罗游记》,曼纽尔·科姆罗夫英译,陈开俊等中译,福建科学技术出版社,1981.

马克·吐温:《傻子出国记》,陈良廷、徐汝椿译,人民文学出版社,1985.

马塞尔·普鲁斯特:《追忆似水年华》,李恒基等译,译林出版社,2012.

毛姆:《月亮和六便士》,傅惟慈译,上海译文出版社,2014.

毛姆:《在中国屏风上》,唐建清译,上海译文出版社,2013.
孟德斯鸠:《波斯人信札》,罗国林译,译林出版社,2000.
乔叟:《坎特伯雷故事》,方重译,上海译文出版社,1983.
沈从文:《湘行散记 湘西》,人民文学出版社,2016.
斯威夫特:《格列佛游记》,张健译,人民文学出版社,2017.
托马斯·莫尔:《乌托邦》,戴镏龄译,商务印书馆,1997.
陀思妥耶夫斯基:《罪与罚》,岳麟译,上海译文出版社,2015.
威廉·莎士比亚:《暴风雨》,方平译,上海译文出版社,2016.
希罗多德:《希罗多德历史:希腊波斯战争史》,王以铸译,商务印书馆,2011.
伊本·白图泰:《伊本·白图泰游记》,马金鹏译,宁夏人民出版社,2000.
伊丽莎白·毕肖普:《唯有孤独恒常如新》,包慧怡译,湖南文艺出版社,2015.
约翰·曼德维尔:《曼德维尔游记》,郭泽民、葛桂录译,上海书店出版社,2006.
约瑟夫·康拉德:《黑暗的心》,黄雨石译,人民文学出版社,2018: